10|18
12, avenue d'Italie — Paris XIIIe

Sur l'auteur

Anne Perry, née en 1938, à Londres, est aujourd'hui reconnue comme la « reine » incontestée du polar victorien. C'est en 1979 qu'elle publie la première enquête du couple de détectives Charlotte et Thomas Pitt, *L'Étrangleur de Cater Street*. Cette série compte aujourd'hui vingt-trois romans. En 1990, avec la publication de *Un étranger dans le miroir*, elle se lance dans une seconde série victorienne menée par l'inspecteur William Monk dont *Funérailles en bleu* est la douzième enquête. Anne Perry a par ailleurs écrit des romans fantastiques et a publié aux États-Unis *The One Thing More*, roman ayant pour cadre le Paris de la Révolution française. Elle vit aujourd'hui en Écosse.

FUNÉRAILLES EN BLEU

PAR

ANNE PERRY

Traduit de l'anglais
par Alexis CHAMPON

1018

INÉDIT

« Grands Détectives »
dirigé par Jean-Claude Zylberstein

Du même auteur
aux Éditions 10/18

SÉRIE « Charlotte et Thomas Pitt »

L'ÉTRANGLEUR DE CATER STREET, n° 2852
LE MYSTÈRE DE CALLANDER SQUARE, n° 2853
LE CRIME DE PARAGON WALK, n° 2877
RESURRECTION ROW, n° 2943
RUTLAND PLACE, n° 2979
LE CADAVRE DE BLUEGATE FIELDS, n° 3041
MORT À DEVIL'S ACRE, n° 3092
MEURTRES À CARDINGTON CRESCENT, n° 3196
SILENCE À HANOVER CLOSE, n° 3255
L'ÉGORGEUR DE WESTMINSTER BRIDGE, n° 3326
L'INCENDIAIRE DE HIGHGATE, n° 3370
BELGRAVE SQUARE, n° 3438
LE CRUCIFIÉ DE FARRIERS' LANE, n° 3500
LE BOURREAU DE HYDE PARK, n° 3542
TRAITORS GATE, n° 3605
PENTECOST ALLEY, n° 3665, *à paraître en juin 2004*

SÉRIE « William Monk »

UN ÉTRANGER DANS LE MIROIR, n° 2978
UN DEUIL DANGEREUX, n° 3063
DÉFENSE ET TRAHISON, n° 3100
VOCATION FATALE, n° 3155
DES ÂMES NOIRES, n° 3224
LA MARQUE DE CAÏN, n° 3300
SCANDALE ET CALOMNIE, n° 3346
UN CRI ÉTRANGLÉ, n° 3400
MARIAGE IMPOSSIBLE, n° 3468
PASSÉ SOUS SILENCE, n° 3521
ESCLAVES DU PASSÉ, n° 3567
▶ FUNÉRAILLES EN BLEU, n° 3640

Titre original :
Funeral in Blue

ISBN 2-264-03818-7

CHAPITRE PREMIER

N'eût été la respiration régulière de la jeune femme aux traits tirés qui gisait sur la table, son énorme ventre dénudé, la salle d'opération était silencieuse.

Hester posa son regard sur Kristian Beck. C'était la première opération de la journée et sa chemise blanche n'était pas encore tachée de sang. L'éponge de chloroforme ayant fait son œuvre miraculeuse avait été remisée. Kristian appuya légèrement la pointe de son scalpel sur la peau de la jeune femme. Elle ne broncha pas, ne cilla pas. Il appuya plus fort et une fine ligne rouge apparut.

Levant les yeux, Hester croisa ceux de Kristian — des yeux noirs, brillants d'intelligence. Ils connaissaient tous deux les risques, même avec l'anesthésie, et il y avait de fortes chances qu'ils ne pussent changer le cours des choses. Une tumeur de cette taille était souvent mortelle, mais sans l'opération la jeune femme ne vivrait de toute façon pas longtemps.

Kristian baissa les yeux et continua d'inciser la chair. Le sang se répandit. Hester l'épongea. Mary Ellsworth gisait, inerte, la poitrine à peine soulevée par la respiration, le teint cireux, les joues creuses, les yeux cernés. Ses poignets étaient si fins que la forme des os se devinait sous la peau. C'était Hester qui l'avait accompagnée depuis la salle, l'aidant à marcher, essayant d'apaiser l'angoisse qui la torturait chaque fois qu'elle était venue à l'hôpital ces deux derniers mois. La douleur était autant physique que psychologique.

Kristian avait insisté pour l'opérer, contre l'avis de Fermin Thorpe, le président du conseil d'administration de l'hôpital. Thorpe était un homme prudent qui avait le goût du pouvoir, mais n'avait pas le courage de s'écarter de l'ordre bureaucratique des choses si quiconque avec un tant soit peu d'autorité contestait ses décisions. Il adorait les règlements ; ils étaient rassurants. Si l'on s'en tenait à eux, on pouvait tout justifier.

Kristian venait de Bohême et, dans l'esprit de Thorpe, avec son imagination, son accent étranger, bien que léger, et son mépris pour la façon dont les choses devaient être faites, il ne faisait pas partie du Hamsptead Hospital de Londres. Par conséquent, il ne devait pas mettre en péril la réputation de l'hôpital en pratiquant une opération dont les chances de succès étaient si minces. Cependant, Kristian avait des arguments, une réponse à tout. Et, naturellement, Lady Callandra Daviot avait pris son parti. Comme toujours !

Kristian sourit en y repensant, les yeux rivés sur ses mains qui exploraient la plaie qu'il venait d'ouvrir, à la recherche de la cause de l'obturation, de l'affaiblissement, des nausées et de l'énorme boursouflure.

Tout en épongeant le sang qui s'épanchait, Hester jeta un coup d'œil vers le visage de la jeune femme. Il était toujours parfaitement calme. Hester aurait donné n'importe quoi pour avoir eu du chloroforme sur les champs de bataille de Crimée, cinq ans auparavant, ou même à Manassas, en Amérique, à peine trois mois plus tôt.

— Ah !

Christian laissa échapper un grognement de satisfaction et retira doucement de la plaie quelque chose qui avait l'apparence d'une éponge semblable à celles dont on se sert pour se gratter le dos ou récurer une poêle. C'était de la taille d'un chat.

Hester en resta interdite. Elle contempla la chose d'un œil ahuri, puis leva les yeux vers Kristian.

— Bézoard, annonça-t-il d'une voix douce.

Il rencontra le regard perplexe d'Hester.

— Des cheveux, expliqua-t-il. Parfois, certains malades atteints de troubles du caractère ou souffrant d'angoisse ou de dépression s'arrachent les cheveux et les mangent. C'est compulsif, ils ne peuvent pas s'en empêcher.

Hester contempla la masse répugnante qui gisait dans un récipient ; sa gorge se noua, un haut-le-cœur la saisit en pensant qu'on pouvait avoir une telle horreur à l'intérieur du corps.

— Tampon, réclama Kristian. Aiguille.

— Oh !

Hester allait s'exécuter lorsque la porte s'ouvrit ; Callandra entra et referma doucement la porte derrière elle. Elle regarda d'abord Kristian, avec dans les yeux une tendresse qu'elle ne dissimula que lorsqu'il se tourna vers elle. Il lui montra le récipient en souriant.

Un instant interloquée, Callandra s'adressa à Hester.

— Qu'est-ce que c'est ?

— Des cheveux, répondit Hester en épongeant de nouveau le sang pendant que Kristian travaillait.

— Est-elle sauvée ? demanda Callandra.

— C'est bien possible, répondit Kristian.

Soudain, il esquissa un sourire d'une extraordinaire gentillesse, et on lut dans ses yeux une profonde et vive satisfaction.

— Vous pouvez aller dire à Thorpe que c'était un bézoard. Ce n'était pas une tumeur, si vous préférez.

— Oh, avec plaisir ! J'y cours de ce pas.

Callandra parut sur le point d'éclater de rire, mais elle tourna aussitôt les talons et alla annoncer la nouvelle à Thorpe.

Hester coula un regard vers Kristian, puis se remit à éponger le sang et à nettoyer l'incision, cependant que l'aiguille perçait la peau et rapprochait les bords de la plaie. Finalement, la blessure fut bandée.

— Elle aura très mal à son réveil, prévint Kristian. Il ne faudra pas qu'elle bouge trop.

— Je resterai avec elle, promit Hester. Du laudanum ?

— Oui, mais seulement le premier jour. Si vous avez besoin de moi, n'hésitez pas. Vous vous occupez d'elle depuis le début, n'est-ce pas ?

— Oui.

Hester n'était pas une infirmière de l'hôpital. Elle y travaillait sur la base du volontariat comme Callandra, veuve d'un chirurgien militaire, d'une génération plus vieille qu'Hester mais à qui elle était liée par une profonde amitié depuis maintenant plus de cinq ans. Hester était probablement la seule à connaître l'amour indéfectible que Callandra portait à Kristian, la seule à savoir que pas plus tard que cette semaine-là, elle avait décliné la proposition d'un ami très cher, parce qu'elle ne pouvait pas se résoudre à un mariage honorable qui aurait définitivement brisé des rêves de bonheur incommensurablement plus grands. Cependant, ce n'étaient que des rêves. Kristian était marié, ce qui excluait toute possibilité autre que la loyauté, la passion commune de guérir, et la soif de justice qu'ils partageaient, avec peut-être quelques rires ici ou là, des petites victoires et une compréhension mutuelle.

Récemment mariée elle-même, et connaissant l'intensité et le grand chambardement de l'amour, Hester souffrait que Callandra sacrifiât tant de choses. Et pourtant, aimant son mari comme elle l'aimait, avec ses défauts et sa fragilité, Hester aussi aurait préféré rester seule plutôt que d'en épouser un autre.

L'après-midi touchait à sa fin lorsque Hester quitta

l'hôpital et prit l'omnibus de Hamsptead High Street jusqu'à Euston Road. Un crieur de journaux braillait quelque chose sur cinq cents soldats américains qui se seraient rendus au Nouveau-Mexique. Les journaux rapportaient les derniers événements de la guerre de Sécession, mais l'inquiétude portait surtout sur le manque de coton dans le Lancashire, dû au blocus des États confédérés.

Hester dépassa vivement le jeune garçon et regagna à pied Crafton Street. On était début octobre, il faisait encore doux, mais la nuit tombait et l'allumeur de réverbères avait déjà bien entamé sa tournée. En approchant de chez elle, elle vit un homme élancé qui l'attendait impatiemment devant la porte. Il était vêtu d'une chemise immaculée au haut col cassé, d'une redingote noire impeccable et d'un pantalon à rayures, comme il seyait à un gentleman de la City. Néanmoins, son attitude trahissait l'agitation et un profond désarroi. Ce ne fut que lorsqu'il se retourna en entendant ses pas qu'elle reconnut son visage à la lueur d'un réverbère. C'était son frère Charles Latterly.

— Hester ! s'exclama-t-il.

Il s'élança vers elle, puis s'arrêta.

— Comment... comment vas-tu ?

— Fort bien, répondit-elle, sincère.

Cela faisait plusieurs mois qu'elle ne l'avait vu, et pour quelqu'un d'aussi rigide et conventionnel que Charles, l'attendre dans la rue était proprement inconcevable. Monk ne devait pas être encore là, sinon Charles serait entré.

Elle ouvrit la porte et il la suivit. Elle haussa le débit de la lampe à gaz et conduisit son frère dans la pièce du devant où Monk recevait ses clients, venus lui faire part de leurs craintes et leurs angoisses dans l'espoir qu'il les résolve. Comme ils étaient restés absents toute la journée, le feu était préparé dans la cheminée mais pas encore allumé. Un pot de chrysanthèmes fauves et de capucines écarlates donnait un peu de lumière et un semblant de chaleur.

Elle se tourna vers Charles qui était, comme toujours, d'une politesse méticuleuse.

— Navré de t'importuner. Tu dois être fatiguée. J'imagine que tu as travaillé toute la journée ?

— Oui, mais je crois que la patiente guérira. Du moins l'opération a-t-elle été un succès.

Charles se força à sourire.

— Tant mieux.

— Veux-tu du thé ? proposa-t-elle. Je vais m'en faire.

— Oh... oui, avec plaisir. Merci.

Il s'assit avec précaution sur un des deux fauteuils, le dos bien droit comme si toute détente lui était impossible. Hester avait vu nombre de clients de Monk dans cet état, terrifiés à l'idée de mettre des mots sur leurs peurs et cependant tellement accablés sous leur poids qu'ils avaient finalement trouvé le courage de chercher une aide auprès d'un professionnel. C'était comme si Charles était venu voir Monk plutôt qu'elle. Son visage était pâle, recouvert d'une mince pellicule de sueur, et les mains qu'il avait posées sur ses genoux étaient crispées. Si elle l'avait touché, elle aurait senti ses muscles se raidir.

Elle ne l'avait jamais vu aussi malheureux depuis la mort de leurs parents, cinq ans et demi plus tôt, quand elle était encore à Scutari avec Florence Nightingale. Leur père, ruiné à la suite d'une escroquerie financière, s'était donné la mort. Leur mère ne lui avait pas survécu plus d'un mois. Elle avait le cœur fragile, et un tel chagrin, une telle douleur si tôt après la mort de son fils cadet au cours d'une bataille avaient eu raison d'elle.

En voyant Charles dans cet état, Hester se mit à craindre que la même chose ne lui arrive. Ils s'étaient peu vus depuis le mariage d'Hester, qu'il avait eu du mal à approuver — après tout, Monk était un homme sans passé. Un accident de la circulation six ans plus tôt l'avait privé de sa mémoire. Il avait reconstitué certains faits, mais l'essentiel de sa vie antérieure restait effacé. Personne dans la famille plus que respectable des Latterly n'avait jamais eu aucun rapport avec la police, et jamais, au grand jamais, personne n'avait épousé quelqu'un d'un tel milieu social.

Charles posa un regard interrogateur sur elle, s'attendant à ce qu'elle aille faire du thé. Devait-elle lui demander les raisons de son profond désarroi ? Ne serait-ce pas un manque de tact ? Ne risquait-elle pas de le dissuader de se confier à elle ?

— Ah, oui, bien sûr ! fit-elle vivement.

Et elle se rendit dans la cuisine attiser le poêle et rajouter du charbon afin de faire bouillir l'eau. Elle disposa des gâteaux secs sur une assiette. Elle ne les avait pas faits elle-même, elle les avait achetés. C'était une excellente infirmière, passionnée par les réformes sociales, et, comme Monk lui-même l'aurait admis, une détective perspicace, mais ses talents de femme d'intérieur restaient encore rudimentaires.

Le thé prêt, elle retourna dans la pièce, posa le plateau sur la table basse, remplit deux tasses et attendit. Charles semblait si gêné que l'atmosphère en pâtit et qu'Hester se sentit à son tour mal à l'aise. Elle le regarda jouer avec sa tasse tout en parcourant la pièce des yeux, à la recherche d'un objet auquel il pourrait prétendre s'intéresser.

— Charles... commença-t-elle.

— Oui ?

Elle lut une profonde détresse dans ses yeux. Il n'avait que quelques années de plus qu'elle et cependant on percevait chez lui une certaine lassitude, comme s'il n'avait plus aucune vitalité et estimait que sa vie était déjà derrière lui. La prudence et la douceur s'imposaient. Il était trop fragile, trop secret pour supporter des questions directes.

— Ça... euh, ça fait longtemps que je ne t'ai vue,

déclara-t-il d'un air d'excuse. Je ne me suis pas rendu compte. Les semaines semblaient...

Il chercha ses mots.

— Comment va Imogen ? demanda Hester.

À la façon dont il détourna les yeux, elle vit tout de suite que la question lui était pénible.

— Plutôt bien, répondit-il.

Mais la réponse était machinale, aussi enjouée qu'affectée, comme destinée à un étranger.

— Et William ?

Hester n'en supporta pas davantage. Elle posa sa tasse.

— Charles, je suis sûre que tu as des ennuis. Je t'en prie, parle-m'en. Même si je ne peux pas t'aider, j'aimerais que tu me fasses suffisamment confiance pour me faire part d'une partie au moins de tes soucis.

Pour la première fois depuis qu'il était entré, il croisa franchement son regard. Ses yeux bleus étaient emplis de crainte et de consternation.

Elle attendit patiemment.

— Je ne sais pas quoi faire, dit-il d'une voix calme mais teintée de désespoir. C'est Imogen. Elle... elle a changé...

Il ne put continuer.

Hester pensa à sa charmante et ravissante belle-sœur qui semblait toujours si sûre d'elle-même, bien plus à l'aise et sociable qu'elle ne le serait jamais.

— Comment a-t-elle changé ? demanda-t-elle avec douceur.

— Je ne sais pas trop. Ça a dû commencer il y a quelque temps déjà, mais... je ne me suis pas tout de suite rendu compte.

Il baissa les yeux sur ses mains croisées dont il tordait les doigts à s'en faire blanchir les jointures.

— J'ai l'impression que ça ne fait que quelques semaines.

Hester se força à la patience. Il traversait un moment

apparemment si pénible qu'il eût été cruel, et d'ailleurs vain, de l'inciter à répondre avec précision.

— En quoi a-t-elle changé? demanda-t-elle de sa voix la plus neutre possible.

Il était déconcertant de voir son frère si posé, si solennel, incapable de maîtriser une situation qui ne semblait pas, pour l'instant, sortir du cadre familial. Cela lui fit craindre qu'il ne s'agît d'un problème d'une tout autre dimension.

— Je...

Il cherchait ses mots.

— Je ne peux pas me fier à elle. Naturellement, tout le monde a ses humeurs, je peux le comprendre — il y a des jours où on se sent mieux que d'autres, on est parfois anxieux... il y a les soucis —, mais Imogen est soit tellement heureuse qu'elle ne tient pas en place...

Le front plissé, il paraissait méditer une question trop vaste pour être appréhendée dans sa totalité.

— Elle est tour à tour folle de joie ou désespérée. Parfois, on dirait qu'elle est accablée de soucis, et, le lendemain, ou même quelques heures plus tard, elle déborde d'énergie, elle rit pour un rien, rouge de plaisir, les yeux pétillants. Et... je sais que ça paraît absurde... mais, je te le jure, elle ne cesse de répéter des petites choses... comme des rituels.

— Quel genre de choses? fit Hester, décontenancée.

Charles prit un air gêné, penaud.

— Elle ferme sa veste en commençant par le bouton du milieu, puis elle remonte jusqu'au col, et ensuite seulement la boutonne jusqu'en bas. Je l'ai vue compter les boutons pour être sûre de ne pas se tromper. Et...

Il respira à fond.

— Et elle porte une paire de gants, et en emmène une autre dépareillée.

Cela n'avait aucun sens. Hester se demanda s'il disait vrai ou si son inquiétude lui faisait imaginer des choses.

— A-t-elle expliqué pourquoi? demanda-t-elle.

— Non. Je lui ai posé la question pour les gants, elle l'a ignorée et a changé de sujet.

Hester examina Charles. Il était grand, mince, peut-être un peu trop. Ses cheveux blonds s'éclaircissaient, mais pas beaucoup. Il avait des traits réguliers et aurait pu être bel homme si son visage avait davantage exprimé de conviction, de passion et même d'humour. Il ne s'était jamais remis du suicide de leur père. Plein d'une compassion qu'il ne savait comment exprimer, et d'une honte qu'il subissait en silence, il aurait ressenti comme une trahison de devoir expliquer des sentiments d'un caractère aussi intime. Hester ne savait pas s'il s'en était confié à Imogen. Peut-être avait-il essayé de la protéger en lui cachant ses tourments, ou s'était-il imaginé que le croire invulnérable, toujours maître de lui était indispensable pour elle. Et peut-être avait-il raison !

Mais peut-être au contraire aurait-elle ardemment désiré qu'il partage ses soucis avec elle, et souhaité pouvoir éprouver sa confiance en elle, et combien sa gentillesse, sa force de caractère lui étaient nécessaires. Qui savait si elle ne s'était pas sentie exclue ? En tout cas, c'est ce qu'aurait éprouvé Hester, cela ne faisait aucun doute.

— J'imagine que tu lui as demandé sans détours ce qui la préoccupe ?

— Elle dit que tout va bien, répondit Charles. Elle change de sujet et passe à autre chose, surtout des questions qui ne nous intéressent ni l'un ni l'autre, n'importe quoi. Elle dresse un mur de paroles pour me tenir à distance.

C'était comme d'examiner une plaie, de l'explorer délicatement, en s'efforçant de ne pas toucher un nerf, tout en sachant qu'il est impératif de retrouver la balle. Elle l'avait fait de nombreuses fois sur les champs de bataille ou dans les hôpitaux militaires. Lorsque la comparaison lui vint à l'esprit, elle alla jusqu'à sentir le sang et la peur. Quelques mois auparavant seulement, elle était allée en Amérique avec Monk, et elle avait vu la première bataille sanglante de la guerre de Sécession.

— Tu n'as vraiment aucune idée d'où cela peut venir ? demanda-t-elle.

Il la regarda d'un air misérable.

— Je crois qu'elle a une liaison, répondit-il d'une voix rauque. Mais j'ignore avec qui... et pourquoi.

Hester aurait pu trouver des dizaines de raisons. Elle imagina le joli visage d'Imogen avec ses traits délicats, ses grands yeux noirs pétillant d'émotion, brûlant d'un désir ardent. Quels changements avait-elle connus, en seize ans, depuis qu'elle avait épousé, le cœur plein d'espérance, un jeune homme de bonne famille à l'avenir prometteur ? Elle était pleine d'optimisme, ce jour-là, ravie de ne pas faire partie de celles qui cherchent désespérément un époux, ou se retrouvent mariées par une mère ambitieuse avec quelqu'un qu'elles ont du mal à apprécier, encore plus à aimer.

Maintenant, la trentaine bien entamée, sans enfant, elle se demandait peut-être avec désespoir ce que la vie lui offrait en dehors de la sécurité. Elle n'avait jamais connu la faim ni le froid ni l'exclusion. Elle ne se rendait probablement pas compte à quel point elle était privilégiée. Être aimée, entretenue et protégée ne suffit pas toujours. Il faut parfois se sentir utile, appréciée, indispensable. Était-ce ce qui était arrivé à Imogen ? Avait-elle trouvé quelqu'un qui lui avait dit qu'il avait besoin d'elle, que sa vie, son bonheur dépendaient d'elle, comme Charles ne l'aurait jamais avoué, même si c'était vrai, et cela avait-il agi sur elle comme une drogue ?

— Je suis désolée, dit Hester d'une voix douce. J'espère que tu te trompes. C'est peut-être une passade.

Comme cela sonnait faux ! Elle grimaça en entendant ses propres mots.

Il leva les yeux vers elle.

— Je ne peux pas attendre les bras croisés, Hester ! J'ai besoin de savoir... d'agir. Ne voit-elle pas ce qui risque de lui arriver — de nous arriver — si cela vient à s'apprendre ? Je t'en supplie... aide-moi.

Hester en resta interdite. Que pouvait-elle faire que Charles n'eût déjà fait ?

Charles attendait une réponse. Son silence lui faisait comprendre avec plus d'acuité ce qu'il venait de lui demander, et la gêne chez lui prit le pas sur l'espoir.

— Oui, bien sûr, dit-elle vivement.

— Si je pouvais au moins être sûr... je comprendrais peut-être.

Il quêtait son approbation, s'accrochait malgré lui à l'espoir insensé qu'elle serait en mesure de l'aider.

— Je ne sais pas comment lui poser la question. Je suis sûr qu'elle se confierait plus facilement à toi, et tu...

Il ne termina pas sa phrase, ne sachant quoi dire.

Comme si comprendre suffisait ! Hester avait peur que la vérité ne le fasse davantage souffrir.

— J'irai la voir, promit-elle. Sais-tu si elle sera chez elle demain après-midi ?

Le soulagement s'afficha sur le visage de Charles.

— Oui, je crois, répondit-il avec empressement. Si tu viens de bonne heure. Elle risque de sortir vers quatre heures.

Il se leva.

— Merci, Hester. C'est très gentil de ta part. Je ne mérite pas une telle bonté.

Il paraissait extrêmement mal à l'aise.

— Je n'ai pas été très... euh, attentionné à ton égard ces derniers temps. Je... je m'excuse.

— En effet, tu m'as quasiment ignorée, dit Hester avec le sourire pour alléger le reproche. Mais c'est aussi ma faute. J'aurais pu passer te voir, ou au moins t'écrire...

— J'imagine que tu mènes une existence très prenante, dit Charles avec un soupçon de désapprobation dans la voix.

Il n'avait peut-être pas voulu avoir l'air de la juger,

mais c'était trop ancré en lui pour qu'il se débarrasse de cette mauvaise habitude.

— Oui, acquiesça-t-elle en relevant le menton.

C'était vrai, mais même dans le cas contraire, elle aurait défendu Monk et la vie qu'ils menaient tous les deux devant n'importe qui.

— L'Amérique est fantastique !

— C'était pourtant le pire moment pour y aller.

Elle se força à sourire.

— Nous ne l'avons pas choisi ! Nous y sommes allés pour aider quelqu'un qui avait de gros ennuis. Je suis sûre que tu es à même de comprendre ça.

Charles s'adoucit.

— Oui, naturellement, fit-il en rougissant. As-tu l'argent pour le fiacre, demain ?

Prenant sur elle, Hester réussit à ne pas lui répondre vertement. Après tout, elle aurait très bien pu ne pas l'avoir. Elle avait souvent été trop pauvre pour louer une voiture.

— Oui, je te remercie.

— Parfait. Dans ce cas je... euh...

— Je te tiendrai au courant si j'ai du nouveau, promit-elle.

— Ah... oui, bien sûr.

Ne sachant toujours pas quelle attitude adopter, il lui déposa un baiser sur la joue et prit congé.

Le soir, lorsque Monk rentra, Hester ne lui parla pas de la visite de son frère. Monk avait résolu une affaire de vol, et était par conséquent assez content de lui. Il fut également fort intéressé par l'histoire du bézoard.

— Comment se fait-il qu'elle en soit arrivée à une telle extrémité ? demanda-t-il, abasourdi.

— Si elle le sait, elle ne le dira pas, répondit Hester en servant le ragoût de mouton dont l'arôme lui chatouillait agréablement les narines. Mais il y a de fortes chances qu'elle ne le sache pas elle-même. Il doit s'agir d'une souffrance trop atroce pour qu'elle la regarde en face; il se peut même qu'elle n'en ait pas conscience.

— Pauvre femme! déclara Monk avec un élan de pitié qui ne lui ressemblait pas. Peux-tu l'aider?

— Kristian essaiera. Il a la patience nécessaire et il ne considère pas les hystériques comme des cas désespérés, malgré ce qu'en pense Fermin Thorpe.

Monk, qui connaissait l'histoire de Kristian et de Fermin Thorpe, ne dit rien, mais son expression était éloquente.

Le lendemain matin, Hester retourna à l'hôpital où elle trouva Mary Ellsworth en proie à de grandes souffrances car l'effet du laudanum s'estompait. Toutefois, la plaie était propre et elle put boire un peu de bouillon de viande et se reposer l'esprit en paix.

Hester revint chez elle en début d'après-midi, ôta sa vilaine robe bleue et revêtit sa plus belle toilette. Il faisait encore doux, elle n'avait pas besoin de cape ni de manteau, mais un chapeau était indispensable. La robe, d'un léger ton vert-bleu, lui seyait à merveille bien qu'elle ne fût pas à la mode. Hester ne s'était jamais souciée de savoir quelle longueur exactement une jupe devait avoir, ni comment une manche ou un col devait être coupé. Elle n'avait pas d'argent pour ce genre de choses, et, pour être honnête, n'y prenait aucun goût, mais sa fierté exigeait qu'elle ne se présente pas devant sa belle-sœur comme une parente pauvre, même si c'était précisément le cas!

Elle sortit dans la rue poussiéreuse et fit à pied le court trajet jusqu'à Endsleigh Gardens, sans regarder autour d'elle, entendant à peine les sabots des chevaux, le bruit des roues sur le pavé, le cliquetis des harnais, les cris des cochers énervés ou des marchands ambulants vantant leurs articles. Elle réfléchissait à la meilleure manière d'aider Charles sans risquer d'aggraver la situation. Elle avait autrefois été assez proche d'Imogen, avant que ses intérêts professionnels ne les séparent. Elles avaient passé des heures ensemble à rire et à bavarder, à discuter de leurs convictions et de leurs rêves.

Lorsqu'elle arriva chez les Latterly et qu'elle tira la sonnette, elle n'était pas encore parvenue à prendre une décision. La femme de chambre lui ouvrit la porte et la fit patienter dans le petit salon.

Hester n'était pas venue depuis longtemps, néanmoins c'était la maison dans laquelle elle avait grandi et chaque objet lui était familier. Elle avait l'étrange impression de se retrouver dans le passé. Les opulents rideaux vert foncé semblaient n'avoir jamais été dérangés. Ils pendaient exactement avec les mêmes plis que dans son souvenir, bien que cela fût sans doute une illusion. En hiver, au moins, on devait les tirer tous les soirs. Le garde-feu en cuivre rutilait, le même vase de roses tardives ornait la table, et quelques pétales étaient tombés sur le bois verni. Le tapis était usé devant le fauteuil où son père aimait s'asseoir, et que Charles avait adopté à son tour.

La porte s'ouvrit sur Imogen qui entra dans un tourbillon de volants. Elle portait une jupe dernier cri dont le rose pâle ne pouvait aller qu'à une brune à la peau claire. Sa veste, de la même couleur mais d'un ton plus foncé, était joliment coupée pour flatter sa taille. Elle était radieuse, pleine de confiance, presque surexcitée.

— Hester ! s'exclama-t-elle en la prenant vivement dans ses bras et en lui déposant un baiser sur la joue. Comme c'est agréable de te voir ! Tu ne viens pas assez souvent. Comment vas-tu ?

Sans attendre de réponse, elle virevolta, ramassa les pétales sur la table et les froissa dans sa main.

— Charles m'a dit que tu étais allée en Amérique. Était-ce vraiment affreux ? Les journaux ne parlent que de la guerre, mais j'imagine que tu y es habituée. Et le train qui a déraillé à Kentish Town, bien sûr. Seize morts et plus de trois cents blessés ! Qu'est-ce que je dis ? Tu es forcément au courant !

Un pli soucieux assombrit fugitivement son visage.

Elle ne s'assit pas, ne proposa pas de siège à Hester. Elle ne tenait pas en place. Elle arrangea les roses, en écrasa une dans sa précipitation et dut ramasser d'autres pétales. Puis elle entreprit d'aligner les chandeliers sur le manteau de la cheminée. Elle n'était visiblement pas d'humeur à se lancer dans des confidences de quelque nature que ce fût, encore moins à aborder un sujet aussi intime qu'une liaison amoureuse.

Hester s'aperçut qu'elle avait entrepris une tâche impossible. Avant d'apprendre quoi que ce soit, elle devait renouer les liens d'amitié qui étaient les leurs jusqu'à ce qu'elle rencontre Monk. Par où diable commencer sans manquer totalement de naturel ?

— Ta robe est superbe, dit-elle, sincère. Tu as toujours eu le chic pour choisir exactement la bonne couleur.

Imogen parut ravie du compliment.

— Tu attends peut-être quelqu'un ? J'aurais dû t'envoyer un mot pour t'annoncer ma visite. Je m'en excuse.

Imogen hésita, puis ses mots se bousculèrent.

— Pas du tout. Je n'attends personne. En fait, j'allais sortir. C'est à moi de m'excuser de partir aussi vite après ton arrivée. Mais je suis absolument enchantée de ta visite ! Je devrais passer te voir, mais c'est que je ne sais jamais quand venir sans déranger.

Elle parlait avec un enthousiasme excessif et sans presque jamais croiser le regard d'Hester.

— Fais-moi signe, je t'attendrai, répondit Hester.

Imogen commença une phrase, puis s'arrêta comme si elle avait changé d'avis. D'une certaine manière, elles étaient étrangères l'une à l'autre, et cependant l'amitié qui les avait autrefois réunies rendait les choses encore plus inconfortables que si elles ne se connaissaient pas.

— Je suis contente que tu sois passée, dit soudain Imogen, regardant Hester dans les yeux pour la première fois. J'ai un cadeau pour toi. J'ai pensé à toi dès que je l'ai vu. Attends, je vais le chercher.

Elle s'en alla dans un tourbillon de jupons, laissant la porte ouverte, et Hester entendit ses pas légers dans le couloir.

Elle reparut quelques minutes plus tard avec un ravissant coffret à bijoux en bois sombre incrusté de fils d'or et de nacre. Elle le tendit à deux mains. Il paraissait vaguement oriental, ou peut-être indien. Hester ne comprit absolument pas pourquoi il avait pu lui faire penser à elle. Elle portait rarement des bijoux, et n'avait aucun rapport avec l'Asie. Mais peut-être que, pour Imogen, la Crimée était aussi exotique que l'Inde ou la Chine. Néanmoins, c'était un objet merveilleux et certainement d'un prix élevé. Elle ne put s'empêcher de se demander où Imogen se l'était procuré. Était-ce le cadeau d'un amant, ce qui eût expliqué qu'elle n'osât pas le garder? Ce n'était certainement pas le genre de Charles — trop extravagant — pas plus qu'une babiole qu'elle se serait offerte à elle-même.

— C'est très beau, déclara Hester en s'efforçant de mettre un peu de chaleur dans sa voix.

Elle prit le coffret des mains d'Imogen et le tourna lentement vers la lumière afin d'éclairer les motifs de feuilles et de fleurs.

— Quel temps et quelle patience il a fallu pour fabriquer une telle merveille! D'où cela vient-il?

Imogen écarquilla les yeux.

— Aucune idée. J'ai juste trouvé ça joli, et... comment dire? unique. C'est pour ça que j'ai pensé à toi, c'est original.

Le sourire qu'elle esquissa illumina son visage, réveillant les moments agréables et les rires qu'elles avaient partagés des années plus tôt.

— Merci du fond du cœur, dit Hester. Je regrette

d'avoir laissé mes soucis professionnels me retenir de venir plus souvent. C'est tellement peu de chose, comparé à la famille !

En disant cela, elle pensait à Imogen, mais surtout à Charles. C'était son seul parent direct encore en vie, et elle savait maintenant qu'il était plus fragile qu'elle ne l'avait cru jusqu'alors. Elle pensa à Monk, à sa solitude. Il ne se plaignait jamais, mais Hester savait qu'il souffrait de ne pas avoir d'attaches ni de racines.

Imogen détourna les yeux et se mit à parler avec fougue.

— Il faudra que tu me parles de l'Amérique... la prochaine fois. Je n'ai jamais voyagé en bateau. Comment était-ce ? Excitant ou atroce ? Ou les deux ?

Hester s'apprêtait à décrire l'extraordinaire mélange de peur, d'ennui, d'épreuves et d'émerveillement, mais Imogen la gratifia d'un nouveau sourire radieux et se mit à retaper les coussins du canapé.

— Je me sens terriblement mal à l'aise de ne pas te demander de rester pour le thé, reprit-elle, alors que tu viens de si loin, mais j'ai promis de passer voir une amie et je ne peux pas la laisser choir.

Elle leva les yeux vers Hester.

— Je suis sûre que tu comprends. Mais la prochaine fois, c'est moi qui viendrai chez toi, si tu le veux bien, naturellement. Nous parlerons de nous. Comme je sais que tu es affreusement occupée, je t'enverrai un mot pour te prévenir de ma visite.

Presque inconsciemment, elle poussa Hester vers la porte. Il n'y avait pas d'autre issue honorable que de se soumettre.

— Ça sera avec grand plaisir, dit Hester avec un empressement forcé.

L'occasion d'apprendre quelque chose s'éloignait et elle ne voyait pas comment la rattraper. Lorsqu'elle avait pris le coffret des mains d'Imogen, elle avait cru retrouver leur ancienne amitié, mais le moment était passé, elles n'étaient plus que des étrangères cherchant le moyen de prendre congé sans déroger aux bonnes mœurs.

— Merci pour le coffret, ajouta-t-elle. Peut-être pourrais-je revenir le chercher à un autre moment qui te conviendrait mieux ?

— Oh, fit Imogen, déroutée. Oui... bien sûr. Je n'avais pas pensé à cela. Je te l'apporterai un jour prochain.

— J'espère que ce sera bientôt, dit Hester avec le sourire.

Après avoir embrassé Imogen, elle traversa le vestibule tandis que la femme de chambre lui ouvrait la porte d'entrée avec une demi-révérence.

Le lendemain matin, peu après dix heures, Hester se rendit dans le bureau de Charles, dans la City, pour faire son rapport. À peine était-elle arrivée qu'il envoyait un commis la chercher dans la salle d'attente. Il était tiré à quatre épingles comme l'avant-veille. Il se leva lorsqu'elle entra et lui déposa un rapide baiser sur la joue avant de l'inviter à s'asseoir en face de son bureau. Il resta debout, quêtant une réaction sur son visage.

— Comment vas-tu ? s'enquit-il. Veux-tu du thé ?

Elle aurait voulu combler le gouffre qui les séparait et lui dire de poser ses questions sans tourner autour du pot, sans faire semblant. Mais elle savait que cela lui aurait compliqué les choses.

— Merci, accepta-t-elle. C'est très gentil de ta part.

Il fallut encore dix minutes de banalités avant que le commis revienne avec un plateau, le pose sur le bureau, sorte et ferme la porte derrière lui. Charles invita Hester à servir le thé, puis il s'assit enfin.

— As-tu vu Imogen ? demanda-t-il.

— Oui, mais trop brièvement.

Il scrutait son visage comme pour déchiffrer ce que

les mots ne disaient pas. Hester s'en rendit compte et regretta de ne pouvoir lui dire ce qu'il espérait entendre.

— Je ne l'avais pas prévenue de ma visite, et elle était sur le point de sortir.

— Ah !

Il baissa les yeux sur sa tasse comme si le thé était un liquide du plus grand intérêt.

Hester se demanda si Imogen éprouvait autant de difficultés qu'elle à lui parler. Avait-il toujours été aussi guindé ou était-ce Imogen qui l'avait poussé à cacher ses sentiments et rendu aussi réservé ? Était-il déjà ainsi cinq ou six ans plus tôt ? Elle essaya de se rappeler.

— Je ne sais que faire d'autre, Charles ! dit-elle, désarmée. Je ne peux tout de même pas me mettre à passer tous les jours alors que je ne l'ai pas vue depuis des mois ! Elle n'a aucune raison de se confier à moi, non seulement parce que nous ne sommes plus très intimes, mais parce que je suis ta sœur. Elle doit se douter que je serai toujours de ton côté.

Il regardait par la fenêtre. Ni l'un ni l'autre n'avait touché à son thé.

— Quand je suis rentré, hier soir, elle sortait. Elle ne m'a pas remarqué. Je suis... euh, resté dans le fiacre et j'ai demandé au cocher de la suivre.

Hester était trop ébahie pour parler. Cependant, bien que cela lui répugnât, elle comprit qu'elle aurait fait la même chose à sa place, même si elle devait s'en vouloir par la suite.

— Où est-elle allée ? demanda-t-elle en s'efforçant de ne pas trahir ses pensées.

— Un peu partout, répondit-il sans la regarder. Elle est d'abord allée près de Covent Garden, dans une enfilade de petites rues. J'ai cru qu'elle faisait des courses bien que je ne voie pas ce qu'elle aurait pu trouver dans ce quartier. Mais elle est entrée dans un immeuble et en est ressortie les mains vides.

Il fut sur le point d'ajouter quelque chose, mais changea d'avis, comme s'il préférait le garder pour lui.

— Est-ce tout ? s'étonna Hester.

— Non.

Il continuait de regarder par la fenêtre en lui tournant le dos. Elle remarqua la tension qui crispait les muscles de sa nuque.

— Non, elle est allée dans deux autres endroits semblables et en est ressortie au bout d'une vingtaine de minutes. Finalement, elle est allée à Swinton Street, qui donne dans Gray's Inn Road, et a réglé son fiacre.

Il se retourna et la regarda enfin d'un air de défi.

— C'était une boucherie ! Elle paraissait... tout excitée ! Les joues en feu, elle a traversé vivement la chaussée en serrant son réticule comme si elle allait acheter quelque chose de très important. Qu'est-ce que ça peut bien signifier, Hester ? Ça n'a aucun sens !

— Je n'en sais rien, admit-elle.

Elle aurait aimé croire qu'Imogen rendait seulement visite à une amie, et qu'elle avait cherché un cadeau original à lui offrir, mais Charles avait précisé qu'elle n'avait rien acheté. D'ailleurs, pourquoi y aller le soir, quand Charles rentrait chez lui, certes un peu plus tôt que d'habitude, et sans le prévenir ?

— J'ai... je suis inquiet pour elle, dit-il enfin. Pas seulement pour moi, mais pour le scandale qu'elle risque de provoquer si elle est...

Il ne put terminer.

— Je retournerai la voir, dit vivement Hester pour ne pas le laisser dans l'embarras. Nous étions amies, j'essaierai de regagner sa confiance pour en savoir plus.

— Tu me... tu me tiendras...

Il ne voulait pas dire « informé ». Il avait parfois conscience d'être ampoulé. De bonne humeur, il pouvait se moquer de lui-même. Mais cette fois, il craignit d'être ridicule et de s'aliéner Hester.

— Naturellement ! assura-t-elle d'un ton ferme. Je

préférerais pouvoir te dire qu'elle s'est tout bonnement liée d'amitié avec une personne dont elle pensait que tu désapprouverais la fréquentation et que c'est pour cela qu'elle ne te l'a pas dit.

— Suis-je aussi... ?

Le visage d'Hester s'éclaira d'un sourire.

— Je n'ai pas vu l'amie ! Peut-être est-ce une excentrique, ou une personne aux manières affreusement vulgaires !

Il grimaça.

— Oui, peut-être.

Le commis vint annoncer que le client suivant attendait toujours. Hester s'excusa et prit congé. Dehors, la rue était animée, garçons de courses, banquiers dans leur costume sombre, fiacres dont les harnais scintillaient au soleil, et Hester se sentit gagnée par l'oppression.

CHAPITRE II

Le lendemain, Hester venait de débarrasser la table et s'apprêtait à laver la vaisselle lorsqu'on sonna à la porte. Elle entendit Monk ouvrir, puis le silence se fit. Quelques instants plus tard, elle eut soudain l'impression qu'il la regardait depuis le seuil de la cuisine. Elle se tourna vers lui.

L'expression de son visage était si austère qu'elle s'en alarma. La lumière éclairait ses pommettes et ses sourcils, laissant ses yeux dans l'ombre.

— Qu'est-ce que c'est? demanda-t-elle, sur ses gardes.

Ce n'était manifestement pas une nouvelle affaire, si grave fût-elle. C'était quelque chose qui l'avait profondément secoué.

— William?

Il s'avança d'un pas.

— La femme de Kristian Beck a été assassinée, répondit-il si bas que la personne qui attendait dans le salon n'aurait pu l'entendre.

Hester en resta interdite. C'était à peine croyable! L'image d'une femme svelte d'âge moyen, sans doute agressée dans la rue par un voleur, lui vint à l'esprit.

— Callandra est-elle au courant?

C'était pour elle le plus important, plus que Kristian lui-même.

— Oui, c'est elle qui vient nous l'apprendre.

— Ah !

Hester posa son torchon, des pensées plein la tête. Elle était naturellement navrée d'apprendre le décès de Mrs. Beck, mais à sa grande honte elle imaginait déjà le moment où Kristian serait libre d'épouser Callandra. C'était certes indécent, mais c'était à cela qu'elle pensait.

— Elle aimerait te voir, dit Monk.

— Bien sûr.

Hester passa devant Monk et entra dans le salon où Callandra attendait debout au milieu de la pièce. Elle semblait profondément affligée, comme si quelque chose venait d'arriver qu'elle avait du mal à concevoir. Elle sourit en voyant Hester, mais c'était surtout par amitié, un sourire sans joie. On lisait de l'effroi dans ses yeux brillants.

— Ah, très chère Hester ! dit-elle d'une voix tremblante. Je suis désolée de passer à une heure pareille, mais je viens juste d'apprendre la triste nouvelle, comme William a dû vous le dire.

Hester prit les deux mains de Callandra dans les siennes.

— Oui, en effet. La femme de Kristian a été assassinée. Comment est-ce arrivé ?

Callandra serra très fort les mains d'Hester.

— On ne le sait pas encore. On l'a retrouvée ce matin dans l'atelier d'Argo Allardyce. Il peignait son portrait.

À son front plissé, Hester devina qu'elle avait du mal à y croire.

— La femme de ménage les a trouvées ce matin...

— Les ? s'étonna Hester. Vous voulez dire le peintre et elle ?

Cela semblait invraisemblable.

— Non, non, répondit vivement Callandra. Mrs. Beck et un modèle, Sarah Mackeson.

— Ah ! Et Allardyce les a tuées toutes les deux ?

Hester s'efforçait désespérément de comprendre.

— Hier après-midi ? Pourquoi ?

Callandra avait l'air égaré.

— On ne sait pas. Il n'y avait personne d'autre entre hier midi et ce matin. Ça a pu se passer à n'importe quelle heure.

— Elle n'a pas dû poser le soir, remarqua Hester. On ne peut pas peindre après la nuit tombée.

— Non, fit Callandra en rougissant, non, bien sûr. Je suis désolée. Quand c'est quelqu'un qu'on connaît, on ne peut s'empêcher d'être profondément bouleversé, c'est idiot. Toutefois...

— L'eau bout, annonça Monk depuis le seuil de la cuisine.

— Oh, je vous en prie ! s'exclama Callandra avec un petit rire nerveux. Vous pouvez tout de même faire du thé, William !

Il la regarda, s'apercevant qu'elle était au bord de la crise de nerfs.

Hester se tourna vers lui. Elle vit à ses yeux qu'il comprenait la situation, le laissa s'occuper du thé, et reporta son attention sur Callandra.

— Asseyez-vous, dit-elle en la guidant presque au fauteuil. Savez-vous pourquoi Allardyce a fait une chose pareille ?

Maintenant qu'elle était obligée de réfléchir à la question, elle s'aperçut qu'elle ignorait tout de Mrs. Beck.

Callandra fit de gros efforts pour se maîtriser.

— Je ne suis pas sûre que ce soit Allardyce, déclara-t-elle. On les a retrouvées dans son atelier, mais Allardyce lui-même n'était pas là.

Elle croisa le regard d'Hester, implorant une réponse qui ferait du drame un triste incident ne les concernant pas, comme un accident de la circulation, tragique mais impersonnel. Mais c'était impossible. Ce qui s'était passé changerait leur vie de manière irrévocable; un meurtre reste un meurtre.

Hester chercha quelque chose à dire, mais Monk reparut avec le thé avant qu'elle trouve ses mots. Il servit trois tasses et ils burent le liquide brûlant en silence.

Callandra, qui avait recouvré son calme, s'adressa à Monk :

— William, la femme de Kristian et le modèle ont été assassinés. C'est horrible, quelle que soit la manière dont ça s'est passé. Kristian Beck sera forcément soupçonné parce que... c'est le mari.

Sa main tremblait légèrement, elle reposa sa tasse avant de renverser le thé.

— Il y aura des tas de questions, dont certaines dérangeantes.

Elle semblait incroyablement vulnérable.

— Je vous en prie... faites votre possible pour le protéger.

Hester se tourna vers Monk. Il avait quitté la police en très mauvais termes avec son supérieur. Il était difficile de dire s'il avait démissionné ou s'il avait été renvoyé. Lui demander de s'impliquer dans une affaire de ce genre revenait à exiger beaucoup de lui. Toutefois, il était redevable, ainsi qu'Hester, à Callandra, ne fût-ce que sur le plan matériel, sans même parler de loyauté et d'affection. Elle leur avait accordé son amitié indéfectible au mépris de sa propre réputation. Quand ils étaient dans le besoin, elle les avait aidés financièrement, avec discrétion et sans rien demander en échange, sinon d'être tenue au courant de leurs enquêtes.

Hester remarqua l'hésitation de Monk. Elle allait dire quelque chose pour l'inciter à accepter, puis elle vit qu'il s'y apprêtait et eut honte d'avoir douté de lui.

— J'irai au commissariat, assura-t-il. Où les a-t-on trouvées ?

— Dans Acton Street, répondit Callandra avec un

soupir de soulagement. Au numéro 12. C'est une maison avec un atelier d'artiste au dernier étage.

— Acton Street? fit Monk, essayant de situer l'endroit.

— Ça donne dans Gray's Inn Road. Juste après le Royal Free Hospital.

Hester sentit sa gorge se serrer. Elle eut du mal à déglutir.

Monk dévisageait Callandra, le visage blême, les muscles du cou crispés. C'était dans la juridiction de Runcorn et Hester savait que Monk devrait le rencontrer s'il s'occupait de l'affaire. Leur inimitié remontait aux premiers jours de Monk dans la police. Mais quels que fussent ses sentiments, il les ignora et se concentra sur son devoir.

— Comment se fait-il que vous l'ayez su si vite? demanda-t-il à Callandra.

— Kristian me l'a dit. Nous avions une réunion à l'hôpital. Il a dû y renoncer et m'a priée de l'en excuser.

— Elle n'est pas rentrée de la nuit, remarqua Monk. Il ne s'est pas inquiété?

Elle évita son regard.

— Je ne lui ai pas demandé. Je... je crois qu'ils vivaient leur vie chacun de leur côté.

En tant qu'ami, il n'aurait sans doute pas insisté, cependant, lorsque la vérité était en jeu, il n'acceptait aucune limite à ses investigations. Il détestait poser des questions indiscrètes, aborder des sujets sensibles ou douloureux, mais n'hésitait pas une seconde si cela s'avérait nécessaire. Impitoyable lorsqu'il s'agissait des zones d'ombre de sa propre mémoire, il savait d'expérience combien cela faisait mal d'y rechercher des souvenirs effacés. Il avait dû recoller patiemment les lambeaux épars de son passé antérieurs à son accident; certains étaient très colorés, d'autres si sombres et si pénibles qu'il lui avait fallu tout son courage pour les affronter.

— Où était-il hier soir ? interrogea-t-il sans quitter Callandra du regard.

Elle écarquilla les yeux et Hester y vit de la peur. Monk l'avait forcément vue lui aussi. Elle fut sur le point de dire quelque chose, puis s'éclaircit la gorge et dit autre chose.

— Protégez sa réputation, William, je vous en supplie. Il est autrichien et, même s'il parle parfaitement anglais, il reste un étranger. De plus... ce n'était pas le plus heureux des ménages. Ne laissez pas la police le harceler, ni insinuer qu'il pourrait être coupable.

Monk ne chercha pas à lui donner de fausses assurances.

— Parlez-moi de Mrs. Beck, demanda-t-il au contraire. Quel genre de femme était-ce ?

Callandra hésita. Un éclair de surprise brilla un instant dans ses yeux.

— Je crains de ne pouvoir vous dire grand-chose, avoua-t-elle, mal à l'aise. Je ne l'ai jamais rencontrée. Elle ne se mêlait pas du tout de la vie de l'hôpital et... (Elle rougit.) Je ne fréquente pas Kristian Beck en dehors du service.

Hester posa son regard sur Monk. S'il avait trouvé quelque chose de bizarre dans la réponse de Callandra, rien dans son expression ne le laissait supposer. Il avait le visage tendu, les yeux rivés sur Callandra.

— Et son cercle d'amis ? insista-t-il. Recevait-elle beaucoup ? Quels étaient ses centres d'intérêt ? À quoi occupait-elle son temps ?

Callandra parut de plus en plus mal à l'aise. Ses joues s'empourprèrent davantage.

— Je l'ignore. Il parle rarement d'elle. Je... d'après le peu qu'il m'en a dit, j'en ai déduit qu'elle s'absentait souvent de chez elle, mais je ne sais pas où elle allait. Il a mentionné un jour qu'elle s'intéressait beaucoup à la politique et qu'elle parlait allemand. Cependant, Kristian lui-même a passé plusieurs années à Vienne, ce n'est donc peut-être pas surprenant.

— Était-elle autrichienne, elle aussi? demanda vivement Monk.

— Non, en tout cas pas à ma connaissance.

Monk se leva.

— Je vais aller au commissariat voir si je peux apprendre quelque chose. Ne vous inquiétez pas, ajouta-t-il d'un ton radouci. C'était peut-être le modèle qui était visé et la malchance a voulu que Mrs. Beck se trouve là au mauvais moment.

Callandra fit un effort pour sourire.

— Je vous remercie... Je sais que ça ne vous sera pas facile d'interroger vos anciens collègues.

Il haussa les épaules pour minimiser ce désagrément, puis enfila sa veste et l'ajusta soigneusement. Sa coupe était parfaite. Quels que fussent ses revenus, il s'habillait avec élégance et un certain style. Il avait toujours de l'argent pour régler son tailleur, même s'il devait pour cela ne vivre que de pain sec et d'eau.

Juste avant de sortir, il se retourna pour jeter vers Hester un regard dans lequel elle vit des pensées et des sentiments qu'il aurait fallu des minutes à expliquer.

Hester reporta son attention sur Callandra, réfléchissant déjà au moyen de la rassurer.

Monk détestait encore plus demander un service à Runcorn que Callandra ne l'imaginait. C'était en grande partie une question de fierté. Cependant, il ne pouvait ignorer son devoir, ni son besoin irrésistible de connaître la vérité. Le danger que tout savoir recèle en lui-même l'avait toujours fasciné, même quand il était obligé d'aborder des sujets douloureux, d'arracher des secrets ou de raviver des blessures. C'était un défi à son talent, à son courage, et affronter Runcorn était un prix qu'il n'avait jamais estimé trop élevé.

Il descendit Grafton Street jusqu'à Tottenham Court

Road et prit un fiacre pour faire les deux kilomètres qui le séparaient du commissariat.

Pendant le trajet, il réfléchit à ce que Callandra lui avait dit. Il connaissait à peine Kristian Beck, mais l'avait instinctivement trouvé sympathique. Il admirait son courage, la naïveté de sa croisade pour améliorer les soins médicaux aux pauvres. Il était meilleur que Monk ne le serait jamais, il avait de la patience, une grande ouverture d'esprit, et semblait dénué de toute ambition personnelle. Monk n'aurait pu en dire autant de lui-même, et il le savait.

Arrivé au commissariat, il régla le cocher, grimpa les quelques marches et entra. Le sergent de garde le dévisagea avec intérêt. Avec un soupir de soulagement, Monk se rappela combien cela avait été différent après l'accident. Il y avait alors eu de la peur dans le regard du sergent, un respect dû à la langue acérée de Monk et à son esprit exigeant.

— Bonjour, Mr. Monk ! lança joyeusement le sergent. Qu'y a-t-il pour votre service, aujourd'hui ?

Avec le temps, il avait sans doute gagné en confiance. Un bon chef aurait fait ce qu'il fallait pour cela. Mais il était vain de regretter les insuffisances du passé.

— Bonjour, sergent, répondit Monk.

Il avait réfléchi à la manière de formuler sa demande afin d'obtenir ce qu'il désirait sans avoir à supplier.

— Il se peut que j'aie des renseignements sur un crime qui a eu lieu hier dans Acton Street. Puis-je parler à l'officier chargé de l'affaire ?

Avec un peu de chance, ce serait John Evan, un homme dont il était sûr de l'amitié.

— Ah, vous voulez parler du double meurtre ! C'est Mr. Runcorn en personne qui s'en occupe. C'est une affaire extrêmement délicate. Vous avez de la chance, il est là. Je vais lui dire que vous voulez le voir.

Monk fut surpris que Runcorn, qui était responsable du commissariat et n'avait pas mené personnellement d'enquête depuis plusieurs années, accordât son attention à ce qui semblait être un banal drame familial. Avait-il l'ambition de résoudre une affaire facile afin de s'en attribuer les mérites ? À moins que cette affaire ne revêtît une importance qui avait échappé à Monk, et que Runcorn n'osât pas donner l'impression qu'il s'en désintéressait.

Monk s'assit sur le banc en bois, prêt à une longue attente, que Runcorn ferait certainement durer pour lui rappeler qu'il n'avait plus aucun statut dans ce commissariat.

Cependant, au bout de cinq minutes à peine, un constable le conduisit dans le bureau de Runcorn, ce qui était aussi déconcertant qu'inattendu.

Le bureau était exactement comme dans son souvenir — propre, rangé, sans imagination. On sentait le désir de souligner l'importance de son occupant, mais sans résultat parce que trop ostensible. Un homme plus à l'aise ne se serait pas donné tant de mal.

Runcorn n'avait pas changé non plus — grand, le visage maigre, un peu moins rougeaud qu'avant, les cheveux grisonnants moins fournis, il restait bel homme. Il dévisagea Monk avec circonspection. C'était comme s'ils avaient été projetés dans le passé. Leur vieille rivalité était toujours aussi intense, ils connaissaient tous deux leurs points faibles, leur gêne, leurs doutes, leurs failles que chacun aurait voulu oublier mais qu'ils voyaient dans le regard de l'autre.

Runcorn soutint le regard de Monk, le visage presque dénué d'expression.

— Baker prétend que vous savez quelque chose à propos des meurtres d'Acton Street, dit-il. Est-ce exact ?

C'était le moment d'éviter le plus petit mensonge, même implicite. Cela entraînerait des hostilités dans l'avenir et causerait des dégâts irréparables. Et néanmoins la vérité nue ne lui gagnerait pas la coopération de Runcorn. Il était déjà aux aguets, crispé, prêt à se défendre contre la moindre insulte ou la plus petite atteinte à son autorité. Les moqueries de Monk, son esprit vif et sa langue acérée, son aisance supérieure avaient creusé entre eux un fossé infranchissable.

Tout le long du trajet, Monk s'était échiné à trouver quelque chose d'intelligent et de vrai à dire, en vain. Maintenant il était dans le bureau de Runcorn, et un silence pesant se prolongeait. En réalité, il n'avait aucune information sur le double meurtre d'Acton Street, et ce qu'il savait de Kristian Beck et de la relation entre les deux époux était susceptible de faire plus de mal que de bien.

— Je suis un ami de la famille Beck, déclara-t-il tout en se rendant compte du ridicule et de l'insuffisance de ses propos.

Runcorn le dévisagea d'un œil vide. Il soupesait ce qu'il venait d'entendre. Monk, qui s'attendait à une réplique cinglante, préparait déjà la riposte.

— Cela nous sera... peut-être utile, dit lentement Runcorn, comme à contrecœur.

— Naturellement, c'est peut-être une affaire banale. J'ai cru comprendre qu'une autre femme avait été assassinée...

Ne sachant s'il fallait utiliser la forme interrogative, il laissa la phrase en suspens.

— C'est exact, admit Runcorn. Il s'agit de Sarah Mackeson qui servait de modèle au peintre, précisa-t-il avec une pointe de mépris. On dirait qu'elles ont été tuées à peu près à la même heure.

Monk changea de position, passant d'un pied sur l'autre.

— Vous vous chargez de l'enquête vous-même ?

— Je manque de personnel, dit sèchement Runcorn. J'ai pas mal d'hommes malades et malheureusement Evan est en déplacement.

— Ah ! Je...

Monk changea d'avis. Il était trop tôt pour proposer son aide.

— Quoi ? fit Runcorn, impavide, une lueur d'agressivité dans le regard.

Monk s'en voulait de s'être laissé entraîner dans cette situation. Maintenant, il ne savait pas quoi dire, mais il refusait de battre en retraite.

Runcorn baissa les yeux sur son bureau qu'aucun papier, rapport ni livre n'encombrait.

— Figurez-vous que le père de Mrs. Beck est un avocat très en vue, déclara-t-il d'un ton neutre. À ce qu'on m'a dit, il a de grandes chances de se présenter bientôt aux élections.

Monk dissimula vivement sa surprise avant que Runcorn ne regarde dans sa direction. Ainsi, l'affaire revêtait une certaine importance. Si la femme de Kristian Beck avait des relations haut placées, son meurtre ferait la une de tous les journaux. Il y aurait bientôt une arrestation. Le responsable de l'enquête n'échapperait pas aux feux de l'actualité, ni aux honneurs ou aux critiques. Pas étonnant que Runcorn soit contrarié.

Monk fourra les mains dans ses poches et se détendit. Toutefois, il ne prit pas encore la liberté de s'asseoir sans y avoir été invité, ce qui le rendit perplexe : autrefois, il se serait assis avec désinvolture.

— Pas de chance, remarqua-t-il.

Runcorn le dévisagea d'un air soupçonneux.

— Que voulez-vous dire ?

— C'est plus facile de mener une enquête sans avoir les journalistes sur le dos, ou son supérieur exigeant des résultats avant même que vous ayez commencé.

Runcorn pâlit.

— Comme si j'avais besoin que vous me le rappeliez ! grogna-t-il. Dites plutôt quelque chose d'utile ou retournez chercher les chiens perdus sans collier, ou quoi que ce soit que vous fassiez maintenant !

Il regretta aussitôt sa sortie, mais il était trop tard pour ravaler ses paroles et Monk était bien le dernier devant qui il admettrait une erreur, sans parler de lui demander de l'aide.

Jadis, Monk se serait sans doute réjoui du malaise de Runcorn, mais aujourd'hui il avait besoin de sa coopération. Et, bien que cela leur déplût, aucun des deux ne voyait comment arriver à ses fins sans l'aide de l'autre.

Runcorn fut le premier à céder. Il prit un porte-plume, bien qu'il n'eût pas de papier devant lui, et le serra entre ses doigts crispés.

— Alors, demanda-t-il, avez-vous oui ou non des informations utiles ?

Monk fut surpris d'un tel franc-parler, et il vit que Runcorn l'avait lui-même remarqué. Il fallait le laisser goûter à cette petite victoire. C'était le seul moyen d'avancer ses pions.

— Pas encore, admit-il. Dites-moi ce que vous avez pour l'instant, et si je peux vous aider je le ferai.

Sur ce, il s'assit et croisa les jambes avec aisance.

Runcorn ravala sa mauvaise humeur.

— Numéro 12, Acton Street, commença-t-il. La femme de ménage a trouvé deux cadavres en arrivant ce matin vers huit heures et demie. Deux femmes, la trentaine entamée d'après le sergent, toutes deux la nuque brisée. Des traces de bagarre, tapis froissé, chaises renversées.

— Laquelle des deux a été tuée la première ?

— Impossible à dire.

Il y avait du ressentiment dans la voix de Runcorn, mais son expression n'en laissait rien paraître. Il désirait l'aide de Monk — quelle que fût l'inimitié qu'ils éprouvaient l'un pour l'autre, il en avait besoin —, et cela l'emportait sur les rancœurs passées.

— L'autre femme était apparemment le modèle d'Allardyce et vivait plus ou moins là.

Tout cela dit sur un ton moralisateur.

Monk ne tourna pas autour du pot :

— Une histoire de jalousie...

Runcorn grimaça.

— Le modèle était à moitié déshabillé, concéda-t-il. Et Allardyce était introuvable ce matin. Il est arrivé vers dix heures en affirmant qu'il avait passé la nuit dehors. Pas encore eu le temps de vérifier.

Il reposa son porte-plume.

— C'est ridicule ! fit Monk. S'il n'était pas là, pourquoi Mrs. Beck serait-elle venue poser ? Si elle ne l'avait pas vu en arrivant, croyez-vous qu'elle serait restée à papoter avec le modèle ?

— Non, bien sûr. Pas si elle ne venait que pour poser.

Runcorn se mordit la lèvre d'un air malheureux. Il n'avait pas besoin d'expliquer où était le traquenard pour un policier qui allait être amené à prouver que la fille d'un personnage haut placé avait avec un peintre une liaison d'un caractère si sordide qu'elle s'était terminée par un double meurtre.

Il n'y avait par ailleurs aucun moyen de ne pas impliquer Kristian dans l'affaire. Personne ne prendrait à la légère d'être trompé par sa femme de cette manière. Malgré lui, Monk ressentit une pointe de pitié pour Runcorn, d'autant qu'il connaissait son besoin de reconnaissance sociale et les couleuvres qu'il avait dû avaler pour être respecté par ceux qu'il admirait plutôt que d'être simplement toléré. Il ne parviendrait jamais à ses fins et cela continuerait à le ronger. Monk avait le vernis et l'élégance d'un gentilhomme, entre autres parce qu'il se moquait des convenances. Runcorn y attachait une importance démesurée, ce qui trahissait sa basse extraction.

— Est-ce que ça vous aiderait si je cherchais à apprendre quelque chose par des moyens détournés ? proposa négligemment Monk. En questionnant des amis plutôt que par des voies officielles.

Il regarda Runcorn batailler avec sa fierté, son antipathie pour Monk, son inquiétude pour la suite des événements, et sa propre incapacité à faire face à la situation. Il essayait de jauger quelle aide Monk pouvait lui apporter, ce qu'il exigerait en retour et jusqu'où il pouvait lui faire confiance.

Monk attendait.

— Puisque vous connaissez la famille, dit enfin Runcorn, ça évitera probablement les embarras.

Il parlait d'une voix égale, mais ses mains nouées trahissaient son inquiétude.

— Mais soyez prudent, ajouta-t-il en regardant pour la première fois Monk dans les yeux. Ça ne sera peut-être pas ce que l'on croit et il faut éviter de passer pour des imbéciles. De plus, votre enquête n'aura aucun caractère officiel.

— Naturellement, acquiesça Monk en s'efforçant de dissimuler son sourire.

Il savait pourquoi Runcorn ne lui faisait pas confiance. Vu les circonstances, il l'aurait méprisé si cela avait été le cas. Qu'il se confiât à Monk équivalait déjà à reconnaître sa propre impuissance.

— J'imagine que vous recherchez des témoins ? Quiconque aurait été aperçu près de la maison ? Où Allardyce prétend-il avoir passé la nuit ?

L'expression de Runcorn refléta son mépris pour les originaux et la vie de bohème.

— Il affirme qu'il a bu toute la nuit à Southwark avec des amis, à la recherche d'une sorte de... nouvelle lumière ! Si tant est que ça veuille dire quelque chose. Si vous voulez mon avis, ça semble étrange, en pleine nuit.

— Et ses amis ont confirmé ses dires ?

— Ils étaient trop occupés à chercher une nouvelle lumière eux-mêmes, expliqua Runcorn avec une moue de mépris. Mais j'ai mis des hommes sur le coup et nous trouverons quelque chose tôt ou tard. Acton Street est assez animée... le soir, en tout cas.

Il s'éclaircit la gorge.

— Naturellement, vous voulez voir les corps ? Mais le médecin légiste n'a pas grand-chose pour l'instant.

— Oui, j'aimerais bien, confirma Monk sans montrer trop d'empressement.

Runcorn se leva, hésita un instant comme s'il n'avait pas encore décidé comment se comporter, puis il se dirigea vers l'escalier, suivi de Monk. Il y avait moins d'un kilomètre jusqu'à la morgue et avec la circulation intense il était plus facile de marcher que d'essayer de trouver un fiacre.

L'air empestait la sueur et le crottin, et les deux hommes durent se frayer un chemin à travers une marée humaine.

Toute conversation se révélant impossible, ils étaient soulagés de devoir marcher en silence. Au premier carrefour, à côté d'un marchand de boisson à la menthe, ils durent attendre une accalmie avant de traverser en zigzaguant entre les charrettes, les calèches et les haquets cependant qu'un marchand de quatre-saisons manquait les renverser avec sa voiture. Runcorn jura dans sa barbe et sauta sur le trottoir.

Un vendeur de journaux hurlait les nouvelles de la campagne napolitaine de Garibaldi. Il n'y avait pas eu de combats importants en Amérique depuis la bataille sanglante de Bull Run, deux mois et demi auparavant, et la guerre de Sécession ne faisait plus la une des journaux. Personne ne prêtait la moindre attention au jeune crieur. Quelques passants oisifs s'arrêtèrent pour écouter un bonimenteur dont le baratin était autrement plus divertissant.

— Double meurtre à Acton Street ! lança-t-il de sa voix chantante. Deux femmes à moitié nues retrouvées mortes, la nuque brisée, dans l'atelier d'un peintre. Arrêtez-vous une minute et vous saurez tout !

Une demi-douzaine de badauds acceptèrent son invitation et des pièces de monnaie tintèrent dans sa sébile.

Runcorn jura encore et se glissa entre un gros gentleman en pantalon à fines rayures qui rougit d'être surpris en train d'écouter le bonimenteur, et un employé de bureau décharné qui serrait une serviette sous son bras et cherchait à attirer l'attention d'un marchand de sandwiches.

— Vous voyez ce que je voulais dire? fit Runcorn, furibond, lorsqu'ils atteignirent la morgue. L'histoire s'étale au grand jour avant qu'on n'en ait parlé à quiconque! Je me demande qui lui a raconté tout ça. Il l'a reniflé dans l'air, ma parole!

Il grimpa les marches et poussa la porte, suivi de Monk qui sentit l'odeur aigre-douce de la mort que le phénol et la pierre humide rendaient encore plus désagréable. À la crispation de Runcorn, il s'aperçut que le policier éprouvait le même dégoût.

Le médecin légiste était un petit brun trapu à la voix de velours. Il hocha la tête dès qu'il vit Runcorn.

— Trop tôt! lança-t-il avec un geste de la main. Je ne peux pas vous en dire plus que ce matin. Vous me prenez pour un magicien?

— On vient juste jeter un coup d'œil, répliqua Runcorn.

Il passa devant le médecin et se dirigea vers la porte à l'autre bout de la salle. Le médecin regarda Monk d'un air soupçonneux; il dressa un sourcil si haut que son visage en parut tout de guingois.

Runcorn l'ignora, préférant ne pas se justifier.

— Venez! dit-il à Monk d'un ton bourru.

Monk le rattrapa et les deux hommes entrèrent dans la salle où on conservait les corps en attendant que les pompes funèbres viennent les chercher. Monk avait dû fréquenter de nombreuses morgues au cours de sa carrière, même s'il ne se rappelait que les cinq dernières années, et à chaque fois son estomac se nouait. Il n'aurait pas aimé penser qu'il entrait autrefois dans ces lieux maudits avec indifférence.

Runcorn alla à une des tables et tira le drap du visage

du cadavre, le maintenant soigneusement pour ne dévoiler que le haut du torse et la tête. C'était une femme apparemment grande, la peau lisse et sans tache. Elle avait des traits réguliers plutôt que beaux, et ses pommettes ainsi que ses arcades sourcilières laissaient penser que ses yeux avaient été remarquables. Ses épais cheveux, d'un brun-roux fauve, étaient étalés sous son crâne à la manière d'un coussin de feuilles mortes.

— Sarah Mackeson, annonça Runcorn sans la regarder, la voix légèrement nouée par l'émotion qu'il cherchait à refouler.

Monk leva les yeux sur lui.

Runcorn s'éclaircit la gorge. Il était gêné. Monk s'interrogea sur ce qui pouvait bien lui traverser l'esprit, ce qu'il pensait de l'existence de cette femme, des passions qui l'avaient animée et faite ce qu'elle était. Pour lui, un modèle était par définition une personne peu recommandable, cependant il ne pouvait s'empêcher d'être ému par sa mort. Il ne restait d'elle ni esprit ni conscience, mais Runcorn semblait néanmoins mal à l'aise devant la réalité de son corps.

Quelques années plus tôt, Monk se serait moqué de lui. Maintenant, il était ennuyé parce que cela rendait Runcorn plus humain, et il préférait continuer à le détester. Question d'habitude, sans doute.

— Alors? fit le policier. Vous en avez assez vu? Nuque brisée. Vous voulez voir les bleus sur ses bras?

— Bien sûr, répondit sèchement Monk.

Runcorn tira le drap afin de dénuder les bras mais le retint avec précaution pour ne pas dévoiler ses seins. Malgré lui, Monk apprécia ce geste plein de tact. Il ne lui vint pas à l'esprit qu'il s'agissait davantage de pruderie que de respect. Il y avait quelque chose dans la manière dont il tenait le drap, dont ses doigts l'empêchaient de glisser, qui démentait cette idée.

Il se pencha pour examiner les très légères empreintes sur la peau lisse, à peine décolorée.

— Elle est morte trop vite pour que les marques soient nettes, expliqua inutilement Runcorn.

— Je le sais bien ! répliqua Monk. On dirait qu'elle s'est débattue.

Il prit une main flasque, l'examina pour voir si elle avait griffé son agresseur, mais il n'y avait pas d'ongle cassé, ni de sang ou de morceau de peau sous les ongles. Il reposa la main, souleva l'autre, mais n'y trouva rien non plus.

Runcorn l'observait en silence et, lorsqu'il eut fini, il remonta le drap et alla à la table voisine. Il souleva le drap afin de montrer le visage et les épaules de la deuxième victime.

La première réaction de Monk fut la colère ; pourquoi Runcorn avait-il commis une telle erreur ? Pourquoi n'avait-il pas montré le cadavre attendu ? Cela ne pouvait pas être celui de la femme du Dr. Beck. Elle était très mince et presque aussi grande que Kristian. Pas un cheveu blanc ne venait ternir son épaisse chevelure brune, et son visage, même sans l'étincelle de vie pour l'animer, était d'une rare beauté. Elle avait des traits délicats, presque éthérés, encore hantés par une sorte de passion qui demeurait vivace même dans cet endroit sans âme avec son air humide et son odeur de phénol et de mort.

Bien que se souciant peu de ce que Runcorn pensait d'elle, il leva les yeux vers lui pour déchiffrer son expression.

Runcorn l'observait. Dans son regard ému et hésitant, il y eut un éclair de triomphe.

— Vous ne la connaissiez pas, n'est-ce pas ? Vous vous attendiez à voir quelqu'un d'autre. Ne me mentez pas, Monk.

— Je n'ai jamais dit que je la connaissais. Je connais son mari.

L'éclair de triomphe mourut.

— Il est encore trop secoué pour nous être utile. Mais

nous l'interrogerons bientôt de nouveau. Vous vous en doutez.

— Naturellement !

— C'est pour ça que vous êtes là, n'est-ce pas ? Vous avez peur que ce soit lui le coupable ! Qu'il ait trouvé sa femme avec Allardyce et qu'il l'ait tuée.

Il avait parlé d'une voix dure, comme s'il était furieux de sa propre faiblesse et qu'il cherchait délibérément à se faire du mal avant qu'un autre le fasse.

Mais elle avait un visage qui touchait les gens à ce point. C'était celui d'une rêveuse, d'une idéaliste, d'une femme pleine de vie, et ça serrait le cœur de la voir ainsi brisée. Monk, lui-même en colère, croisa le regard courroucé de Runcorn.

— C'est vrai, admit-il, j'ai peur que ce soit lui. Ne me dites pas que vous venez juste d'en prendre conscience !

Maintenant, Runcorn était obligé de l'avouer, et d'avoir l'air d'un idiot, ou de le nier, et de n'avoir aucune raison de refuser ensuite l'aide de Monk. Il opta pour la dernière solution, trahissant par là même à quel point il était dépassé.

— Elle aussi, nuque brisée, dit-il avec autorité. Et deux ongles cassés. Elle s'est davantage débattue que l'autre. Je parie que son assassin a quelques bleus et même une ou deux égratignures, et...

Il désigna son oreille droite et souleva les cheveux pour montrer la déchirure à l'endroit où une boucle d'oreille avait été arrachée.

— ... et ça !

— Vous l'avez retrouvée ? demanda Monk.

— Non. On a fouillé de fond en comble, même dans les rainures du plancher... rien.

— Avez-vous aussi fouillé Allardyce ?

Monk tremblait de rage à l'idée qu'on ait pu assassiner cette femme ; et il était par ailleurs troublé de voir à quel point elle était différente de ce qu'il avait imaginé.

— Naturellement ! fit Runcorn avec hargne. Rien non plus ! En tout cas, rien d'important. Il a des coupures et des égratignures sur les mains, mais il prétend que c'est comme ça tout le temps, à cause des couteaux, des lames de rasoir pour découper les toiles, des clous pour les tendre, et tout le tintouin. Il jure qu'il ne l'a pas vue de la soirée et qu'il n'a donc pas pu la tuer. Il a vraiment l'air bouleversé et si c'est de la comédie, ce n'est pas peintre qu'il devrait être mais acteur.

Le froid de la morgue commença à s'insinuer en Monk et l'odeur lui retourna l'estomac. Il se rappela avoir connu des hommes qui avaient tué — par jalousie, accès de rage ou pour une blessure d'amour-propre — et avaient par la suite été aussi horrifiés que tout un chacun. D'autre part, une femme d'une beauté aussi envoûtante que celle de Mrs. Beck avait dû éveiller toutes sortes de passion chez Allardyce, ou chez n'importe qui, surtout chez Kristian lui-même.

— Vous en avez assez vu ?

La voix de Runcorn le tira de ses pensées.

— Les vêtements, dit Monk d'un air absent. Comment étaient-elles habillées ?

— Le modèle avait une sorte de robe flottante...

La gêne et le mépris qu'il ressentait pour son style de vie et ce qu'il en imaginait se devinaient dans sa voix. Il pinçait les lèvres et le rose lui montait aux joues.

— Quant à Mrs. Beck, elle portait une robe ordinaire, à col montant, foncée, boutonnée tout du long. Ça lui allait très bien, mais je ne vous apprends rien.

— Des bottines ? s'enquit Monk.

— Naturellement ! Elle ne marchait pas pieds nus ! Ah ! fit-il, comprenant soudain, vous voulez savoir si elle les avait aux pieds ? Eh bien, oui !

— Non, je voulais savoir si elles étaient vieilles ou neuves. J'avais pensé que si elle les avait ôtées, vous l'auriez mentionné.

Runcorn rougit davantage, mais d'irritation cette fois.

— Plutôt vieilles... pourquoi ? Beck ne gagne-t-il pas correctement sa vie ? Son père est Fuller Pendreigh, un homme très important, qui doit fatalement avoir de l'argent.

— Ça ne veut pas dire qu'il en donnait à sa fille, remarqua Monk, depuis qu'elle était mariée, et elle l'était depuis... vous savez depuis combien de temps ?

Runcorn haussa les sourcils.

— Vous ne le savez pas ?

— Aucune idée, admit Monk, agacé.

Sauf que cela devait être avant que Kristian ne rencontre Callandra, mais il ne voulait pas le dire à Runcorn.

— Vous voulez voir les vêtements, bien sûr ? Ils ne vous apprendront rien. Je les ai déjà examinés.

Runcorn recouvrit de nouveau le visage blême, bordant le drap comme si c'était indispensable, puis il traversa la salle pour se rendre dans la petite pièce où on rangeait les affaires des morts. Les tiroirs étaient fermés à clé. Il dut demander à un employé de les lui ouvrir.

Monk prit la robe droite de Sarah Mackeson. Un léger parfum y était encore accroché. Il eut la nette impression qu'elle était toujours vivante, ce qu'il n'avait pas ressenti en voyant le corps. Ses mains tremblèrent lorsqu'il reposa la robe. Il n'y avait pas de sous-vêtements. Était-elle si sûre de sa beauté qu'elle se plaisait à l'offrir avec une intimité que des habits classiques auraient cachée ? Ou avait-elle posé pour Allardyce et enfilé cette tenue pendant qu'il faisait une courte pause ? Et pourquoi n'avait-il pas poursuivi son activité ?

Ou était-elle au lit, seule ou avec quelqu'un, lorsque Mrs. Beck était arrivée ? Dans ce cas, passait-elle souvent la nuit dans l'atelier d'Allardyce ? Il y avait des tas de questions à son sujet. La plus importante dans l'esprit de Monk, celle qui devenait de plus en plus insistante, était : s'agissait-il de la victime désignée, la femme de Kristian n'étant alors qu'un témoin inattendu qu'on avait fait taire de la plus atroce des façons ?

— Il n'y a vraiment pas moyen de savoir laquelle est morte la première ? demanda-t-il en remettant les vêtements à leur place et en fouillant le second tiroir, celui de Mrs. Beck.

Il avait du mal à penser à elle sous ce nom tant elle était différente de ce qu'il avait imaginé, mais il ne lui en connaissait pas d'autre.

— Pas pour l'instant, répondit Runcorn qui surveillait chacun de ses gestes, chacune de ses expressions, en quête d'un signe quelconque qui l'aurait trahi. Le médecin légiste ne peut rien dire, mais nous savons par le locataire de l'étage au-dessous qu'il a entendu des voix de femmes vers neuf heures et demie du soir.

— Sans doute l'arrivée de Mrs. Beck. Ou de son assassin. L'une des deux, au moins, était donc encore en vie à cette heure-là.

— Probablement, acquiesça Runcorn. Vous en saurez peut-être plus si vous parlez au bonhomme.

Monk dissimula un sourire. Runcorn était toujours intimement persuadé qu'il y avait quelque chose de caché que Monk trouverait et lui pas. C'était si souvent arrivé dans le passé que c'était devenu une sorte de lieu commun.

Les vêtements de Mrs. Beck étaient d'excellente qualité, il le sentit au toucher — fine batiste des sous-vêtements, bien que lavés si souvent qu'ils étaient presque élimés par endroits. La robe était en laine, mais la légère fatigue des coutures du corsage laissait penser qu'elle avait été portée pendant de nombreuses années, et rénovée au moins une fois. Les bottines étaient merveilleusement coupées dans un cuir excellent, mais avaient été maintes fois ressemelées. Même le haut était éraflé et il avait fallu sacrément les polir pour qu'elles gardent bon aspect. Était-ce de la pauvreté ou de l'économie ? Ou Kristian était-il plus avare que Monk ne l'avait imaginé ?

Il prit la mince alliance en or et une délicate boucle d'oreille, qui pouvait être en or ou en toc. Joli mais pas très cher. Il leva les yeux vers Runcorn, essayant de voir ce qu'il en pensait, mais ne rencontra que de la confusion dans son regard.

— Alors ? fit Runcorn.

Monk replia les vêtements, les rangea et referma le tiroir sans répondre.

— J'imagine que vous voulez voir l'atelier ? s'enquit Runcorn avec une moue.

— Qu'est-ce que vous pensez d'Allardyce ? demanda Monk en suivant le policier.

Ils remercièrent le médecin légiste et sortirent dans la rue. Cette fois, Runcorn héla un fiacre et donna l'adresse d'Acton Street au cocher.

— Difficile à dire, répondit-il enfin tandis qu'ils étaient brinquebalés dans le véhicule. Il est tout retourné, en réalité.

Monk oublia le sujet. Ils arrivèrent à Acton Street quand la lumière déclinait. C'était une maison de taille respectable, le rez-de-chaussée loué à un bijoutier qui était absent pour affaires, le premier à un chapelier.

Ce dernier répéta à Monk exactement ce qu'il avait déclaré à Runcorn : il avait entendu un cri de femme vers neuf heures et demie.

— Était-ce un cri ? demanda Monk. Un hurlement ? De peur ? Ou de douleur ?

L'homme parut réfléchir.

— Pour être honnête, ça ressemblait à un rire. C'est pour ça que je ne me suis pas inquiété.

— Il n'y a rien d'autre à en tirer, dit Runcorn avec dégoût. J'ai des hommes dehors. Ils vont peut-être trouver quelque chose.

Un constable montait la garde sur le seuil devant

l'atelier. Runcorn le salua pour la forme et entra, Monk sur ses talons.

— Et voilà ! dit-il en s'arrêtant au milieu de la pièce qu'il balaya du regard.

Il y avait trois grands tapis de différentes couleurs par terre, posés côte à côte. Les fenêtres ouvraient sur les toits, et même à cette heure tardive la lumière provenait surtout du ciel, par le nord et par le sud. On comprenait tout de suite pourquoi un peintre appréciait une pièce aussi claire. Il y avait un chevalet dressé dans un coin, un canapé à l'opposé, et quelques chaises ainsi que divers accessoires entassés dans le troisième coin. Une porte donnait sur les appartements.

— On a retrouvé Mrs. Beck, là, indiqua Runcorn en désignant un endroit par terre, juste devant Monk. Et Sarah Mackeson là-bas, ajouta-t-il en montrant un autre endroit, deux mètres plus loin, près de la porte d'entrée. À la jonction entre les deux tapis. Ils étaient un peu froissés là où elle a dû tomber.

— On dirait que l'assassin venait juste de tuer Sarah Mackeson quand Mrs. Beck est arrivée, les a vus, et qu'il l'a tuée avant qu'elle ne s'échappe, observa Monk. Ou alors, il a tué Mrs. Beck sans s'apercevoir que le modèle était là, et, comme elle avait assisté à la scène, il l'a assassinée pour lui apprendre la discrétion.

— Quelque chose comme ça, approuva Runcorn. Mais pour l'instant on ne sait pas laquelle des deux hypothèses est la bonne. C'était peut-être aussi une scène de jalousie à trois qui a mal tourné et Allardyce a dû tuer la seconde femme parce que la première avait tout vu.

— Et vous n'avez rien trouvé ? s'enquit Monk.

— Ce n'est pas faute d'avoir fouillé la maison. Mais on n'a rien relevé d'intéressant. Personne n'a eu l'amabilité de laisser des traces de sang, sauf quelques gouttes sur le tapis où Mrs. Beck était allongée, juste sous l'oreille. On a cherché sa boucle d'oreille partout, mais on a fait chou blanc. Pas d'empreintes de pas, ni de bouts de tissu, rien d'aussi complaisant. (Il fit la moue.) Pas d'arme, bien sûr, c'était superflu. L'assassin est entré par la porte, comme tout le monde. Allardyce dit qu'elle est rarement fermée à clé.

— Nous supposons par ailleurs que Mrs. Beck était là, et bien vivante, vers neuf heures et demie, car le chapelier a entendu des voix de femmes, sans doute des rires. Quelqu'un l'a-t-il vue dans la rue ?

— Personne pour l'instant, mais les interrogatoires se poursuivent.

— Est-elle venue en fiacre ? D'ailleurs, où habite-t-elle ?

— Je croyais que vous connaissiez le Dr. Beck ? s'étonna Runcorn, prompt à relever la moindre faille chez Monk.

— Je le connais, en effet. Mais je ne suis jamais allé chez lui.

— Haverstock Hill.

— Donc à cinq kilomètres environ. Elle a dû venir en fiacre, ou en calèche. Or Beck n'a pas de calèche.

— Nous cherchons. Au pire, ça nous aiderait à déterminer la fourchette horaire.

La porte des appartements s'ouvrit et un homme débraillé, proche de la quarantaine, s'adossa au chambranle. Il était grand et maigre, très brun, avec des mèches qui lui retombaient sur les sourcils, les yeux d'un bleu saisissant. Pour l'instant, mal rasé, il avait un visage à la fois comique et un rien sinistre. Il ignora Monk et s'adressa à Runcorn avec une grimace de dégoût.

— Qu'est-ce que vous voulez encore ? Je vous ai déjà dit tout ce que je savais. Bon Dieu, vous ne pouvez pas me laisser tranquille ? Je me sens vraiment mal fichu.

— Vous devriez peut-être vous laver, vous raser, et dessaouler un peu, monsieur, suggéra Runcorn en cachant mal son aversion.

— Je ne suis pas ivre ! rétorqua Allardyce, l'œil dur. Il se trouve juste que deux de mes amies ont été assassinées chez moi.

Il respira à fond et fut pris de tremblements convulsifs. Il remarqua Monk, détailla sa veste d'excellente coupe et ses bottes bien cirées.

— Qui diable êtes-vous ? interrogea-t-il, ayant manifestement écarté l'idée qu'il puisse être de la police.

— Il m'assiste dans mon enquête, répondit Runcorn, devançant Monk. Maintenant que vous avez eu le loisir de vous remettre un peu, j'aimerais vous poser quelques petites questions.

Allardyce s'affala dans l'unique fauteuil libre et se prit la tête à deux mains.

— Quoi encore ? demanda-t-il sans lever les yeux.

— Depuis combien de temps connaissiez-vous Mrs. Beck ? demanda Monk avant que Runcorn n'ait le temps d'intervenir.

Allardyce ne s'aperçut pas que la question lui avait été posée par Monk. Il paraissait encore sous le choc et dans un état proche du désespoir.

— Quelques mois, répondit-il. Je ne me souviens plus. Est-ce si important ? Qu'est-ce que le temps, d'ailleurs, sauf ce que nous y mettons ? C'est comme l'espace. Qui peut mesurer le néant ?

Était-il délibérément querelleur ou ses mots reflétaient-ils tout l'amour qu'il avait porté à la femme de Kristian ? À son état pitoyable, ses épaules voûtées et sa tête baissée, Monk opta pour la seconde hypothèse.

— Donc, vous la connaissiez bien ? demanda-t-il.

— Infiniment, répondit Allardyce en dévisageant Monk maintenant qu'il avait perçu un éclair de compréhension là où il s'y attendait le moins.

— Son mari était-il au courant ? intervint Runcorn.

— Son mari est un philistin ! répondit Allardyce, amer. Tout comme vous !

Runcorn rosit. Il se doutait qu'il s'agissait d'une

insulte, mais il n'en connaissait pas le sens exact. Si c'était sa moralité qui était en cause, venant d'un tel homme c'eût été un compliment, même involontaire.

— Le connaissez-vous bien ? s'enquit Monk sur le ton de la conversation.

— Quoi ? fit Allardyce, surpris.

Monk répéta la question.

Allardyce se crispa et sembla rentrer davantage dans sa coquille.

— Non. En fait, je ne l'ai jamais rencontré.

— Alors pourquoi pensez-vous que c'est un philistin ? Vous l'avait-elle dit ?

Allardyce hésita. Cela risquait de le dépeindre sous un mauvais angle et il en avait manifestement conscience.

— Il ne l'appréciait plus, il ne voyait pas sa profondeur, son mystère, tenta-t-il d'expliquer. C'était une femme remarquable... unique.

— Elle était certainement très belle, acquiesça Monk. Mais la beauté n'était peut-être pas son critère principal ?

Allardyce se releva d'un bond, dévisagea Monk un instant, puis alla à une pile de toiles, derrière le chevalet. Il en choisit trois qu'il retourna afin que Monk les vît. C'étaient tous des tableaux représentant la femme de Beck. Le premier était la simple esquisse d'une femme assise au soleil, peinte après coup pour saisir le jeu de lumière et d'ombre, le sourire spontané, le moment de joie. C'était remarquablement fait et Monk vit aussitôt Allardyce sous un jour nouveau. C'était un peintre avec une perception aiguë des choses et le don de les rendre visibles aux profanes. Ce n'était pas un simple artisan, c'était un artiste.

Le second, inachevé, était un portrait plus classique d'une femme visiblement en train de poser. Elle portait une robe d'une riche couleur prune qui se fondait dans les tons chauds et sombres de la toile, et faisait ressortir son visage et ses épaules tandis que la lumière luisait sur sa peau. Elle paraissait délicate, presque fragile et cependant il y avait dans ses traits une extraordinaire puissance passionnelle. Monk comprit quel genre de femme elle avait été. Il aurait presque pu entendre sa voix.

Mais le troisième tableau fut celui qui l'émut le plus. Il était peint avec une palette limitée, surtout des bleus et des gris, avec à peine une touche de vert au premier plan. C'était une rue un soir sous la pluie. Les enseignes des magasins étaient juste suggérées, mais suffisamment pour montrer qu'elles étaient écrites en allemand. Au premier plan, on voyait la femme de Beck, plus jeune : sa beauté obsédante, la force de sa passion, sa tristesse étaient soulignées par la lueur brumeuse des réverbères. Des chevaux avec des plumets noirs — là encore, davantage suggérés que peints en détail — indiquaient clairement qu'elle regardait passer un enterrement; et les ombres des parents endeuillés — presque des fantômes, comme si eux aussi étaient morts — suivaient le cortège. Mais tout reposait sur elle, sur ses sentiments; le reste n'était là que pour rehausser la puissance et le mystère qui se dégageaient de son visage.

Monk ne parvenait pas à s'arracher à la contemplation de la toile. C'était inoubliable. D'après ce qu'il avait vu à la morgue, la ressemblance était parfaite, mais il y avait autre chose : l'artiste avait saisi l'esprit d'une personnalité exceptionnelle. Pour avoir peint un tel tableau, il avait dû aimer profondément son modèle. Une telle compréhension n'avait pu lui venir d'une simple observation. À moins, bien sûr, qu'il n'ait plaqué sur elle ses propres passions.

Toutefois, Monk, qui avait vu la femme de Beck, penchait pour la première éventualité.

— Pourquoi cela? demanda-t-il à Allardyce en désignant le tableau.

— Quoi? fit le peintre, tiré de ses pensées. *Funérailles en bleu*?

— Oui, pourquoi l'avoir peint ? Quelqu'un vous l'avait commandé ?

Il ne l'aurait pas cru s'il avait répondu par l'affirmative. Personne n'aurait réussi à peindre un tel tableau s'il s'était agi d'une commande.

Allardyce cilla.

— Non, je l'ai fait pour moi. Je ne le vendrai pas.

— Pourquoi l'Allemagne ?

— Hein ?

Allardyce contempla la toile d'un air mélancolique.

— C'est Vienne, corrigea-t-il. Les Autrichiens parlent allemand.

— Pourquoi Vienne, alors ?

— À cause de ce qu'elle m'a raconté de son passé. Qu'est-ce que ça vient faire avec votre enquête ?

— Je ne sais pas.

Allardyce paraissait être ailleurs.

— Et *Funérailles en bleu*, vous ne le vendrez donc pas ? reprit Monk.

— Jamais ! Je vous l'ai déjà dit.

Son agressivité parut s'estomper.

— Je ne le vendrai jamais, insista-t-il.

Il n'avait nulle envie de se justifier. Il considérait sa douleur comme une affaire personnelle et il se fichait que Monk le comprenne ou pas.

— Combien de portraits d'elle avez-vous faits ? demanda Monk en observant le chagrin et la colère qui se peignaient sur son visage.

— D'Elissa ? Cinq ou six. Mais certains ne sont que des esquisses.

Il dévisagea Monk avec de petits yeux.

— Pourquoi ? Quelle importance, maintenant ? Si vous croyez que je l'ai tuée, vous êtes un imbécile. Un artiste ne détruirait jamais sa source d'inspiration.

Il ne daigna pas s'expliquer davantage, soit parce qu'il pensait que Monk était incapable de comprendre, soit parce qu'il s'en fichait royalement.

Monk reporta son attention sur Runcorn et vit sur son visage les efforts qu'il faisait pour suivre la conversation. Il pataugeait dans un monde inconnu, redoutant même de chercher à retrouver son chemin. Tout y était différent de ce à quoi il était habitué. Cela offensait son éducation rigoureuse et les règles qu'il avait appris à suivre. Il semblait confondu par l'immoralité de ce mode de vie et cependant il commençait à s'apercevoir qu'il possédait ses propres valeurs, ses passions, ses blessures et ses rêves.

Voyant que Monk l'observait, il se figea et son visage prit un masque impénétrable.

— Vous avez appris quelque chose ? demanda-t-il sèchement.

— Possible, répondit Monk.

Il tira sa montre de gousset. Il était presque sept heures.

— Pressé ? s'enquit Runcorn.

— Je pensais au Dr. Beck, dit Monk en rangeant la montre.

— Nous verrons cela demain, fit Runcorn, avant de se tourner vers Allardyce. Ce serait peut-être une bonne idée de nous dire avec plus de précision où vous étiez hier soir, monsieur. Vous prétendez être sorti vers quatre heures et demie pour aller à Southwark, et n'être pas rentré avant dix heures le lendemain matin. Dressez-nous une liste des lieux où vous vous êtes rendu et des gens que vous avez vus.

Allardyce ne répondit pas.

— Mr. Allardyce, l'interpella Monk. Si vous êtes sorti d'ici à quatre heures et demie, vous n'attendiez donc pas Mrs. Beck pour une séance de pose ?

— Non, en effet, admit Allardyce, les sourcils froncés.

— Savez-vous pourquoi elle est venue ?

— Euh... non.

— Venait-elle souvent sans rendez-vous ?

Allardyce se passa une main dans les cheveux et dirigea son regard vers un point que lui seul pouvait voir.

— Quelquefois. Elle savait que j'aimais la peindre. Si vous voulez savoir si quelqu'un était au courant qu'elle viendrait, je n'en ai aucune idée.

— Aviez-vous projeté de sortir, ou était-ce sur un coup de tête ?

— Je ne projette rien, sauf les séances de pose. J'ignore tout à fait qui l'a tuée ou qui a tué Sarah. Sinon, je vous le dirais. Je ne sais rien de rien. J'ai perdu deux des plus belles femmes que j'ai jamais peintes, deux amies qui plus est. Allez-vous-en et laissez-moi les pleurer en paix, espèces de barbares !

Comme il était vain de s'attarder plus longtemps, Monk et Runcorn prirent congé et se retrouvèrent bientôt dans la rue. Monk fut surpris de voir à quel point la nuit était tombée rapidement. Mais ce n'était pas seulement dû à l'automne. Une purée de pois enveloppait les réverbères à gaz d'un halo jaunâtre et on ne voyait pas à dix mètres. Une odeur âcre flottait dans l'air et Monk fut bientôt pris de quintes de toux.

— Eh bien ? fit Runcorn en lui coulant un regard en biais.

Monk savait à quoi il pensait. Il voulait une solution, rapidement si possible ; en fait, il en avait besoin, mais il ne pouvait cacher la satisfaction de voir que Monk nageait en plein brouillard lui aussi.

— C'est bien ce que je pensais, dit-il d'un ton sec. Vous aimeriez dire que c'est lui, mais vous ne pouvez pas.

Il enfonça les mains dans ses poches, puis, s'apercevant qu'il déformait son pantalon, il les en sortit vivement.

Un fiacre surgit du brouillard, le bruit des sabots

étouffé dans l'air immobile. Monk le héla ; le cocher se rangea contre le trottoir.

Runcorn monta derrière Monk en grognant.

Hester interrogea Monk du regard dès qu'il franchit la porte du salon. Elle avait l'air fatigué et anxieux. Elle avait épinglé des mèches de cheveux qui s'étaient décoiffées. Elle n'avait pas sorti son ouvrage, comme si elle ne pouvait se décider à faire quoi que ce soit.

Il referma la porte.

— Runcorn est sur l'affaire, annonça-t-il simplement. Il est tellement inquiet qu'il a accepté mon aide. Avais-tu rencontré la femme de Kristian ?

— Non, pourquoi ?

Il perçut une trace de peur dans sa voix. Elle cherchait sur son visage les raisons de sa question. Elle se leva.

— Et Callandra ? poursuivit-il.

— Je ne sais pas. Pourquoi ?

Il s'approcha d'elle. Il lui était difficile d'expliquer pour quelle raison l'expression du visage d'Elissa Beck le dérangeait et continuait de le hanter longtemps après qu'il l'eut vue. Hester attendait sa réponse, mais il ne trouvait pas ses mots.

— Elle était très belle, commença-t-il en la prenant par la taille, puis en libérant une mèche de cheveux trop serrés et en laissant glisser sa main sur son épaule. Je ne parle pas seulement de ses traits, de la couleur de ses cheveux ni de sa complexion, mais d'une qualité intérieure qui la rend unique. Je sais ! fit-il en voyant sa surprise. Tu pensais qu'elle était ennuyeuse, froide, peut-être, qu'elle avait perdu son charme et qu'elle se négligeait...

Hester allait le contredire, mais elle se ravisa.

Il esquissa un faible sourire.

— Moi aussi, admit-il. Et je ne crois pas que le peintre l'ait tuée. Il était au moins à moitié amoureux d'elle.

— Et après ! s'exclama-t-elle, exaspérée. Ça ne veut pas dire qu'il ne l'a pas tuée ! Au contraire, si elle l'avait repoussé, ça expliquerait que ce soit lui !

— Il a peint plusieurs tableaux d'elle, déclara Monk. C'est lui qui en a fait la remarque, mais je ne crois pas non plus qu'il détruirait sa source d'inspiration, qu'elle ait repoussé ses avances ou pas. Et j'ai eu l'impression...

Il s'arrêta.

— Oui ? fit-elle vivement.

— Qu'il... qu'il éprouvait pour elle une sorte d'admiration respectueuse. Ce n'était pas seulement une question de désir. Non, je ne crois pas qu'il l'ait tuée.

— Et l'autre femme ? demanda Hester d'une voix douce. On a connu des hommes qui ont tué celle qu'ils aimaient, afin de se protéger... surtout s'ils n'étaient pas aimés en retour.

— Je ne sais pas. Tu as peut-être raison. Vraisemblablement, on a tué Sarah Mackeson, et Elissa Beck a subi le même sort parce qu'elle a eu la malchance d'assister au meurtre.

— À moins que ce ne soit le contraire... tu ne crois pas ?

Hester soutint son regard sans ciller.

— Oui, acquiesça-t-il, toutes les hypothèses se valent. Mais Allardyce affirme qu'il n'était pas là. Il dit qu'Elissa Beck venait parfois à l'improviste, qu'ils discutaient ou qu'il la peignait pour son propre plaisir, pas dans le but de vendre la toile. J'ai vu un portrait d'elle, ça se passe à Vienne et ça s'intitule *Funérailles en bleu*. C'est certainement le tableau le plus puissant que j'aie jamais vu.

Il ne continua pas. Il vit à son expression qu'elle avait déjà compris ses sombres pensées, et de quoi elles s'approchaient dangereusement.

Elle se planta en face de lui.

— Tu vas quand même l'aider... n'est-ce pas ?

C'était davantage une constatation qu'une question.

— Je vais essayer, promit-il.

Il la prit par la taille, sentit la tension qui l'habitait. Il savait qu'elle était davantage inquiète maintenant que lorsqu'il était parti rejoindre Runcorn.

Et il partageait son inquiétude.

CHAPITRE III

Monk partit de chez lui de bonne heure le lendemain matin et à sept heures et demie il était déjà dans Tottenham Court Road. Il soufflait un vent froid et le brouillard s'était levé. Un crieur de journaux hurlait qu'une nouvelle épidémie de typhoïde ravageait le quartier de Stepney. Monk se souvint de l'hôpital où Hester travaillait et de sa peur qu'elle attrape la maladie. Il avait dépensé tant d'efforts à se persuader qu'il ne l'aimait pas vraiment, du moins pas assez pour être incapable de vivre sans elle si elle venait à disparaître. En vain.

Il pensa à Kristian Beck qu'il avait vu travailler jour et nuit pour sauver la vie d'inconnus. Son courage semblait sans limites, tout comme sa compassion. À première vue, il n'était pas difficile de comprendre pourquoi Callandra l'admirait tant. Mais le connaissait-elle vraiment ? N'était-elle pas seulement éprise de son engouement professionnel ? Que savait-elle de ses pensées qui n'avaient rien à voir avec la médecine ? De ses peurs ou de ses griefs ? De ses désirs ?

Avisant un fiacre libre, il descendit du trottoir pour le héler, mais le cocher, emmitouflé dans son écharpe, passa sans le voir.

Il hâta le pas, poussé par une colère soudaine. Les poings serrés, il faillit rentrer dans un marchand de sandwiches qui attendait le client au coin de la rue. La circulation était déjà dense, haquets, fardiers, charrettes de légumes pour le marché. Un laitier vendait son lait à la cruche ou au pot à l'angle de Francis Street et deux femmes patientaient, tremblantes de froid.

Un autre fiacre passa et s'arrêta. Monk grimpa dans le véhicule, donna l'adresse du commissariat et demanda au cocher d'attendre qu'il aille chercher Runcorn afin qu'ils se rendent tous deux à Haverstock Hill.

Runcorn descendit l'escalier à la hâte, les pans de sa veste claquant au vent, les joues encore rougies par la lame du rasoir. Il monta à côté de Monk et ordonna au cocher de filer bon train.

Ils roulèrent en silence. À plusieurs reprises, Monk faillit demander à Runcorn son opinion sur certains aspects de l'affaire, mais se ravisa à chaque fois. Il l'entendit au moins deux fois prendre son élan pour parler, avant de changer d'avis. Plus le silence durait, plus il devenait difficile de le briser.

Comme ils montaient la colline, le brouillard se leva définitivement et l'air se chargea d'odeurs de terre humide, de feu de bois, de feuilles mortes et de crottin de cheval.

En atteignant le croisement de Haverstock Hill et de Prince of Wales Street, le fiacre s'arrêta et ils descendirent. Runcorn régla le cocher. La maison qui se dressait devant eux était imposante, mais sobre. En coulant un regard vers Runcorn, Monk discerna une trace de respect. C'était le genre de maison qu'un homme de qualité se devait d'avoir. Les rideaux étaient baissés, des rubans de crêpe noir ornaient la porte. Monk sourit et refoula ses pensées.

Runcorn tira la sonnette. Peu après, une domestique d'âge moyen vint ouvrir vêtue d'une robe de laine et d'un tablier blanc. Elle avait les mains rouges et des traces de savon sur les poignets. On voyait à sa tête qu'elle avait pleuré et qu'elle contrôlait difficilement ses larmes.

— Oui, messieurs ? s'enquit-elle.

Il n'était pas loin de neuf heures.

— Pouvons-nous voir le Dr. Beck, je vous prie ? demanda Runcorn. Je suis navré, mais il le faut, ajouta-t-il en montrant sa carte. Nous sommes de la police.

Elle ne jeta pas un regard sur la carte, sans doute ne savait-elle pas lire.

— Y peut pas vous voir, dit-elle en reniflant.

— Je sais bien qu'il est en deuil, objecta Runcorn d'une voix calme. C'est précisément de cela que j'aimerais l'entretenir.

— Vous pouvez pas, insista-t-elle. Il est point là.

Monk sentit son cœur battre plus vite. Runcorn se raidit.

— Il est parti à l'hôpital, expliqua la bonne. Là-haut, à Hampstead. Pauvre homme, y sait pas quoi faire de lui, mais y n'oublie jamais ses malades.

Malgré ses efforts, les larmes ruisselèrent le long de ses joues.

— Faudra trouver qui qu'a fait ça. Si vous valez plus de deux sous, c'est le moins que vous pouvez faire.

Runcorn faillit se mettre en colère, mais, conscient de la présence de Monk derrière lui, il se retint et se força à la patience.

— Nous allons nous y efforcer, assura-t-il. Mais nous avons besoin de son aide.

— À l'hôpital, répéta la bonne en pointant son doigt dans la direction. J'peux rien pour vous. Et vous feriez bien de vous dépêcher parce que s'il commence une opération, y a rien qui l'arrêtera, ni vous ni moi ni le Bon Dieu.

Runcorn la remercia, puis retourna dans la rue à la recherche d'un fiacre. Monk n'eut d'autre choix que de le suivre.

— Nous devrions prendre une voiture, Monk, dit finalement Runcorn.

Monk comprit l'allusion. Un cocher repérait l'assurance d'un gentilhomme à cinquante mètres. Un homme bien né avait de l'argent, des apparences à maintenir et donc plus de générosité. Runcorn aurait beau être vêtu comme un milord, prendre du galon, il n'aurait jamais cet air particulier, cette arrogance naturelle que Monk possédait de naissance. C'était d'ailleurs la raison principale de la haine qu'il lui vouait : ils étaient tous deux conscients du fossé qui les séparait, et Monk n'avait jamais prononcé un compliment ni retenu sa langue. Il n'en était pas fier aujourd'hui, mais le pli était pris et il était désormais impossible de modifier leurs habitudes.

Ils prirent un fiacre et roulèrent en silence une fois de plus. Une demi-heure plus tard, ils arrivèrent à l'hôpital où Monk, qui connaissait bien les lieux pour être souvent venu voir Hester, ouvrit le chemin.

Sitôt dans l'établissement, il sentit l'odeur familière de phénol et de lessive, ainsi qu'une autre, douceâtre, sans doute celle du sang. Il revit le matin où il s'était réveillé après son propre accident, et les champs de bataille en Amérique où il avait vu pour la première fois à quelles expériences Hester avait été confrontée en Crimée ; non pas l'horreur et l'impuissance telles que l'imaginaient les Anglais, mais la réalité de la souffrance, des chairs meurtries et de la mort.

Ils croisèrent une femme qui portait deux lourds seaux d'eau sale, les épaules ployant sous leur poids. C'était une infirmière, une bonne à tout faire qui lavait le linge, retapait les lits, portait les seaux, attisait le feu, roulait les bandages et, plus généralement, obéissait aux ordres.

Trois internes, la chemise maculée de sang, discutaient avec animation. L'un d'eux avait une fente sur le côté de sa redingote noire : un coup de bistouri accidentel pendant une opération? Il y avait du sang noir séché, autour de l'incision.

— Nous cherchons le Dr. Beck, dit Monk en s'arrêtant près d'eux.

Ils le dévisagèrent avec une pointe de dédain.

— La salle d'attente se trouve là-bas, indiqua l'un d'eux avant de reprendre la conversation avec ses collègues.

— Police ! lança Monk d'un ton cinglant, blessé par son attitude, furieux aussi de penser que des patients auraient pu se voir traités de la sorte. Et nous n'avons pas l'intention d'attendre.

L'interne changea à peine d'expression. Il exerçait une profession libérale et, pour lui, la police était au même niveau social qu'un huissier qui avait affaire avec la lie de l'humanité.

— Il faudra quand même attendre, dit-il sèchement.

Runcorn regarda vers l'interne, puis Monk, espérant que sa langue était aussi acérée que par le passé.

— Si la salle d'opération est toujours à la même place, je la trouverai tout seul, répondit Monk.

Il posa les yeux sur la redingote fendue du jeune homme.

— Je vois que vous avez fort à apprendre dans le maniement du bistouri. À moins, bien sûr, que vous ayez eu l'intention de pratiquer l'ablation de votre propre appendice. Dans ce cas, vous vous êtes trompé de côté.

L'interne rougit de rage cependant que ses collègues dissimulaient un sourire. Monk le laissa en plan et fila, Runcorn sur les talons.

— Comment le saviez-vous? demanda ce dernier lorsqu'ils furent hors de portée d'oreille.

— Je suis déjà venu, expliqua Monk, qui cherchait à se rappeler où se trouvait la salle d'opération.

— Je parlais de... l'appendice, rectifia Runcorn.

— Un dénommé Gray a publié un livre sur l'anatomie il y a trois ans. Hester en possède un exemplaire. C'est ici.

Il poussa la porte et entra.

Il n'y avait personne, sauf Kristian Beck, debout près de la table d'opération. Il était en manches de chemise et du sang maculait ses manches retroussées, mais il avait les mains propres. Cela faisait longtemps que Monk ne l'avait vu et il avait oublié combien son apparence était saisissante. La cinquantaine, de taille moyenne, son crâne se dégarnissait légèrement, mais c'étaient ses yeux qui retenaient l'attention. Ils étaient noirs et brillaient d'une intelligence qui les rendait réellement très beaux. Sa bouche suggérait la passion, mais on sentait chez lui une profonde retenue, comme s'il était capable de maîtriser les émotions les plus intenses.

Il allait protester de l'intrusion lorsqu'il reconnut Monk; il se détendit mais les traces de chagrin se voyaient toujours sur son visage.

— Mes condoléances, dit Monk avec toute la sincérité requise.

Kristian ne répondit pas, et, l'espace d'un instant, le deuil le submergea et il fut incapable de parler.

Ce fut Runcorn qui sauva la situation.

— Dr. Beck, fit-il, je suis le commissaire Runcorn. Nous avons malheureusement besoin de vous poser des questions qui ne souffrent pas d'attendre. Avez-vous quelques instants à nous accorder? Cela ne prendra pas plus d'une heure.

Kristian recouvra son calme. Il trouvait peut-être un soulagement dans l'aspect concret des choses.

— Oui, naturellement. Même si je ne vois pas ce que je pourrais vous raconter d'utile.

Il s'exprimait avec difficulté.

— Vous ne m'avez pas dit comment elle était morte. Je l'ai vue, bien sûr... à la morgue. Elle avait l'air... indemne.

Runcorn donna l'impression que quelque chose lui obstruait la gorge.

— On lui a brisé la nuque. La mort a dû être instantanée. Je peux vous assurer qu'elle n'a pas eu le temps de souffrir.

— Et l'autre femme ?

— La même chose.

Runcorn regarda autour de lui, comme pour chercher un meilleur endroit où parler.

— On ne nous dérangera pas ici, dit Kristian avec une ironie désabusée. Il n'y aura plus d'opérations pour la journée.

— C'est pour cela que vous êtes venu ? s'enquit Runcorn. Forcément, vu les circonstances...

— Non, fit vivement Kristian. Je n'avais pas envie de rester assis... à penser. Le travail est parfois salutaire.

— Je comprends, acquiesça Runcorn.

Le chagrin d'autrui l'embarrassait, surtout quand il le comprenait mais ne pouvait le partager. Le malaise se voyait sur son visage et sur la façon dont il se tenait, ne sachant que faire de ses mains, évitant soigneusement des yeux les instruments disposés sur la table.

— Saviez-vous que Mrs. Beck se faisait faire son portrait par Argo Allardyce, docteur ?

— Oui, bien sûr. Son père en avait passé commande.

— Êtes-vous allé à l'atelier ou avez-vous rencontré Allardyce ?

— Non.

— Le portrait de votre femme ne vous intéressait pas ?

— J'ai très peu de temps libre, commissaire. La médecine, comme une enquête policière, est très exigeante. J'aurais naturellement aimé le voir une fois terminé.

— Vous n'avez jamais rencontré Allardyce ? insista Runcorn.

— Pas à ma connaissance.

— Il a peint plusieurs tableaux de votre épouse, vous le saviez ?

Le visage de Kristian était indéchiffrable.

— Non, je l'ignorais. Mais ça ne me surprend pas. Elle était très belle.

— Seriez-vous surpris d'apprendre qu'il était amoureux d'elle ?

— Non.

L'ombre d'un sourire étira les lèvres du Dr. Beck.

— Et cela ne vous fâche pas ?

— À moins qu'il ne la harcelât, commissaire, pourquoi serais-je fâché ?

— Êtes-vous sûr qu'il ne la harcelait pas ?

La conversation ne menait nulle part, et Runcorn en avait autant conscience que Monk. Il y avait une note de désespoir dans sa voix et son maintien trahissait son malaise, comme si la pièce l'oppressait, comme si la peur et la souffrance y planaient encore longtemps après la fin des opérations chirurgicales. Il fixait Kristian des yeux afin d'éviter les objets qu'il risquait de voir... les lames, les pinces et les forceps.

— Saviez-vous qu'elle allait à Acton Street ce soir-là ? demanda Monk.

Kristian hésita. La question parut le troubler. Monk vit que Runcorn s'en était aperçu aussi.

— Non, dit Kristian qui promena son regard de l'un à l'autre.

Il faillit ajouter quelque chose, puis se ravisa.

— Où pensiez-vous qu'elle allait ?

Monk détestait insister, mais le malaise de Kristian l'y incitait.

— Nous n'en avons pas discuté, affirma Kristian, évitant le regard de Monk. Je visitais une patiente.

— Son nom ?

Kristian cilla, momentanément désemparé.

— Ah, oui, bien sûr. Il s'agit de Maude Adenby, de

Clarendon Square, au nord d'Euston Road. Vous devez envisager ma culpabilité, je le conçois parfaitement.

Il s'était raidi, les muscles de son cou et de ses mâchoires saillaient, son visage était d'une pâleur terreuse, mais il ne protesta pas.

— Est-il indispensable que je proclame mon innocence ?

Pour la première fois, Monk fut à son tour gêné. Il parla d'une façon qui ne lui ressemblait pas.

— Il y a en nous des zones qui sont inconnues des autres mais aussi de nous-mêmes. Parlez-nous de votre épouse.

— Comment décrire quelqu'un ? s'exclama Kristian, désarmé. Elle était...

Il s'arrêta.

Des pensées traversèrent l'esprit de Monk, l'amour, l'obsession, l'ennui, la trahison, la confusion.

— Où l'avez-vous connue ? demanda-t-il, espérant donner à Kristian un moyen de se lancer.

— À Vienne, répondit-il d'un ton soudain ardent. Elle était veuve. Elle s'était mariée jeune avec un diplomate autrichien en poste à Londres. Lorsqu'il est rentré chez lui, elle l'a naturellement suivi. Il est mort en 1846 et elle est restée à Vienne. Elle adorait la ville, qui ne ressemble à aucune autre, il faut l'avouer.

Un sourire se dessina sur son visage et son regard s'adoucit.

— L'opéra, les concerts, la mode, les cafés, et bien sûr la valse ! Mais je crois que c'est surtout les gens. Ils ont un humour, une gaieté, un raffinement unique, un mélange d'Orient et d'Occident. Elle les aimait. Elle avait des dizaines d'amis. Il se passait toujours quelque chose, quelque chose pour quoi se battre.

— Se battre ? s'étonna Monk.

Kristian soutint son regard.

— Je l'ai rencontrée en 1848, dit-il d'une voix douce. Nous étions tous pris dans la révolution.

— Vous viviez donc à Vienne à l'époque ?

— En effet. Je suis né en Bohême, mais mon père était viennois et nous y sommes retournés. Je travaillais dans un hôpital et je connaissais des tas d'étudiants, pas seulement des étudiants en médecine. Partout en Europe, on fondait de grands espoirs sur les nouvelles libertés, il y avait du courage dans l'air, une volonté de changement : à Paris, Berlin, Vienne, Milan, Venise, même en Hongrie. Mais pour nous, naturellement, Vienne paraissait être le centre de tout.

— Et Mrs...

— Elissa von Leibnitz, précisa Kristian. Oui, la cause de la liberté la passionnait. Je ne connaissais personne de plus courageux, de plus audacieux, elle était prête à tout pour la victoire.

Il s'arrêta. Monk vit dans ses yeux qu'il revivait l'époque, les souvenirs aussi nets et précis que si les événements s'étaient déroulés la veille. Il y avait de la douceur dans son regard, et aussi de la souffrance.

— Elle avait l'esprit le plus brillant, elle nous faisait rire... et espérer.

Il s'arrêta de nouveau et se détourna pour cacher son chagrin.

Monk jeta un coup d'œil vers Runcorn et vit sur son visage une pitié si peu dissimulée qu'il en resta pantois. Cela ne ressemblait pas à l'homme qu'il croyait connaître. Il se sentit indiscret d'avoir surpris une telle émotion chez quelqu'un qui se flattait de n'en avoir point. Mais cela ne dura pas ; seule la gêne perdura, et la colère d'avoir été forcé de ressentir, malgré lui, de la pitié, de même qu'une certaine confusion parce que les choses n'étaient pas telles qu'il les avait imaginées. Il prit vivement la parole pour meubler le silence et masquer sa gêne.

— Dr. Beck, étiez-vous tous deux impliqués dans la révolution qui secouait l'Europe ?

— Oui, tous les deux.

Kristian se redressa, releva la tête, puis se tourna lentement pour regarder Runcorn en face.

— Nous luttions contre la tyrannie. Nous avons essayé de la renverser, d'arracher des libertés pour le peuple, le droit pour chacun de lire et d'écrire comme il l'entend. Ainsi que vous le savez, nous avons échoué.

Runcorn s'éclaircit la gorge. Les idées politiques des citoyens étrangers ne le concernaient pas. Il ne s'intéressait qu'aux crimes, ici, à Londres, et il tenait à rester sur un terrain connu.

— Vous êtes donc rentré... du moins, vous êtes venus à Londres et Mrs. Beck... Mrs... comment disiez-vous qu'elle s'appelait ?

— Frau von Leibnitz, mais je l'avais épousée à l'époque.

— Oui, oui, bien sûr, dit vivement Runcorn. Et vous avez émigré à Londres ?

— En 1849, oui.

Une ombre passa rapidement sur le visage de Kristian.

— Et vous avez commencé à y pratiquer la médecine ?

— En effet.

— Et votre épouse, avait-elle quelque activité ? demanda Runcorn. S'est-elle fait des amis ici aussi ?

Monk devina à sa voix qu'il ne suivait aucun plan : il pataugeait. Ce qu'il voulait savoir, c'est s'ils étaient heureux, si Elissa avait des amants, mais il ne savait comment le formuler pour que la réponse ait un tant soit peu de valeur.

— Oui, bien sûr, répondit Kristian. Elle s'est toujours intéressée aux arts, à la musique, à la peinture...

— S'intéressait-elle aussi à votre travail ? intervint Monk.

Kristian fut pris de court.

— À la médecine ? Non. C'était...

Il s'interrompit.

— Quand a-t-elle rencontré Allardyce pour la première fois ? demanda Runcorn.

— Je ne sais pas. Il y a quatre ou cinq mois, je crois.

— Elle ne vous l'a pas dit ?

— Pas que je m'en souvienne.

Runcorn poursuivit les questions quelques minutes, mais il se rendait compte qu'il n'obtenait rien. On frappa alors à la porte et un interne demanda à Kristian s'il était disposé à recevoir des patients. Monk et Runcorn furent soulagés que l'entretien se termine.

— Est-ce que Maude Adenby est la seule patiente que vous ayez vue ce soir-là ? demanda Runcorn au moment où Kristian s'apprêtait à sortir.

L'ombre d'un sourire effleura les lèvres du médecin.

— Non, j'ai également vu Mrs. Mary Ann Jackson, qui demeure au 21, Argyle Street.

Il sortit et referma sans bruit la porte derrière lui. Ils entendirent ses pas dans le couloir.

Ni l'un ni l'autre ne fit remarquer qu'Argyle Street était assez éloignée de Haverstock Hill, mais à une centaine de mètres seulement d'Acton Street.

— Il ment ! s'exclama Runcorn lorsqu'ils furent sur le trottoir.

— Sur quoi ? s'enquit Monk, curieux.

— Je ne sais pas ! rétorqua Runcorn, qui se mit à marcher plus vite afin d'éviter le regard de Monk. Mais il ment. Un mari ne sait pas ce que fait sa femme ni quels sont ses amis ?

— Si, bien sûr, mais...

— Mais quoi ? Mais, rien. Il sait. Il ment. Voulez-vous rentrer en omnibus ?

Ils optèrent donc pour le transport en commun, et Monk s'en félicita : cela rendait toute conversation impossible et il put ainsi se concentrer sur ses propres pensées. Il aurait défendu Kristian, par égard pour Callandra, mais il était lui aussi convaincu que le médecin mentait. Sans dire grand-chose, il avait prétendu ne pas savoir ce qu'Elissa faisait de ses journées. Certes, il se dévouait à la médecine, mais c'était aussi un homme sensible et chaleureux. Il était profondément ému par la mort de son épouse, et lorsqu'il avait parlé de Vienne, Monk avait senti de la passion dans sa voix.

Que s'était-il passé depuis cette époque ? Cela faisait treize ans. Avaient-ils beaucoup changé depuis ? Qu'avaient-ils appris d'insupportable l'un de l'autre ? La passion s'estompait, certes, mais l'amour ? Quelle différence entre l'engouement et l'amour ? Apprend-on cela toujours trop tard ? Était-ce Elissa que Kristian chérissait toujours ou le souvenir d'un temps où ils partageaient le même idéal et se battaient pour la liberté, sur les barricades ?

Que savait Callandra de tout cela ? Avait-elle jamais rencontré Elissa ? Ou, comme lui, avait-elle imaginé une femme assommante avec qui Kristian était lié par un mariage de convenance, certes honorable, mais intolérable ? Monk avait la désagréable impression que la seconde hypothèse était la bonne.

Et si elle avait connu la femme qu'Argo Allardyce avait vue, celle dont la beauté envoûtante habitait le tableau ?

Qu'aimait-on chez une femme ? Certainement l'honorabilité et la douceur, le courage, la gaieté, la sagesse et toutes les pensées que l'on partageait avec elle. Mais ce qui éveillait la passion, c'était ce que le cœur pensait voir, ce à quoi croyait la vision ! Une femme avec un visage comme celui d'Elissa Beck aurait pu provoquer n'importe quoi !

Hester alla à l'hôpital de bonne heure, notamment pour voir comment se portait Mary Ellsworth. La patiente était faible et nauséeuse, mais n'avait pas de fièvre et sa plaie n'était pas enflammée et ne suppurait pas. Toutefois, même si l'opération avait entièrement réussi, Hester savait que c'était seulement le début de la guérison. Le véritable problème était psychologique — la peur, l'angoisse, l'introspection et l'ennui qui la paralysaient.

Hester bavarda un peu avec elle, s'efforça de l'encourager, puis se mit à la recherche de Callandra. Dans la salle d'attente, une jeune infirmière lui dit qu'elle l'avait vue dans le hall d'entrée, mais quand elle y alla Hester n'aperçut que Fermin Thorpe, qui se donnait comme toujours des airs importants. Il s'apprêta à dire quelques mots à Hester, puis, avec une grimace d'irritation, tourna les talons et s'esquiva.

Callandra arriva d'une des salles, échevelée et le chignon de guingois.

— Quel cornichon! s'exclama-t-elle, furieuse, le visage rougi, les yeux étincelants. Il veut réduire la ration quotidienne de bière brune pour les infirmières! Je déplore autant que lui l'excès de boisson, mais elles mettraient plus d'ardeur au travail s'il les nourrissait mieux! La bière sur un estomac vide, la voilà, la cause de l'ivresse! À propos d'estomac, ajouta-t-elle en cillant, comment va Mary Ellsworth?

Hester eut un petit sourire triste.

— Pas très bien, mais la plaie n'est pas infectée.

— Et son moral est au plus bas, n'est-ce pas?

Callandra cherchait désespérément dans le regard d'Hester une sorte d'assurance, un réconfort, la certitude qu'il ne s'agissait que d'un cauchemar et qu'en se réveillant elle trouverait une explication, certes pénible, mais rassurante.

Hester aurait aimé la satisfaire, mais elle ne pouvait s'y résoudre, même pour la soulager provisoirement.

— En effet, acquiesça-t-elle. Mais peut-être que lorsqu'elle aura moins mal, elle reprendra goût à la vie.

— Plus de laudanum? demanda Callandra avec commisération.

— Non, ça crée trop vite une dépendance et ça constipe, ce qui serait la pire des choses dans son état.

Croyez-moi, il vaut mieux la souffrance passagère que l'aggravation du mal !

Callandra hésita, comme si elle percevait un double ou triple sens dans ces mots, puis elle sourit de sa propre bêtise, remit ses mèches en place et se dirigea d'un pas assuré vers la salle de l'apothicaire, laissant Hester prendre une tasse de thé sur le pouce avec une infirmière, avant d'aller attraper l'omnibus pour rentrer à Grafton Street.

L'après-midi, Hester s'occupa à des tâches ménagères, dont une grande partie était superflue, puisqu'une femme de ménage venait trois fois par semaine pour laver le linge, le repasser et faire le plus gros du nettoyage. Trop nerveuse pour rester en place, Hester se mit à vider les placards de la cuisine. Le modèle avait forcément été tué en premier, et la femme de Kristian était le témoin malheureux du drame. C'était la seule explication logique.

Logique, peut-être mais loin d'être évidente.

Un bol d'eau savonneuse à la main, elle se préparait à récurer les placards quand on sonna à la porte.

C'était Charles, encore plus hagard que l'avant-veille, des cernes sous les yeux qui ressemblaient à des bleus et une coupure à la joue, mais cette fois il n'était pas à court de mots.

— Ah, Hester, je suis infiniment content que tu sois là.

Il entra, la démarche raide, sans attendre d'y avoir été invité.

— J'avais peur que tu ne sois à l'hôpital... ou je ne sais où. Tu es toujours... non, bien sûr. Enfin, je... c'est...

Il se planta au centre de la pièce, respira à fond et fit mine de se lancer.

Mais Hester brisa son élan :

— Quand tu as suivi Imogen l'autre jour, tu as dit

qu'elle était allée dans la direction du Royal Free Hospital, n'est-ce pas ?

— Oui, dans Swinton Street, pourquoi ? s'étonna Charles.

— Tu connais quelqu'un qui y habite ?

— Non, répondit-il trop vite.

Son regard trahissait son anxiété grandissante. Il allait dire autre chose, mais s'arrêta soudain.

— Tu as dû apprendre qu'il y avait eu un double meurtre dans Acton Street, juste derrière l'hôpital ? l'interrogea-t-il après un moment de silence.

Il guetta sa réaction avec appréhension.

— Oui, la femme d'un médecin et un modèle.

— Oh, mon Dieu !

Ses jambes flageolèrent et il s'effondra dans un fauteuil.

— Charles !

Elle s'agenouilla devant lui, lui étreignit les mains, soulagée d'y trouver encore de la force. Le lieu importait peu et il n'y avait pas nécessairement de rapport avec Imogen, allait-elle lui dire lorsque, avec un frisson glacé, elle comprit qu'il avait peur qu'il n'y en eût un. Il tournait autour du pot et refusait d'affronter ce qui se cachait derrière ses sous-entendus.

— Charles ! répéta-t-elle. Que sais-tu de ses allées et venues ? Tu l'as filée jusqu'à Swinton Street, qui se trouve à un pâté de maisons d'Acton Street.

Il redressa soudain la tête.

— Ce n'est pas là qu'elle est allée le soir des meurtres ! assura-t-il. Je le sais parce que je l'avais suivie.

— Où est-elle allée ?

— Au sud de High Holborn, répondit-il vivement en la défiant du regard. Dans Drury Lane, juste après le théâtre, loin de Gray's Inn Road.

Pourquoi était-il si pressé de démentir qu'Imogen ait pu se rendre dans ce dernier endroit ?

Hester se releva et s'écarta en lui tournant le dos pour qu'il ne voie pas sa grimace d'inquiétude.

— On dit qu'elles ont été tuées dans l'atelier d'un peintre, déclara-t-elle presque gaiement. Le modèle travaillait pour lui et y dormait de temps en temps, la femme du médecin était là pour une séance de pose. Il lui faisait son portrait.

— Alors, c'est lui l'assassin ! s'exclama Charles un peu trop vite. Les journaux n'ont pas parlé de ça !

— Apparemment, il n'était pas là. Un malentendu, j'imagine.

Charles paraissait abattu.

— Tu n'as donc pas à t'inquiéter, dit Hester, comme si elle avait résolu le problème. Le soir, Swinton Street n'est pas plus dangereux que n'importe quel autre endroit.

Elle l'entendit reprendre son souffle. Il était effrayé, embrouillé et se sentait sans doute encore plus seul qu'avant. Cela l'inciterait-il à se confier plus ouvertement ?

Mais il resta silencieux.

Perdant patience, elle pivota brusquement sur les talons et le dévisagea.

— De quoi as-tu peur, Charles ? Tu crois qu'Imogen connaît quelqu'un qui risque d'être compromis dans cette affaire ? Argo Allardyce, par exemple ?

— Non ! Pourquoi diable le connaîtrait-elle ?

Il s'empourpra toutefois.

— Je ne sais pas ! explosa-t-il soudain. Je ne sais pas ce qu'elle fait, Hester ! Un jour elle est pleine d'entrain, le lendemain elle est désespérée. Elle revêt ses plus beaux atours et sort sans me dire où elle va. Elle ment sur tout, les gens qu'elle a vus, les endroits où elle est allée. Elle reçoit des messages anonymes qui lui fixent des rendez-vous, et elle sait qui les a écrits et où la rencontre doit avoir lieu !

Il sortit un morceau de papier de sa poche et le montra

à Hester. Elle le prit. C'était un arrangement pour une rencontre. Le lieu n'était pas indiqué et le mot n'était pas signé. Charles se couvrit le visage de ses mains.

— Elle a tellement changé que j'ai parfois du mal à la reconnaître, et je ne comprends pas ! Elle ne me dit rien... Elle ne me fait plus confiance. Que dois-je penser ?

Il avait le regard brûlant, l'air désespéré, presque suppliant.

Hester perçut la panique dans sa voix ; il avait perdu son sang-froid et pour la première fois de sa vie il était dépassé par des émotions trop intenses pour qu'il les cache.

— Je ne sais pas, dit-elle d'une voix douce en se rapprochant de lui. Mais je ferai tout mon possible pour trouver, je te le promets.

Elle l'examina de plus près et remarqua les bleus sous ses yeux.

— Qu'est-ce qui t'est arrivé ? s'inquiéta-t-elle.

— Rien... je suis tombé. Ce n'est pas grave... Hester...

— Je sais, dit-elle affectueusement. Tu te dis que tu préfères ne pas connaître la vérité, mais ça ne marche pas. Tant que tu resteras dans l'ignorance, tu imagineras le pire.

— Oui, tu as peut-être raison, mais...

Il se leva avec difficulté, comme s'il avait mal aux articulations.

— Je ne sais pas, Hester. Je m'inquiète peut-être trop... je veux dire... les femmes sont tellement...

Elle lui lança un regard méprisant.

— Pas toi, bien sûr...

Il s'emmêla dans ses explications, le visage blême, des taches rouges sur les joues.

— Ne sois pas ridicule ! protesta Hester. Je peux être aussi irrationnelle que n'importe qui, ou c'est du moins ce que dirait un homme qui ne me connaît pas. Si tu te souviens bien, c'est ce que papa pensait. Mais c'était parce qu'il ne voulait pas comprendre que je désirais quelque chose, au même titre que toi ou James.

— Oh, bien plus ! rectifia Charles qui sembla retrouver le sourire. Je n'ai jamais désiré quelque chose avec la même ferveur que toi. Je crois que tu le terrifiais.

— Je vais aller tout de suite voir Imogen, promit Hester.

— Merci. Et surtout, mets-la en garde. Dis-lui bien que c'est dangereux ! Elle refuse de m'écouter.

Quand Hester arriva à Endsleigh Gardens, elle fut accueillie par Nell, la femme de chambre qu'elle connaissait depuis des années.

— Oh, miss Hester ! s'exclama-t-elle, surprise. Mrs. Latterly vient juste dc sortir. Mais entrez. Elle reviendra dans une demi-heure et je suis sûre qu'elle sera contente de vous voir. Désirez-vous quelque chose ? Du thé ?

— Non, merci, Nell, mais je vais l'attendre.

Hester suivit Nell dans le salon, s'arma de patience et attendit le retour d'Imogen. Elle s'assit, puis, quand Nell fut partie après avoir refermé la porte, se releva. Trop nerveuse pour rester les bras croisés, elle erra dans la pièce et examina le mobilier et les tableaux qu'elle connaissait si bien.

Comment gagner suffisamment la confiance d'Imogen pour apprendre ce qui l'avait changée ? Assurément, sa belle-sœur était la dernière personne à qui Imogen ferait part de ses secrets, craignant à juste titre qu'elle les dévoilât à son mari. Et si Hester lui posait des questions auxquelles elle répondait par des mensonges, cela agrandirait davantage le fossé qui s'était creusé entre elles.

Elle s'arrêta devant une petite aquarelle à côté du manteau de la cheminée. Elle était ravissante, mais Hester ne la reconnut pas. Elle se souvenait d'avoir vu un portrait à cette place, une femme à la coiffure Renaissance.

Elle souleva l'aquarelle et vit une trace sombre de forme ovale sur le papier peint. Elle avait raison, il y avait bien eu un portrait à cet endroit. Elle le chercha dans la pièce mais ne le trouva pas. Il n'était pas non plus dans la salle à manger ni dans le couloir. C'était un détail sans importance, cependant elle ne cessa d'y penser pendant qu'elle attendait Imogen.

Elle remarqua alors d'autres petits changements : un vase qu'elle ne connaissait pas, l'absence d'une tabatière en argent qu'elle avait toujours vue sur le manteau de la cheminée, celle d'un joli cheval en albâtre qui avait disparu de la table basse, près de la porte.

Elle s'interrogeait encore quand elle entendit la porte d'entrée se refermer, des murmures, et les pas d'Imogen dans le couloir.

La porte s'ouvrit à la volée et Imogen surgit dans un tourbillon de robe, un fichu en dentelle autour du cou, les yeux brûlants d'excitation et le rose aux joues.

— Bonjour, Hester ! lança-t-elle gaiement. Deux fois en quatre jours ! Aurais-tu soudain décidé de rendre visite à toutes tes connaissances ? Peu importe, d'ailleurs, c'est toujours un plaisir de te voir.

Elle lui déposa un rapide baiser sur la joue, puis se recula pour examiner la table.

— Comment ? Pas de thé ? Ah, il est peut-être trop tôt, mais tu vas prendre quelque chose, j'espère ! Nell m'a dit que tu attendais depuis trois quarts d'heure. Je suis désolée. Je vais lui dire...

— Non, n'en fais rien ! l'arrêta vivement Hester. Elle m'a proposé du thé, mais j'ai refusé. Et ne te donne pas cette peine pour moi, maintenant. J'imagine que tu viens juste de déjeuner ?

— Pardon ?

Imogen parut un instant perdue dans ses pensées, puis elle partit d'un éclat de rire joyeux et enthousiaste.

— Oui... bien sûr...

Trop excitée pour s'asseoir, elle arpentait la pièce avec une énergie débordante.

— Si tu ne veux ni boire ni manger, que puis-je t'offrir ? Tu n'es pas venue pour échanger des potins, j'en suis sûre. Tu n'as rencontré personne parmi les gens que je connais. De toute façon, ils sont infiniment rasoirs. Ils disent et font tous les jours les mêmes choses, dont la plupart sont absolument sans intérêt !

Elle tourna sur elle-même, faisant voler ses jupons.

— Qu'est-ce qui t'amène, Hester ? Tu collectes des fonds pour une œuvre de charité ?

Elle parlait vite, les mots se bousculaient dans sa bouche.

— Laisse-moi deviner ! Un hôpital ? Tu veux que je voie si je connais des gens dont les filles cherchent la respectabilité et veulent travailler dur pour une noble cause ? Elles admirent tellement Miss Nightingale — une héroïne à leurs yeux — qu'elles en sont bien capables. Même si ce n'est plus autant à la mode qu'après la guerre. D'ailleurs, nous ne sommes plus en guerre avec personne, n'est-ce pas ? Naturellement, il y a toujours l'Amérique, mais ce sont des affaires qui ne nous regardent pas !

Le regard brûlant, elle fixait Hester d'un œil interrogateur.

— Non, répondit cette dernière avec une certaine dureté, je n'ai jamais songé à solliciter l'aide de tes relations. On devient infirmière parce qu'on en éprouve le vif désir, non parce qu'un ami vous le demande ou parce qu'on ne peut pas épouser l'homme qu'on aime.

— Oh, je t'en prie, Hester ! se récria Imogen avec un geste de la main. Tu deviens tellement sentencieuse ! Je sais que tu ne cherches pas à me faire la morale, mais...

Hester eut du mal à garder son calme.

— Connais-tu Argo Allardyce ? demanda-t-elle.

Imogen fronça les sourcils.

— Quel nom merveilleux ! Non, je ne crois pas. Qui est-ce ?

— Un peintre dont le modèle vient d'être assassiné, répondit Hester en observant sa réaction.

— Je ne lis pas les journaux. Je suis bien sûr navrée de l'apprendre, mais ce sont des choses qui arrivent.

— Et l'épouse d'un médecin a été tuée en même temps, poursuivit Hester en fixant Imogen d'un œil inquisiteur. Dans Acton Street, juste à l'angle de Swinton Street.

Imogen se figea, l'œil rond.

— L'épouse d'un médecin ?

— Oui, acquiesça Hester, le ventre noué. Elissa Beck.

Imogen devint blanche comme un linge. Hester eut peur qu'elle s'évanouisse.

— Je suis désolée, dit-elle en se précipitant pour la retenir.

Imogen la chassa d'un geste vif, recula jusqu'au canapé et s'y écroula comme une masse.

— J'y étais ! s'écria-t-elle d'une voix rauque. Enfin, juste dans le coin... Je... j'allais chez une amie. Comme c'est atroce !

Hester avait horreur d'insister, mais elle se fit violence en pensant à Charles.

— Quel genre d'amie ?

Imogen leva les yeux, interloquée.

— Quoi ?

— Quel genre d'amie connais-tu dans le quartier ?

Un éclat de colère brilla dans les yeux d'Imogen.

— Ça ne te regarde pas, Hester ! Je n'ai pas de comptes à te rendre et je trouve indiscret que tu me le demandes.

— J'essaie de t'éviter d'être compromise dans une enquête très laide, répondit Hester d'un ton coupant. Tu t'es rendue dans Swinton Street, à un pâté de maisons de l'endroit où les meurtres ont été commis. Qu'y faisais-tu ? As-tu des explications convaincantes ?

— À t'apporter à toi ? Certainement pas ! En tout cas, je n'assassinais personne ! D'ailleurs, comment sais-tu que j'y étais ?

C'était une question impérieuse, posée sur un ton de défi.

Il n'y avait pas de réponse raisonnable, sinon la vérité, mais cela risquait d'envenimer les choses et peut-être d'empêcher toute aide à l'avenir.

— Parce qu'on t'y a vue, répliqua Hester.

C'était un bon compromis.

— C'est quelqu'un qui te l'a dit ? s'étonna Imogen, incrédule. Qui pourrais-tu connaître dans Swinton Street ?

Hester ne put retenir un sourire.

— Si c'est un quartier assez respectable pour toi, pourquoi pas pour moi ?

Imogen battit en retraite.

— Et tu vas aussi voir tes amis de Swinton Street, au cas où ils feraient l'objet d'une enquête ?

— Comme ils y habitent, ce serait inutile, répondit Hester, improvisant au fur et à mesure. D'autre part, tu es ma belle-sœur, ce qui est autre chose qu'une simple amie.

Imogen parut s'adoucir.

— Ne t'inquiète pas pour moi, Hester. Je n'ai jamais assassiné personne. J'étais juste choquée, c'est tout.

— Bonté divine, je n'ai jamais pensé le contraire !

En le disant, Hester s'aperçut que c'était faux. Tout au fond d'elle était tapie la peur qu'Imogen ne soit impliquée d'une manière ou d'une autre dans le drame, et, pis, qu'elle ait entraîné Charles, même si elle n'arrivait pas à imaginer comment.

— Tant mieux, dit Imogen, le regard toujours aussi ardent, les yeux écarquillés. C'était donc pour ça que tu étais venue ? Pas pour le thé de cinq heures ni discuter de la dernière pièce de théâtre ou de la mode, mais pour savoir si j'étais compromise dans une sordide histoire de meurtre ?

— Je suis venue essayer de t'aider à éviter une enquête pénible, protesta Hester avec d'autant plus d'humeur que la critique était injustifiée.

— Je te sais gré de t'inquiéter pour moi, mais je peux me charger de ma propre réputation, répondit sèchement Imogen. Toutefois, eussé-je vu quelque chose en rapport avec les meurtres, personne n'aurait pu me soustraire à l'obligation d'accomplir mon devoir en avertissant les autorités.

— En effet...

Hester se sentit ridicule. Elle était prise à son propre piège, et il était manifeste qu'Imogen s'en était rendu compte.

— Je suis sûre que tu as d'autres visites à rendre, ou des amies à recevoir, dit-elle gauchement, essayant de s'en tirer avec grâce tout en sachant qu'elle n'y parvenait pas.

— Tu as cru faire ton devoir en venant m'avertir, répliqua Imogen dans un tourbillon de robes pour reconduire Hester.

Sa phrase pouvait avoir de multiples sens, ou ne rien vouloir dire ; c'était peut-être simplement une façon de la congédier.

Hester se retrouva dans la rue, avec le sentiment de s'être conduite comme une sotte, toujours aussi inquiète pour Charles et Imogen, et sans savoir comment leur apporter une aide quelconque. Elle n'était même pas sûre de vouloir en parler à Monk.

Elle se mit à marcher dans le léger crachin, consciente que le brouillard risquait de tomber de nouveau avant la nuit.

En sortant de l'hôpital, Monk et Runcorn se rendirent à Ebury Street voir Fuller Pendreigh, le père d'Elissa

Beck. C'était plus une visite de courtoisie qu'autre chose. Ils ne s'attendaient pas qu'il ait des renseignements sur le meurtre, mais il se pouvait que sa fille lui ait confié certaines de ses peurs ou de ses inquiétudes. Et d'autre part, il avait besoin d'être assuré qu'ils faisaient tout leur possible pour résoudre l'horrible affaire.

La maison d'Ebury Street était magnifique, comme il seyait à un conseiller de la reine qui espérait devenir bientôt membre du Parlement. Naturellement, pour l'instant les rideaux étaient à moitié baissés et on avait répandu de la sciure sur la chaussée pour étouffer le bruit des sabots. La maison se distinguait de ses voisines par un crêpe noir au-dessus de la porte qui notifiait la mort d'un parent, même si Elissa Beck ne résidait plus là.

Un valet de pied, la manche ornée d'un crêpe et le visage grave, reçut Monk et Runcorn et les conduisit à travers le magnifique hall jusqu'à un petit salon sombre, drapé de velours vert. Les rideaux étaient retenus par d'épaisses cordelettes en soie. Les murs étaient lambrissés d'un bois couleur de vieux sherry, et l'un d'eux était entièrement recouvert d'étagères. Au-dessus de la cheminée était accroché un beau tableau figurant une bataille navale sous lequel un petit cartouche de cuivre indiquait *Copenhague*, où avait eu lieu l'une des fameuses victoires de Nelson.

Ils patientèrent une demi-heure avant que Fuller Pendreigh ne fasse son entrée. C'était un homme en tout point étonnant. Mince et plein d'élégance, bien plus grand que la moyenne, même si, trop accablé, il semblait avoir du mal à se tenir droit. Cependant, c'était sa tête qui retenait l'attention. Il avait les traits fins et réguliers, des yeux bleu clair sous des sourcils fournis, et ses cheveux blonds, d'une épaisseur remarquable et tirés en arrière pour dégager son large front, n'avaient pas subi l'outrage des ans. Seule sa bouche était plus banale et nettement moins séduisante, mais ses lèvres pincées étaient peut-être le résultat d'un choc soudain dû à un deuil affreux. Hormis sa chemise, il était vêtu tout en noir.

— Bonjour, messieurs, dit-il avec raideur. Avez-vous des nouvelles ?

— Bonjour, monsieur, répondit Runcorn.

Il fit les présentations. C'était une affaire qui regardait au premier chef la police, Monk n'était là que grâce à son bon vouloir, il n'avait aucune envie de le laisser conduire l'entretien et était prêt à le lui rappeler si l'idée lui prenait de l'oublier.

— Nous n'avons hélas pas grand-chose, reprit-il. En fait, nous espérions que vous pourriez nous en dire plus sur Allardyce et nous faire ainsi gagner du temps.

Pendreigh parut surpris.

— Allardyce ? Vous croyez qu'il est mêlé à cela ? Pour parler franchement, ça m'étonnerait. L'assassin a certainement voulu tuer le modèle et ma pauvre fille a simplement eu le malheur d'arriver au mauvais moment.

— Nous devons envisager toutes les hypothèses, monsieur, expliqua Runcorn. Mrs. Beck était une très belle femme. Elle a probablement suscité l'admiration de bien des gentlemen. Allardyce semble avoir éprouvé des sentiments très intenses pour elle.

— Elle était bien plus que belle, Mr. Runcorn, dit Pendreigh, qui semblait avoir du mal à contrôler son émotion. Elle avait du courage, de la gaieté, de l'imagination. C'était la personne la plus incroyablement vivante que j'aie connue.

Sa voix baissa d'un ton et prit une intense gravité.

— Elle avait en outre un sens de la justice et de la morale qui l'a conduite à des actes sublimes... une vision d'une grande honnêteté.

Il n'y avait rien à répondre à cela.

— Il me semble qu'elle a rencontré le Dr. Beck quand elle vivait à Vienne, remarqua Monk.

Pendreigh le regarda d'un air légèrement surpris.

— Oui. Son premier mari était également autrichien. À sa mort, Elissa est restée à Vienne, où elle a vraiment trouvé sa voie.

Il respira à fond et expira lentement, sans les regarder, les yeux perdus dans le lointain.

— Je l'avais toujours trouvée brillante, mais c'est seulement à ce moment que je me suis rendu compte à quel point elle était totalement altruiste, prête à sacrifier son temps, sa jeunesse — même à risquer sa vie — pour se ranger aux côtés des opprimés de son pays d'adoption qui luttaient pour la liberté.

Runcorn coula un œil vers Monk, mais ni l'un ni l'autre n'interrompirent Pendreigh.

— Elle avait rejoint un groupe de révolutionnaires en avril 48, poursuivit ce dernier. Elle m'a parlé d'eux dans des lettres pleines de courage et d'enthousiasme.

Il se détourna légèrement de ses visiteurs, sa voix se fit plus rauque, mais il continua.

— N'est-ce pas absurde qu'elle ait affronté la mort quotidiennement, délivré des messages au cœur des ministères et des salons ennemis, dans les lieux mêmes où la répression était organisée... qu'elle ait parcouru les rues, même dressé des barricades en octobre, qu'elle ait traversé tout cela sans presque une égratignure... pour succomber à Londres dans l'atelier d'un peintre ?

Il s'arrêta soudain, la voix brisée par l'émotion.

Runcorn et Monk observèrent le silence, ainsi que la décence l'exigeait.

— C'est à Vienne qu'Elissa a rencontré Kristian Beck, poursuivit Pendreigh qui s'était repris. C'était lui aussi un révolutionnaire. Elissa me parlait souvent de sa bravoure, elle admirait énormément son courage...

Une étrange expression de douleur assombrit ses yeux, ses lèvres se pincèrent davantage, comme si un amer souvenir l'envahissait, chassant tout le reste.

— Mais elle n'était ni stupide ni inconsciente des dangers qu'il y avait à parler ouvertement contre la tyrannie, ou à se lier d'amitié avec ceux qui s'y risquaient. Elle a manifesté avec les étudiants et les gens simples, marché avec eux contre les soldats de l'empereur. Elle a vu des gens se faire tuer, des jeunes gens et des femmes qui ne voulaient rien d'autre que la liberté d'exprimer leurs croyances. Elle savait qu'elle risquait la même chose à tout moment. Les balles ne choisissent pas leurs victimes.

— Le portrait d'une bien belle lady, déclara Runcorn d'un air triste.

Pendreigh se tourna vers lui.

— Vous me trouvez sans doute de parti pris. Je le suis, naturellement... c'était ma fille. Mais interrogez ceux qui y étaient, surtout Kristian. Il vous dira la même chose. Et je suis également conscient de ses défauts. Elle était impatiente, elle ne tolérait pas la bêtise ni l'indécision. Trop souvent, elle n'écoutait pas les vues des autres et portait des jugements trop hâtifs, mais elle savait reconnaître ses torts.

Sa voix s'adoucit. Il retint ses larmes.

— C'était une idéaliste, commissaire, avec assez d'imagination pour se mettre à la place des plus démunis et voir comment améliorer leur sort.

— Pas étonnant que le Dr. Beck soit tombé amoureux d'elle, remarqua Runcorn.

Monk craignit qu'il ne commence à soupçonner Kristian de jalousie parce qu'il ne pouvait lui-même s'arracher cette pensée de l'esprit.

— C'était loin d'être le seul, soupira Pendreigh. Ce n'est pas toujours facile d'être ainsi admirée. Ça... oblige... à se montrer à la hauteur.

— Cependant, elle a choisi le Dr. Beck et non les autres, dit Monk.

Il l'avait formulé comme une assertion. Il vit Runcorn lui jeter un regard alarmé, mais l'ignora.

— Savez-vous pourquoi ?

Pendreigh réfléchit longuement avant de répondre.

— J'essaie de me rappeler ce qu'elle m'avait écrit à l'époque.

Il fronça les sourcils et plissa le front.

— Je crois qu'il avait la même sorte de détermination qu'elle, le cran de réaliser ce qu'il avait projeté même quand les circonstances changeaient et que le prix à payer était plus élevé.

Il fixa Monk d'un regard pénétrant.

— C'est un homme très complexe, dévoué à la médecine, et en même temps doté d'un grand courage physique. Oui, je crois que c'était ça... le courage à toute épreuve devant le danger. C'est ça qui l'attirait. Elle éprouvait une certaine compassion pour ceux qui flanchaient; elle comprenait très bien la peur.

Monk jeta un coup d'œil vers Runcorn et vit la stupéfaction se peindre sur son visage. Tout cela était trop loin d'un atelier d'artiste dans Acton Street et de la superbe femme qu'ils avaient vue à la morgue. Et cependant, cela correspondait assez bien à la femme de *Funérailles en bleu.*

Pendreigh frissonna, mais il se tenait un peu plus droit, tête haute.

— Je me souviens d'un événement qu'elle m'avait raconté dans ses lettres. Cela se passait en mai, mais il y avait toujours du danger dans l'air. Cela faisait des mois qu'on ne trouvait plus rien dans les magasins. L'empereur avait quitté Vienne. La police avait banni de la ville les domestiques au chômage, mais la plupart étaient rentrés d'une manière ou d'une autre.

La colère durcit sa voix.

— Il y avait du chaos parce que la police secrète avait été liquidée et remplacée par la garde nationale et la légion académique. Une vague de criminalité s'était abattue sur la ville et quiconque était bien vêtu avait des chances d'être attaqué dans la rue. C'est là qu'Elissa a remarqué Kristian. Seul et armé d'un simple pistolet, il avait affronté la foule et l'avait obligée à reculer. Elle disait qu'il était magnifique. Il aurait facilement pu s'en aller, faire semblant de ne rien voir, et personne n'y aurait trouvé à redire.

— Vous disiez qu'il était complexe, coupa Monk. À mes yeux, ça ressemble plutôt à un simple acte d'héroïsme.

— Je ne sais que ce qu'elle m'en a dit, rétorqua Pendreigh, le regard dans le vague. Mais même dans un combat pour un idéal, les choses sont rarement aussi simples que le croient ceux qui n'y prennent pas part. Il y a aussi des bons chez l'ennemi, et parfois des méchants et des faibles dans ses propres rangs.

Bien que manifestement mal à l'aise, Runcorn n'interrompit pas Pendreigh et ne détourna pas les yeux.

— Et la bataille exige des sacrifices, reprit Pendreigh. Pas forcément de soi-même, mais aussi des autres. Elle m'a dit quel excellent chef était Kristian, décidé, avisé. Là où d'autres ne prévoyaient qu'un ou deux coups, il en anticipait douze. Il y avait en lui une force qui le distinguait d'autres moins aptes à garder une cause à l'esprit et à comprendre le coût de la victoire ainsi que celui de la défaite.

On percevait une note admirative dans sa voix et, maintenant, il s'était tout à fait redressé, comme si son récit lui avait redonné force et courage.

Tout aussi admiratif, Monk était néanmoins troublé. Pendreigh brossait le portrait d'un homme totalement différent de l'être scrupuleux et compatissant que Monk avait vu à l'œuvre à l'hôpital de Limehouse, ou de ce qu'il avait entendu dire par Callandra. Le chef doté d'une telle certitude et d'une telle force ne ressemblait pas au médecin qui travaillait dur, sans préjugés d'aucune sorte, risquait sa propre vie pour le mendiant pouilleux aussi bien que pour une infirmière comme Enid Ravensbrook. Comment Hester l'avait-elle vu ? Un humaniste, idéaliste, dévoué, capable de courage moral, mais certainement pas le chef impitoyable que décrivait

Pendreigh. Le Kristian Beck qu'Hester connaissait n'aurait jamais levé la main contre quiconque, encore moins armée d'une épée ou d'un pistolet !

Il dévisagea Runcorn. Son front se plissait à peine, mais il ne connaissait pas Kristian ; il ne l'avait jamais rencontré avant aujourd'hui. Le portrait que Pendreigh tenait d'Elissa, et qu'il recréait pour eux, ne contredisait aucune idée qu'il pût s'en faire.

Kristian avait-il changé à ce point en treize ans ? Ou était-ce un homme au double visage, ne montrant que celui qui épousait ses objectifs, ou les besoins du moment ?

Runcorn fixait Monk d'un air impatient, attendant qu'il dise quelque chose.

— Je vous présente toutes mes condoléances, déclara ce dernier en regardant Pendreigh dans les yeux. Mrs. Beck était manifestement une personne d'un courage extraordinaire et d'une grande distinction.

— Je vous remercie, dit Pendreigh en le regardant en face pour la première fois. J'ai l'impression que le monde s'est assombri, qu'il n'y aura plus jamais de printemps. Elle était si enjouée, elle mordait la vie à pleines dents. Il ne me reste plus de famille. Ma femme nous a quittés il y a plusieurs années, ma sœur également.

Il avait dit cela sans emphase, et ses mots n'en avaient que davantage de poids. Ce n'était pas de l'apitoiement, mais un simple énoncé de faits. Il ne semblait ni désarmé ni désespéré, mais dans un état de torpeur.

Monk sentit monter en lui la colère que Pendreigh n'éprouvait pas, atterré par une action imbécile qui, dans un moment de violence extrême, l'avait dépouillé de tout.

Il se tourna vers Runcorn, s'attendant qu'il prépare leur sortie, et fut consterné de voir le mélange d'émotions sur son visage — la gêne et l'inquiétude, la vive impression d'être complètement dépassé. Il reporta son attention sur Pendreigh.

— Bien sûr, eussiez-vous une idée de la personne responsable du drame, vous nous en auriez déjà fait part ?

— Pardon ? Oh, oui, naturellement. Je ne peux qu'imaginer qu'il y a eu une querelle avec l'autre pauvre femme, un amant ou je ne sais qui, et qu'Elissa a eu la malchance d'en être le témoin.

— Vous aviez commandé le portrait ? poursuivit Monk.

— Oui. Allardyce est un excellent peintre.

— Que savez-vous de lui personnellement ?

— Rien. Mais j'ai vu ses œuvres dans plusieurs endroits. Je ne m'intéressais pas à sa moralité, seulement à son talent. Ma fille ne posait pas seule pour lui, Mr. Monk, si c'est à cela que vous pensez. Elle se faisait accompagner par une amie.

— Savez-vous par qui ?

— Bien sûr que non ! Ce n'était certainement pas toujours la même. Si je savais qui était avec elle ce soir-là, je vous l'aurais dit. J'imagine qu'elle est allée à un rendez-vous de son côté et qu'elle est trop choquée ou qu'elle a trop honte d'avoir laissé Elissa seule pour être déjà venue témoigner.

Runcorn tourna vers Monk un regard ennuyé. Il se reprochait de ne pas y avoir pensé lui-même.

— Naturellement ! convint-il en s'adressant à Pendreigh. Nous tâcherons d'apprendre qui était cette personne. Nous demanderons au Dr. Beck qu'il nous dresse une liste des possibilités. Merci infiniment, monsieur. Nous ne vous dérangerons plus.

— Je vous en prie... soyez assez aimable de me tenir au courant si vous avez du nouveau.

— Évidemment ! promit Runcorn. Dès que nous avons quelque chose. Bonne journée à vous, monsieur.

Dehors, sur le trottoir, Runcorn faillit parler, mais se ravisa et marcha d'un pas pressé vers le coin de la rue dans l'espoir de trouver un fiacre. Monk le suivit, plongé dans ses pensées.

CHAPITRE IV

Bien que n'étant pas apparentés à la défunte, Monk et Hester assistèrent aux funérailles d'Elissa Beck. Hester y alla surtout pour soutenir Callandra, qui s'y rendait en tant qu'amie de longue date du veuf avec qui elle travaillait à l'hôpital. Personne ne pouvait imaginer l'effroyable solitude dans laquelle se trouvait Callandra, dans l'impossibilité, à cause des convenances, de manifester sa sympathie à Kristian autrement que par des formules creuses. Elle ne devait ni s'attarder ni montrer autre chose que la tristesse formelle que tout un chacun éprouve en de telles circonstances.

Monk y alla pour observer, dans le vague espoir de surprendre une expression ou d'entendre un mot susceptible de le guider vers la solution. Il espérait de tout son cœur que Fuller Pendreigh avait vu juste : Sarah Mackeson était la victime visée, Elissa le témoin malheureux d'un meurtre qui ne la concernait pas.

C'était une cérémonie émouvante qui se tenait dans l'église anglicane avec toute la pompe qu'on accordait à la mort d'une personne aimée, dont le courage et la beauté avaient éclairé la vie de ses proches.

Le brouillard était de nouveau tombé, épaisse purée de pois jaunâtre qui éclipsait la faible clarté du jour. Un des croque-morts qui agitait les plumes d'autruche noires fut pris d'une quinte de toux. Un autre frissonnait, le nez rougi.

Comme tout le monde, Hester était vêtue de noir. Au bout d'un an, une veuve pouvait porter de la soie, noire bien sûr. Les jupons aussi devaient être noirs, de même que les bottines et les bas, et aussi simples que possible. Lorsqu'une femme en deuil soulevait sa robe pour éviter une flaque, les rumeurs allaient bon train, si elle laissait voir par la même occasion un jupon d'une teinte plus claire.

Le cortège n'était pas encore arrivé, mais Kristian et Pendreigh accueillaient les invités à l'entrée de l'église et recevaient leurs condoléances. Des anges et des fleurs sculptés dans la pierre ornaient la magnifique entrée voûtée. La façade, à mesure qu'elle s'élevait, disparaissait dans le brouillard immobile, et seule quelque gargouille au visage grimaçant surgissait ici ou là de la brume.

Pendreigh avait l'air hagard; son visage s'était affaissé, comme si la chair s'était flétrie, et, bien qu'il se tînt droit tel un soldat au garde-à-vous, quelque chose en lui s'était tassé, donnant une impression de vide. Il était tout de noir vêtu, un noir si intense que ses cheveux semblaient d'autant plus lumineux. Il prodiguait à chacun les mêmes paroles accompagnées des mêmes gestes polis et machinaux.

À côté de lui, Kristian, blême, paraissait tout aussi accablé. Il fit un effort pour dire quelques mots à chacun en particulier, mais finit à son tour par se répéter.

Hester vit Callandra suivre la file des invités qui attendaient leur tour pour exprimer leurs condoléances, et leurs yeux se croisèrent brièvement. Elle était habillée de noir, cependant elle portait un chapeau d'une étonnante élégance, d'une ligne très simple et qui lui seyait parfaitement, accentuant la puissance de son visage, et pour une fois ses cheveux étaient bien en place. Elle gratifia Hester d'un petit sourire aimable, mais on lisait dans ses yeux la douleur d'être exclue et on devinait que l'impossibilité de partager ce moment de la vie de Kristian lui brisait le cœur. Elle ne pouvait que prononcer les mêmes mots de consolation que les autres, n'étant qu'une des principales bienfaitrices de l'hôpital dont elle représentait sans doute le reste du personnel.

Elle prit son tour, parla d'abord à Kristian, puis à Pendreigh. Ce fut bref. Elle fut suivie peu après par Fermin Thorpe, dont le visage poupin était lisse et les manières méticuleuses. Il exprima son effroi et sa sympathie, hochant la tête et s'adressant davantage à Pendreigh qu'à Kristian, puis il entra dans l'église, aussitôt remplacé par l'invité suivant.

L'église se remplissait. Le cortège devait bientôt arriver. Hester frissonna malgré son épais manteau noir. Son tour approcha de présenter ses condoléances. Elle se retrouva juste derrière un homme très brun d'une quarantaine d'années, au visage saisissant, aux traits puissants et généreux, qu'elle n'aurait cependant pas remarqué si elle n'avait vu la réaction de Kristian lorsqu'il le reconnut.

Jusque-là, le Dr. Beck était resté pâle et presque inexpressif, à l'exemple d'un homme à bout de forces, luttant contre le sommeil, et qui ne tenait debout que grâce à un effort de volonté exceptionnel. Soudain, son regard s'éclaira et quelque chose qui ressemblait à un sourire étira brièvement ses lèvres.

— Max ! s'exclama-t-il, manifestement stupéfait et tout aussi ravi. Comme c'est aimable d'être venu ! Comment as-tu su ?

— J'étais à Paris, répondit Max. Je l'ai appris par les journaux.

Il prit la main de Kristian dans les siennes et la serra avec effusion.

— Tu ne peux pas savoir à quel point j'ai de la peine.

Il y a trop de choses à dire, les mots me manquent. C'est une perte incommensurable pour nous tous.

Kristian hocha la tête sans répondre, toujours agrippé aux mains de Max. Pour la première fois, il fut sur le point de perdre son calme. Au prix d'un gros effort, il se tourna vers Pendreigh, s'éclaircit la gorge et présenta son ami.

— Max Niemann était avec nous à Vienne pendant l'insurrection. Elissa, Max et moi étions très liés...

Il toussa, incapable de poursuivre.

— Comment allez-vous, Herr Niemann? s'enquit Pendreigh d'une voix chargée d'émotion. Je vous suis infiniment reconnaissant de l'amitié que vous avez portée à ma fille. Elle parlait de vous avec une immense admiration et beaucoup d'affection. Votre présence m'apporte une grande consolation, et je suis sûr que c'est également vrai pour mon gendre. Dans des moments aussi pénibles, c'est l'amitié qui compte le plus.

Niemann s'inclina légèrement, joignit les talons, mais sans les claquer, remercia Pendreigh d'un sourire à peine esquissé, puis s'écarta pour laisser la place à Monk et à Hester.

Kristian avait suffisamment repris ses esprits pour répondre à Monk.

— Merci beaucoup, dit-il avec un accent de sincérité. Je sais que vous faites votre possible pour nous aider, et nous vous en sommes très reconnaissants.

Lorsqu'il croisa le regard d'Hester, l'émotion le submergea de nouveau. Sans doute à cause du souvenir des épreuves qu'ils avaient traversées ensemble, les longues nuits blanches à l'hôpital, le combat pour les réformes, les succès et les échecs.

— Mes plus sincères condoléances, dit vivement Hester, voyant son trouble. Nous pensons beaucoup à vous.

Les mots importaient peu.

— Merci, dit-il d'une voix brisée.

Pour abréger sa gêne, elle se tourna aussitôt vers Pendreigh et Kristian fit les présentations. Elle aurait aimé avoir quelque chose d'original et de sincère à dire, mais à court d'idées, se rabattit sur les platitudes habituelles.

— Toutes mes condoléances, Mr. Pendreigh.

C'était dit avec le cœur, mais elle ne trouva rien de réconfortant à ajouter. Elle se rappela la sensation d'abattement qu'elle avait ressentie en rentrant chez ses parents, dans la maison vide où leur absence se faisait cruellement sentir.

— Merci, souffla-t-il.

Elissa était morte depuis cinq jours, mais Hester se doutait qu'il mettrait des mois avant de s'habituer à ne plus la voir. Le deuil était trop récent, encore une blessure ouverte, le plus fort de la douleur viendrait après. Il assumerait son rôle pendant le rituel parce que c'était ce qu'on attendait de lui. Pendreigh était un homme de devoir.

Le corbillard arriva, tiré par quatre chevaux noirs, le panache noir agité par le vent, le bruit des sabots étouffé par le brouillard. Il se matérialisa brusquement, surgissant de l'épaisse purée de pois. Le croque-mort descendit sans bruit. Pas un souffle d'air n'agita la longue traîne noire qui pendait de son chapeau. Six porteurs transportèrent le cercueil dans l'église.

Hester et Monk durent entrer par la porte latérale cependant que l'orgue retentissait dans la nef entre les colonnes de pierre, montait jusqu'aux voûtes gothiques, annonçant le début du service.

Hester jeta un regard vers Callandra, assise à sa gauche, une rangée devant, près de l'allée. Elle se demanda quelles pensées l'habitaient. Une veuve ne pouvait se remarier avant des années, mais si un veuf épousait une femme sitôt après l'enterrement, personne n'y trouvait à redire. On attendait de sa seconde épouse qu'elle porte le deuil de sa devancière, et Hester se demanda avec effroi si sa robe de mariée devait aussi être noire !

Elle se força à discipliner ses pensées. Callandra n'avait rien dit, mais Hester savait à quoi elle songeait. La façon même dont elle prononçait le nom de Kristian la trahissait.

Savait-elle seulement quel genre de femme reposait dans le cercueil ? Pouvait-elle imaginer la beauté, la vitalité et le courage qu'elle avait eus de son vivant, d'après Fuller Pendreigh... et Kristian lui-même ?

Le service s'acheva enfin et la famille et les invités durent sortir selon un ordre rigoureux. Il fallait respecter le rituel. Seuls les hommes se rendraient au cimetière, une coutume pour laquelle Hester éprouvait quelque gratitude, mais qu'elle trouva ce jour-là paternaliste et irritante. Les femmes étaient assez bonnes pour soigner les malades et les mourants, les laver et les préparer, mais trop faibles de caractère ou d'esprit pour assister à la descente du cercueil dans la tombe.

Cependant, elle prit part à la réception qui se tenait chez Fuller Pendreigh et non chez Kristian. Pendreigh en avait-il usurpé le droit ou Kristian le lui avait-il cédé volontairement ? Hester et Monk étaient invités parce que ce dernier s'était proposé pour tenter de résoudre l'énigme du double meurtre.

L'intervalle de temps entre la cérémonie religieuse et le début du repas parut interminable à Hester. Les invités se rassemblèrent dans le superbe vestibule et dans le salon encore plus splendide. Elle s'aperçut aussitôt que Callandra n'était pas parmi eux. C'était sans doute mieux ainsi. Elle ne connaissait pas Elissa et comme elle représentait l'hôpital, Kristian était son seul contact avec la famille. La politesse avait été amplement respectée, et si elle avait été présente, cela aurait risqué de suggérer une intimité plus grande avec le mari de la défunte. Comme Hester ne le savait que trop, les funérailles, encore plus que les mariages, étaient l'occasion des pires rumeurs.

Du crêpe ornait toute la maison, les domestiques étaient vêtus de noir et leur chagrin semblait sincère.

Les invités étaient pour la plupart des amis de Pendreigh. Ils se montraient solennels et polis avec Kristian, mais c'était le père de la défunte qu'ils connaissaient. Hester en reconnut quelques-uns d'après les photos parues dans les journaux. Deux au moins étaient membres du Parlement.

Kristian se sentait-il aussi étranger dans cette demeure qu'elle le supposait ? Connaissait-il quelques-uns des invités en dehors de Max Niemann ? La silhouette saisissante capta l'attention d'Hester. Cependant que Monk discutait avec Pendreigh, qui le présenta à diverses personnes, elle parvint à s'approcher de Kristian, qui ne parut pas s'en apercevoir, et écouta leur conversation.

— ... aimable d'être venu, remerciait Kristian d'une voix chaleureuse.

— Bon sang, mon vieux, tu n'imagines tout de même pas que j'allais rester en France ! Notre amitié compte trop pour que je puisse me dispenser d'un voyage aussi court. Quelle ironie, n'est-ce pas, qu'après tout ce que nous avons vu et vécu ensemble, l'un de nous finisse ses jours à Londres dans l'atelier d'un peintre ?

Kristian esquissa un sourire timide, mais il y avait de la douceur sur son visage et Hester ne vit aucune amertume dans ses yeux.

— Elle aurait préféré quelque chose de plus... romantique, dit-il d'un ton désabusé, puis sa voix se brisa. Et un but quelconque, une cause légitime, pas cette stupide malchance d'arriver chez quelqu'un au mauvais moment !

Niemann posa une main sur le bras de Kristian.

— Je suis navré, dit-il avec ferveur. Si quelqu'un méritait de partir avec éclat, en pleine gloire, c'était bien Elissa. Il y a tant de futilité dans ce monde, tant de tragédies idiotes. Maintenant qu'elle n'est plus là, je mesure le vide qu'elle laisse.

Sa voix était chargée d'émotion et il ne lâcha pas le bras de Kristian, comme si leur contact permettait de partager un lien qui lui était précieux.

— Une autre fois... plus tard... il faudra que nous reparlions du passé, déclara Kristian. Cela fait trop longtemps qu'on ne s'est vus. Mais le présent est tyrannique, je me suis laissé envahir par les petites luttes quotidiennes.

Niemann hocha la tête en souriant.

— Toujours le même ! s'exclama-t-il.

Il étreignit une dernière fois le bras de Kristian, puis s'éloigna pour laisser la place à un autre invité.

Peu après, Hester se retrouva tout près de Pendreigh. C'était un homme au physique impressionnant. Son visage reflétait la puissance. S'il avait conscience d'être observé, il n'en laissait rien paraître et, même accablé de chagrin, il ne négligeait pas ses devoirs d'hôte.

— Puis-je vous offrir autre chose, Mrs. Monk ?

Il s'était souvenu de son nom.

— Non, merci, Mr. Pendreigh.

Elle aurait voulu dire quelque chose pour l'entraîner dans la conversation, mais le drame qui justifiait sa présence en ces lieux était de ceux qui forçaient au silence.

— Vous devez être las de chercher des choses aimables à dire à chacun, osa-t-elle. J'imagine que vous préféreriez être seul si les convenances ne vous en empêchaient.

Elle avait désigné d'un geste discret les gens qui parlaient à voix basse, hochaient la tête, débitaient des phrases creuses auxquelles personne ne prêtait réellement attention, et sirotaient l'excellent vin de Pendreigh.

Ce dernier la dévisagea comme s'il la voyait pour la première fois. Tiré de sa solitude, il parut éprouver une douleur soudaine.

— Je me le demande, dit-il d'une voix calme. Je

crois que... qu'on puise une sorte de réconfort dans ces obligations... C'est... affreusement pénible... et cependant, cela vaut peut-être mieux que d'être seul.

— Je suis désolée ! s'excusa Hester. Je n'aurais jamais dû être aussi indiscrète. Je vous demande pardon.

Pendreigh retrouva son sourire de façade.

— Vous n'avez pas à vous excuser, Mrs. Monk. Pardonnez-moi, mais je dois saluer Mr. et Mrs. Harbinger. Je crois qu'ils s'apprêtent à partir.

Il parut être en quête d'une formule de politesse, puis inclina légèrement le buste et s'éloigna.

Hester chercha Kristian des yeux, et le vit seul près de la porte du salon, plongé dans ses réflexions. Il paraissait fortement déconcerté, comme s'il avait perdu de vue le devoir auquel Pendreigh s'astreignait avec la plus grande application.

Puis, une femme d'un certain âge s'approcha ; il se ressaisit alors, se força à sourire et formula quelque politesse de convenance.

Une demi-heure plus tard, Monk et Hester s'excusèrent. Pendant le trajet qui les ramenait chez eux, Hester ne cessa de se demander pourquoi la réception s'était tenue chez le père d'Elissa plutôt que chez son mari.

— Pendreigh craignait peut-être que Kristian ne soit pas en état de se charger lui-même de la réception, suggéra Monk.

Hester lui jeta un regard en coin. À la lueur des réverbères, elle vit de la fatigue sur son visage blafard tandis qu'il regardait droit devant lui, comme perdu dans ses pensées.

— As-tu une idée de qui l'a tuée ? demanda-t-elle.

— Non, répondit-il sans tourner la tête.

— Mais tu ne crois pas que Runcorn s'imaginera que c'est Kristian ?

— C'est une éventualité qu'il se doit d'envisager, répondit Monk. Nous ne savons pas encore si Elissa était visée, ou si elle a eu la malchance d'arriver au mauvais moment.

— Que sais-tu de l'autre femme ?

— Très peu de chose. C'est un modèle qui posait exclusivement pour Allardyce depuis quelques années. Elle avait plus de trente ans, un âge déjà avancé pour ce genre d'emploi. Les hommes de Runcorn essaient d'en apprendre le plus possible sur elle — ses amants, ses créanciers. Pour l'instant, ça n'a rien donné.

— Mais c'était bien elle qui était visée, n'est-ce pas ? Elissa Beck n'était qu'un témoin malheureux ?

— C'est probable.

Hester aurait aimé poursuivre, mais elle vit ses lèvres pincées et comprit qu'elle ne tirerait rien de lui. Elle dut presque se mordre la langue pour éviter de le harceler. Ses réponses ne lui avaient pas apporté le réconfort attendu. Pourquoi n'avait-il pas dit au moins que si Runcorn était assez bête pour soupçonner Kristian, il lui prouverait qu'il avait tort ? Elle aurait voulu lui poser la question, mais elle n'était pas sûre de vouloir connaître la réponse.

En fin d'après-midi, Monk, qui portait toujours son plus beau costume noir comme si les funérailles n'étaient pas terminées pour lui, ressortit sans préciser où il allait.

Hester patienta une heure, indécise, puis, sans s'être changée non plus, prit un fiacre et indiqua au cocher l'adresse de Kristian dans Haverstock Hill. Elle ne savait pas s'il était rentré, mais quelque chose la poussait à le voir. Pourquoi n'avait-il pas donné la réception chez lui ? Pourquoi avait-il laissé Pendreigh se charger presque exclusivement de la cérémonie, qui d'ailleurs ne ressemblait pas à l'homme qu'elle connaissait, ou croyait connaître, et de la réception ? Elle avait travaillé avec lui, ce dont Monk ne pouvait se vanter. Les croque-morts en noir, les plumes d'autruche, le corbillard, les quatre porteurs dépassaient de loin la simple dignité de la vie et de la mort telle qu'il en avait fait l'expérience à l'hôpital et dans les salles de Limehouse où ils avaient ensemble lutté contre l'épidémie de typhoïde. Il était trop habitué à la réalité de la mort pour la draper d'oripeaux cérémonieux, et la sincérité de ses sentiments s'accommodait mal d'un tel étalage.

La mort d'Elissa était-elle si différente, si bouleversante qu'il ait changé à ce point ? Ou Hester l'avait-elle mal jugé depuis le début ? Le goût de la pompe se cachait-il sous les apparences du praticien sobre et méthodique qu'elle appréciait ?

Le trajet dans les rues enveloppées d'épais brouillard parut s'éterniser, mais le fiacre s'arrêta finalement devant chez Kristian. Elle sonna à trois reprises et allait partir lorsque Kristian lui-même vint ouvrir. Il avait une tête affreuse et la lumière des réverbères qui se reflétait dans ses yeux les faisait paraître énormes. Derrière lui, l'entrée était plongée dans le noir, éclairée seulement par une lampe à gaz qui brûlait en bas de l'escalier.

— Hester ? Que se passe-t-il ? Un problème ?

L'inquiétude sourdait dans sa voix.

— Non, répondit-elle vivement. Il ne s'agit pas de l'hôpital. Je me faisais du souci pour vous. J'ai à peine eu l'occasion de vous parler.

— C'est très aimable à vous, mais je vous assure que je suis simplement fatigué.

L'ombre d'un sourire effleura ses lèvres, sans pour autant éclairer son regard.

— C'est éprouvant d'écouter poliment les condoléances des gens et de trouver à chaque fois une réponse qui ne soit pas fade ni méprisante. Les funérailles nous rappellent toujours d'autres deuils et le chagrin a vite fait de nous submerger.

— Puis-je renvoyer mon fiacre ?

C'était une manière oblique de s'inviter.

Kristian hésita.

Hester rougit, mais comme elle tournait le dos à la lumière, il ne vit pas son visage.

— Merci, ajouta-t-elle sans attendre de réponse.

Il n'eut d'autre solution que de lui proposer d'entrer. Il la conduisit dans un petit salon où il augmenta la flamme de la lampe à gaz. C'était une pièce agréablement meublée. Il y avait trois fauteuils, dépareillés mais dans les mêmes tons rouille, qui donnaient une illusion de chaleur là où elle manquait cruellement. Le vieux tapis turc était dans les rouges et les bleus. La cheminée n'avait pas été utilisée récemment. Un vieil écran brodé se dressait devant l'âtre, et il n'y avait ni pinces ni tisonnier ni pelle.

Bien que mal à l'aise, Kristian lui désigna un siège.

Elle accepta, commençant juste à se rendre compte à quel point elle avait été impolie de s'imposer. Comment pouvait-elle se racheter ?

Elle se lança :

— William travaille avec le commissaire Runcorn pour essayer de trouver le coupable. Ils se détestent, mais ils ont tellement envie de découvrir la vérité qu'ils mettront leur antipathie de côté le temps de l'enquête.

Assis en face d'elle, Kristian la dévisageait passivement. Était-ce de la fatigue à la fin d'une des journées les plus atroces de sa vie ? N'osait-il la mettre dehors, comme l'aurait fait n'importe qui dans de telles circonstances, par respect pour leur vieille amitié ? Ou cachait-il une autre facette de sa personnalité qu'il ne voulait pas qu'elle découvrît ?

Un frisson glacé la parcourut en pensant à Callandra, et elle en eut honte. Elle connaissait tout de même Kristian mieux que ça !

— Est-ce qu'Elissa était très religieuse ? demanda-t-elle à brûle-pourpoint.

— Quoi ?

D'abord dérouté, il rosit mais ne trouva rien à répondre.

— Les funérailles étaient très Haute Église, précisa-t-elle.

Elle voyait bien qu'elle le tourmentait, même si elle ne comprenait pas pourquoi.

— C'était le vœu de mon beau-père, dit-il sans la regarder.

Hester se sentit gagnée par le froid. Le salon n'était pas chauffé. Kristian devait se trouver dans une autre pièce quand elle avait sonné. La recevait-il là en espérant que la température écourterait sa visite ? Dans ce cas, il avait oublié tout ce qu'il avait appris sur elle. Ne se souvenait-il pas des longues et épuisantes nuits qu'ils avaient passées ensemble avec Callandra à soigner les malades rongés par la fièvre dans Limehouse ?

— Et vous avez cédé ? demanda-t-elle, surprise.

— Il est profondément malheureux ! répliqua-t-il un peu sèchement. Si cela doit le réconforter, cela ne fait pas de mal.

C'était un reproche et Hester en ressentit la brûlure.

— Je suis désolée, s'excusa-t-elle. C'est très généreux de votre part. La cérémonie n'était pas votre genre, et elle a dû coûter extrêmement cher.

Ce fut au tour de Kristian de rougir. Hester fut étonnée de sa réaction. Elle ne voyait pas ce qu'elle avait pu dire pour la provoquer. Il semblait visiblement très embarrassé.

— En effet, acquiesça-t-il en regardant ses mains, ce n'est pas mon genre. Mais si ça l'aide à supporter l'épreuve, comment aurais-je pu lui refuser ça ? Ils étaient très proches. Elle l'admirait beaucoup.

Il leva enfin les yeux et affronta le regard d'Hester.

— Il a par ailleurs un grand courage physique, vous savez. Adolescent, il faisait de l'alpinisme. Il y a eu un accident et, au mépris de sa vie, il a sauvé les trois autres membres de la cordée. L'alpinisme était très à la mode à l'époque et l'affaire a connu un grand retentissement. Un des hommes qu'il avait secourus a écrit un livre sur l'accident.

Il esquissa un faible sourire.

— D'une certaine manière, je crois qu'Elissa s'efforçait d'être à sa hauteur.

Malgré elle, Hester sentit les larmes lui monter aux yeux.

— Je suis sincèrement désolée, souffla-t-elle. Est-ce pour cela que vous l'avez également laissé organiser la réception ?

Il détourna de nouveau les yeux.

— En partie, oui. La famille est de Liverpool, pas de Londres. Il n'est ici que depuis un an ou deux, mais il a de nombreux amis, des gens que je ne connais pas, et il désirait les inviter. Comme vous l'avez vu, beaucoup sont venus.

Elle promena machinalement son regard dans la pièce. Même à la lumière chiche de l'unique lampe, elle s'aperçut qu'elle était misérable. Les bras des fauteuils étaient élimés, la couleur du tapis délavée. C'était une pièce qu'on aurait pu réserver aux domestiques pour leurs brefs moments de repos pendant leur journée de travail.

Elle reporta son attention sur Kristian et vit avec horreur que ses yeux étaient brûlants de honte. Pourquoi l'avait-il fait entrer dans cette pièce ? Assurément, n'importe quelle autre eût été préférable. Était-ce vraiment pour l'inciter à partir plus vite ? Était-ce concevable ?... Elle le regarda et comprit soudain.

— Le reste de la maison ? murmura-t-elle dans un souffle.

Il baissa les yeux.

— C'est la meilleure pièce. Hormis le vestibule et la chambre d'Elissa. Les autres sont vides.

Hester en resta interdite ; elle eut honte pour elle et pour lui parce qu'elle s'était immiscée dans une intimité qu'il aurait certainement préféré garder secrète. Et en même temps, c'était incompréhensible. Kristian travaillait extraordinairement dur, plus que Monk lui-même. Il consacrait certes de nombreuses heures à soigner les malades gratuitement — Hester le tenait de Callandra, qui connaissait parfaitement les finances de l'hôpital —, mais l'essentiel de son travail était payé au même taux que pour n'importe quel autre médecin.

Il lui traversa l'esprit qu'il avait pu se débarrasser de quelques affaires dans un acte de noblesse. Dans ce cas, il l'aurait regardée dans les yeux et le lui aurait dit avec fierté, pas en baissant la tête dans un silence penaud.

— Qu'est-il arrivé ? demanda-t-elle d'une voix rauque, gênée par sa propre indiscrétion.

— Elissa jouait, dit-il simplement. Peu au début, mais ces derniers temps elle ne pouvait plus s'en empêcher.

— Elle... jouait ?

Hester eut l'impression d'avoir reçu un coup de marteau sur la tête. Son esprit vacilla.

— Elle jouait ? répéta-t-elle inutilement.

— C'était plus fort qu'elle.

Il parlait d'une voix neutre, atone.

— Au début, c'était juste un jeu excitant, puis quand elle s'est mise à gagner, ça l'a enivrée. Elle a continué, même quand elle a commencé à perdre. On croit toujours que la prochaine fois, on se refera. Cela n'a rien de rationnel. À la fin, on ne pense qu'à une chose : rejouer, tenter sa chance, ressentir l'excitation, le cœur battre tandis qu'on attend sa carte... ou la façon dont les dés vont rouler, peu importe.

Hester contempla de nouveau la pièce, la gorge serrée devant un tel dénuement.

— Mais vous risquiez de tout perdre ! s'écria-t-elle, bouillante de colère.

Elle étouffait malgré elle.

— En outre, reprit-elle, accablée par tant de futilité, on ne peut gagner que si un autre perd !

Cette fois, le regard de Kristian ne vacilla pas. Il ne fuyait plus la réalité et une sorte de défi se lisait sur ses traits.

— Je sais. S'il n'y avait pas de danger, ça ne ferait pas battre le cœur ni nouer l'estomac. Pour le vrai joueur, il faut risquer plus qu'on ne peut se permettre de perdre. Ce qui l'attirait, ce n'était plus de gagner, c'était de défier le destin, et d'y survivre.

Cependant, elle n'y avait pas survécu. Elle avait perdu. Le jeu lui avait volé la chaleureuse douceur de sa maison, puis l'essentiel du mobilier; il avait coûté à son époux douleur et chagrin, l'avait épuisé, lui avait ravi le confort d'un foyer pour lequel il avait travaillé dur et l'avait laissé avec un sentiment de honte presque insupportable. Ils n'avaient plus aucune vie mondaine. Kristian ne pouvait accepter d'invitation car il n'avait plus les moyens d'inviter à son tour. Il vivait coupé du monde, dans un isolement complet, et certainement affolé par les dettes qui s'accumulaient. Il allait être déshonoré, et subirait peut-être la flétrissure de la prison lorsque les créanciers réclameraient le paiement de factures qu'il ne pourrait régler.

C'était une maladie de l'esprit... une folie! Il avait aimé Elissa, peut-être l'aimait-il encore, mais il y avait en elle des aspects qui lui échappaient et qui les détruisaient tous les deux.

Hester ne voulait pas y penser, encore moins affronter la réalité, mais cela crevait les yeux : il était évident qu'il avait eu un excellent mobile de tuer Elissa. C'était tellement compréhensible qu'il lui était impossible de nier le fait que, dans un moment de panique, menacé par la ruine, Kristian avait pu assassiner son épouse. Il était coupable. Hester éprouva de la peine, un sentiment de culpabilité, de l'effroi, mais elle était surtout incroyablement consternée.

— Pendreigh était-il au courant? demanda-t-elle.

— Non. Elle s'était arrangée pour le lui cacher. Elle

n'allait le voir que lorsqu'elle gagnait, et elle trouvait toujours des excuses pour ne pas l'inviter chez nous. D'ailleurs, elle n'avait aucun mal, elle se servait de mon travail à l'hôpital comme prétexte.

Il frissonna et appuya une main sur son front comme pour chasser la douleur.

— Elle n'avait pas besoin de fournir d'explications, reprit-il. Elle ne savait pas grand-chose de mon travail. Je n'en discutais pas avec elle. Je l'avais amenée à Londres sous le coup de la passion et de la fièvre qui nous soudaient à Vienne, et je croyais qu'elle serait heureuse parmi des gens qu'elle ne connaissait pas, sans cause à défendre, sans l'excitation du danger, sans le dévouement...

— Il y a plein de combats à mener ici, dit Hester d'une voix douce. Pas sur les barricades, pas contre des ennemis clairement identifiés, pas toujours dans la gloire, mais ce sont des combats bien réels.

Il pressa les mains sur ses yeux.

— Pas pour elle. Je n'ai rien fait pour l'aider à les trouver. J'étais trop pris par mon travail. Je croyais qu'elle changerait. On ne devrait pas attendre cela des autres...

Hester chercha un argument pour le contredire, quelque chose pour le réconforter, mais il y avait du vrai dans les reproches qu'il s'adressait, et il ne voyait pas plus loin. Quelles que fussent les causes dans lesquelles Elissa aurait pu s'investir, il ne les aurait considérées que comme des excuses à son incapacité à la rendre heureuse.

— Nous avons peut-être tous en nous une soif, un désir ardent semblable, dit-elle enfin. Mais quand nous aimons nous apprenons à en modifier l'objet. Je suis allée en Crimée pour soigner les blessés, mais aussi pour l'aventure. C'est tellement agréable de se sentir vivre pleinement, même si cette vie comporte sa part d'horreur, de fureur et de chagrin. Ne pas avoir vécu est la pire des morts.

Elle esquissa un sourire.

— J'allais dire que nous avons le droit de faire ces rêves pour nous-mêmes, pas pour les autres, mais il n'y a rien que nous fassions qui n'implique les autres d'une manière ou d'une autre. Si j'étais restée parmi les miens, leur vie aurait été différente, leur mort aussi.

Elle posa une main sur le bras de Kristian.

— Je suis désolée, dit-elle. Je ne peux pas vous demander ce que vous ressentez. Personne ne le pourrait, sauf ceux qui sont passés par là. Mais je connais la souffrance, et la certitude que l'on ressent, après coup, de l'avoir accrue, et je suis profondément navrée.

— Merci.

Il se mordit la lèvre inférieure jusqu'au sang.

— Je ne peux pas dire que je sois content que vous soyez venue, mais l'intérêt que vous me portez me touche beaucoup.

Elle lut dans ses yeux une douceur, une grande sincérité, et un sentiment profond qu'elle préféra ne pas nommer.

Il était vain de lui proposer une aide quelconque. La seule chose à faire était de découvrir la vérité, et prier pour qu'elle ne l'accable pas davantage. Pour l'instant, personne ne pouvait alléger son chagrin ni le partager.

Hester se leva pour partir; il coiffa son chapeau, enfila son manteau et marcha avec elle dans le brouillard, sans un mot, jusqu'à ce qu'ils trouvent un fiacre.

Sur le chemin du retour, Hester repensa à ce que son indiscrétion lui avait permis de découvrir. Elissa Beck ne ressemblait pas à la femme qu'elle avait imaginée. Monk avait dit qu'elle était jolie — plus que jolie, envoûtante, d'une beauté inoubliable. Kristian lui-même vantait son courage. Cependant, elle avait été poussée par une passion qui n'avait pas seulement consumé son propre bonheur, mais aussi celui de Kristian. Il était au bord de la ruine et, si elle avait continué à vivre, il aurait sans doute sombré corps et âme.

Comment Callandra réagirait-elle lorsqu'elle l'apprendrait — car il était impossible de ne pas la mettre au courant ? Kristian avait eu un mobile incontestable de tuer sa femme.

En arrivant chez elle, Hester trouva Monk dans le salon en train d'arpenter la pièce.

— Où étais-tu ? questionna-t-il. Il est plus de dix heures ! Hester...

Il s'arrêta net en remarquant son expression.

— Que s'est-il passé ? Qu'y a-t-il ? Tu as une mine effroyable !

— Merci ! claqua-t-elle, décidant sur-le-champ qu'elle ne pouvait pas lui dire ce qu'elle venait d'apprendre.

C'était trop difficile, trop pénible.

— J'ai passé une journée affreuse.

— C'est normal. Mais tu avais bien meilleure mine à l'enterrement. Que s'est-il passé depuis ? Tu es blanche comme un linge.

— Je suis fatiguée.

Elle voulut passer devant lui pour sortir de la pièce. Il lui saisit le bras d'une main douce mais ferme et la fit pivoter vers lui.

— Hester ! Où es-tu allée ?

Il avait parlé d'une voix calme, mais impérieuse, interdisant toute dérobade.

— Je suis allée voir Kristian, avoua-t-elle, décidée à ne lui dévoiler qu'une partie de la vérité.

— Pourquoi ? Tu l'avais déjà vu aux funérailles.

Elle hésita. Que pouvait-elle dire de crédible ?

— Je m'inquiétais pour lui.

— Et tu es allée chez lui après l'enterrement de sa femme ? s'exclama-t-il, incrédule. Il ne t'est pas venu à l'esprit qu'il pouvait avoir envie d'être seul ?

Elle fut piquée par son reproche, qui n'était pas sans fondement.

— Bien sûr que si ! rétorqua-t-elle. Je n'avais pas la prétention de vouloir le réconforter. J'y suis allée parce que je voulais savoir...

Elle s'interrompit. Elle ne voulait pas lui dire tout de suite ce qu'elle avait vu. Il en déduirait que Kristian était peut-être coupable et, tôt ou tard, devrait en informer Runcorn.

— Quoi ? s'enquit-il d'un ton brusque. Qu'avais-tu donc besoin de savoir ?

Elle était fâchée d'avoir à lui dire la vérité ou à trouver un mensonge convaincant qui ne risquerait pas de les éloigner l'un de l'autre durablement. Peut-être était-il préférable de ne pas répondre ?

— J'aime mieux qu'on en parle une autre fois, dit-elle d'un ton légèrement contraint.

— Tu quoi ? fit-il, incrédule, en lui serrant davantage le bras.

— Lâche-moi, William, dit-elle d'une voix froide. Tu me fais mal.

Il relâcha son étreinte.

— Hester, pourquoi es-tu si fuyante ? Qu'as-tu découvert de si horrible que tu sois prête à te compromettre pour le taire ?

— Je suis... commença-t-elle.

Mais la justesse de sa remarque la toucha. Elle se compromettait, en effet, de même qu'elle risquait d'ébranler leur confiance mutuelle. De toute façon, il l'apprendrait un jour ou l'autre. En cachant à Monk ce qu'elle avait découvert, elle ne protégeait pas Kristian. S'il avait tué sa femme, rien ne le protégerait, ni lui ni Callandra ; et s'il ne l'avait pas tuée, seule la vérité le sauverait.

Elle affronta le regard de Monk.

— Je suis allée voir pourquoi la réception s'était tenue chez Pendreigh et non chez Kristian.

— Et la réponse ? demanda-t-il en s'assombrissant.

— Elissa jouait. De façon maladive. Kristian n'a presque plus rien... plus de meubles, plus de tapis, plus de domestiques... juste une chambre à coucher et un salon miteux, sans feu dans la cheminée.

Monk la dévisagea bouche bée, essayant de comprendre.

— Elle jouait ? répéta-t-il.

— Oui. C'en était arrivé à un stade où elle ne pouvait plus s'en empêcher, malgré de lourdes pertes. En réalité, si elle ne risquait pas de perdre plus qu'elle ne pouvait se permettre, le jeu n'en valait plus la chandelle.

Monk pâlit, son visage se ferma. Il ne dit pas qu'il avait compris ce que cela impliquait, c'était inutile. La conclusion était limpide, elle s'imposait d'elle-même.

CHAPITRE V

Monk était profondément troublé par ce qu'Hester lui avait dit. Il sortit de bonne heure, marchant tête basse dans les rues encore enveloppées de brouillard. Si c'était vrai, Kristian avait donc un mobile bien plus impérieux de tuer Elissa que Runcorn et lui ne l'avaient envisagé. Si elle avait entraîné son mari dans la ruine et la misère — la perte de son foyer, de sa réputation, de son honneur, et même, les créanciers ne pouvant plus être remboursés, la perspective d'être incarcéré pour dettes —, Monk imaginait facilement que la panique et le désespoir aient pu le pousser au meurtre.

La prison de Queen's était encore exclusivement réservée aux débiteurs, mais il arrivait trop souvent qu'on les mélange avec des droit commun — voleurs, faussaires, escrocs, pyromanes, coupe-jarrets. Ils pouvaient même moisir en prison tant que leurs dettes restaient impayées, et dépendaient alors de leurs relations pour les régler, parfois même pour la nourriture, et de la grâce de Dieu pour les protéger du froid, de la vermine, de la maladie, et de l'agressivité de leurs codétenus, sans parler des tourments occasionnés par le désespoir.

Kristian avait dans le passé affronté l'injustice, s'était violemment rebellé contre elle, mais à cette époque il ne se battait pas seul. La moitié de l'Europe s'était soulevée contre l'oppression, et peut-être le souvenir de cette lutte était-il si profondément ancré en lui qu'il croyait pouvoir de nouveau recourir à la violence.

C'était bien trop plausible pour être écarté d'un revers de main. S'il était honnête avec lui-même, Monk pouvait aisément le comprendre. Si quiconque venait à menacer ce qu'il avait passé sa vie à construire — sa carrière, sa réputation, son intégrité et son indépendance, sa liberté de choisir son métier, d'exercer ses talents et d'apprécier la valeur des choses en lesquelles il croyait —, il se défendrait bec et ongles. Il n'était pas prêt à avouer quelles armes il utiliserait, quoi qu'il lui en coûtât, ni la honte qu'il éprouverait ensuite.

Un vent glacial soufflait ce matin-là ; il courba le dos et marcha tête baissée pour ne pas ressentir la brûlure du froid. Un crieur de journaux braillait qu'un messager de Jefferson Davis, président des États confédérés d'Amérique, avait été arrêté à La Nouvelle-Orléans au moment de s'embarquer pour l'Angleterre. Monk y prêta à peine attention. Il ne pensait qu'à l'affaire ; il avait encore à connaître la vérité, toute la vérité, et devait tâcher de découvrir ce que Runcorn savait de son côté. Si Kristian n'était pas coupable, Monk le défendrait jusqu'au bout.

Mais s'il l'était, il était indéfendable. Si seule Elissa avait été assassinée, il eût été possible de plaider les circonstances atténuantes. Il n'était certainement pas le seul à qui une femme avait fait perdre la raison, et la violence explose souvent quand on est effrayé ou lorsque l'on souffre trop. Cependant, l'assassin, quel qu'il fût, avait également tué Sarah Mackeson, simplement parce qu'elle avait le tort d'être là. Rien ne justifiait un tel acte.

Monk ne dirait rien à Runcorn. Il était encore plausible de soutenir que Sarah Mackeson était la victime visée, et même qu'Allardyce mentait en prétendant qu'il n'était pas rentré chez lui de la nuit. Il fallait commencer par retrouver la femme qui accompagnait Elissa Beck lors de ses séances de pose. Son témoignage était capital pour comprendre ce qui s'était passé, du moins jusqu'à son départ. Où avait-elle quitté Elissa et pour quelle raison ? Runcorn avait déjà dû penser à cela.

Monk s'arrêta brusquement, et l'homme qui le suivait sur le trottoir le percuta et perdit presque l'équilibre. Il jura entre ses dents et poursuivit sa route, laissant Monk regarder au loin l'un des nouveaux omnibus tirés par huit chevaux émerger du brouillard.

Runcorn commencerait naturellement par supposer qu'Elissa avait emmené sa femme de chambre; il irait donc directement à Haverstock Hill ! Évidemment, il n'y avait pas de femme de chambre. Un homme qui avait vendu tout son mobilier, sauf le peu qu'un huissier ne saisirait pas, n'avait pas les moyens d'entretenir des domestiques. La femme de ménage qui leur avait ouvert la porte représentait probablement à elle seule tout le personnel des Beck, et elle ne devait pas venir plus de deux ou trois fois par semaine.

Elissa s'était-elle fait accompagner par une servante de son père ? Ou par une amie ? Ou encore, s'était-elle rendue seule chez Allardyce ?

Mais il voulait par-dessus tout empêcher Runcorn de découvrir sa passion du jeu, ou du moins la frénésie avec laquelle elle s'y livrait. Peut-être ne faisait-il que retarder l'inévitable, mais demander à Allardyce qui était la compagne d'Elissa semblait un commencement logique. Monk hâta le pas. Il voulait persuader Runcorn de partager ses vues.

Une fois arrivé au commissariat, il monta directement chez Runcorn.

Quand Monk entra dans son bureau, celui-ci leva la tête en s'efforçant de prendre un air détaché. Il attendait que Monk fasse le premier pas.

— Bonjour, dit ce dernier en regardant Runcorn droit dans les yeux. J'ai pensé que vous iriez probablement chez Allardyce pour chercher à savoir qui accompagnait Mrs. Beck, et j'aimerais venir avec vous.

Il faillit ajouter une formule de politesse, mais y renonça de peur que Runcorn ne prenne cela pour un sarcasme.

Le commissaire se détendit quelque peu.

— Pourquoi pas? acquiesça-t-il d'une voix égale.

Seul un imperceptible frémissement trahit le fait qu'il n'y avait pas pensé.

— C'est ma foi une bonne idée, ajouta-t-il en se levant. Qui cela peut-il être, une femme de chambre?

— Pendreigh penchait pour une amie, lui rappela Monk. Ça pourrait être n'importe qui. C'est plus simple de demander à Allardyce lui-même.

Runcorn décrocha son manteau et son chapeau du portemanteau.

— Avec cette purée de pois, dit-il, on ira aussi vite à pied!

Monk le suivit dans l'escalier. En réalité, le brouillard se dégageait et on pouvait désormais voir à près de trente mètres; néanmoins, ils avaient décidé de marcher plutôt que de héler un fiacre.

— Combien de séances pour faire un portrait? demanda Runcorn au bout de quelques minutes.

— Aucune idée, admit Monk. Ça dépend sans doute du style et du peintre. Peut-être que Sarah Mackeson posait parfois à sa place.

— Elles ne se ressemblaient pas beaucoup.

Runcorn loucha vers Monk.

— Évidemment, s'il s'agit de peindre une robe ou un quelconque habit, c'est peut-être suffisant. Que faisait-elle le reste du temps? Que faisait-elle de ses journées? La femme d'un médecin... pas tout à fait une lady, mais une femme de bien... tout de même.

Runcorn avait dévoilé son ignorance malgré lui. La perplexité se lisait sur son visage.

— Elle n'avait rien à faire réellement, n'est-ce pas?

— Non, j'en doute, mentit Monk.

Assurément, sans domestiques, elle devait accomplir le plus gros du ménage, faire la cuisine et laver le linge elle-même ? Mais peut-être qu'avec une maison à moitié vide, il y avait moins de travail ? Préparer un repas pour Kristian quand il mangeait chez lui, et pour elle-même quand elle ne dînait pas chez des amies ou qu'elle ne jouait pas. Kristian donnait peut-être ses chemises à laver à l'hôpital.

— Alors à quoi occupait-elle ses journées ? demanda Runcorn.

Ils traversèrent Gray's Inn Road pour remonter vers le nord.

— Une fois, j'ai eu une bronchite. J'ai mis une éternité à m'en remettre. Les premiers jours, je trouvais ça agréable de ne rien faire. Mais ça n'a pas duré. Ça me rendait presque fou ! Je ne m'étais jamais autant ennuyé de ma vie ! J'ai repris le travail contre l'avis médical tellement je m'embêtais.

Runcorn en train de se détendre en lisant un livre, c'était risible ! Monk eut du mal à réprimer un sourire.

Runcorn s'en aperçut et le fusilla du regard.

— Je compatis ! dit vivement Monk. Je me suis cassé les côtes un jour, vous vous rappelez ?

Runcorn acquiesça d'un grognement. Il ne prononça plus un mot jusqu'à Acton Street.

— Je n'aimerais pas être une lady, dit-il, pensif. Je crois que je préférerais travailler que de... à moins, bien sûr, que je n'aie jamais connu autre chose.

Le front plissé, il essayait toujours d'imaginer un monde d'une telle vacuité lorsqu'ils atteignirent le haut des marches et frappèrent à la porte de l'atelier d'Allardyce.

Ils attendirent longtemps avant que le peintre en personne ne vienne leur ouvrir, de mauvaise humeur et les yeux ensommeillés.

— Qu'est-ce que vous venez encore foutre à une

heure pareille ? s'exclama-t-il. Il fait à peine jour. Vous ne dormez jamais ?

— Il est près de neuf heures, monsieur, répondit Runcorn.

Sa grimace montrait clairement sa désapprobation. Il détourna vivement les yeux pour ne pas voir Allardyce qui s'était habillé à la hâte et dont la chemise de nuit dépassait du pantalon. Il n'avait pas eu le temps d'enfiler ses chaussures et se balançait d'un pied sur l'autre sur le seuil glacé.

— Évidemment, un policier est forcé de se lever à des heures impossibles ! dit Allardyce avec aigreur. Alors, qu'est-ce que vous voulez ? Vous feriez mieux d'entrer, il fait bien trop froid ici.

Il fit demi-tour et rentra dans son atelier en laissant la porte ouverte.

Runcorn le suivit, imité peu après par Monk. Dans l'atelier, par ailleurs inoccupé, des toiles étaient inclinées contre les murs. Une demi-douzaine en étaient à un stade plus ou moins avancé — quatre portraits, une scène de rue, une scène d'intérieur représentant deux filles en train de lire sur un canapé. Le tableau sur le chevalet figurait un homme d'âge moyen affichant un air de profonde satisfaction. Sans doute une commande.

Allardyce marmonna quelque chose, puis disparut dans ses appartements.

Runcorn renifla en plissant le nez. Il ne dit rien, mais le dégoût se lisait clairement sur son visage.

Monk ouvrit un carton qui renfermait plusieurs dessins. Un simple croquis au fusain, mais le peintre, avec une extraordinaire économie de traits, avait saisi la vitalité contenue sur les visages et dans les attitudes de trois femmes penchées au-dessus d'une table. Les dés étaient à peine visibles de sorte que Monk ne les remarqua pas tout de suite. Tout était dans les visages, les yeux, les bouches ouvertes, la passion dévorante qui les ensorcelait. Des joueuses !

Il le retourna vivement et examina le suivant. Encore des joueurs, mais cette fois avec le regard absent du perdant. C'était puissant, sauvage. Une maison ou une fortune envolée à cause d'un morceau de carton coloré, mais tout le désespoir était dans les yeux.

Le troisième dessin était celui d'une belle femme dont le visage s'éclairait comme à la vue d'un amant, lèvres entrouvertes, œil brillant, mais c'était un éventail de cartes qu'elle fixait, une main gagnante, les couleurs et les suites floues, dépourvues d'intérêt cependant qu'elle se passionnait déjà pour la donne suivante. Qu'il est doux de gagner, mais, plaisir éphémère, tout est aussitôt remis en question!

Elissa Beck!

Monk retourna le dessin et s'intéressa aux autres, conscient de la présence de Runcorn qui regardait sans un mot par-dessus son épaule.

C'étaient des croquis de la même femme, certains si hâtivement esquissés qu'ils n'étaient qu'une habile ébauche, un contour, mais avec un incroyable pouvoir émotionnel — l'avidité, la fièvre, le cœur battant, la sueur, les muscles tendus. Monk se surprit à retenir son souffle en examinant les dessins les uns après les autres.

Runcorn avait-il reconnu Elissa? Monk sentit monter en lui une bouffée de chaleur, suivie de sueurs froides. Runcorn s'imaginait-il qu'Allardyce était tellement obsédé par elle qu'il passait son temps à la dessiner? Non, à moins d'être vraiment naïf. Les croquis étaient pris sur le vif; n'importe qui un tant soit peu au fait de la nature humaine aurait vu leur sincérité. Monk préféra ne pas affronter le regard de Runcorn.

Il y avait deux autres dessins. Sans doute le même sujet, mais le dos blanc des feuilles le fascinait. Encore Elissa? Il crut sentir le souffle de Runcorn sur sa nuque.

Il sortit la feuille. L'avant-dernier dessin était celui d'un homme, le corps ramassé, le nez cassé, qui surveillait, appuyé contre un mur, des femmes en train de jouer. Il avait un visage de brute et semblait s'ennuyer. Elles perdraient tôt ou tard et il devrait alors s'assurer que les dettes étaient payées. Son travail consistait à se débarrasser des gêneurs.

Monk souleva lentement la feuille pour examiner le dernier dessin. C'était le portrait d'un homme richement vêtu, le regard vide, un petit pistolet à la main.

Runcorn laissa échapper un soupir et déclara d'une voix paisible :

— Pauvre bougre ! J'imagine qu'il préfère ça. Avez-vous déjà vu une prison pour débiteurs, Monk ? Certaines ne sont pas trop mal, mais quand on vous jette dans une cellule avec les droit commun, pour un homme comme ça... il a sans doute raison, mieux vaut en finir vite.

Monk ne répondit pas. Il pensait à des choses trop pénibles, la vérité était trop immédiate.

— Vous estimez sans doute que c'est un lâche ! s'exclama Runcorn d'une voix où la rage se mêlait à l'affliction.

— Non ! protesta Monk. Ne me faites pas dire ce que je n'ai pas dit ! Vous ne savez pas à quoi je pense.

Runcorn parut décontenancé.

Monk lui fit face et leurs regards se croisèrent. Runcorn avait-il reconnu Elissa ? Combien de temps avant qu'il s'aperçoive du coût de son vice ? Il en savait assez pour ne pas s'imaginer qu'il s'agissait d'un simple divertissement inoffensif. S'il l'ignorait encore, c'était dans les dessins : la passion dévorante qui balayait tout. Les croquis détruisaient toute illusion d'un passe-temps innocent, facilement contrôlable.

— Elle ne s'est pas fracturé la nuque toute seule, dit Runcorn d'une voix rauque. L'encaisseur de ses créanciers ? Et le pauvre modèle s'est trouvé en travers du chemin ?

Monk réfléchit. Quelque part dans sa mémoire détraquée, il devait en savoir plus sur les joueurs, la violence, la façon d'extorquer de l'argent sans mettre en danger sa propre maison de jeux, et perdre ainsi plus qu'on ne récupérait.

— Nous ne savons pas si elle devait assez pour qu'il faille faire un exemple, dit-il. C'est comme ça que vous voyez les choses ?

Runcorn pinça les lèvres.

— Non.

Il aurait aimé que cela soit le cas, même s'ils ne retrouvaient jamais l'encaisseur, cela se voyait sur son visage.

— Ça n'a aucun sens. Si elle ne réglait pas ses dettes, on l'aurait simplement bannie de la salle... bien avant qu'elle doive assez pour qu'on prenne le risque de la tuer. On assassine les concurrents qui menacent son petit commerce, mais pas les perdants. Bon sang, les caniveaux déborderaient de cadavres, sinon !

Ses yeux s'agrandirent soudain.

— On peut tuer un gagnant, remarquez ! Gagner un peu, ça encourage les autres joueurs, gagner trop, ça revient cher.

Monk se laissa aller à rire.

— Et vous ne croyez pas qu'ils ont des moyens de contrôler les gains ?

Runcorn grimaça de rage, puis de tristesse.

— Dommage, ça aurait tout réglé. Je me demande depuis combien de temps elle jouait et combien elle a perdu.

Monk sentit la sueur lui dégouliner le long du corps. Maudit soit Runcorn qui l'empêchait de garder le silence ! Maudit soit Runcorn qui était trop réaliste ! Monk s'en tirerait peut-être avec une demi-vérité ? Non, impossible ! Si Runcorn le découvrait, or il le découvrirait, il ne l'en mépriserait que davantage. Monk l'avait autrefois traité avec condescendance, l'avait évité parce qu'il ne le jugeait pas digne de connaître la vérité, mais il ne lui avait jamais menti en face. C'étaient des manières de lâche. Le silence aussi, peut-être, mais il n'avait pas le choix.

Runcorn hésita, respira à fond et laissa échapper un grand soupir.

— Mr. Allardyce ! appela-t-il.

Allardyce parut sur le seuil, une tasse de thé à la main. Il était rasé, habillé et avait retrouvé son calme.

— Quoi encore ? fit-il d'un air sombre. Je vous ai déjà dit que je ne savais rien. Bon sang, vous ne croyez pas que si je savais qui les a tuées, je vous le dirais ?

Il agita sa main en l'air, renversant du thé.

— Vous ne trouvez pas que j'ai assez souffert ?

Runcorn s'interdit de répondre.

— Ce pub où vous prétendez être allé...

— *Le Taureau et la Demi-Lune*, glissa Allardyce. Qu'est-ce que vous voulez savoir ?

— Où est-ce, exactement ?

— Dans Rotherhithe Street, près de Southwark Park.

— Un peu loin pour aller prendre un verre, s'étonna Runcorn.

— C'est pour ça que j'y ai passé la nuit, répondit tout naturellement Allardyce. C'était trop loin pour rentrer, surtout par une nuit pareille. On entendait la corne de brume sur le fleuve toutes les cinq minutes. Je ne comprends pas comment ils ne se rentrent pas dedans plus souvent.

— Pourquoi aller si loin ? demanda Monk.

Allardyce haussa les épaules.

— J'ai des amis dans le coin. Je savais qu'ils me logeraient si nécessaire. Si je devais rester chez moi chaque fois qu'il y a du brouillard, je n'irais nulle part. Demandez à Gilbert Strother. Il habite dans Great Hermitage Street, à Wapping. Je ne connais pas le numéro. Renseignez-vous. Vers le milieu de la rue. Il y a un ange sur la porte. Il a dessiné notre portrait à tous. Il vous le confirmera.

— Je n'y manquerai pas, assura Runcorn d'un air pincé.

— Écoutez, je n'ai rien à vous dire. J'ai un ami qui a été blessé dans le carambolage de Drury Lane. Je veux aller le voir. Il s'est cassé la jambe, le pauvre.

— Quel carambolage ? demanda Runcorn, soupçonneux.

— Des chevaux qui se sont emballés. Deux véhicules se sont emmêlés et un haquet a versé, en répandant son chargement. Il y avait au moins vingt tonneaux d'ouverts — de la mélasse ! Il m'a dit qu'il n'avait jamais vu un tel cirque de sa vie. Drury Lane est restée bouchée toute la soirée.

— C'était quand ?

— Le soir des meurtres.

Allardyce dévisagea Runcorn et soudain ses yeux s'emplirent de larmes. Il cilla, en colère contre lui-même, et se détourna.

— Mr. Allardyce, intervint Monk d'une voix douce, quand Mrs. Beck venait, par qui se faisait-elle accompagner ?

Allardyce ne parut pas comprendre la question.

— Son chaperon ? insista Monk.

Le peintre éclata brusquement de rire.

— Une amie, une fois ou deux, mais elle n'allait pas plus loin que la porte. Je n'ai jamais su comment elle s'appelait.

Il se rembrunit et une moue lui tordit les lèvres.

— Elle a rencontré un homme ici deux ou trois fois. Vous devez déjà le savoir, non ?

— Quel homme ? demanda Runcorn.

— Un brun, un visage puissant, intéressant. Ça ne m'aurait pas déplu de le croquer un jour ou l'autre, mais nous n'avons jamais été présentés. J'ignore son nom.

— Dessinez-le ! ordonna Runcorn.

Allardyce alla à la table, prit un bloc de papier et un fusain, et, avec une dizaine de traits, pas davantage, esquissa le portrait aisément reconnaissable de Max Niemann. Il le montra à Runcorn.

— Max Niemann, souffla Monk. Un ami de Beck à Vienne.

— Pourquoi n'en avez-vous pas parlé plus tôt? demanda Runcorn, rouge de colère.

Allardyce blêmit.

— Parce qu'ils étaient très amis... ou peut-être plus! répliqua-t-il en élevant la voix. De plus, je ne savais pas s'il était là le soir du meurtre! D'ailleurs, je ne m'attendais pas à la venue d'Elissa, sinon je serais resté chez moi. Si elle a rencontré Niemann, ce n'était pas dans mon atelier. J'imagine que l'assassin est un ancien amant de Sarah ou quelque chose comme ça, et qu'Elissa a choisi le mauvais moment pour arriver. Elle voulait peut-être voir si son portrait était terminé... je ne sais pas.

Runcorn lui jeta un regard profondément méprisant, mais comme c'était ce qu'il avait tendance à penser lui-même il se trouva à court d'arguments.

— On ferait mieux d'en apprendre davantage sur Sarah Mackeson, se contenta-t-il de maugréer.

— Je vous ai dit ce que je savais, assura Allardyce, mal à l'aise.

La colère reflua de son visage, remplacée par une immense tristesse.

— J'ai tout dit à vos hommes, où elle était née, où elle a grandi, tout ce qu'elle a consenti à me raconter. Elle ne parlait pas beaucoup d'elle.

— Je sais... je sais, fit Runcorn, irrité.

L'affaire réveillait en lui plusieurs sentiments contradictoires : la pitié, parce que la pauvre était morte; le devoir, parce que son travail consistait à découvrir qui l'avait tuée et à s'assurer que son assassin en réponde devant la justice. En même temps, il la méprisait pour son amoralité, qui offensait en lui l'amour des règles, de l'ordre. Il s'adressa à Monk.

— Nous ferions mieux d'y aller... si ça vous intéresse, bien sûr.

— Ça m'intéresse, assura Monk.

Ils prirent congé d'Allardyce ; dans la rue, Runcorn sortit un morceau de papier de sa poche.

— Je vais commencer par Mrs. Ethel Roberts, dit-il. C'est une modiste qui a employé Sarah Mackeson. Allez donc voir Mrs. Clark, qui la logeait de temps en temps. Je vous laisse découvrir en échange de quoi !

Son expression disait clairement à quoi il pensait.

— Nous nous retrouverons au pub qui fait le coin entre North Street et Caledonian Road... je ne me souviens plus de son nom. J'y serai à une heure !

Sur quoi, il fourra le bout de papier dans la main de Monk et traversa prestement la rue, l'abandonnant sur le trottoir avec le soleil qui se levait à peine, le bruit, la circulation incessante, les cris des marchands : fruits de mer, fromages, rasoirs, boutons de chemise, mort-aux-rats.

Il trouva Mrs. Clark dans une pension de famille de Risinghill Street, au nord de Pentonville Road, juste après un tabac dont l'enseigne indiquait aux illettrés ce qui se vendait à l'intérieur. L'air était chargé de vieux relents de cire, d'odeurs de cuisine de la veille, mais la pension était plus propre que certaines qu'il avait visitées et, quelque part dans le fond, quelqu'un fredonnait une chanson.

Monk suivit le son de la voix et frappa à la porte ouverte d'une cuisine. C'était une grande pièce au sol en pierre soigneusement récuré ; une table en bois trônait au milieu et, sur le fourneau, une casserole bouillait, la vapeur faisait danser le couvercle. Dans l'arrière-cuisine, il aperçut trois énormes éviers en bois remplis de linge, et, au-dessus, sur une étagère, des gros bocaux de lessive, de graisse, de potasse et de bleu. Une planche à laver était posée en équilibre sur un évier, un bâton sur l'autre, pour remuer le linge dans la lessiveuse quand il fallait le faire bouillir. Monk tombait un jour de grand nettoyage.

Mrs. Clark était une femme rondelette, poitrine généreuse, larges hanches et petits bras potelés. Ses manches bleues étaient retroussées à la va-vite. Noué autour de sa taille, un tablier, qui avait connu de meilleurs jours, pendait de guingois. Elle repoussa des mèches de cheveux de sa figure et, le couteau à la main, se détourna de la cuvette dans laquelle elle épluchait des pommes de terre.

— J'peux rien pour vous, mon brave, dit-elle d'un ton aimable. J'pourrais même pas loger un chat! Essayez voir Mrs. Last, un peu plus loin, au 56. C'est pas aussi confortable que chez moi, mais qu'est-ce qu'on y peut?

Elle sourit, dévoilant plusieurs dents manquantes.

— Ben dis donc! Vêtu comme un milord! Vous portez tout votre fric sur vous, ma parole?

Monk ne put s'empêcher de sourire. Il y avait une époque où cela avait été le cas. Même maintenant, il y avait une part de vérité dans ses propos.

— Vous évaluez bien les gens, Mrs. Clark, remarqua-t-il.

— Faut bien. C'est le métier qui veut ça.

Elle le toisa de la tête aux pieds d'un œil approbateur.

— Navrée, j'peux pas vous aider. Dommage, j'aime les hommes qui présentent bien. Essayez Mrs. Last, j'peux pas vous dire mieux.

— Je ne cherche pas une chambre.

Il avait déjà décidé d'être franc avec elle.

— On m'a dit que vous logiez quelquefois Sarah Mackeson, dans les moments difficiles.

Le visage de Mrs. Clark se durcit.

— En quoi ça vous regarde? Si vous avez des vues sur elle, laissez tomber. Elle travaille pour un peintre maintenant, c'est un très bon modèle.

Elle s'interrompit brusquement et regarda Monk d'un air de défi.

— Très bon, en effet, acquiesça Monk en repensant aux portraits de Sarah qu'Allardyce avait peints. Mais elle a été assassinée et je veux savoir par qui.

C'était brutal ; Mrs. Clark vacilla légèrement avant de se raccrocher à la table, le visage blême.

— Désolé, s'excusa Monk.

Il ne lui était pas venu à l'esprit qu'elle pût aimer Sarah, et il s'aperçut soudain qu'il avait concentré toute son attention sur Elissa Beck, oubliant l'autre victime, et sans imaginer que ceux qui l'avaient connue fussent remués par sa mort. En tout cas, si Mrs. Clark la connaissait assez bien pour la regretter, elle lui donnerait peut-être des renseignements précieux.

Elle chercha une chaise à tâtons derrière elle ; Monk en prit vivement une qu'il approcha.

— Désolé, répéta-t-il. Je ne savais pas que vous étiez si proches.

Mrs. Clark renifla bruyamment, puis lui jeta un regard noir, le défiant de faire un quelconque commentaire sur ses yeux rougis.

— Je l'aimais bien, cette pauvre cloche, dit-elle d'un ton acerbe. Tout le monde l'aimait, c'était une brave fille. Qu'est-ce que vous faites ici, d'abord ? Comme si je savais qui l'a tuée !

Monk prit l'autre chaise et s'assit en face d'elle.

— Vous pouvez peut-être me dire quelque chose qui me mettra sur la voie.

— Pourquoi ? En quoi ça vous regarde ?

Elle le dévisagea avec de petits yeux.

— Qui vous êtes, d'ailleurs ? Vous l'avez pas dit. Vous vous pointez ici comme le collecteur des loyers, sauf que j'en paie pas, figurez-vous. J'suis chez moi. Alors, j'attends vos explications ! Je me fous pas mal comment que vous êtes attifé, je vous dirai que ce que je veux bien.

Monk essaya de formuler la chose en termes aisément compréhensibles.

— Je suis une sorte de détective privé. Je travaille pour des gens qui veulent connaître la vérité sur un problème, et qui me paient pour que je la découvre.

— Qui se préoccupe de savoir qui a tué une pauvre cloche comme Sarah Mackeson ? demanda Mrs. Clark d'un air moqueur. C'est une rien du tout. Son vieux était un terrassier qu'a été tué en construisant les chemins de fer et sa mère est morte y a des années. Elle a bien deux frangins quelque part, mais elle sait pas où qu'y sont.

— La femme d'un de mes amis a été assassinée en même temps qu'elle, répliqua Monk.

Avec son tablier de guingois et ses cheveux en broussaille, Mrs. Clark avait en elle une sorte de dignité qui exigeait qu'il lui dise la vérité... ou du moins qu'il ne lui raconte pas de mensonges.

— Deux en même temps ! s'écria Mrs. Clark, horrifiée. Vingt dieux crénom ! Qui ferait une chose pareille ? Pauvre Sarah !

Monk compatit en souriant.

Mrs. Clark renifla, se leva et tourna le dos à Monk. Sans explications, elle remplit la bouilloire, la mit sur le fourneau, puis alla chercher une théière en porcelaine et deux grandes tasses.

— Je vais vous dire ce que je sais, déclara-t-elle en attendant que l'eau bouille. C'est pas grand-chose. Elle se débrouillait pas mal des fois, et moins bien d'autres fois. Si elle était dans la mouise, elle venait ici et je lui trouvais un lit pour la dépanner. Elle me faisait la cuisine et le ménage en retour. Elle voulait rien pour rien. C'était une gosse honnête à sa manière. Et généreuse avec ça.

La bouilloire se mit à siffler. Monk n'essaya pas de la relancer. La façon dont elle lui tournait le dos disait assez qu'elle n'ajouterait rien de plus.

— Elle avait quelqu'un ? demanda-t-il d'une voix neutre.

— Arthur Cutter, répondit Mrs. Clark en apportant la

théière. Un vaurien, mais il lui aurait jamais fait de mal. C'est forcément un de ces artistes. Je lui avais bien dit que c'étaient pas des gens fréquentables.

Elle renifla, chercha un mouchoir dans la poche de son tablier. Elle se moucha bruyamment, puis versa le thé, ajouta du lait et du sucre sans lui demander s'il en prenait. Monk détestait le sucre, mais il se passa de commentaire et la remercia.

— Comment s'entendait-elle avec les artistes? demanda-t-il.

Mrs. Clark était maintenant décidée à parler. Elle jacassa interminablement, mais une image vivante de Sarah Mackeson émergea d'un mélange de souvenirs et de jugements. Dix-neuf ans plus tôt, Sarah, âgée de dix-huit ans, était arrivée à Risinghill Street sans un penny en poche, mais prête à travailler dur. Bientôt, sa jolie silhouette, ses superbes cheveux et ses magnifiques yeux avaient attiré l'attention, pour le meilleur et pour le pire.

Mrs. Clark l'avait prise sous son aile, lui avait appris à prendre soin d'elle-même et à mettre ses admirateurs en compétition. En quelques mois, Sarah avait trouvé un protecteur disposé à en faire sa maîtresse et à lui assurer une existence agréable.

Cela dura quatre ans, jusqu'à ce qu'il se lasse et trouve une autre jeunesse de dix-huit ans pour la remplacer. Sarah était retournée à Risinghill Street, plus endurcie, plus sage et autrement plus prudente. Elle avait trouvé du travail dans un pub, *Le Lièvre et la Bûche*, où un jeune peintre l'avait remarquée. Il l'avait engagée comme modèle.

Après deux ans de pose, elle s'était améliorée et Argo Allardyce l'avait persuadée de quitter Risinghill Street pour venir s'établir dans Acton Street afin d'être à sa disposition quand il avait besoin d'elle. Elle louait une chambre près de chez lui, quand elle avait les moyens, ce qui était rare.

— Était-elle amoureuse d'Allardyce?

Mrs. Clark remplit de nouveau les tasses.

— Naturellement, pauvre chou ! grogna-t-elle. Qu'est-ce que vous croyez ? Il lui disait qu'elle était belle, et il était sincère. Alors, bien sûr qu'elle l'aimait. Mais c'était pas une lady, elle le savait bien. Elle connaissait ses limites. C'était ça le problème, elle a jamais réussi à se mettre dans le crâne qu'elle n'avait pas que ses beaux yeux. Elle était sûre qu'on ne s'intéresserait plus à elle quand sa beauté se fanerait.

Malgré lui, Monk ressentit un pincement au cœur pour cette femme qui croyait que sa seule qualité résidait dans sa beauté. N'accordait-elle donc aucun prix à sa gaieté, son courage, ses idées ? Était-ce là tout ce que la vie lui avait appris ? Croyait-elle vraiment qu'elle était faite uniquement pour les appétits de la chair ?

Monk imagina la crainte permanente dans laquelle elle vivait — chaque fois qu'elle se regardait dans la glace et voyait une ride ou un défaut sur sa peau, un kilo en trop, un affaissement musculaire, réel ou supposé, qui signalait le déclin au bout duquel se profilaient la faim, la solitude et finalement le désespoir.

Mrs. Clark continua son bavardage, décrivant une vie où la beauté était couchée sur toile et rendue immortelle, pour le plaisir des artistes et des amateurs de peinture, mais étrangement éloignée de la femme, comme si son visage, ses cheveux, son corps appartenaient à une autre. Elle pouvait passer inaperçue, laissant derrière elle une image d'elle-même, celle à laquelle on accordait de la valeur, et qu'elle ne possédait plus.

La solitude d'une telle existence le consternait. Il incita Mrs. Clark à lui livrer d'autres détails, des noms, des lieux, des dates.

Lorsqu'il se rendit au rendez-vous de Runcorn avec une heure de retard, Monk avait encore la tête pleine du récit de la logeuse. Runcorn était attablé dans un coin de la taverne, couvant une pinte d'ale à deux mains, de plus en plus furieux à mesure que les minutes passaient.

— Vous ne savez plus lire l'heure sur votre montre ? grogna-t-il entre ses dents.

Monk s'assit. Il avait bu tellement de thé qu'il n'avait plus de place pour du cidre ou de la bière, et l'aimable brouhaha qui régnait dans la salle rendait toute conversation difficile.

— Vous voulez savoir ce que j'ai découvert, oui ou non ? répliqua-t-il, ignorant le sarcasme.

Il refusa de se justifier pour son retard. Il connaissait déjà l'opinion de Runcorn sur les vertus de la femme, qui consistaient surtout à être dure au travail, obéissante, chaste, cette dernière qualité étant l'impératif sur lequel tout le reste était fondé. Il s'était depuis trop longtemps tenu à l'écart de la rue et de la réalité que vivaient la plupart des femmes, sans doute parce qu'il avait trop peur de ses propres faiblesses pour pardonner celles des autres.

Runcorn le dévisagea d'un œil noir.

— Eh bien, qu'est-ce que vous avez découvert ?

Monk relata le passé familial de Sarah, sa carrière avant de rencontrer Allardyce, ses séances de pose pour ce dernier exclusivement. Il lui donna aussi le nom de son ancien amant, Arthur Cutter.

Runcorn écouta en silence, le visage parcouru d'émotions contradictoires.

— On ferait bien de l'interroger, dit-il à la fin de l'exposé. C'est peut-être lui, s'il s'est cru trahi, mais ça m'étonnerait. Ce genre de femme papillonne d'un homme à l'autre et tout le monde s'en moque. Non, il devait savoir à quoi s'attendre, et il a dû avoir une demi-douzaine de conquêtes depuis.

— Il y a au moins quelqu'un qui ne s'en fichait pas ! rétorqua Monk, furieux. Son assassin !

Ce que Runcorn avait dit était probablement vrai, mais son mépris agaçait Monk. Il y a certaines vérités qui exigent la compassion. Il dévisagea Runcorn avec un dégoût manifeste. Ses souvenirs revinrent dans toute leur horreur : l'étroitesse d'esprit, les préjugés, la volonté de blesser.

— Elle est tout aussi morte qu'Elissa Beck! ajouta-t-il.

Runcorn se leva.

— Allez voir Bella Holden, ordonna-t-il. Vous la trouverez sans doute chez elle, au 23, Pentonville Road. C'est aussi un modèle, et j'ai bien l'impression qu'elle habite dans une maison de tolérance. À moins que vous ne préfériez abandonner? Mais on dirait que vous avez autant envie de connaître l'assassin de Sarah Mackeson que celui d'Elissa Beck.

Il se fraya un chemin entre les tables sans se retourner, sans donner d'autre rendez-vous à Monk. Ce dernier le regarda s'éloigner, le dos et la nuque raides, et le perdit de vue avant qu'il n'atteigne la sortie.

Sur Pentonville Road, le numéro 23 était bien une sorte de bordel, et Monk ne trouva Bella Holden qu'après bien des palabres et le paiement de deux shillings et six pence, une dépense dont il se serait volontiers passé. Callandra l'aurait remboursé sans problème, mais sa fierté l'empêchait de le lui demander.

Bella Holden était une belle femme, un nuage de cheveux bruns, des yeux bleu pâle remarquables. Elle devait avoir un peu plus de trente ans, et Monk voyait sous sa chemise de nuit que son corps avait perdu la fermeté et les formes qui plaisaient tant aux peintres. Elle était trop opulente, trop mûre. Le temps ne tarderait pas où cette maison, ou d'autres semblables, deviendrait son seul gagne-pain, à moins qu'elle n'apprenne un métier. Aucune maîtresse de maison ne l'emploierait comme domestique, même si elle avait les qualités requises. Sans « références », on lui fermerait la porte au nez.

Pendant qu'il la regardait, l'argent à la main, il vit la colère le disputer au désir de plaire, une certaine lourdeur des paupières, de la léthargie, comme s'il l'avait réveillée d'un rêve autrement plus agréable que n'importe quelle réalité. Il était trois heures. C'était peut-être son premier client. L'indifférence qui se lisait sur son visage symbolisait la tragédie de son existence.

Monk pensa à Hester; ah, comme elle aurait haï une main étrangère sur ses habits, encore plus sur sa peau nue! Cette femme devait endurer l'intimité de quiconque passait la porte avec deux shillings et six pence à dépenser. D'où venaient son ignorance et son désespoir pour qu'elle préfère cette situation au travail régulier, même dans un atelier de confection où les petites mains sont odieusement exploitées?

La réponse jaillit avant qu'il ne finisse sa pensée. Travailler dans un atelier exigeait un talent de couturière qu'elle ne possédait probablement pas, et on y gagnait moins en quatorze heures qu'ici en une heure. Quoi qu'il en soit, dans un cas comme dans l'autre son gagne-pain viendrait à bout de sa santé avant la quarantaine.

— Je ne vous ferai pas de boniment, dit-il en s'asseyant sur la seule et unique chaise en bois, je suis venu vous questionner sur Sarah Mackeson.

Il essayait de reconnaître la légère odeur qui flottait dans la pièce. Ce n'était pas l'odeur corporelle à laquelle il s'était attendu et elle n'était pas assez agréable pour un parfum.

— Vous êtes un poulet? demanda-t-elle. Vous avez pas l'air.

Sa voix était presque atone.

— De toute façon, vous pourrez pas l'avoir, la pauvre. Elle est morte. Un fumier l'a butée y a quelques jours, dans Acton Street. Vous autres les michetons, vous ne vous racontez jamais rien? Même les camelots en parlent. Vous devriez tendre l'oreille.

Monk ignora le ressentiment. Il compatissait. Elle s'identifiait sans doute à Sarah Mackeson. Elle aurait très bien pu être assassinée, et personne ne l'aurait protégée ni regrettée une fois morte.

— Je suis au courant, dit-il. C'est pour ça que je veux

tout savoir sur elle. Je veux attraper celui qui a fait le coup.

Elle mit un certain temps à enregistrer ce qu'il lui avait dit, et autant pour se décider à le croire. Ensuite seulement, elle se mit à parler.

Il lui posait des questions et elle répondait en s'étendant en long et en large, mêlant souvenirs, observations, pensées, chargés de tant d'émotion qu'il se demandait parfois si elle parlait de Sarah ou d'elle-même, mais peut-être étaient-elles interchangeables. Elle brossa le tableau clair mais douloureux d'une femme insouciante, sincère, fidèle en amitié, négligente avec l'argent et en même temps effrayée par un avenir qu'elle imaginait incertain. Elle était généreuse, avait le rire... et la larme faciles. Si un homme l'avait assez aimée pour être jaloux, sans parler de tuer pour elle, cela lui était passé au-dessus de la tête. À ses propres yeux, sa seule valeur résidait dans sa beauté, le temps qu'elle durerait. Le temps et la mode la ternissaient déjà, et elle sentait le souffle glacial du rejet.

Bella Holden empruntait le même chemin que Sarah et elle n'avait aucune idée de qui avait bien pu la tuer. Elle nomma avec réticence quelques personnes qui l'avaient un tant soit peu connue, mais Monk doutait qu'elles pussent l'aider. Bella refusait de compromettre son avenir pour venger Sarah. Sarah était morte, rien ni personne ne pouvait l'aider. Bella possédait trop peu pour en risquer la moindre miette.

Monk la remercia et prit congé. Cette fois, il retourna au commissariat et trouva Runcorn dans son bureau, les sourcils froncés, l'air fatigué et malheureux.

— L'opium! s'exclama-t-il, presque comme s'il défiait Monk.

Monk reconnut soudain l'odeur qui flottait dans la chambre de Bella Holden. Il s'en voulut de ne pas l'avoir flairée plus tôt. Encore un tour que lui jouait sa mémoire. Il était mortifié que Runcorn l'ait pris en défaut.

— Sarah Mackeson prenait de l'opium ? demanda-t-il d'un ton presque hargneux.

Runcorn crut à une manifestation de mépris. Il rougit de colère.

— C'est aussi ce que vous feriez, répondit-il d'une voix tremblante de rage, si vous n'aviez rien d'autre à offrir que vos charmes, et qu'ils s'étiolent !

Il respira difficilement, les mains appuyées sur le bureau, les jointures blanches de crispation.

— Avec comme seule perspective de coucher dans des asiles de nuit et de vendre votre corps à des inconnus pour des sommes de plus en plus dérisoires, vous ne seriez peut-être plus là, droit dans vos bottes, à regarder de haut celles qui ont recours au rêve parce que la réalité est trop noire ! Votre devoir consiste à retrouver qui a tué Sarah Mackeson, pas à la juger !

Il s'arrêta net, renifla bruyamment, évitant de regarder Monk, comme honteux de son propre éclat.

— Êtes-vous allé voir Bella Machinchose comme je vous l'avais demandé ? Vous avez trouvé quelque chose qui peut nous servir ?

Monk resta imperturbable. Une incroyable évidence venait de lui traverser l'esprit. Runcorn avait honte parce qu'il éprouvait, malgré lui, de la pitié pour Sarah. Il ne la défendait pas seulement pour le principe, il défendait sa propre faiblesse en face de Monk, persuadé qu'il était qu'il ne partageait ni sa compréhension ni sa peine... à tort.

Monk admira Runcorn pour son humanité insoupçonnée. Il lui fallait du courage pour s'abandonner ainsi et se montrer réceptif à la douleur d'autrui, à l'encontre de ses préventions, un courage dont Monk ne l'aurait pas cru capable. Cela signifiait que Monk aussi devait modifier son jugement, sur Runcorn comme sur tout le monde.

Il sentit que Runcorn l'observait.

— De l'opium? demanda-t-il en s'efforçant de paraître intéressé. Une idée d'où elle se fournissait?

Runcorn grogna.

— Sans doute par Allardyce. C'est peut-être le fin mot de l'histoire : un trafic d'opium qui tourne mal. Mrs. Beck est peut-être arrivée à ce moment-là et ils ont eu peur qu'elle cause un scandale.

— Croyez-vous qu'on tuerait pour ça? demanda Monk, dubitatif.

Vendre de l'opium n'était pas un délit.

— Pourquoi pas, si une grosse somme était en jeu? Ou si d'autres personnes étaient impliquées. J'ignore qui d'autre Allardyce a peint, peut-être des femmes de la bonne société. Elles prenaient peut-être aussi de l'opium et ne voulaient pas que leur mari l'apprenne.

C'était en effet possible — d'ailleurs, plus Monk y pensait, plus cela lui semblait plausible. Cela signifiait que le mobile n'avait rien à voir avec Kristian ni Elissa Beck.

— Une dispute? fit-il. Un petit chantage? Allardyce était-il le fournisseur?

Runcorn le dévisagea d'un air approbateur.

— Il en donnait probablement à Sarah Mackeson pour qu'elle soit docile... pauvre fille. Il se fichait pas mal que ça lui détruise la santé à la longue. Il ne s'intéressait qu'à ses charmes présents, pas à ce qui lui arriverait quand il se serait lassé d'elle et l'aurait remplacée par une plus jeune.

Il pinça les lèvres, comme s'il était en colère, non seulement contre Allardyce, mais contre quiconque ne voyait pas les choses comme lui, ou y était indifférent.

Monk garda le silence. Trop de changements venaient de se produire. Sa rage contre Runcorn se tarit, mais un autre ressentiment la remplaça, parce qu'il ne voulait pas changer l'opinion qu'il avait de lui, surtout pas aussi brusquement. C'était sa faute s'il avait tiré des conclusions trop hâtives, mais il en voulait à Runcorn de ne pas être le personnage odieux qu'il était censé être. En même temps, Monk se trouvait injuste, ce qui rendait les choses encore pires.

Runcorn feuilleta une liasse de papiers sur son bureau et trouva ce qu'il cherchait. Il tendit la feuille à Monk.

— C'est le dessin dont Allardyce a parlé. Son auteur assure qu'il l'a dessiné le soir du meurtre, et le propriétaire du pub confirme ses dires.

Monk examina le croquis. Un rapide regard lui apprit que c'était en effet Allardyce. L'artiste n'avait pas le talent de ce dernier pour saisir la passion. Il n'y avait aucune tension, aucun aspect dramatique. C'était simplement un groupe d'amis autour d'une table, dans une taverne, mais l'atmosphère était envahissante. Même dans cette ébauche, on pouvait imaginer les rires, le brouhaha des conversations, le tintement des verres, la musique en arrière-plan, et on devinait une affiche de théâtre sur le mur du fond.

— Ils ont passé toute la soirée ensemble, dit Runcorn. On peut rayer Allardyce de la liste.

Monk ne dit rien. La gorge serrée, il tentait de se remettre de ses stupéfiantes découvertes.

CHAPITRE VI

Hester retourna à l'hôpital voir Mary Ellsworth. Elle était assise dans son lit, sa plaie cicatrisait bien et la douleur était moins vive que la veille.

— Je vais guérir ! lança-t-elle dès qu'Hester entra. N'est-ce pas ?

On lisait de l'anxiété dans ses yeux et elle serrait si fort les draps que ses phalanges blanchissaient. Les nattes qu'elle avait tressées pour la nuit s'étaient défaites, comme si elle s'était remise à tirer sur ses cheveux.

Hester sentit son cœur chavirer. Que pouvait-elle dire à cette femme qui pût apporter une amélioration à sa véritable maladie ? Le bézoard n'était que le symptôme, pas la cause.

— Vous vous remettez très bien, assura-t-elle.

Elle voulut prendre la main crispée de Mary.

— Et je vais... je vais rentrer à la maison ? demanda Mary en regardant Hester les yeux pleins d'espoir. Le Dr. Beck me dira ce que je dois faire ? C'est que... il est médecin, il saura mieux que personne, n'est-ce pas ?

Elle la suppliait, presque.

Kristian pourrait lui dire de ne pas manger ses cheveux, mais ce n'était pas le genre de conseil qu'elle attendait : elle cherchait du réconfort.

— Naturellement, lui assura Hester, mais j'imagine que vous savez déjà en grande partie.

Les yeux de Mary s'ouvrirent en grand, dévoilant l'espoir, la terreur et une sorte de rage, comme si elle venait de prendre conscience d'une chose atrocement injuste.

— Non ! protesta-t-elle avec véhémence. Et maman non plus ! Elle ne saura pas pour ça !

— Voulez-vous que nous le lui disions ? suggéra Hester.

Mary parut soudain réellement effrayée. Elle semblait se trouver face à un dilemme qu'elle n'avait pas le courage d'affronter.

— Votre mère ne sait pas bien prendre soin des choses ? interrogea Hester d'une voix douce.

Elle n'ignorait pas que le père de Mary, cadet d'une famille aisée, avait été pasteur dans un village.

— Elle excelle en tout ! assena Mary en tirant les draps sur sa poitrine. Elle sait toujours quoi faire !

Cela avait été dit avec fureur. Dans ses yeux, le ressentiment le disputait à la peur. Elle détourna la tête et regarda ses mains.

— Ah, je vois, fit Hester, qui devinait plus qu'elle ne comprenait. De toute façon, on a encore le temps pour en parler. Mais je suis sûre que le Dr. Beck vous expliquera ce qu'il faudra faire... moi aussi. Ça vous rassure ?

Les mains de Mary se détendirent à peine.

— Voulez-vous me l'écrire, au cas où... ?

— Naturellement. Vous aurez ainsi une liste à laquelle vous référer. Et vous pourrez commencer à vous entraîner avant de rentrer chez vous.

— M'entraîner ?

— Oui, pour être sûre de ce qui est bon pour vous.

— Ah ! Oui, merci.

Hester resta encore quelques minutes, puis elle partit à la recherche de Kristian.

Elle croisa Fermin Thorpe dans le couloir, aussi impatient que d'habitude, et faisant comme toujours mine de ne pas la voir parce qu'elle le mettait mal à l'aise.

Hester trouva Callandra chez l'apothicaire ; dès qu'elle vit Hester, Callandra mit fin à sa conversation et sortit la rejoindre.

— Avez-vous des nouvelles ? demanda-t-elle après avoir fermé la porte. Qu'est-ce que William a découvert ?

Hester ne l'avait pas vue depuis l'enterrement. Elle avait longuement hésité avant de s'endormir à révéler à Callandra qu'Elissa jouait, et, lorsqu'elle s'était aperçue qu'elle devrait le lui dire, elle s'était tourmentée pour trouver la meilleure manière de le faire. Elle devait à tout prix sauvegarder l'intimité de Kristian, taire la souffrance qu'il endurait.

— Qu'est-ce qu'il y a ? interrogea Callandra.

— Elissa Beck jouait, répondit Hester.

Voyant l'incompréhension sur le visage de son amie, elle précisa :

— C'était plus fort qu'elle. Elle a perdu tout ce qu'elle avait, de sorte que Kristian a dû vendre toutes leurs affaires, même leur mobilier.

Callandra ne paraissait pas comprendre toutes les implications de cette révélation.

— C'est un vice, poursuivit Hester. Comme l'alcool ou l'opium. Certaines personnes ne peuvent pas s'arrêter, même si ça leur nuit, même si elles perdent tout leur argent, leurs bijoux, leurs tableaux, leurs meubles... Tout. Elissa était comme ça.

Callandra saisit enfin l'étendue du désastre. Sans doute comprenait-elle maintenant pourquoi Kristian ne l'avait jamais invitée chez lui. Elle devait aussi entrevoir à quel point elle ignorait toute une part de sa vie... la souffrance, l'embarras, la crainte que sa triste situation ne soit étalée sur la place publique, la peur de la ruine. C'étaient des soucis qui faisaient partie de sa vie, des soucis qu'elle n'avait jamais imaginés parce qu'il avait refusé de les partager avec elle.

— Je suis navrée, assura Hester d'une voix douce. Si nous devons aider Kristian, il faut savoir à quoi s'en tenir.

— Se peut-il qu'il s'agisse de quelqu'un à qui elle devait de l'argent ?...

— Bien sûr, acquiesça un peu trop vite Hester.

Le visage de Callandra se ferma, image même de la tristesse.

— Kristian aurait payé. Vous avez dit que tout avait disparu, du moins c'est ce que j'ai cru comprendre. Les joueurs ruinés se suicident. J'ai connu des soldats qui l'ont fait. Mais, est-ce qu'un créancier assassine son débiteur ? Et l'autre femme ?

Callandra frissonna.

— Elle ne jouait pas, elle aussi ?

— C'était peut-être elle qui était visée, suggéra Hester, autant pour se convaincre que pour rassurer Callandra. La police cherche à en savoir le plus possible sur son compte.

— Ou encore une scène de jalousie qui est allée trop loin ? avança Callandra sans trop y croire. Et le peintre ?

— Peut-être.

— Bon, rien ne sert de rester là les bras croisés, dit Callandra qui se força à sourire. Comment va la malade qui avait une boule de cheveux dans le ventre ? Je croyais que c'était l'apanage des chats ! De leur part, on comprend, mais je ne vois rien de plus révoltant que de manger ses propres cheveux.

— La plaie cicatrise bien. Je me demande ce que nous pouvons faire pour lui donner assez de confiance en elle afin qu'elle guérisse de son mal intérieur.

— Le travail ! répliqua Callandra sans l'ombre d'une hésitation. Si elle restait à l'hôpital, elle trouverait assez à s'occuper pour oublier ses petites misères.

— Je doute que sa mère l'y autorise, répondit Hester. Les hôpitaux n'ont pas bonne réputation pour les jeunes filles bien nées.

Elle dit cela avec un sourire ironique, mais ce n'était hélas que trop vrai.

— Je lui parlerai, déclara Callandra.

— Ça lui fera du bien, mais je ne crois pas qu'elle aura jamais le courage de défier...

— La mère ! Je sais m'y prendre avec les dragons, faites-moi confiance ! Je connais parfaitement leurs points faibles.

Cette fois, Hester sourit de bon cœur.

— Je vous protégerai de mon bouclier ! promit-elle.

Le lendemain avait lieu l'enterrement de Sarah Mackeson. Monk craignait que seuls le prêtre et les fossoyeurs y assistent. Il n'y aurait pas de parents pour donner une réception après la mise en terre, personne pour payer un corbillard tiré par quatre chevaux parés de panaches noirs, ni de pleureuses professionnelles pour agiter des plumes d'autruche et se tenir en silence, le visage semblable à un masque de tragédie.

Néanmoins, il y aurait quelqu'un, lui. La vérité était certes importante, mais les funérailles aussi. Il suivrait le chemin qu'avait emprunté Kristian le soir des meurtres, vérifierait chaque détail, parlerait à tous les marchands ambulants, les boutiquiers et les marchands de quatre-saisons qu'il pourrait, mais il s'arrangerait pour être à l'heure à l'enterrement de Sarah.

Comme il était ridicule de chercher un fiacre pour la courte distance qui le séparait d'Acton Street, il profita de la marche pour réfléchir. S'il retraçait avec précision le parcours de Kristian, il prouverait peut-être qu'il n'avait pu aller chez Allardyce. La question de sa culpabilité ne serait donc pas soulevée. Les hommes de Runcorn avaient déjà essayé de l'établir, sans toutefois y parvenir.

Monk passa devant un crieur qui annonçait à tue-tête que le gouvernement de Washington avait entamé une croisade contre les journaux opposés à la guerre de

Sécession, et dont certains avaient été saisis au bureau de poste de Philadelphie.

Lorsqu'il atteignit Acton Street où un constable montait la garde, il était huit heures moins le quart. Il refit le parcours de Kristian et tomba sur son premier témoin, un vendeur de sandwiches qui connaissait bien le Dr. Beck, pour lui avoir souvent procuré un ersatz de repas quand il n'avait pas le temps de manger, courant d'un patient à l'autre.

— Ma foi, oui, dit le vendeur avec conviction. Le Dr. Beck est passé vers neuf heures et quart. Il était pressé mais il avait faim, comme presque toujours. J'lui ai vendu un sandwich au jambon ; il en a mangé la moitié devant moi et est reparti vite fait en mordant dans l'autre.

Monk poussa un soupir de soulagement. Si Kristian se rendait chez son patient de Clarendon Square à neuf heures et quart, il ne pouvait arriver à Acton Street juste après la demie.

— Vous êtes sûr de l'heure ?

— Bien sûr que je suis sûr ! répondit le vendeur avec une grimace.

— Comment le savez-vous ?

— Parce que Mr. Harreford est venu m'acheter son sandwich habituel. Au quart, pile, il est toujours à l'heure comme Big Ben.

— Vous ne pouvez pas entendre Big Ben d'ici, fit remarquer Monk.

Le vendeur le regarda de travers.

— Bien sûr qu'on peut pas ! répliqua-t-il avec mépris. C'est façon de parler, comme qui dirait. Si Big Ben était pas à l'heure, le monde serait sens dessus dessous.

— Et ce Mr. Harreford n'est jamais en retard, ni en avance ?

— Jamais. Si vous le connaissiez, vous demanderiez pas.

— Où puis-je le trouver ?

— Vous ne me croyez pas, c'est ça ?

— Si, je vous crois, mais le juge aura peut-être besoin d'un témoin pour confirmer vos dires, si ça en arrive là.

Le vendeur frissonna.

— Je veux pas avoir affaire à un juge !

— Ça ne sera pas nécessaire, si je trouve Mr. Harreford.

— Y bosse au cabinet d'avocats, au 14, Amwell Street. C'est par là.

Monk le remercia d'un sourire.

Une heure plus tard, Mr. Harreford, un petit homme sec, soigné jusqu'à l'obsession, confirma ce que le vendeur avait dit, et Monk le quitta avec un sentiment de grand soulagement. Après tout, ses craintes étaient peut-être ridicules. Kristian avait un excellent témoin, un témoin que Runcorn prendrait suffisamment au sérieux pour le rayer de sa liste de suspects. Monk retourna vers Tottenham Court Road d'un pas plus léger. Après les funérailles de Sarah Mackeson, il interrogerait la patiente, Maude Adenby, et aurait ainsi entièrement vérifié l'emploi du temps de Kristian.

En repassant devant le vendeur de sandwiches, il s'arrêta pour le remercier.

— De rien, patron, dit celui-ci avec un sourire. Mais vous êtes en dette avec moi.

— Je sais, acquiesça Monk.

— Vous vérifiez toujours le parcours du toubib pour l'autre soir ?

— C'est ce que je ferai quand je reviendrai, dit Monk.

— Bon, parce que vous ne trouverez pas le marchand de marrons avant midi.

— Le marchand de marrons ?

— Ouais ! Au coin de Liverpool Street et de Euston Road. Il a dû le voir, vers les neuf heures vingt.

— Vous voulez dire neuf heures dix, corrigea Monk. Liverpool Street se trouvait dans la direction opposée.

— Pas du tout ! rétorqua le vendeur en le regardant d'un air contrarié.

— S'il allait d'Argyle Street, qui est au-delà de Pentonville Street, vers Clarendon Square, il devait passer par Liverpool Street avant d'arriver ici ! fit remarquer Monk avec impatience.

— Forcément, admit le vendeur. Mais comme il allait de l'autre côté, il passait devant moi avant, pas vrai ?

— De l'autre côté, répéta Monk, dont le soulagement laissait place à l'appréhension.

— Oui. Il n'allait pas vers Clarendon Square, il en revenait.

— Vous êtes sûr ?

C'était une question idiote, Monk le savait, mais il luttait contre une réalité qu'une partie de lui-même avait déjà acceptée.

— Bien sûr que je suis sûr, fit le vendeur d'un air malheureux. C'est embêtant ?

— Pas forcément, mentit Monk. C'est bien de vous rappeler correctement. Il ne doit pas y avoir d'erreur. Donc, il allait par là ? demanda-t-il en pointant le doigt vers Gray's Inn Road.

— Ouaip !

— Il a dit où, exactement ?

— Non. Il a juste pris son sandwich et il est parti. Il s'est pas arrêté pour causer comme il fait quelquefois. Il devait avoir un malade qui l'attendait.

— Oui, certainement. Merci.

Monk s'éloigna. Naturellement, il vérifierait auprès du marchand de marrons, mais il savait déjà à quoi s'en tenir.

Les funérailles de Sarah Mackeson avaient lieu dans une petite église de Pentonville. C'était une cérémonie hâtivement conduite, une simple formalité. Il y avait un cercueil en sapin, et Monk se demanda si Allardyce avait réglé la note, bien qu'il ne fût pas présent.

Il examina les bancs presque vides, vit une femme d'âge mûr vêtue d'un manteau noir et d'un chapeau morne, et reconnut Mrs. Clark. Il n'y avait personne d'autre, hormis Runcorn, debout dans le fond, bouillant de colère, et qui détourna le regard quand il croisa celui de Monk.

Que faisait-il là ? Croyait-il que le meurtrier assisterait aux funérailles ? Pour quelle raison ? Par remords ? Sauf si c'était Allardyce, mais sa présence ne prouverait rien. Il employait Sarah comme modèle depuis trois ou quatre ans, avait fait d'innombrables portraits d'elle. Avant l'arrivée d'Elissa Beck, c'était sa principale source d'inspiration.

Alors, pourquoi ne s'était-il pas déplacé ? Était-il trop abattu ou se désintéressait-il totalement de la chose ? Et Runcorn ? Sa présence s'expliquait-elle par des raisons sentimentales ? Monk regarda de nouveau dans sa direction ; se sentant observé, Runcorn se détourna et s'absorba dans l'écoute de l'oraison.

Le prêtre donnait l'impression de répéter un discours appris par cœur ; il remplissait son devoir afin de s'atteler sans tarder à des choses plus importantes. Son éloge funèbre était anonyme. Il n'avait pas connu la défunte et ce qu'il disait aurait pu s'appliquer à n'importe quelle jeune femme morte avant l'heure.

Monk ressentit ce manque de considération avec une amertume qu'il ne s'expliquait pas.

Il décida d'assister également à l'inhumation et suivit la petite procession qui se dirigeait vers le cimetière déjà surpeuplé.

Dans l'espace exigu entre les tombes, il lui fut impossible d'éviter Runcorn. Quelles que fussent les raisons qui avaient justifié sa présence à l'église, il ne pouvait être au cimetière que par intérêt personnel. Il fixait le trou dans la terre, fuyant le regard de Monk. Il semblait furieux d'être surpris en ce lieu, mais trop têtu pour en convenir.

Monk chassa l'idée qu'il puisse ressentir pour Sarah le même mélange de pitié et de ressentiment que lui-même. Il n'avait rien de commun avec Runcorn ! Ils assistaient à l'inhumation côte à côte, chacun évitant le regard de l'autre, conscients du sol boueux sous leurs pieds et du trou béant devant eux, des paroles rituelles qui auraient dû être émouvantes et réconfortantes, eussent-elles été prononcées avec cœur, et de la présence de Mrs. Clark qui reniflait et se tamponnait les yeux avec un mouchoir trempé de larmes.

La cérémonie terminée, Monk regarda Runcorn, qui lui adressa un bref signe de tête comme s'ils se rencontraient par hasard et repartaient chacun de leur côté.

Monk quitta le cimetière quelques minutes après Runcorn et se dirigea vers Gray's Inn Road, de nouveau préoccupé des déplacements de Kristian le soir des meurtres. Il alla voir les patients qu'il avait visités et leur demanda à quelles heures précises le médecin était arrivé et reparti. Les réponses furent décevantes. Les souvenirs étaient brouillés par la souffrance, les jours confondus, rythmés par les prises de médicaments, les repas, les visites, le sommeil. Le temps n'avait plus grande signification. Quelle importance que le médecin soit venu à huit heures ou à neuf, le lundi ou le mardi de cette semaine, ou n'était-ce pas la semaine dernière ?

Monk resta ainsi dans l'incertitude. Arriverait-il à prouver que Kristian ne pouvait pas être sur les lieux du crime ? Il commençait à en douter.

Ce qu'Hester lui avait dit à propos du vice d'Elissa saturait son esprit d'affreuses pensées. Il imaginait trop facilement la crainte de la ruine s'amplifier au point de briser la volonté et de laisser exploser la violence. Kristian aurait agi sans s'en rendre compte, puis, confronté à la présence de Sarah Mackeson, saoule, effrayée, en pleine crise de nerfs, peut-être, et commençant à hurler, il l'aurait réduite au silence dans un réflexe d'autodéfense, peut-être guidé par son passé de révolutionnaire à Vienne, où la cause était noble, la guerre et la mort se mêlant dans l'air à l'espoir, puis au désespoir.

De tels événements changeaient-ils l'âme d'un homme, sa façon de réagir à une menace, d'évaluer une vie ?

Monk avait ralenti le pas. En tournant dans Gray's Inn Road, il passa devant un marchand de pain d'épice, vêtu avec élégance, un large sourire aux lèvres.

— Pain d'épice ! Qui veut du bon pain d'épice ? Ça fond dans la bouche comme une brique chaude et ça vous fouette le sang comme guignol fouette le gendarme ! Une tranche de pain d'épice, mon brave ?

— Combien ? demanda Monk.

— Trois pence, ça vous réchauffera le cœur, milord.

Monk lui tendit trois pence et prit la grosse tranche que le marchand lui coupa.

— Merci. Vous êtes là tous les soirs ?

— Oui, milord, tous les soirs. Passez quand vous voulez. Vous ne trouverez pas meilleur à Londres.

— Connaissez-vous le Dr. Beck, un Autrichien qui visite des malades dans le quartier ? Brun, un peu plus petit que moi, de beaux yeux noirs, toujours pressé ?

— Oui, je vois qui vous voulez dire. Un étranger. Dehors par tous les temps. Un ami ?

— Oui. Vous rappelez-vous la dernière fois que vous l'avez vu ?

— Vous l'avez perdu ? demanda le marchand de pain d'épice avec un sourire.

Monk s'efforça de garder son calme.

— C'est sa femme qui a été assassinée dans Acton Street. Quand l'avez-vous vu ?

Le marchand siffla entre ses dents et la gaieté disparut de son visage.

— Je l'ai vu c'te nuit-là, justement, vers les dix

heures. Y m'a acheté une tranche de pain d'épice et il a sauté dans un fiacre. Il allait vers le nord, peut-être chez lui, mais allez savoir. Je suis rentré me coucher juste après. C'était mon dernier client.

— Comment était-il ?

— Lessivé, si vous voulez mon avis. Y tenait à peine debout. C'est atroce de perdre sa femme comme ça.

Le marchand hocha la tête en soupirant.

Monk le remercia et poursuivit son chemin, se demandant s'il s'agissait ou non de bonnes nouvelles. Ça concordait vaguement avec ce qu'avait dit Kristian, mais ça le mettait aussi à une centaine de mètres d'Acton Street.

Plutôt que d'essayer de retracer le parcours de Kristian, peut-être devait-il en apprendre davantage sur Elissa. Manifestement, elle était chez Allardyce à l'heure du meurtre, mais d'où venait-elle ? Runcorn et lui avaient présumé qu'elle était allée directement de chez elle à l'atelier. Elle était peut-être allée à Swinton Street pour jouer. Néanmoins, Monk était décidé à enquêter sur le jeu. Il avait pris au mot ce que Kristian avait dit à Hester. Mais s'il le croyait capable de tuer sa femme, pourquoi penser qu'il disait la vérité sur son vice, simplement parce que c'était humiliant et que ça lui donnait un mobile pour le meurtre ? Il y avait peut-être des faits que Monk ignorait ou sur lesquels il se méprenait. Kristian pouvait mentir pour cacher autre chose.

Il n'eut aucun mal à trouver la maison de jeux. De simples questions, posées avec ferveur et l'œil brillant, lui apprirent que c'était la cinquième bâtisse dans Gray's Inn Road, et qu'une boucherie servait de couverture.

Monk monta les quelques marches, entra dans la boutique où seules de misérables saucisses occupaient l'étal, et frappa à la porte du fond. Un homme aux larges épaules et au nez cassé ouvrit.

— Oui ? fit-il, suspicieux.

— On m'a dit qu'un homme désirant dépenser quelques pièces pouvait trouver ici des divertissements plus attirants que dans les music-halls ou dans les tavernes. Il paraît qu'on peut y tenter sa chance.

— Tiens donc ? s'étonna le bonhomme d'une voix zozotante. Qui a bien pu vous dire ça ?

Toujours soupçonneux, il toisa cependant Monk avec une lueur d'intérêt dans le regard.

— Une dame qui adore pimenter son existence de plaisirs enivrants. Un gentleman ne donne pas de noms.

L'homme lui sourit, dévoilant des dents ébréchées, et demanda à voir la couleur de son argent.

— La même couleur que tout le monde ! rétorqua Monk. Qu'est-ce que vous avez ? Vous n'acceptez que les pièces d'argent ? Ou de cuivre, peut-être ?

— Pas la peine d'être malpoli, dit la brute avec calme. Il n'y a que quelques dames et quelques messieurs qui passent un après-midi agréable. Ça fait de mal à personne. Mais j'aimerais connaître le nom de votre amie, gentleman ou pas.

— Malheureusement, mon amie a connu... un malheur.

— Financier ?

— Oh, elle en a rencontré quelques-uns, mais c'est la vie, répondit Monk, laconique. Celui-ci était plus grave, elle a été assassinée.

Le visage de la brute se ferma.

— C'est bien triste, dit-il. Mais ça n'a rien à voir avec nous.

Monk eut soudain une lueur d'espoir, mais il savait qu'un meurtre susceptible d'attirer l'attention de la police était la dernière chose que les propriétaires d'un tripot auraient voulue. Ils auraient été obligés de fermer et de s'installer ailleurs. Cela aurait pris du temps et coûté de l'argent. Leur clientèle serait allée chez leurs concurrents, probablement sans jamais revenir par la suite.

Certes, il aurait été préférable qu'ils soient coupables du meurtre d'Elissa, mais c'était ridicule.

L'homme attendait une réponse.

Monk haussa les épaules ; cela lui coûta un effort de volonté : il gardait présents à l'esprit les visages des deux mortes.

— Ça ne me regarde pas, dit-il avec désinvolture. Quand on ne peut pas payer ses dettes, on ne devrait pas jouer. Dommage pour elle, mais la vie continue... du moins pour nous.

L'homme rit de bon cœur, mais ses yeux restèrent de glace.

— Je ne vous le fais pas dire, s'amusa-t-il.

— Bon, je dois rester combien de temps ici à débattre de la philosophie de la dette ? demanda Monk en soutenant le regard de la brute.

— Jusqu'à ce que je décide que vous pouvez entrer.

— Qu'est-ce qui vous ferait décider que je ne peux pas ?

Il se demandait si Kristian était déjà venu. Runcorn devrait peut-être interroger cet homme, avec tout le poids de l'autorité policière derrière lui. Sauf que rien ne pousserait cette brute à dire la vérité. Il mentirait par instinct, pour ne pas être mêlé à un meurtre.

— Qui sait si vous êtes du genre à payer vos dettes ? fit l'homme d'un ton moralisateur.

— D'un autre côté, je risque de gagner gros. Ça vous fait peur ? Vous n'avez peut-être pas le cran de tenter la chance ?

— Vous avez une langue de vipère, constata l'homme d'un ton où perçait une pointe d'admiration.

Il toisa Monk des pieds à la tête, évaluant sa force et son agilité. Son œil s'alluma.

— Mais je ne vois pas pourquoi vous n'entreriez pas passer le temps en charmante compagnie. Vu que vous voyez les choses sous le même angle que nous autres.

Une idée tapie au fond de l'esprit de Monk prit soudain forme. On soupesait sa capacité à subir une punition éventuelle dans l'avenir. Monk décida de jouer le jeu. Il sourit à l'homme en le regardant droit dans les yeux.

— Merci, dit-il. C'est très aimable à vous.

On le fit entrer dans une vaste salle, sans doute la réunion de deux anciennes pièces, occupée par une demi-douzaine de tables, certaines entourées de chaises, d'autres autour desquelles on se tenait debout. Il y avait une vingtaine de joueurs. Aucun d'entre eux ne remarqua l'arrivée de Monk. Tous les yeux étaient rivés sur les dés ou sur les cartes. Personne ne parlait. En fait, il n'y avait aucun bruit, sinon le discret chuintement des cartes sur le tapis, ou le doux roulement des dés.

Quelqu'un gagna et des acclamations retentirent. Des perdants s'éloignèrent, le visage triste. Il était impossible de deviner combien ils avaient perdu, si c'était dans leurs moyens ou s'ils étaient ruinés.

Le jeu reprit et la tension monta de nouveau.

Monk dévisagea les joueurs. Ils fixaient les cartes ou les dés, certains les mâchoires crispées. Il vit un homme qui avait un léger tic à la tempe et remarqua la blancheur de ses articulations lorsqu'il prit ses cartes. Un autre joueur tambourinait machinalement sur le bord de la table, tout en évitant de faire du bruit. Ses épaules semblaient comme nouées, légèrement relevées, et d'une immobilité parfaite.

Monk porta son attention sur une femme d'environ trente-cinq ans, un joli minois bien dessiné, des cheveux blonds tirés en arrière pour lui dégager le front. Elle retenait son souffle tandis que les dés roulaient. Elle gagna ; la joie illumina son regard d'un éclat fiévreux. Elle rejoua aussitôt, secoua quatre fois les dés dans ses mains, souffla dessus et les lança.

Monk s'aperçut que l'homme qui l'avait fait entrer l'observait. Il devait jouer. Puisse-t-il gagner suffisamment pour rester une heure ou deux ! Il alla à une table où l'on jouait aux cartes. Il ne se souvenait plus s'il avait déjà joué dans sa vie, et ne pouvait se permettre de passer pour un imbécile en affichant son ignorance. Sa marge de manœuvre était étroite. Un coup d'œil aux visages suffisait pour se rendre compte que tout le monde dans la salle, gagnants ou perdants, était obsédé par le jeu. L'argent représentait la victoire, il n'avait aucune valeur marchande, il permettait juste de tenter de nouveau sa chance.

Monk regarda plusieurs parties pendant une vingtaine de minutes, puis on l'invita à jouer, et il accepta sans réfléchir. Il avait gagné la première partie avant de s'apercevoir, avec un frisson glacé, avec quelle facilité il l'avait emporté. Il ressentit, venue du tréfonds de sa mémoire, une pointe d'excitation vaguement familière. Il était grisant de gagner, et la peur de perdre décuplait le plaisir.

Il joua une autre main, puis une autre et gagna. Il avait amassé dix guinées, l'équivalent du salaire mensuel d'un policier. Il s'excusa et quitta la table. Il avait plus que fait ses preuves. Il était venu enquêter sur Elissa Beck, non pour faire fortune. Kristian l'avait peut-être tuée, et serait alors pendu pour son crime ! Si ce n'était lui, il y avait de toute façon un assassin en liberté. Et il en était de même pour la pauvre Sarah Mackeson. La vie et la mort. L'argent n'était qu'une distraction ; gagner ou perdre selon les caprices des dés était ridicule !

Il était toutefois quasi impossible d'entamer une quelconque discussion avec les autres joueurs. Le jeu était tout. Ils se regardaient à peine. On aurait pu se tenir à côté de son frère ou de sa sœur sans même s'en apercevoir tant les cartes ou les dés accaparaient l'attention.

C'est pourquoi Monk mit du temps à remarquer la femme à la table de gauche. Les cheveux bruns soyeux, le corps gracile, légèrement penché en avant dans une tension palpable, elle lui rappela soudain les raisons de sa présence. Elle se consumait dans le jeu, les yeux fixés sur les dés, les mains crispées, les ongles enfoncés dans les paumes. C'était le portrait même d'Elissa Beck. Il y avait en elle quelque chose de familier qui lui serra le cœur. Il ne pouvait s'empêcher de la dévisager, allant jusqu'à partager son enthousiasme lorsqu'elle gagna. Son visage était rouge d'excitation. Elle rayonnait, son énergie parut emplir la salle. Elle était belle, dévorée par un feu intérieur.

Il la regarda rejouer. Elle gagna de nouveau.

— Jouez contre elle ! dit une voix à côté de lui.

Monk se retourna ; c'était la brute.

— Allez-y ! insista l'homme aux dents ébréchées. Ça sera bon pour la taule ! Vous ne pouvez pas gagner tous les deux.

— Elle vient souvent ? demanda vivement Monk.

L'homme grimaça.

— Trop souvent, oui ! Vous pouvez la battre. Je vous ai observé, vous êtes doué. Faites-la perdre, qu'elle ne revienne plus avant un mois ou deux.

Monk décida de jouer le jeu.

— Qu'est-ce que j'y gagnerai ? Je préfère trouver un adversaire plus facile, elle a une veine incroyable.

L'homme le dévisagea avec mépris.

— C'est ça que vous êtes venu chercher ? Un adversaire facile ?

Monk le gratifia d'un sourire avide.

— Ça ne fait pas de mal, de temps en temps.

Conscient d'avoir là une occasion unique d'apprendre quelque chose d'intéressant, il lâcha :

— Elle me rappelle Elissa.

L'homme se mit à rire.

— Sauf que celle-là gagne. Elissa perdait. Oh, elle gagnait parfois — il faut bien s'arranger pour qu'ils gagnent, sinon ils ne reviennent pas. Mais celle-là gagne trop souvent. Je serais content qu'elle disparaisse. C'était bien au début. Les gens aimaient la voir gagner, la poupée, ça les encourageait. Mais ça fait trop longtemps que ça dure. En plus, y a un bonhomme qui traîne dans les parages. Peut-être son mari. Je ne veux pas d'ennuis. C'est mauvais pour les affaires.

— Son mari ?

Soudain, avec un coup à l'estomac, Monk comprit pourquoi elle lui paraissait familière. Certes, il y avait une ressemblance avec Elissa Beck — même corps gracile, mêmes cheveux bruns soyeux — mais celle-ci avait un visage plus doux, plus mignon, sans la beauté fougueuse et obsédante qu'il avait vue dans les *Funérailles en bleu.* Elle était moins marquée par les triomphes et les tragédies de la vie. C'était sa belle-sœur, Imogen Latterly.

Sa bouche était trop sèche pour parler. Hester était-elle au courant ? Était-ce de cela qu'elle avait peur ?

Il y eut une autre partie, et cette fois Imogen perdit. Elle rejoua aussitôt.

Monk se détourna vivement de crainte qu'elle ne le reconnaisse si elle venait à lever les yeux.

— Son mari joue ? demanda-t-il lorsqu'il eut retrouvé sa voix.

Il n'imaginait pas Charles Latterly prendre le moindre risque. Assurément, la mort de son père et les circonstances qui l'avaient entourée avaient banni de son esprit le moindre intérêt pour le jeu.

— Non, il la suit ! dit l'homme avec aigreur.

Son respect pour la perspicacité de Monk avait brusquement décliné.

Celui-ci se maudit pour avoir laissé ses émotions empiéter sur son professionnalisme. Il devait regagner le terrain perdu.

— Pas jusqu'ici, tout de même ? interrogea-t-il en se forçant à sourire. Un mari jaloux ? Ou c'est juste qu'il s'inquiète pour son porte-monnaie ?

— L'un ou l'autre. Mais je pencherais pour la jalousie.

— Vous l'avez vu souvent? demanda Monk de son ton le plus neutre.

Malgré lui, une pointe de nervosité perçait dans sa voix.

— Deux ou trois fois.

La brute dévisagea Monk avec intérêt.

— Pourquoi? En quoi ça vous concerne?

Monk lui renvoya son regard avec mépris. L'homme haussa les épaules.

— Elle vous tente? Allez-y, si vous voulez. Mais c'est une emmerdeuse. Je ne sais pas si elle est douée, mais elle a souvent de la chance. Et son mari, il m'a eu l'air drôlement sur les nerfs.

Monk regarda droit devant lui pour dissimuler l'émoi qui le gagnait.

— Ah bon? Quand ça?

Il regarda les dés sans les voir. Il ne voulait pas connaître la réponse, mais il avait néanmoins besoin de savoir.

— Deux ou trois fois. Enfin, c'est votre problème. Mais si vous nous attirez des ennuis, je vous jette dehors. Vous pouvez miser là-dessus.

— Il y a souvent des maris furieux qui viennent ici? demanda Monk qui se retourna pour le regarder en face tout en dissimulant son visage à Imogen. Comme le mari d'Elissa, par exemple?

L'homme le fixa avec des petits yeux.

— Vous en posez des questions! Qu'est-ce que ça peut bien vous faire? La bonne femme est morte. Je ne sais pas qui l'a butée. Allardyce, probablement. Une querelle d'amoureux, j'imagine. Il était obsédé par elle. Y venait dessiner un peu tout le monde, mais surtout elle. Quand elle jouait, il ne la quittait pas des yeux.

Monk garda le silence. C'était plus qu'il ne s'était attendu à découvrir, mais il y avait comme un parfum d'inévitable, une fois la véritable nature d'Imogen dévoilée.

Il tripota les guinées dans sa poche. C'était maintenant de l'argent souillé et il voulait fuir les visages cupides, fiévreux, les corps agglutinés autour de la table, les yeux rivés sur les dés. C'étaient des gagnants et des perdants, rien d'autre. Monk tourna les talons, repoussa l'homme et s'éloigna, le laissant perplexe. Il franchit la porte, traversa la boucherie, et déboucha dans la rue. La nuit tombait, il aspira de grandes goulées d'air, chargé de relents d'ordures et de purin, mais l'activité des gens qui vaquaient à leurs occupations honnêtes, fabriquaient des choses, les transportaient, les vendaient, les achetaient le revigora.

Il descendit Gray's Inn Road de son pas le plus vif et, lorsque la circulation le lui permit, traversa. Il vit au loin le marchand de pain d'épice mais poursuivit sa route vers le commissariat.

Même en ralentissant, il l'atteindrait avant une demi-heure. Runcorn n'était peut-être pas seul, mais retarder l'entrevue ne résoudrait rien. Monk n'avait pas encore décidé de lui dire ce qu'Hester avait découvert sur Kristian, ni ce qu'il avait appris de son côté et qui le confirmait. Il n'y avait pas l'ombre d'un doute : outre que Kristian avait eu le temps et les moyens d'assassiner Elissa, il avait aussi un mobile puissant.

Alors, pourquoi hésiter ? Croyait-il Kristian coupable ? Poser la question était déjà y répondre, sinon il n'aurait eu aucune raison de le faire. Il refusa d'y penser plus longtemps. Il irait dire à Runcorn ce qu'il avait appris, mais les faits n'expliquaient rien. Ils devraient rechercher ailleurs, peut-être du côté d'un créancier d'Elissa, un inconnu, un anonyme dont l'existence, pour commode qu'elle fût, restait néanmoins douteuse.

Runcorn le croirait-il ? Non, à moins d'être un imbécile. Mais même si cette thèse était plausible, ils devraient enquêter aussi sur Kristian.

Monk traversa la rue, obligeant un cocher à mettre brusquement ses chevaux au pas, rouge de colère et des efforts qu'il faisait pour se contrôler et ne pas utiliser devant ses passagères les jurons qui lui venaient à l'esprit.

Monk s'apercevait à peine des embarras qu'il causait. Il accéléra encore le pas, évitant tant bien que mal les passants qu'il croisait.

Pourquoi éprouvait-il autant de difficultés à être honnête ? Parce qu'il avait de la sympathie pour Kristian, qu'il admirait à la fois le docteur et l'homme. Il comprenait comment il avait été poussé aux dernières extrémités par une fort belle épouse dont le courage et la passion étaient encore présents dans sa mémoire, mais qui l'avait mené au bord de la ruine. Et parce qu'il imaginait trop bien à quel point Callandra en souffrirait, Callandra qui lui était plus chère que n'importe qui, Hester exceptée, et envers qui il avait une dette qu'il ne pourrait jamais rembourser parce qu'il n'avait rien de ce qu'elle désirait... hormis le pouvoir d'aider Kristian.

Et Hester en souffrirait elle aussi. Qu'aimerait-elle qu'il fît ? Que croyait-elle qu'il allait faire lorsqu'elle lui avait confié qu'Elissa jouait avec un tel aveuglement qu'elle avait presque ruiné Kristian ?

Mais la chose la plus odieuse, la plus inexcusable, était le meurtre de Sarah Mackeson. Rien ne justifiait cet acte ignoble.

Et que dire de Charles et Imogen ? Qu'avaient-ils appris ou vu ?

Runcorn découvrirait-il qu'Imogen jouait dans le tripot de Swinton Street ? Peut-être, peut-être pas. Hester n'était pas obligée de lui parler de sa famille, même si elle était au courant pour le jeu. Kristian ne parlerait pas du tripot, même s'il le connaissait. Pour l'instant, Runcorn n'avait aucune raison d'aller enquêter dans la maison de jeux de Swinton Street.

Mais là n'était pas la question. La question se résumait à ceci : dire la vérité ou mentir ? Et mentir dans quel but ? Cacher le fait que Kristian avait tué les deux femmes ? Et si c'était le cas, que se passerait-il ?

Il faudrait trouver un autre coupable ; Max Niemann, l'Autrichien qui rencontrait Elissa en cachette ? Ou quelque brute chargée de recouvrer une dette de jeu ?

Monk était presque arrivé au commissariat. Il hésita, puis poursuivit sa marche et fit le tour du pâté de maisons. Cela le décida. S'il mentait, même par omission, il passerait le reste de sa vie à faire des détours pour fuir la réalité. C'était contraire à sa nature, aux rares valeurs qu'il était sûr de ne pas avoir salies. Il n'était pas lâche, quel que fût le danger. Un mensonge en entraîne fatalement d'autres. Il se battrait pour défendre Kristian, ou il aurait le courage de le voir juger, même condamner. Il ne déciderait pas de la culpabilité ou de l'innocence de tel ou tel avant de connaître les faits. Il trouverait les preuves, toutes les preuves, quelles qu'elles fussent, et en assumerait les conséquences, quoi qu'il lui en coûtât.

Il grimpa les marches du commissariat et entra.

— Mr. Runcorn est-il là ? demanda-t-il au planton.

— Oui, Mr. Monk. Là-haut.

Malédiction ! Il aurait pu être absent, pour une fois ! Monk grinça des dents, remercia le planton et gravit l'escalier. Il frappa à la porte du bureau de Runcorn, et, dès qu'il l'eut entendu répondre, il entra.

Assis à sa table rangée avec un soin méticuleux, Runcorn parut presque content de le voir.

— Qu'avez-vous donc fait de toute votre journée ? demanda-t-il. Je croyais que vous étiez pressé de résoudre cette affaire ?

Il ne parla pas de leur rencontre aux funérailles de Sarah Mackeson. Il dévisageait Monk pour voir s'il allait la mentionner. Il fit comme s'ils ne s'étaient pas vus, bien que leurs regards se fussent croisés. Monk s'aperçut avec une pointe de satisfaction que Runcorn était gêné d'avoir été surpris à manifester de la compassion, chose inattendue chez lui. Après tout, Sarah Mackeson était une femme perdue, le genre qu'il méprisait. Il ne pouvait pas dire qu'il était venu voir qui assistait à l'enterrement, et s'imaginer que Monk le croirait. Il était resté bien plus longtemps que nécessaire. Il était venu se recueillir sur sa tombe.

Monk aurait désiré en parler, forcer Runcorn à l'admettre. Mais il lut dans les yeux du commissaire que ce dernier refuserait.

C'était le moment idéal pour dire la vérité. Monk détestait cela. C'était un peu comme de se faire arracher une dent. Un long passé de ressentiment et d'incompréhension se dressait entre eux tel un mur. Il avait conscience de la colère qui se reflétait sur son visage. Runcorn le fixait d'un œil méfiant et se voûtait déjà, prêt à repousser une attaque. Ses doigts se resserrèrent sur le porte-plume qu'il tenait à la main.

— Je sais que ça a déjà été fait, dit vivement Monk, mais je suis allé vérifier l'emploi du temps du Dr. Beck le jour du meurtre.

Runcorn manifesta sa surprise. Il s'était attendu à tout sauf à ça. Il dévisagea Monk qui se tenait debout devant lui. Il dut lever la tête.

Monk resta impassible.

— Il revenait d'une visite chez un patient quand il est passé devant un marchand ambulant qui a confirmé l'heure, mais pas la direction, dit-il avant que Runcorn ne l'interroge.

Dans les yeux de Runcorn brilla un éclat qui signifiait qu'il avait compris ce que cela impliquait et était surpris que Monk ait pu le lui dire.

— Ça vous a pris tout l'après-midi ? Ou aviez-vous besoin de débattre pour savoir si vous me le diriez ou pas ?

Monk grinça des dents. Il s'était attendu à ce genre de réflexion. Il ne pouvait plus garder le silence. Il devait tout dire à Runcorn ou mentir délibérément. Il s'était abusé lui-même s'il avait cru avoir le choix. Vas-y, lance-toi !

— Hester est allée chez le Dr. Beck après la réception des funérailles, qui s'est tenue chez Pendreigh.

Monk vit la lueur d'incompréhension dans les yeux de Runcorn. Pendreigh était d'une classe sociale à laquelle Runcorn aspirait à appartenir et qu'il ne comprendrait jamais. Cela le rendait furieux, et que Monk le sût décuplait sa rage. Ils se regardèrent sans un mot dans les yeux.

— La maison du Dr. Beck n'est qu'une façade, dit enfin Monk avec une grimace. Seuls le salon de devant et les chambres à coucher sont meublés, le reste est vide. Elissa Beck jouait, elle l'a dépouillé de tout ce qu'il possédait.

Il vit l'incrédulité dans les yeux de Runcorn, puis de la pitié, aussitôt masquée, mais pas assez vite. Monk ne savait pas s'il était content de l'avoir vu, ou s'il en prenait ombrage. Comment un homme comme Runcorn pouvait-il ressentir de la pitié pour un homme comme Kristian, qui consacrait toute sa vie à soulager la souffrance d'autrui ?

Cependant, la pitié les rendait l'espace d'un instant égaux et puis en vertu de quoi Monk aurait-il dénié cette qualité à Runcorn ? Un mélange d'émotions contradictoires bouillonna en lui.

— Je suis allé à la maison de jeux de Swinton Street, reprit-il. Dans le fond de la boucherie. Je soupçonne que c'est là qu'allait Elissa Beck quand elle arrivait en avance — ou en retard — chez Allardyce. Quand elle perdait gros, elle se réfugiait chez lui. C'est probablement ce en quoi consistaient bon nombre de ses séances de pose.

Runcorn garda le silence. Il paraissait hésiter, chercher ses mots. Le respect qu'il ressentait l'embarrassait. Pourquoi ? Parce qu'il devait se rendre compte que Kristian avait toutes les raisons, et la possibilité, de tuer sa femme ? Monk avait la même impression, mais il ressentait de la douleur, non du respect. Il connaissait depuis longtemps les vertus de Kristian.

Runcorn se releva avec difficulté, comme s'il avait les membres raides.

— Merci, dit-il sans regarder Monk.

Il mit les mains dans ses poches, les retira vivement et remercia de nouveau Monk. Puis il traversa la pièce et sortit sans un mot de plus. Resté seul, Monk s'aperçut avec rage et confusion que le respect de Runcorn ne s'adressait pas à Kristian, mais à lui... parce qu'il avait dit la vérité.

CHAPITRE VII

Monk rentra chez lui, conscient d'être obligé d'annoncer des nouvelles particulièrement pénibles. Il n'avait pas parlé d'Imogen à Runcorn, ni de la filature de Charles. L'admiration que lui avait témoignée Runcorn était en partie déplacée, et Monk en souffrait terriblement. Mais il n'avait pas l'intention de remanier son rapport.

Néanmoins, il se devait d'en parler à Hester. S'il avait pu garder le secret et qu'elle ne l'apprît jamais par ailleurs, il lui aurait évité une épreuve douloureuse. Malgré son courage, son empressement à livrer bataille, elle était fragile et risquait de beaucoup souffrir. En réalité, les deux allaient de pair — elle se battait pour autrui parce qu'elle connaissait le coût des échecs, les blessures tant physiques que psychiques.

Mais si Charles ou Imogen se trouvaient davantage compromis dans ce drame, s'ils en étaient des acteurs, ou si Imogen suivait la même pente qu'Elissa Beck ?... Monk repoussa cette pensée. C'est dans le visage fiévreux d'Imogen, dans ses yeux brillants qu'il avait réellement vu Elissa. Il devait le confier à Hester. Il n'avait pas le choix. Il devait aussi lui avouer que Kristian n'avait pas dit la vérité sur son emploi du temps le soir des meurtres, soit par erreur, soit par calcul.

Il monta les marches, ouvrit la porte d'entrée avec sa clé. À l'intérieur, les lampes à gaz chuintaient doucement, la lumière étendait ses rayons sur les contours qu'il connaissait si bien qu'il aurait pu les dessiner de mémoire — les plis des rideaux, la forme et l'emplacement exacts des fauteuils qu'ils avaient achetés après avoir économisé sou par sou, la table ronde, cadeau de Callandra. Un vase de feuilles vert vif et de baies l'égayait maintenant, en harmonie avec les tons rouges du tapis turc. La pièce était un peu froide, le feu préparé mais pas encore allumé. Par économie, Hester attendait qu'il rentre pour chauffer. Elle avait sans doute simplement jeté un châle sur ses épaules, peut-être un autre sur ses genoux.

La porte de la cuisine était ouverte. Hester se tenait devant le fourneau, elle remuait le contenu d'une casserole, une cuillère en bois à la main, les manches retroussées. Dans la chaleur de la cuisine, la vapeur faisait boucler les mèches qui s'étaient échappées de son chignon.

Elle tourna la tête en entendant son pas et lui sourit. Mais avant qu'il n'ait le temps de parler pour masquer son inquiétude, elle la lut dans ses yeux.

— Qu'est-ce qu'il y a? demanda-t-elle. Qu'est-ce qu'il y a? répéta-t-elle. C'est Kristian?

— Oui...

Hester se raidit, le sang reflua de son visage. Elle reposa la casserole de peur de la laisser tomber.

— J'ai retracé son parcours le soir des meurtres. Il n'était pas où il avait dit. Et l'horaire ne correspond pas non plus.

Il vit les muscles de son cou se crisper, comme si elle s'attendait à parer un coup.

— Ce n'est pas forcément un mensonge, reprit Monk. Il s'est peut-être trompé.

— Ce n'est pas tout, n'est-ce pas?

Elle avait posé la question d'une voix presque tremblante.

— Non.

Devait-il lui parler de Charles et d'Imogen maintenant, en finir au plus vite, quitte à asséner un coup terrible ? La franchise était peut-être le meilleur remède disponible.

— Quoi d'autre ?

Il savait qu'elle pensait à Kristian. Il répondit d'abord là-dessus parce que ça menait tout naturellement à sa rencontre avec Imogen.

— Je suis allé à Swinton Street, dans une maison de jeux qu'un constable m'avait indiquée.

Hester grimaça. Monk ignorait qu'elle considérait le jeu avec une telle répugnance. Elle n'avait donc pas la moindre compréhension pour ceux qui s'y adonnaient ? Elle avait un penchant puritain qu'il supportait pour la seule raison que cela faisait partie de sa personnalité. Au début de leur relation, il l'avait pris pour de l'hypocrisie et l'avait méprisé. Par la suite, il avait appris à le tolérer. Maintenant, il y voyait de nouveau une marque d'étroitesse d'esprit et de manque de compassion. Mais il n'avait pas envie d'argumenter. Peut-être était-ce lié au souvenir des spéculations boursières de son père et de sa ruine. On ne pouvait cependant appeler cela du jeu, il s'agissait simplement de pratiques auxquelles se livraient les hommes d'affaires, et les pertes de son père n'étaient pas dues à des mobiles inavouables. Il avait été dupé par un escroc de la plus vile espèce.

Hester attendait patiemment sans intervenir, comme si elle avait peur de l'inciter à poursuivre.

— Elissa y allait souvent, continua-t-il. Et elle perdait gros. Même quand elle gagnait, elle rejouait tout.

Hester semblait consternée.

— Oui, c'est sans doute ce que font les vrais joueurs, dit-elle, le front soucieux. S'ils pouvaient s'arrêter quand ils gagnent, il n'y aurait pas de problème. Pauvre fille. Quel moyen idiot de se détruire... et ceux qui vous aiment avec !

— Je croyais que tu allais dire : « et ceux qu'on aime », observa Monk.

— Moi aussi. Puis j'ai compris que c'était le contraire. À mon avis, Kristian l'aimait davantage qu'elle ne l'aimait, lui. C'est un peu comme si elle avait perdu sa capacité d'aimer. Si elle tenait vraiment à lui, elle n'aurait pas continué jusqu'à le pousser à la ruine.

— C'est comme une drogue, essaya d'expliquer Monk.

Elle n'avait pas vu les visages des joueurs autour de la table, les yeux avides, assoiffés, les corps rigides, les mains crispées, le souffle haletant, cependant qu'ils attendaient de voir leur carte ou la façon dont les dés tourneraient. Le désir hors de tout contrôle.

— C'est plus fort qu'eux, insista-t-il.

Il pensait à Imogen, s'efforçait d'adoucir l'image qu'il s'était faite d'elle.

— Sans doute, acquiesça Hester.

Il s'était attendu qu'elle fasse une objection.

— Mais ça tue quand même l'amour.

— Hester, l'amour est...

Il ne sut comment terminer.

— L'amour est quoi ?

— Plusieurs choses, répondit Monk qui essayait toujours de s'expliquer. Différentes selon les personnes. Ce n'est pas toujours évident, on peut aimer et...

— Si l'amour dure toujours, on ne place pas ses propres besoins avant ceux de l'être aimé. C'est affaire de devoir moral, pas d'appétit. C'est peut-être plus fort qu'eux, je ne sais pas, mais si ça les empêche de sacrifier leurs propres désirs dans l'intérêt d'autrui, ça les dépouille de leur honneur et ça détruit l'amour. Ce n'est pas une simple question d'affection, mais de volonté altruiste.

Il ne répondit pas. Il était surpris par ce qu'elle venait de dire, et plus encore par le fait qu'il n'avait pas d'arguments à lui opposer. Il revoyait toujours le visage blême d'Imogen, ses yeux brillants, et l'excitation fiévreuse qui l'animait.

— Je ne dis pas qu'elle aurait pu s'en empêcher, reprit Hester. En fait, je n'en sais rien. Je crois qu'après Vienne, quelque chose en elle avait changé. Cela ne justifie en rien le mal qu'elle a fait à Kristian.

— Comment ? fit-il, comme s'il n'avait pas entendu.

— Tu ne m'écoutes pas ! s'exclama-t-elle d'une voix pressante. William ! Il y a autre chose, n'est-ce pas ?

— J'ai vu quelqu'un d'autre que je connaissais.

— Dans la maison de jeux ?

Il décela de la peur dans sa voix. Elle devinait que c'était ce qu'il avait essayé de lui cacher.

— Qui ? Kristian ?

— Non...

Il la vit se détendre, et se maudit d'avoir à lui dire ce qu'il savait. Il envisagea même d'y renoncer, mais ç'aurait été pure lâcheté.

— Imogen.

— Imogen ? répéta-t-elle d'une voix trop calme. Imogen joue ?

— Oui. Je suis désolé.

Elle ne parut pas surprise ni incrédule. Il s'était attendu qu'elle rejette cette possibilité, qu'il soit obligé de la persuader, de se disputer, même d'affronter son courroux. Mais elle restait impassible, enregistrant lentement les informations sans les discuter. En tout cas, elle n'était pas en colère contre lui.

— Hester ?

Elle l'ignora.

— Hester ?

Il lui toucha légèrement le bras. Elle ne résista pas, ne le repoussa pas comme il l'avait redouté. Elle se tourna vers lui et le regarda dans les yeux. Alors, il comprit. Elle le savait depuis le début ! Il n'y avait pas l'ombre d'un étonnement dans ses yeux, peut-être même une lueur de soulagement ! Dire qu'il avait hésité à lui en parler ! Il s'était inquiété pour rien. Elle savait et elle ne lui avait rien dit.

— Ça dure depuis combien de temps ? demanda-t-il sèchement en retirant sa main.

— Je ne sais pas.

Elle ne le regardait plus ; ses yeux étaient perdus dans le vide.

— Quelques semaines seulement...

— Semaines ? Et après avoir appris pour Elissa, tu n'as pas envisagé de me parler d'Imogen ? Pourquoi ? La loyauté envers ta famille est si impérieuse que tu ne me fais plus confiance ?

— Je ne savais pas que c'était le jeu, dit-elle, juste qu'il s'agissait de quelque chose d'excitant et de dangereux à la fois. Je pensais plutôt à un amant. Je crois que je préfère le jeu.

— Mais tu n'as pas...

— Voulu t'en parler ? fit-elle, les yeux écarquillés. J'avais peur que ma belle-sœur ait une liaison. Bien sûr que je ne voulais pas te le dire. À quoi cela aurait-il servi quand tu n'y pouvais rien changer ?

Monk comprit. Elle l'aurait déçu en lui révélant un secret familial qui ne le regardait pas. Elle protégeait son frère, instinctivement, sans penser à se justifier. Elle avait oublié qu'il n'avait qu'elle. Il avait bien laissé une sœur derrière lui, dans le Northumberland, en venant à Londres, même s'il avait oublié à quand remontait son départ. Mais il ne lui écrivait presque jamais. Un monde les séparait, ils ne partageaient ni les mêmes valeurs ni les mêmes ambitions, et il n'avait aucun souvenir commun pour la rattacher à lui.

— Il faudra que je le dise à Charles, dit-elle.

— Hester...

Il était encore troublé par son attitude. Il avait envie de l'aider, mais ignorait totalement comment.

— Est-ce que tu... ? commença-t-il, puis ne sut comment terminer.

Charles savait déjà. Il avait suivi Imogen. Runcorn ne l'avait pas encore découvert, mais lorsqu'il enquêterait sur la présence d'Elissa dans la maison de jeux, il apprendrait très probablement qu'Imogen la fréquentait aussi. Il se rendrait alors compte que la franchise qu'il avait admirée chez Monk était purement sélective. Penserait-il qu'il s'agissait de fidélité familiale ?

Monk s'aperçut avec surprise qu'il ne savait rien de la famille de Runcorn. Avait-il même des frères ou des sœurs ? Assurément, il l'avait su avant son accident. À moins qu'il n'y ait jamais attaché le moindre intérêt.

— Charles soupçonne déjà quelque chose, dit Hester, le tirant de ses pensées. Je crois qu'il préférerait que ça soit le jeu, comme n'importe quel mari. C'est... moins une trahison.

Hester détourna les yeux.

— Il faut vraiment s'ennuyer pour sombrer dans le vice du jeu, n'est-ce pas, William ? Je ne m'imagine pas y succomber, mais peut-être que si je ne faisais rien, sinon tenir une maison, sans enfant, sans but, sans rien à gagner ni à perdre, sans exaltation, sans crises, je rechercherais l'excitation ailleurs.

— Oh, j'en suis sûr, acquiesça Monk, amusé.

Puis son sourire s'effaça. Il s'était inquiété pour rien. Il ne savait pas s'il devait s'en réjouir ou s'en affliger, ou les deux. Par ailleurs, elle avait raison en ce qui concernait l'adultère. Il s'aperçut avec horreur qu'il n'était pas sûr de pouvoir supporter d'être trompé.

Était-ce ce qu'avait dû affronter Charles ? Ou Kristian ? Allardyce avait-il joué un rôle dans la double vie d'Elissa, autre que celui du spectateur qui dessinait des portraits et procurait un refuge occasionnel ? Une chose était sûre : quelqu'un avait tué les deux femmes.

— Pourquoi Charles pensait-il à une liaison ? demanda-t-il. C'est ce qu'il t'a dit ?

— Il a trouvé des lettres, où quelqu'un, qui ne signait même pas, lui fixait des rendez-vous. De par leur formulation, il était clair qu'Imogen et cette personne se rencontraient souvent. C'était peut-être quelqu'un avec qui elle allait jouer...

Trop incertaine, Hester ne termina pas sa phrase.

De vagues souvenirs revinrent à l'esprit de Monk.

— Certains joueurs aiment avoir de la compagnie, surtout si elle porte chance... or Imogen avait de la chance... du moins en a-t-elle eu jusqu'à présent. Mais les types de la maison de jeux vont y mettre un terme. Hester, si Charles ne parvient pas à l'arrêter, il faut que tu le fasses. Ils ne vont pas la laisser gagner indéfiniment ! Ils en ont plus qu'assez !

— Elle fréquente un autre endroit, dit Hester d'un air malheureux. Charles l'avait suivie le soir des meurtres, dans Drury Lane.

— Drury Lane ? répéta Monk, soudain inquiet. Tu es sûre ?

— Oui. Pourquoi ? Il n'y a pas de maison de jeux dans Drury Lane ?

— Il n'est pas allé là-bas le soir où Elissa a été assassinée.

— Si, il me l'a dit...

Hester parut comprendre qu'un nouvel écueil se dressait.

— Pourquoi ?

— Drury Lane était fermée, expliqua Monk. Un haquet s'était renversé et avait répandu ses tonneaux de mélasse dont la plupart s'étaient éventrés.

— Il m'a juste dit dans cette direction, mentit Hester. C'est moi qui en ai déduit qu'il y allait.

L'esprit en ébullition, elle essayait de comprendre ce qu'impliquait l'affirmation de Monk, tout en s'efforçant de lui cacher son trouble.

Dans la casserole, la sauce s'épaissit et se figea. Hester l'ignora. Pourquoi Charles avait-il menti ? Parce que la vérité était risquée à dire. Il essayait de protéger soit Imogen, soit lui-même. Soit il croyait qu'elle était allée à Acton Street ce soir-là, soit il le savait parce qu'il y était allé lui-même. Hester revit son visage blême, ses mains tremblantes et la panique qui s'emparait de lui. Le monde stable et sûr qu'il avait si difficilement construit autour de lui s'écroulait. Ses croyances et ses certitudes vacillaient. Hester s'aperçut, le ventre noué, qu'elle n'estimait pas impossible qu'il ait tué Elissa Beck, et ensuite Sarah Mackeson... qui avait assisté au meurtre malgré elle.

Cependant que cette affreuse éventualité prenait corps dans son esprit, elle s'aperçut que Monk l'observait. Elle se rappela la lettre que Charles lui avait montrée. Elle se trouvait toujours dans sa chambre, dans le tiroir inférieur de son coffre à bijoux. C'était une écriture ferme, mais pas nécessairement celle d'un homme. Et si la personne qui avait initié Imogen au jeu était Elissa Beck ? Si Charles les avait surprises ensemble le soir du drame, avait suivi Elissa quand elle avait quitté la maison de jeux et l'avait rejointe dans l'atelier d'Allardyce ? Il avait peut-être cru qu'elle y habitait ! Il l'aurait défiée, suppliée de laisser Imogen tranquille. Elle se serait moquée de lui. Il était déjà trop tard pour sauver Imogen, mais peut-être ne le savait-il pas, ou refusait-il de l'admettre. Ils en seraient venus aux mains, il lui aurait serré le cou sans se rendre compte de sa force.

Sarah se serait alors réveillée de son lourd sommeil, se serait relevée en vacillant le temps d'assister au drame et se serait mise à crier, aurait même bondi sur lui. Il l'aurait fait taire de la même manière, mais volontairement cette fois.

Non ! C'était ridicule ! Elle devait aller chez Kristian, trouver une lettre d'Elissa et comparer les écritures. Cela mettrait un terme aux divagations ! Cela ne pouvait être Charles ! Il n'avait pas l'agilité, l'esprit de décision ni même la force requise.

C'était accablant ! Et tellement condescendant. Elle ne connaissait pas cette face cachée de Charles. Elle n'avait aucune idée des passions qui bouillonnaient peut-être sous son calme apparent. Ce visage froid de banquier pouvait dissimuler n'importe quoi.

Après tout, qui, en la voyant une casserole à la main, aurait imaginé les voyages qu'elle avait entrepris, la violence et la mort qu'elle avait côtoyées, les décisions qu'elle avait prises et menées à bien, son courage, ses souffrances et le reste ?

Monk lui parla d'une voix douce ; elle acquiesça sans l'avoir entendu. Si Imogen avait poussé Charles à cette extrémité, le soutiendrait-elle au moins si Runcorn venait à l'interroger, si le filet se resserrait autour de lui ? Et s'il était arrêté, ou même jugé ? Renoncerait-elle au jeu pour se battre, en épouse fidèle, à ses côtés ? Ou s'effondrerait-elle, faible, effrayée, profondément égoïste ? Dans ce cas, Hester ne trouverait peut-être pas la force de lui pardonner. Or, c'était une pensée affreuse et amère. Ne pas pardonner équivalait à une peine de mort.

Et cependant, si Imogen ne pouvait être loyale, ni placer Charles au-dessus de ses propres peurs, il en souffrirait au-delà du tolérable, il en perdrait même peut-être le goût de vivre. Or, s'il était assez faible pour abandonner la lutte, Imogen devrait avoir la force pour deux.

Ce n'était pas logique, sans doute injuste, mais c'était à cela qu'Hester pensait tout en contemplant la sauce figée au fond de la casserole et en se demandant ce qu'elle allait bien en faire.

Au beau milieu de son jardin, Callandra contemplait les dernières roses dont les pétales arboraient les tons particulièrement chauds que seules les fleurs tardives possèdent, comme si elles savaient que leur beauté serait éphémère. Il y avait une dizaine de tâches à accomplir, et le jardinier en omettait la moitié si elle ne les lui rappelait pas avec insistance.

Elle refusa de s'en charger. Elle était venue avec des

gants, un sécateur, et une corbeille pour recueillir les têtes mortes dans l'idée de se dépenser physiquement pour oublier ses soucis. Maintenant qu'elle était là, elle n'arrivait pas à se concentrer sur son travail. Elle passait d'un sujet à un autre et tournait toujours autour du même point noir. La seule chose dont elle était capable était de désherber. Elle se baissa pour arracher une mauvaise herbe, puis une autre, ignorant la corbeille, les entassant par terre pour les ramasser plus tard.

Elle avait fini par s'avouer depuis quelque temps qu'elle était amoureuse de Kristian, même si elle ne pouvait espérer autre chose en retour qu'une amitié sincère. Elle ne se remarierait pas. Francis Bellingham le lui avait proposé. Elle l'aimait bien et il aurait pu lui offrir sa compagnie, sa fidélité et une grande liberté pour poursuivre son soutien aux causes auxquelles elle croyait. Il était à la fois intelligent, honorable et loin d'être laid. Si elle l'avait rencontré quelques années plus tôt, elle aurait volontiers accepté sa demande en mariage.

Elle ne ressentait pour lui que de l'affection, de la tendresse et du respect, rien de plus. Si elle l'avait épousé, comme nombre de ses amis l'avaient cru, elle aurait dû bannir Kristian de ses rêves, or elle n'était pas prête à cela, peut-être même n'en était-elle pas capable. Il n'était pas question qu'elle se déshonore en épousant un homme tout en en aimant un autre — pas à son âge ! Elle avait largement assez d'argent pour vivre, une position de veuve titrée, des œuvres de charité pour occuper ses journées, des amis qu'elle estimait. Elle avait parfaitement conscience de sa propre sottise.

Elle se figea soudain en se rappelant ce qu'Hester lui avait dit la veille. Elle avait tout de suite deviné qu'il s'agissait de mauvaises nouvelles. Ensuite, Hester lui avait raconté qu'Elissa Beck était une joueuse invétérée, tellement fascinée par le jeu qu'elle avait jeté par la fenêtre tout ce qu'elle possédait, et avait aussi dépouillé

Kristian de la plus grande partie de ses biens. Elle avait dilapidé son argent, vendu ou mis au clou ses bijoux, mais les dettes s'étaient accumulées, Kristian avait dû vendre ses meubles, la maison était vide et froide, la ruine menaçait.

Elle n'osait imaginer la crainte et la honte que Kristian avait dû ressentir. La mort d'Elissa était certes une perte amère, un pan de sa vie qui s'écroulait, mais c'était malgré tout un soulagement. La saignée d'argent était terminée et, à l'instar d'un patient dont l'hémorragie a été stoppée, il pouvait enfin se refaire une santé.

Callandra referma ses doigts sur une touffe de mauvaises herbes, l'arracha, la jeta dans la corbeille, qu'elle rata d'un bon mètre.

Mais chacun a une limite à son endurance, à sa patience, un seuil à sa douleur. On ne sait jamais quel chagrin, quelle perte ou quelle indignation pousse quelqu'un dans le précipice. Cela prend parfois par surprise, lorsque le désespoir l'emporte. Personne n'est immunisé, pas même Kristian. Il eût été naïf de le croire.

Cependant, elle ne pouvait l'aider si elle ne connaissait pas la vérité, quelle qu'elle fût. En fermant les yeux sur la réalité, en se berçant d'illusions, elle risquait de faire plus de mal que de bien.

Fuller Pendreigh savait-il qu'Elissa jouait et avait-il payé ses dettes lorsque Kristian n'en avait plus les moyens ? Ou avait-elle perdu plus qu'elle ne pouvait rembourser et trouvé un moyen désespéré d'obtenir de l'argent ? Était-ce cela qui avait conduit à son meurtre ? Elle était belle, pleine d'imagination et ne manquait pas de courage. Elle n'aurait pas été la première à se vendre en dernière extrémité.

La fortune de Pendreigh l'avait-elle mise à l'abri de ce genre d'avilissement ?

Callandra se releva, laissant les mauvaises herbes en tas, traversa la pelouse et franchit les portes-fenêtres.

Une heure après avoir pris sa décision, elle roulait

vers la demeure de Fuller Pendreigh. Elle l'attendrait le temps qu'il faudrait ou irait le chercher jusqu'à la City si c'était nécessaire, mais elle le verrait.

Il n'était pas chez lui, mais on l'attendait et on fit entrer Callandra dans un jardin d'hiver des plus agréables. Si elle n'avait pas eu le cœur si lourd, elle aurait aimé reconnaître les diverses plantes exotiques et chercher à deviner leur habitat d'origine.

Elle contemplait une grande fleur jaune sans vraiment la voir quand elle entendit des pas dans le hall, des murmures, et, peu après, Pendreigh parut sur le seuil, la dévisageant d'un air étonné. Elle remarqua les signes de tension sur son visage. Il avait le teint pâle et une ombre sur ses joues comme s'il ne s'était pas rasé, bien qu'il fût tiré à quatre épingles. La fatigue lui creusait les joues et lui pinçait les lèvres.

— Lady Callandra ?

Ils ne se connaissaient que de réputation.

Pendreigh, avait-elle entendu dire, avait fait campagne pour la réforme des lois relatives à la propriété. C'était en grande partie ce qui l'avait fait venir de Liverpool à Londres, outre son ambition de siéger au Parlement. C'était une cause qui ne suscitait pas un grand intérêt chez Callandra. Dans son esprit, la souffrance humaine l'emportait de loin sur les dispositions de la fortune.

— Bonjour, Mr. Pendreigh. Veuillez m'excuser de vous rendre visite sans prévenir, mais les événements s'enchaînent parfois trop rapidement pour permettre de telles délicatesses, et je vous avoue que je suis très inquiète.

Pendreigh parut brièvement s'en demander la raison, puis il comprit. Il entra alors dans la pièce, son expression s'adoucit, mais au prix d'un grand effort de volonté.

— Naturellement. Les circonstances commandent.

Préférez-vous m'entretenir ici ou dans le grand salon? Avez-vous déjà pris votre thé?

— Pas encore, répondit-elle. C'est très aimable à vous, je vous remercie.

Une lueur de soulagement éclaira son regard, et il la conduisit dans le grand salon où il ordonna à la femme de chambre de servir le thé.

La pièce était dirigée au sud, et, grâce à de larges fenêtres, les bleus, présents dans des proportions singulières dans les rideaux et les meubles, ne la rendaient pas froide, mais donnaient au contraire une impression de calme.

Surprenant son air admiratif, Pendreigh se permit un sourire mais ne fit aucun commentaire.

Callandra préféra attendre que la femme de chambre ait servi le thé pour parler d'Elissa. En attendant, elle choisit une question d'intérêt mutuel peu susceptible de prêter à controverse. Elle resta debout et contempla les portraits qui ornaient les murs. L'un d'eux en particulier accrocha son regard. C'était celui d'une femme dotée d'un beau visage et d'une magnifique chevelure blonde d'un ton plus pâle que les blés. Le style de sa robe datait d'une vingtaine d'années et elle-même paraissait avoir largement dépassé la trentaine. La ressemblance était si forte qu'elle supposa qu'il s'agissait de la sœur de Pendreigh, ou peut-être d'une cousine proche.

— Ma sœur, Amelia, dit-il.

Il se tenait à quelques pas derrière elle et elle perçut une profonde tristesse dans sa voix.

— Un visage remarquable, dit Callandra, sincère. On ne lui rendrait pas justice en disant simplement qu'elle est belle.

— En effet. Elle avait un courage extraordinaire, et...

Il marqua une pause, comme pour reprendre ses esprits.

— Une grande générosité d'âme.

L'utilisation du passé et l'émotion contenue exigeaient qu'elle fasse un commentaire, mais avec prudence.

— Elle n'a pas l'air d'avoir plus de trente-cinq ans, remarqua-t-elle, lui laissant la possibilité de poursuivre ou de passer à un autre sujet, le tableau suivant, peut-être.

— Trente-huit, exactement. C'était un an avant sa mort.

— Oh, je suis désolée !

C'eût été manquer de tact de demander ce qui était arrivé.

— La pauvreté ! s'exclama Pendreigh.

Sa voix était si rauque qu'elle avait déformé le mot de sorte que Callandra ne fut pas sûre d'avoir bien entendu. La douleur et la rage qu'elle vit sur son visage ne manquèrent pas de la surprendre. C'était comme si le drame venait juste de se produire alors que, d'après le tableau, cela devait remonter à un quart de siècle.

— Vous pensez que j'exagère, n'est-ce pas ? demanda-t-il en balayant d'un geste large la pièce, à l'évidence celle d'un homme aisé. Ma famille était riche. Mon père est mort relativement jeune et il s'est montré généreux tant pour Amelia que pour moi. Lorsqu'elle s'est mariée, c'était une riche héritière.

Il la laissa tirer la conclusion, la défiant du regard, l'œil dur et brillant.

— Je comprends, dit-elle avec calme.

— Croyez-vous ? Son mari l'a emmenée en Europe, d'abord à Paris, puis en Italie. Nous ignorions qu'il avait tout dilapidé et l'avait quittée avec à peine un toit au-dessus de sa tête, ou qu'elle vivait des rares repas offerts par des amis compatissants, dont la plupart n'étaient pas beaucoup mieux lotis qu'elle. Et elle était trop fière pour nous avouer que le mari qu'elle adorait était un propre à rien qui l'avait abandonnée. Elle est morte à Naples, seule et sans ressources.

Callandra imagina un horrible tableau d'Amelia, amaigrie, presque squelettique, en sueur, rongée par la fièvre, les lèvres exsangues, la peau boursouflée, seule dans une pièce misérable, loin de son pays.

— Je suis vraiment désolée, dit-elle dans un murmure. Je comprends que vous ne puissiez oublier... ou pardonner. Pour ma part, je ne pourrais pas.

— C'est la raison pour laquelle je me bats pour que les femmes conservent certains droits sur leurs biens, expliqua-t-il d'un air sévère. La loi est aveugle. Elle ne leur offre aucune protection. Nous parlons comme si nous honorions et chérissions nos femmes, comme si nous les protégions des maux et des duretés de la vie, des batailles sordides du commerce et de la politique, des abus de pouvoir, et cependant nous les offrons aux griffes des rapaces qui les dépouillent de l'argent qui était destiné à les mettre à l'abri de la faim et de la misère... et la loi laisse faire !

— Ah, fit Callandra, qui commençait à comprendre, vous voulez promulguer une loi qui leur donnerait un droit sur leurs propres biens ?

— Bien sûr ! Qu'ils soient hérités ou acquis. Cet individu a envoyé Amelia travailler pour subvenir à ses dépenses exagérées, et la loi lui a également donné un droit sur l'argent qu'elle gagnait !

L'indignation se lisait sur son visage.

— Je comprends, dit Callandra, sincère.

Il faillit argumenter, puis il la dévisagea plus attentivement.

— Oui, en effet, admit-il. Je vous prie de m'excuser. J'allais vous dénier cette possibilité. Je sais que vous avez aussi combattu pour des réformes, et souvent contre un aveuglement effarant. Nous cherchons tous deux à protéger les plus vulnérables qui ont besoin des forts pour les défendre.

Il y avait de la fureur dans sa voix, avec aussi un zeste de fierté.

Callandra fut émue. La volonté de se battre et le courage étaient exactement ce dont elle avait besoin, et la compassion qu'elle éprouvait pour la mort de sa sœur se teinta d'admiration.

— Avez-vous bon espoir d'y parvenir? demanda-t-elle avec empressement.

Pendreigh s'autorisa l'ombre d'un sourire.

— J'y ai travaillé une grande partie de ma carrière, et je crois que nous touchons au but. Une élection partielle se profile. Si je peux changer la loi, j'aurai fait du bien aux femmes comme aux hommes, même s'ils n'en voient pas tout de suite l'intérêt. Assurément, la justice est une bénédiction pour tous, n'est-ce pas?

— Tout à fait d'accord, acquiesça Callandra de bon cœur.

Il y eut une brève interruption pendant que la femme de chambre apportait le plateau de thé et de petits sandwiches qu'elle posa sur la table basse. Elle sortit après les avoir servis.

Callandra devait maintenant en venir aux raisons de sa visite. Pendreigh ne pouvait s'imaginer une minute qu'elle lui rendait visite uniquement pour parler des justes causes, si impérieuses fussent-elles.

Elle reposa sa tasse.

— Comme vous le savez, j'ai engagé Mr. Monk afin de comprendre ce qui s'est réellement passé à Acton Street.

C'était une manière plus que délicate d'exposer la chose et, en la formulant, elle regretta de ne pas avoir été plus directe.

— Je crains, hélas, que ses découvertes ne répondent ni à mon attente ni à la vôtre.

Elle avait réussi à capter toute l'attention de Pendreigh qui ne la quittait pas des yeux.

— Qu'a-t-il découvert, Lady Callandra? Répondez-moi franchement, je vous en prie. Elissa était ma fille; j'ai besoin de savoir toute la vérité.

— Évidemment. Pardonnez-moi si je vous donne l'impression de tergiverser. Je ne crois pas un instant que le Dr. Beck soit coupable mais, comme c'est le mari, la police le soupçonnera tout naturellement.

— C'est en effet regrettable, dit Pendreigh avec un léger tremblement dans la voix. Mais j'imagine que vous avez raison.

Il ignora son thé et se pencha légèrement au-dessus de la table basse. C'était un tour de force qu'il pût le faire avec élégance. Il était très grand et ses genoux butaient contre la table.

— Ne cherchez pas à m'épargner, Lady Callandra.

Il voulut sourire, mais n'y parvint pas, ne réussissant qu'à étirer ses lèvres dans une sorte de grimace de souffrance.

— Je ne crois pas non plus à la culpabilité de mon gendre, mais il faut dire que je le connais depuis de nombreuses années. Mais vous, pourquoi ?

Elle s'apprêta à répondre avec franchise, mais elle s'aperçut du danger, non seulement pour elle, mais, par ricochet, pour Kristian.

— Parce que je l'ai regardé travailler à l'hôpital, finit-elle par dire. Toutefois, il ne s'agit que de mon opinion, et elle n'aura aucun poids pour la police. J'avais espéré que Monk trouverait quelqu'un avec un mobile suffisant, peut-être même des preuves pour le confondre, mais pour l'instant il n'a rien découvert. En revanche, une autre possibilité a attiré mon attention.

Elle rechignait à lui parler du jeu. Elle était persuadée qu'il n'était pas au courant, de son ampleur, en tout cas.

Pendreigh repoussa sa tasse. Sa main tremblait légèrement.

— Il me paraît évident que le modèle était la victime visée et qu'Elissa a simplement eu la malchance d'assister au meurtre. C'est également l'hypothèse de la police, j'imagine. Kristian n'est pour l'instant soupçonné que par pure formalité.

— Sans doute, admit-elle. Néanmoins, je préférerais devancer la police sur certains points.

— Qu'est-ce que Monk a découvert, exactement ?

C'était la question qu'elle ne pouvait éviter.

— Mrs. Beck jouait, répondit-elle en surveillant sa réaction. Et elle perdait gros.

Elle vit ses yeux s'agrandir, quelque chose en lui défaillir, mais de si profondément enfoui que seule une ombre fugitive passa dans son regard. Cependant, Callandra fut convaincue qu'il n'était pas au courant. Personne n'aurait eu le don d'affecter une telle consternation, d'évoquer une telle souffrance tout en restant apparemment impassible.

— Je... j'aurais préféré ne pas avoir à vous le dire, bredouilla-t-elle. Mais la police l'a appris et je crains que cela ne fournisse un mobile sérieux. Éviter la ruine ? On a tué pour bien moins que ça. Je me suis dit que peut-être, désespérée de ne pouvoir régler ses dettes, elle s'était attiré des ennemis... d'une manière ou d'une autre...

Était-il suffisamment vif d'esprit pour qu'elle n'ait pas à dresser l'horrible tableau ?

Pendreigh garda le silence. Il semblait trop abasourdi pour répondre. Il regardait dans le vide, à travers elle, comme si elle était transparente, comme s'il voyait des fantômes, des rêves brisés, des objets aimés qu'on lui aurait arrachés.

— Je l'ai vue régulièrement depuis un an que je suis à Londres ! protesta-t-il. Elle était toujours aussi bien habillée ! Elle ne semblait pas... connaître de difficultés !

— Elle choisissait peut-être les jours où elle gagnait pour vous rendre visite, fit-elle remarquer. Avec du talent et de l'imagination, on peut paraître bien mise. Il y a les amis... les prêteurs sur gages...

Quelque chose s'éteignit en lui.

— Je vois, fit-il dans un souffle.

— C'était plus fort qu'elle, reprit Callandra.

Elle s'entendit dire cela avec étonnement. Elle défendait une femme qui avait conduit Kristian au désespoir et aux portes de la prison; une femme à cause de qui il risquait d'être accusé de meurtre!

— Mr. Pendreigh...

Il reporta son attention sur elle.

— Mr. Pendreigh, nous devons faire notre possible pour l'aider. Vous dites que vous ne croyez pas à sa culpabilité. Il nous faut pourtant trouver un coupable.

— Oui... fit-il, hésitant, puis avec plus de conviction : Oui... bien sûr.

Il semblait éprouver du mal à se concentrer.

— Et le peintre... Allardyce? Je déteste cette idée, mais c'est une possibilité. Elissa était extrêmement belle...

Sa voix vacilla, il fit un gros effort pour se ressaisir.

— Elle fascinait les hommes. Ce n'était pas seulement son visage... c'était sa... vitalité, un amour de la vie, une énergie que je n'ai connus chez personne. Allardyce adorait la peindre. Peut-être voulait-il davantage et s'est-elle refusée à lui. Il a pu...

Il ne termina pas, mais le reste était clair.

Cependant, Monk lui avait assuré qu'Allardyce avait un alibi. Il avait passé la soirée au *Taureau et la Demi-Lune*, à Southwark, à des kilomètres d'Acton Street, de l'autre côté de la Tamise.

— Ce n'est pas lui, déclara-t-elle. Il a un alibi.

Deux profondes rides se creusèrent entre les sourcils de Pendreigh.

— Cela nous renvoie à la seule réponse sensée... c'était Sarah Mackeson qui était visée. Si la police ne suit pas cette hypothèse jusqu'au bout, nous devons exiger de Monk qu'il le fasse. Il doit y avoir quelque chose dans sa vie, dans son passé, qui a poussé un ancien amant, un rival, un créancier, à se disputer avec elle et à la tuer, volontairement ou non. Elle est là, l'explication! Nous devons la trouver!

— J'en parlerai à Monk, naturellement, acquiesça Callandra avec une ferveur destinée à se convaincre elle-même autant que Pendreigh. Il m'a dit qu'elle était très belle et que sa vie était un peu... hasardeuse.

C'était un euphémisme ; elle espéra qu'il comprendrait. Elle ne voulait pas dire du mal de Sarah Mackeson, et cependant elle souhaitait de tout son cœur que la réponse fût aussi simple que cela.

Pendreigh soupira. Un tel chagrin émanait de lui qu'il emplissait la pièce de détresse plus efficacement que des crêpes sur chaque tableau, des glaces retournées vers le mur, ou des pendules arrêtées.

— Le rejet pousse parfois les gens à agir de manière irrationnelle, poursuivit Callandra.

Pendreigh s'enfouit la tête dans les mains pour cacher son émotion.

— Oui, bien sûr, approuva-t-il d'une voix étouffée. Il faut qu'on sauve ce qu'on peut de cette tragédie.

Le lendemain, Monk et Runcorn regagnèrent le commissariat, épuisés et énervés. Ils avaient passé la matinée et une bonne partie de l'après-midi à courir sous une pluie battante d'un tripot à l'autre sur les traces d'Elissa Beck et de ses semblables. La passion dévorante du jeu s'emparait sans distinction des hommes comme des femmes, des riches comme des pauvres, des jeunes comme des vieux. Il y avait quelque chose en eux qui, une fois qu'ils avaient goûté à l'excitation du gain, ne pouvait plus s'en passer, même s'ils étaient conscients des risques encourus. Ils voyaient leurs gains plus grands qu'ils n'étaient, leurs pertes plus légères, et avaient toujours l'espoir de se refaire à la partie suivante.

— Je ne comprends pas ! s'exclama Runcorn en fixant d'un œil noir ses bottes crottées. C'est une sorte de maladie mentale ! Pourquoi en arrivent-ils là ?

Monk comprenait, au moins en partie, suffisamment

pour ressentir une pointe d'angoisse en pensant qu'il aurait facilement pu tomber dans ce piège si les hasards de la vie l'y avaient conduit.

— Un besoin de se sentir vivre, dit-il.

Mais, voyant le dégoût et l'incompréhension sur le visage de Runcorn, il regretta de ne pas avoir retenu sa langue.

— De la vermine ! tonna Runcorn.

Il ôta ses bottes et massa ses pieds trempés et frigorifiés.

Monk faillit le fusiller du regard, puis comprit qu'il parlait des collecteurs de dettes et non des joueurs.

— Ah, si on pouvait en coincer quelques-uns et les mettre sous les verrous ! reprit Runcorn. J'aimerais les voir à Coldbath Fields, sur le manège de discipline ou de corvée de boulets[1] !

— Moi aussi, acquiesça Monk avec ferveur. Mais je n'ai pas trouvé l'ombre d'un commencement de preuve qu'un collecteur de dettes ait pu s'en prendre à elle. En réalité, je n'ai encore trouvé personne prêt à admettre qu'elle lui devait quoi que ce soit. Elle tenait son argent d'ailleurs... ou de quelqu'un d'autre.

Runcorn leva les yeux du tiroir où il cherchait des chaussettes sèches.

— Vous croyez ceux que vous avez interrogés ?

Monk y avait déjà réfléchi.

— Oui. Oh, je ne me fie pas à ce qu'ils m'ont dit, mais à leur manque de crainte ou de colère. Ils étaient

1. Coldbath Fields, célèbre maison de correction de Londres. Rebâtie en 1794, elle accueillit des hommes, des femmes et des enfants jusqu'en 1850, puis uniquement des hommes. Le silence absolu était obligatoire entre les prisonniers soumis aux travaux forcés. Le manège de discipline dont il est question, appelé aussi « trépigneuse », permettait notamment de pomper de l'eau. On a calculé que six heures sur cette trépigneuse équivalaient à une ascension de 2 600 mètres. *(N.d.T.)*

bien trop impassibles. À la limite, ils étaient même déçus de perdre une bonne cliente. Ils pensaient lui soutirer bien davantage.

— C'est aussi ce que je pense. Et Sarah Mackeson?

Monk essaya de déchiffrer l'expression de Runcorn — doute, espoir, colère? — mais celui-ci se détourna pour enfiler deux épaisses chaussettes de laine.

— Nous n'avons rien trouvé suggérant que quelqu'un s'intéressait assez à elle pour la tuer, répondit Monk, dépité.

Il aurait préféré qu'il y ait eu de la passion, de l'envie, de la peur, tout plutôt que de l'indifférence. Oh, elle éveillait bien quelque sentiment chez Allardyce, puisqu'il la trouvait belle et aimait la peindre. Mais la seule personne qui la regrettait vraiment, c'était Mrs. Clark.

— Ah, si on savait laquelle des deux a été tuée la première! pesta Runcorn en refermant bruyamment le tiroir. Mais le médecin légiste ne peut rien nous dire.

Monk s'assit sur le coin du bureau, les mains dans les poches. Il réfléchit aux différents indices capables de faire pencher la balance d'un côté ou de l'autre. Peine perdue. Et le médecin légiste ne leur était effectivement d'aucun recours. Tout ce qu'il pouvait dire était qu'elles étaient mortes de la même manière, et le bon sens dictait qu'elles avaient été tuées par la même personne. Seul un détail concret permettrait de faire la distinction.

Runcorn l'observait.

— Nous n'avons pas retrouvé la boucle d'oreille, dit-il, comme s'il avait lu dans les pensées de Monk.

Ce dernier était déconcerté par sa perspicacité.

— Si elle a été prise dans ses vêtements, l'assassin l'a jetée, dit-il. Elle n'était pas par terre.

Runcorn ne répondit pas.

— L'oreille avait saigné, reprit Monk après un long silence. Donc, nous savons que la boucle d'oreille a été arrachée au cours de la bagarre.

Runcorn se leva et dirigea son regard vers la fenêtre ruisselante de pluie.

— Vous voulez retourner à Acton Street? demanda-t-il. On peut toujours fouiller de nouveau. Si nous réussissions à prouver que Sarah Mackeson est morte la première, ça changerait tout.

Monk se leva à son tour.

— Ça vaut le coup d'essayer. Et nous pourrions demander à Allardyce combien de fois il a vu Max Niemann et quand.

— Vous pensez qu'il est impliqué? demanda Runcorn, plein d'espoir. Une querelle d'amoureux? Aucun rapport avec le médecin?

Sa voix se brisa. Si Elissa et Max Niemann étaient amants, Kristian avait un mobile supplémentaire. Or il n'avait pas dit la vérité sur son emploi du temps, par calcul ou par distraction.

Cependant, Max Niemann avait bel et bien menti à Kristian; il lui avait laissé croire qu'il venait à Londres pour la première fois depuis des années.

— Pouvez-vous demander à vos hommes de chercher où Niemann est descendu? questionna Monk. S'il descend toujours au même endroit quand il est à Londres, on saura combien de fois il est venu.

— Vous pensez qu'il réglait ses dettes? demanda vivement Runcorn avec une grimace de tristesse. Contre un remboursement en nature?

— Elle ne serait pas la première à se vendre pour payer ses dettes, répliqua Monk.

Il avait horreur d'y penser, mais il était vain de nier cette éventualité. Il alla à la porte et l'ouvrit. En passant devant le bureau du planton, Runcorn donna des instructions pour qu'on envoie des policiers ratisser les hôtels.

Monk et Runcorn se dirigèrent vers Acton Street dans l'intention de héler un fiacre en chemin, mais ils n'étaient qu'à deux cents mètres de chez Allardyce lorsqu'ils finirent par en trouver un. Il était trop tard pour le prendre. Dépité, Runcorn lui fit signe de continuer sa route.

Allardyce, qui semblait occupé, fut fâché de les voir, mais il eut la sagesse de les laisser entrer malgré tout.

— Qu'est-ce qu'il y a encore ? demanda-t-il de mauvaise grâce.

Runcorn entra et parcourut l'atelier du regard ; son manteau dégoulinait. Allardyce travaillait sur une toile calée sur le chevalet ; il s'était essuyé les mains sur sa chemise, qui était maculée de peinture.

— Vous nous avez dit avoir vu plusieurs fois Niemann avec Mrs. Beck, commença Monk. Avant le soir de son meurtre.

— Oui, ils étaient amis. Je ne les ai jamais vus se disputer.

Allardyce le regarda d'un air de défi, l'œil clair et dur.

— Combien de fois ? Cette fois-ci et auparavant ?

— Auparavant ?

— Vous m'avez compris. Est-il venu de Vienne une seule fois, ou plusieurs ?

— Deux ou trois fois, à ma connaissance.

— Quand ?

— Je ne m'en souviens plus. Une fois au printemps, une autre en été.

— Vous avez déplacé des choses ! gronda Runcorn en essayant de pousser le canapé. Ça, c'était là-bas !

Allardyce lui jeta un regard mauvais.

— J'habite ici ! dit-il avec amertume. Croyez-vous que j'aie envie que les choses soient exactement comme elles étaient ? Il me faut de la lumière. Et j'aimerais ne pas avoir à me souvenir, si c'était possible. Que ça vous plaise ou non, j'arrangerai mon canapé et mes tapis comme je l'entends !

— Remettez-les en place, ordonna Runcorn.

— Allez au diable !

— Une minute ! intervint Monk.

Il fit un pas en avant et faillit heurter Runcorn.

— On peut imaginer où étaient les corps. Regardez la ligne des fenêtres, elles n'ont pas bougé. Remettez tout de suite les tapis en place, dit-il à Allardyce.

Le peintre n'esquissa pas le moindre geste.

— Pour quoi faire? Qu'avez-vous découvert?

— Rien pour l'instant. Juste une idée. Savez-vous laquelle des deux est morte la première?

— Bien sûr que non...

Allardyce s'arrêta net, comprenant soudain ce qu'il avait en tête.

— Vous pensez que l'assassin a d'abord tué Sarah, et qu'Elissa l'a surpris par hasard? Qui? demanda-t-il, incrédule. Elle ne faisait de mal à personne. Quelques disputes stupides, comme tout le monde.

— Elle a peut-être appris quelque chose qu'elle n'était pas censée savoir, suggéra Monk.

— Remettez les tapis à leur place! répéta Runcorn.

Allardyce obéit en silence. Il déplaça les tapis avec l'aide de Monk. Ils n'étaient ni très grands ni très lourds, et ils avaient presque terminé lorsque Monk remarqua juste sous la frange le trou d'un nœud dans le plancher.

— Je n'avais pas vu ça avant! s'exclama-t-il.

— C'est pour ça que je le recouvre avec la frange, expliqua Allardyce.

Monk retourna la frange d'un coup de pied, dévoilant de nouveau le trou. Il jeta un regard vers Runcorn et s'aperçut que ce dernier venait de comprendre.

— Donnez-moi un ciseau ou un de ces gros couteaux, ordonna-t-il à Allardyce.

— Pour quoi faire? Qu'est-ce que c'est?

— Faites ce qu'on vous demande! aboya Monk.

Allardyce s'exécuta. Il lui remit un petit marteau fendu. Aussitôt, Monk attaqua le nœud qui finit par céder. Au fond du trou, couchée dans la sciure, une délicate boucle d'oreille luisait, maculée de sang.

— C'était à Elissa ! s'écria Allardyce. Je l'ai peinte, je le sais.

Sa voix se brisa.

— Mais c'était là que Sarah était allongée ! Je ne comprends rien.

— Moi, si, fit Monk. Ça prouve qu'Elissa a été tuée la première. L'assassin a arraché la boucle d'oreille lorsqu'il lui a serré le cou... et lui a brisé la nuque. Elle s'est probablement prise dans sa manche pendant la bagarre. L'assassin n'a pas remarqué qu'elle était tombée. Ensuite, quand Sarah a surgi de la pièce du fond et qu'elle a vu Elissa morte, l'assassin l'a tuée elle aussi, et elle est tombée par terre à l'endroit où la boucle d'oreille avait disparu.

Allardyce se frotta le visage à deux mains, laissant des traînées vertes sur ses joues.

— Pauvre Sarah, dit-il d'une voix douce. Son seul tort était d'être belle. Et d'être là au mauvais moment.

Runcorn fourra ses mains dans ses poches et dévisagea Monk sans un mot. C'était inutile. Cette fois, ils ne pouvaient plus nier l'évidence. Ce n'était pas Sarah qu'on avait voulu tuer. Elle avait simplement joué de malchance. Ce n'était pas non plus une affaire de joueurs ou de collecteurs de dettes. Les séjours de Max Niemann à Londres, ses rencontres avec Elissa que Kristian ignorait renforçaient le mobile. Même les dettes réglées aggravaient la situation. Soit c'étaient les derniers sous de Kristian, soit, pis encore, l'argent pour lequel Elissa avait vendu son corps.

— Je vais à l'hôpital, déclara Runcorn d'un ton las. Vous n'êtes pas obligé de venir si vous n'avez pas envie.

— Si, je vous accompagne, répliqua Monk.

Il ramassa la délicate boucle d'oreille et la remit à Runcorn.

— Vous pouvez arranger vos tapis comme bon vous semble, Mr. Allardyce, dit le policier. Mais si vous trafiquez ce plancher, je vous colle au trou pour complicité. C'est bien compris ?

Allardyce ne daigna pas répondre. Il resta tête basse au milieu de la pièce tandis que Monk et Runcorn redescendaient l'escalier et débouchaient dans la rue où la pluie continuait de tomber à verse.

CHAPITRE VIII

Lorsque Monk sortit de bonne heure le lendemain, avant même que le bruit de ses pas meure dans l'escalier et qu'elle entende la porte d'entrée se refermer, Hester se prit de nouveau à redouter que Charles ne soit compromis dans la mort d'Elissa. C'était une menace si intolérable qu'elle aurait presque souhaité que la lettre anonyme que Charles lui avait remise fût celle d'un amant, et non la preuve qu'Elissa avait initié Imogen au jeu.

Elle avait besoin de savoir afin de cesser d'envisager le pire. Néanmoins, il se pouvait aussi que la lettre n'ait pas été écrite par Elissa, que les deux femmes ne se soient jamais rencontrées, et que le mensonge de Charles au sujet de Drury Lane soit parfaitement innocent, en tout cas pour ce qui concernait Elissa. C'était peut-être quelque chose dont il avait honte, quelque chose de stupide.

Dès que Mrs. Patrick, sa femme de ménage, arriva, Hester lui expliqua qu'elle avait une course urgente à faire. La lettre dans son réticule, elle coiffa son chapeau, enfila son manteau et sortit sous la pluie. La route était longue de Grafton Street à l'hôpital de Hampstead où Kristian travaillait, mais elle tenait absolument à comparer l'écriture de la lettre avec celle d'Elissa.

Pendant le trajet interminable, elle s'efforça de ne pas penser à Imogen ni à Elissa, à la colère de Charles quand il avait découvert leur manège, à son incompréhension, et à la violence tragique qui avait pu en résulter. Elle trouva tour à tour des arguments favorables, puis défavorables, passa de l'espoir à la terreur, et recommença le cycle infernal. Il lui était trop facile de laisser son esprit dériver, d'imaginer des scènes, d'accroître sa propre angoisse.

En arrivant à l'hôpital, elle était tellement tendue qu'elle trébucha sur le rebord du trottoir et ne recouvra son équilibre qu'au dernier moment. C'était ridicule! Elle avait connu la guerre, les coups de canon, les champs de bataille! Pourquoi défaillir de terreur en s'imaginant que son frère avait tué Elissa Beck?

Parce que l'assassin, quel qu'il fût, avait aussi tué Sarah Mackeson. D'une certaine manière, il y avait une part de légitimité dans un crime désespéré, commis pour sauver un être aimé de la destruction. Mais tuer Sarah était impardonnable, un meurtre inutile perpétré dans l'unique but de sauver sa propre peau, un recours instinctif à la violence.

Elle gravit les marches quatre à quatre, faillit heurter un interne qui descendait, traversa le couloir en courant, entra dans la salle d'attente où trois patients étaient assis, grimaçant de douleur et d'inquiétude. Ils échangeaient parfois quelques mots pour oublier la souffrance et passer le temps.

Hester songea d'abord à faire valoir ses prérogatives et à interrompre la visite en cours. Elle travaillait à l'hôpital, elle en avait le droit. Mais en voyant les visages crispés, elle y renonça.

Elle participa aux conversations jusqu'au moment où vint son tour; sept patients étaient arrivés après elle et attendaient.

Kristian fut surpris de la voir.

— Hester ? Vous n'êtes pas malade, au moins ? s'inquiéta-t-il. Vous êtes très pâle.

Considérant son propre visage livide, ses yeux creusés par la fatigue, sa remarque eût été comique si la situation n'avait été aussi dramatique.

— Non, je vous remercie, assura-t-elle vivement. Je suis juste inquiète, comme nous tous.

Il était vain de se montrer évasive.

— J'ai une lettre dont j'aimerais connaître l'auteur : elle n'est pas signée. J'espère me tromper, mais il faut que je sois sûre. Avez-vous une lettre d'Elissa ? Peu importe laquelle, une liste de blanchissage fera l'affaire.

L'ombre d'un sourire effleura les lèvres de Kristian.

— Elissa n'écrivait pas de listes de blanchissage, dit-il. Oh, j'ai certainement quelque chose, mais pas ici, à la maison.

— Cela ne fait rien, si vous m'autorisez à aller la chercher !

— Quelle est cette autre lettre avec laquelle vous aimeriez la comparer ?

— Je préfère ne pas vous le dire, déclara Hester en détournant les yeux. Je vous en prie... à moins que vous y teniez...

Il y eut une minute de silence. Même le brouhaha de l'hôpital ne traversait pas les épais murs de la pièce.

— J'ai bien une lettre qu'elle m'a écrite, voilà quelque temps, dans le tiroir du haut de la commode, dans ma chambre. Je... j'aimerais la conserver...

Il essaya de maîtriser sa voix qui se brisait.

— Je n'ai pas besoin de l'emporter, promit Hester. Je n'ai même pas besoin de la lire... juste de comparer les écritures. Elles sont peut-être très différentes, et je ne pourrai rien en tirer.

— Si elles sont identiques ? demanda-t-il d'une voix rauque. Est-ce que cela voudra dire qu'Elissa a fait quelque chose de... mal ?

— Non ! protesta Hester.

Elle sut tout de suite que c'était un mensonge. Pour Hester, avoir un vice était déplaisant, mais y initier volontairement quelqu'un, c'était mal, très mal.

— Je me trompe peut-être. C'est simplement une idée que j'ai besoin de vérifier. Si cela a un rapport quelconque avec sa mort, je vous le dirai, promit-elle, fuyant toujours son regard.

Elle ne pouvait supporter de surprendre sa douleur dans son regard.

— Je vous le dirai avant tout le monde, à part William.

— Merci, Hester.

— La salle d'attente est pleine de monde, dit-elle en désignant la porte. Comment s'appelle votre femme de ménage, qu'elle sache que je vous ai parlé ?

— Mrs. Talbot.

— Merci infiniment.

Avant qu'ils ne cherchent désespérément l'un et l'autre quelque chose à ajouter, Hester tourna les talons et sortit.

À peine eut-elle frappé à la porte de chez Kristian que Mrs. Talbot vint lui ouvrir. Elle était en train de nettoyer l'entrée, comme en témoignaient une serpillière et un seau.

Hester la salua, l'appela par son nom et lui expliqua la raison de sa visite. Soupçonneuse, Mrs. Talbot la conduisit néanmoins à l'étage après avoir soigneusement refermé la porte. Elle resta dans la chambre pendant qu'Hester se dirigeait vers la commode. Quelque peu honteuse de s'introduire dans l'intimité de Kristian, Hester ouvrit le tiroir supérieur et fouilla parmi la dizaine de lettres qui s'y trouvaient. Il y en avait deux d'Elissa, non datées, mais d'après les premières lignes qu'elle lut, elle s'aperçut qu'elles étaient anciennes, sans doute de l'époque où ils étaient encore proches l'un de l'autre.

Les mains tremblantes, elle ouvrit son réticule et en

sortit la lettre que Charles lui avait donnée, bien qu'elle connût déjà la réponse. C'était davantage griffonné, mais les boucles caractéristiques et les capitales flamboyantes étaient les mêmes.

Hester plaça les deux lettres côte à côte sur la commode et, l'espace d'un instant, fuyant la réalité, elle chercha des différences, n'importe quoi semblant prouver qu'elles étaient à la rigueur similaires mais sans plus. Sur la seconde, les queues étaient plus longues. Un « b » avait une boucle, le « z » n'était pas le même. Mais tout en recensant ces minuscules détails, elle savait à quoi s'en tenir. C'était bien Elissa qui avait rédigé ces deux lettres. C'était bien Elissa qui avait initié Imogen au jeu.

Charles avait-il un moyen de savoir que c'était elle ? Il n'avait pas d'autre écriture pour comparer. Mais il n'en avait pas besoin. De son propre aveu, il avait suivi Imogen. Il lui suffisait de l'avoir filée jusqu'à un des rendez-vous. Pourquoi avoir menti à propos de Drury Lane, sinon, évidemment, pour dissimuler la vérité ?

Elle replia la lettre avec ostentation, la remit à sa place et referma le tiroir, puis rangea la lettre de Charles dans son réticule.

— Merci, dit-elle à Mrs. Talbot, je ne vous dérangerai plus.

— Vous avez une petite mine, miss... et vous avez froid, si je peux me permettre. Si vous désirez une bonne tasse de thé, la bouilloire est sur le feu.

Hester hésita. Elle dévisagea la femme de ménage et ressentit une bouffée de gratitude.

— Oui, finit-elle par dire, avec plaisir.

Mrs. Talbot se détendit et un sourire étonnamment doux illumina son visage.

— Ça ne vous ennuie pas si on le prend dans la cuisine ?

— La cuisine, ça sera parfait.

Il y ferait certainement plus chaud que dans la chambre glaciale.

Une heure et demie plus tard, elle se présentait au cabinet de Charles dans la City. On l'introduisit dans son bureau après qu'elle eut lourdement insisté pour le voir.

Charles se leva pour l'accueillir.

— Qu'est-ce qu'il y a ? demanda-t-il d'une voix cassante. Mon clerc me dit que c'est urgent. Quelque chose est arrivé à Imogen ?

— Pas à ma connaissance, répondit Hester. Mais elle continue de jouer, même si elle y va seule maintenant.

Elle le dévisagea avec soin, vit ses joues rosir et ses yeux s'allumer. Tout déni était impossible.

— Si ce n'est pas Imogen, qu'est-ce que c'est ?

Hester rechignait à l'interroger. C'eût été bien plus facile s'ils s'étaient parlé en alliés plutôt qu'en adversaires, mais elle ne pouvait pas le laisser dissimuler la vérité plus longtemps.

— Tu m'as dit que le soir de la mort d'Elissa tu avais suivi Imogen dans Drury Lane, vers le fleuve.

Il ne pouvait pas se rétracter.

— En effet, admit-il d'une voix légèrement éraillée. Tu as l'air de croire qu'elle est compromise dans... dans le meurtre. Ou qu'elle a été témoin de quelque chose.

— C'est possible.

Hester détestait ce qu'elle faisait. Pourquoi ne lui faisait-il pas assez confiance pour tout lui avouer ? Était-ce si horrible ?

— Tu n'as pas pu prendre Drury Lane ce soir-là. Un haquet s'était renversé et avait répandu son chargement de mélasse, bloquant toute circulation. Il a fallu des heures pour tout nettoyer.

Charles garda le silence. Elle ne l'avait jamais vu aussi malheureux. La peur s'empara d'elle et pour la première fois elle envisagea réellement qu'il puisse être compromis dans la mort d'Elissa.

— Où allait-elle ? interrogea Hester. Tu l'as suivie ce soir-là ?

— Oui, souffla-t-il.

— Où ? Où est-elle allée, Charles ?

— Jouer.

— Jouer où ?

Hester criait presque.

— Où ? répéta-t-elle.

Il secoua la tête d'un air convaincu.

— Elle n'aurait jamais tué Elissa. Elle ne lui aurait jamais fait de mal.

— C'est possible. Mais toi ?

Il parut stupéfait, comme s'il n'avait même pas pensé à une chose pareille. Sa surprise non feinte apaisa Hester.

— Non ! se récria-t-il. Je... Comment peux-tu penser ça ?

— Où étais-tu ? insista-t-elle. Où l'as-tu suivie, Charles ? Quelqu'un a tué Elissa Beck. Ce n'était pas le peintre, ni un des joueurs, ni les tenanciers. Je veux surtout pouvoir prouver que ce n'était pas toi.

— Je ne sais pas qui c'était ! déclara-t-il d'une voix où perçaient le désespoir et même une pointe de panique.

— Où Imogen est-elle allée ?

— À Swinton Street, dit-il tout bas.

— Et ensuite ?

— Je... je me suis énervé.

Il ferma les yeux comme s'il ne supportait pas de poursuivre tout en la regardant.

— Je me suis conduit comme un imbécile. J'ai fait une scène, et un homme m'a assommé avec... je ne sais quoi... Je me souviens juste d'être tombé. Je me suis réveillé plus tard, dans le noir, une douleur effroyable dans le crâne, et je suis resté sans bouger pendant quelque temps tellement j'étais nauséeux.

Il se mordit la lèvre.

— Après, j'ai rampé dans le noir et je me suis rendu compte que j'étais dans une petite pièce. J'ai crié, mais personne n'est venu. La porte était trop épaisse, et verrouillée, naturellement. Il faisait jour quand on m'a laissé sortir.

Maintenant, il osa la regarder dans les yeux. Il n'avait plus la même expression fuyante et paraissait seulement incroyablement embarrassé.

Hester le crut. Elle était tellement soulagée qu'elle eut l'impression que le bureau austère tournoyait et elle dut faire un effort pour ne pas vaciller. Elle alla s'asseoir sur la chaise en face de Charles.

— Bien, dit-elle d'une voix presque normale. C'est... bien.

C'était un euphémisme idiot. Il n'était pas coupable ! Il avait passé toute la nuit enfermé dans un placard. Elle se rappela les bleus sur sa figure, l'état lamentable dans lequel elle l'avait vu le lendemain. Les hommes de la maison de jeux se souviendraient de lui. Elle le dirait à Monk, naturellement, et il obtiendrait leur témoignage de gré ou de force. Charles était sauvé. Qu'était une petite humiliation à côté de ce qu'elle avait redouté ?

Elle leva les yeux vers lui et sourit.

Il crut un instant qu'elle se moquait de lui, puis comprit et les larmes lui vinrent aux yeux. Il se détourna pour se moucher.

Elle lui laissa quelques secondes pour se remettre, puis elle courut le prendre dans ses bras et l'étreignit de toutes ses forces, sans un mot. Elle ne pouvait pas lui promettre que tout irait bien, qu'Imogen n'était pas compromise, ni même qu'elle allait arrêter de jouer. Elle n'en savait rien. Mais elle était sûre d'une chose : il n'avait pas tué Elissa, et elle pouvait le prouver !

Le trajet jusqu'à l'hôpital fut le pire que Monk se souvînt d'avoir fait. Il prit un fiacre avec Runcorn, dans l'intention de regagner plus tard le commissariat avec Kristian Beck. Aucun d'entre eux n'évoqua la possibilité de prendre un des véhicules de la police dans lesquels les criminels étaient enfermés durant leurs déplacements. Ils s'assirent côte à côte, sans se parler et en évitant de se regarder pour ne pas alourdir le silence.

Monk pensait à la façon dont il expliquerait son échec à Callandra, et s'efforça de trouver les mots justes, qu'il jugea tous hypocrites ou condescendants.

Runcorn et lui montèrent les marches de l'hôpital côte à côte, franchirent la porte d'entrée et se retrouvèrent au milieu des relents familiers de phénol, de maladie, de poussier et de sols trempés. Ils ne croisèrent personne dans les couloirs presque déserts hormis trois femmes armées de serpillières et de seaux, mais n'eurent pas besoin de leur demander leur chemin. Ils savaient tous deux où se trouvait le cabinet de Kristian et la salle d'opération.

— Est-ce qu'on... ? commença Monk.

— Est-ce qu'on quoi ? fit Runcorn d'un ton sec en le regardant d'un œil mauvais.

— Est-ce qu'on attend qu'il ait vu ses patients ?

— Qu'est-ce que vous croyez ? Que je vais l'arrêter avec son scalpel dans une main et le bras d'un pauvre diable dans l'autre ?

Il enfonça avec rage les poings dans ses poches et précéda Monk. Il tourna à l'angle suivant, et suivit le couloir sans se retourner.

Kristian n'était pas en train d'opérer, mais il restait encore cinq patients dans la salle d'attente. Runcorn s'assit sur le banc comme s'il était le sixième. Lorsque Monk entra à son tour, il lui lança un regard hargneux, puis l'ignora tout à fait.

La porte s'ouvrit et Kristian parut sur le seuil. Il vit d'abord Runcorn, puis Monk.

Lorsque le médecin croisa le regard de Monk, ce dernier devina la question muette dans ses yeux, puis la compréhension. Quelque chose en Kristian s'évanouit, comme s'il était arrivé au bout d'une longue épreuve et qu'il eût atteint le stade où il n'avait plus la force de lutter.

— Mr. Nexbury ? lança-t-il en dirigeant son regard vers un gros homme au visage pâle et flasque, et à la calvitie naissante. Veuillez entrer, je vous prie.

Ce dernier se leva et traversa la salle en boitillant sous le regard des autres patients.

Monk était assis avec raideur, s'efforçant de ne pas gigoter, de ne pas se lever ni d'arpenter la salle avec impatience.

Les minutes s'écoulèrent lentement cependant qu'un patient en remplaçait un autre.

Le dernier patient sortit, et à peine une minute plus tard, Kristian parut. Il se tint au milieu de la salle d'attente, bien droit et la tête haute. Il avait des cernes de fatigue sous les yeux et son teint était d'une pâleur maladive.

— Je suppose que vous croyez que j'ai tué Elissa, dit-il avec calme sans les regarder dans les yeux. Je suis innocent, mais je ne peux pas le prouver.

— Je suis navré, Dr. Beck, dit Runcorn. Je ne sais si vous l'avez tuée, mais les preuves vous accablent et rien n'indique qu'un autre que vous soit coupable. Vous allez devoir nous suivre, monsieur. Vous êtes en état d'arrestation pour les meurtres d'Elissa Beck et de Sarah Mackeson.

Kristian ne répondit rien.

Monk s'éclaircit la gorge, surpris de ne pouvoir parler sans difficulté.

— Voulez-vous que j'aille chercher des affaires chez vous ?

Kristian le regarda avec étonnement.

— Je vous saurai gré de bien vouloir prévenir l'hôpital, et... Mrs. Talbot, qui vient faire le ménage chez moi.

L'ombre d'un sourire étira ses lèvres et se refléta un instant dans ses yeux.

— Fermin Thorpe va pavoiser. Cela justifiera enfin la mauvaise opinion qu'il a de moi.

— Je vous le promets, assura Monk, avec un coup d'œil vers Runcorn, qui opina de la tête.

— Merci, dit Kristian en tendant les clés de son habitation à Monk.

Ce dernier les empocha et s'éloigna, profondément accablé.

Monk se rendit directement à Haverstock Hill. Mrs. Talbot était déjà partie, l'habitation était plongée dans le silence. Il ne s'attarda pas dans les pièces du bas, glaciales et nues, et monta aussitôt dans la chambre de Kristian. Le cabinet de toilette ne contenait que le strict nécessaire, brosse à cheveux, rasoir au manche en bois, cuir à rasoir, boutons de manchettes et de col comme ceux que portaient les employés ou les boutiquiers. Dans la commode, il trouva quatre chemises propres et quelques sous-vêtements. Il y avait deux costumes dans la penderie et une paire de chaussures de rechange, soigneusement ressemelées. C'étaient là toutes les possessions d'un homme hautement qualifié qui travaillait du matin au soir, parfois jusque tard dans la nuit, tous les jours de la semaine.

Après avoir longtemps cherché les formules qui convenaient, Monk laissa un mot à Mrs. Talbot, puis emporta les affaires au commissariat où il les remit au sergent de garde. Ne pouvant repousser indéfiniment les explications qu'il devait à Hester, il rentra chez lui.

Il pleuvait de nouveau à verse et il marcha pendant un bon kilomètre avant de trouver un fiacre. Il arriva chez lui, trempé, transi, et cherchant désespérément un moyen d'échapper à son devoir : annoncer la mauvaise nouvelle à Hester.

Il ôta son manteau dégoulinant et ses chaussures boueuses pour ne pas laisser de marques sur le tapis. Il entendit Hester sortir de la cuisine. Était-elle déjà au courant ? Elle avait un tel don de sentir les choses, de les comprendre, qu'il s'imagina qu'elle avait deviné son échec et s'y était préparée.

En voyant le soulagement sur son visage, comme si un fardeau venait de lui être ôté, il comprit à quel point il s'était mépris.

— William...

Elle s'arrêta.

— Qu'est-ce qu'il y a ?

Ses traits se crispèrent.

— Kristian n'était pas où il avait dit qu'il était. Dieu sait qu'il avait un mobile pour la tuer. Elle l'avait dépouillé de tout et, si elle avait vécu, elle aurait continué jusqu'à ce qu'il finisse en prison. Avec un peu de chance, celle du Queen, sinon celle de Coldbath.

— Pour l'amour du ciel ! explosa Hester. C'est un autre joueur qui l'a tuée ! Quelqu'un à qui elle devait...

Il la prit par les épaules et la força à le regarder.

— Non ! Tu penses bien que nous avons tout essayé. Personne ne souhaite que ce soit Kristian.

— Runcorn... commença-t-elle.

— Non ! tonna-t-il. Il est têtu, plein de préjugés, ambitieux, il voit des affronts là où il n'y en a pas, il a une épaisse couche de couenne et manque totalement d'imagination... parfois. Mais il aurait préféré que ce ne fût pas Kristian.

— Il aurait préféré ? s'étonna-t-elle, l'œil enflammé. Tu as bien dit : « il aurait préféré » ?

— Exactement, confirma-t-il d'un air misérable. Il n'y avait rien à faire. Les preuves sont accablantes.

— Quelles preuves ? Il n'y a rien, juste un mobile. On ne peut pas condamner quelqu'un juste parce qu'il avait une raison de tuer. Tout ce que tu sais, c'est qu'il ne peut pas prouver qu'il était ailleurs !

— Et qu'il a menti ou s'est trompé, répondit tranquillement Monk. Personne d'autre n'avait de mobile pour la tuer, Hester. Allardyce était au *Taureau et la Demi-Lune*, de l'autre côté de la Tamise. Ni les joueurs ni les tenanciers du tripot n'ont pu la tuer. Ça ne tient pas debout. D'ailleurs, ses dettes avaient été réglées.

— Alors, c'est l'autre femme qui était visée, le contra aussitôt Hester. Je ne sais pas pourquoi tu t'entêtes à penser que c'est Elissa qui a été tuée la première et non Sarah Mackeson ! Elle avait peut-être une liaison avec quelqu'un, et ils se sont querellés. N'est-ce pas plus plausible que d'imaginer Kristian en train de suivre son épouse dans l'atelier d'un peintre et de la tuer sur place ? Bon sang, William ! C'est un médecin... s'il avait voulu la tuer, il y a des dizaines de moyens plus efficaces et moins dangereux !

Monk n'essaya pas d'argumenter. Ce qu'Hester disait était certes vrai, mais cela ne changeait rien.

— Ce n'est pas Sarah qui a été tuée la première, dit-il.

Il la tenait toujours par les épaules ; il sentit son corps se raidir lorsqu'elle voulut se dégager.

— C'est Elissa.

— Comment le sais-tu ? Le médecin légiste n'a pas été capable de définir l'ordre dans lequel elles étaient mortes. C'était une question de minute.

— Nous avons retrouvé la boucle d'oreille d'Elissa, qui avait été arrachée dans la bagarre, dans un trou du plancher, à l'endroit où Sarah était tombée.

Hester respira à fond, puis laissa échapper un soupir de désespoir.

— Oh ! fit-elle.

La colère s'évapora, ne laissant qu'une infinie tristesse ; Monk l'attira dans ses bras et la serra bien fort cependant qu'elle frissonnait et luttait pour ne pas pleurer.

— Nous devons nous battre, dit-elle en hoquetant. Tu... tu penses que Runcorn va l'arrêter, n'est-ce pas ?

— C'est déjà fait. Je lui ai fait parvenir ses vêtements et ses affaires de toilette.

— Il est... en prison ? demanda-t-elle, les yeux écarquillés.

— Oui, Hester.

— Quoi ? Ne me dis pas que tu le crois coupable !

Les larmes roulaient sur ses joues.

— Ne me dis pas ça !

— Pourquoi crois-tu que je le pense ?

Il aurait tellement aimé lui dire autre chose. Elle semblait si effrayée, si vulnérable, si prête à se battre, si minces que fussent les chances de succès... elle perdrait et se le reprocherait ensuite. Cependant, il ne l'aurait pas aimée aussi profondément si elle s'était montrée plus sage, plus réaliste, plus capable de mettre ses émotions de côté et de s'armer contre l'évidence, si cruelle fût-elle.

Hester était furieuse parce que des larmes ruisselaient sur ses joues.

— Tu crois qu'il est coupable, s'entêta-t-elle.

— C'est une possibilité à envisager. Tout le monde peut craquer, tu le sais aussi bien que moi. Nous atteignons tous un degré au-delà duquel les choses deviennent insupportables ; alors, soit nous nous brisons et abandonnons, soit nous nous enfuyons, soit nous faisons front. Il arrive que nous perdions l'équilibre et que nous fassions quelque chose qui nous dépasse. Ça m'est arrivé. Pas à toi ?

Elle enfouit son visage contre son épaule et acquiesça d'une voix étouffée.

Elle mit du temps à se remettre. Elle renifla, puis s'écarta de lui.

— Qu'est-ce qu'on va faire ?

Sa voix, son expression, son corps tout entier semblaient tendus vers l'action à venir.

— Je ne sais pas, admit-il avec regret.

Il avait déjà épuisé toutes les solutions possibles.

— Si ce n'est pas Kristian, protesta Hester, désespérée, c'est forcément quelqu'un d'autre. Il faut trouver qui. Je n'ai encore rien fait. Comment ai-je pu être aussi stupide ? Aussi confiante ? Depuis le début, j'ai pris pour une évidence... (Elle détourna les yeux.)... que ça ne pouvait pas être Kristian. Par où commencer ?

— Je ne sais pas, répéta Monk. Runcorn a envoyé ses hommes vérifier si Max Niemann était venu à Londres plus souvent qu'on le pense, mais nous ne voyons absolument pas pourquoi il aurait tué Elissa.

— Ils étaient peut-être amants, suggéra Hester.

Elle eut du mal à prononcer le mot.

— Et s'ils s'étaient disputés ? Tu as dit qu'Allardyce t'avait avoué qu'elle rencontrait Niemann chez lui ! Ça s'expliquerait... non ?

Elle parlait sans conviction. Elle gardait le souvenir de Niemann étreignant les mains de Kristian aux funérailles ; ils avaient l'air tellement amis... Et cependant...

— Hester... commença Monk, avant de marquer une pause. En effet, c'est peut-être quelqu'un d'autre, mais Kristian a été appréhendé. Il passera en jugement. Il aura besoin d'une meilleure défense que ta simple croyance en la culpabilité de Niemann... ou de je ne sais qui.

— L'as-tu annoncé à Callandra ? demanda Hester, tremblante.

— Non.

— Dans ce cas, je ferais bien d'aller la voir.

— Ce soir ? s'étonna-t-il.

— Oui. Ça ne sera pas moins difficile demain matin.

— Je t'accompagne.

Et il se baissa pour remettre ses chaussures.

Callandra refusa d'accepter la mise en cause de Kristian. Elle les avait reçus dans son salon où les brûleurs à gaz marchaient à plein régime, diffusant une agréable chaleur cependant que les flammes rouge et jaune dansaient dans la cheminée. Soudain le confort s'évanouit et même la beauté des tableaux perdit de son attrait.

— Non ! dit-elle sans les regarder, blême et raide. Il a peut-être tenté de tuer sa femme, mais il n'aurait jamais tué le modèle. Il y a une autre solution. Nous devons la trouver.

— Je m'en occuperai, promit Monk.

Il ne voulait pas la contredire, mais il ne savait pas par où commencer et ne donnait pas cher de ses chances de réussir.

— Mais nous devons avant tout penser à la défense de Kristian.

— Oliver ? suggéra aussitôt Callandra. Je paierai.

Elle n'eut pas besoin de rappeler quelle haute opinion avait Sir Oliver Rathbone de Kristian. L'avocat était davantage qu'un collègue ou qu'un ami, il avait été un allié dans tous les combats qu'ils avaient livrés ensemble, et sa passion pour la justice égalait la leur.

— Il est toujours en Italie, remarqua Monk avec regret. Il risque d'y rester encore deux ou trois semaines. Nous ne pouvons pas attendre. Et à son retour, il sera peut-être déjà pris.

Callandra le regarda d'un air malheureux, au bord de la panique.

— Connaissez-vous d'autres avocats de talent ?

— Non, admit Monk.

Ils s'étaient toujours adressés à Rathbone, quelle que fût l'affaire ou la difficulté.

— Nous nous renseignerons. Je m'y mettrai dès demain aux premières heures. Il ne faut pas traîner.

— Je viendrai avec vous, déclara Callandra.

Monk pensa aux rejets qu'ils essuieraient, aux avocats qui souligneraient la vanité d'un combat perdu d'avance.

— Callandra... commença-t-il.

Elle le fit taire d'un regard.

— Vous aurez besoin de mon influence, William, dit-elle avec dignité. Et de mon argent. Je suis tout à fait consciente des arguments que l'on va nous opposer et vous ne pouvez m'en protéger sans me priver aussi de l'occasion d'être utile. Si vous croyez pouvoir y parvenir sans moi, vous êtes bien naïf.

Monk s'inclina sans opposer de résistance inutile.

— Pendreigh ne croit pas à la culpabilité de Kristian, dit-il. Nous pourrions commencer par lui demander conseil. Il voudra lui aussi que l'affaire soit bien défendue, ne serait-ce que pour sauver la réputation d'Elissa.

— Eh bien, soit, acquiesça Callandra. Je lui ferai parvenir ma carte pour lui demander la permission de passer le voir dès que possible. Souhaitez-vous vous joindre à nous ? demanda-t-elle à Hester.

— Naturellement ! Nous serons prêts quand vous nous enverrez chercher.

Elle effleura le bras de Callandra, mais c'était un geste d'une infinie tendresse. Callandra recula, comme si l'émotion était trop forte, insupportable.

— Viens, dit Monk.

Il entraîna Hester vers la porte.

Dehors, la nuit était glaciale, le vent soufflait des rafales de pluie. Dès qu'il mit le pied sur le trottoir, Monk sentit le froid le transpercer, mais il n'y prêta guère attention. Tout en regardant Hester traverser l'arc de lumière d'un réverbère qui faisait luire la pluie, il repensait à l'attachement de Callandra pour Kristian. C'était bien plus fort que de l'admiration, de la fidélité ou de l'amitié. Il devinait en elle une blessure qui ne se refermerait peut-être jamais, une douleur que ni lui ni Hester ne pourraient soulager.

Il rattrapa Hester et lui prit le bras. Elle se serra contre lui et calqua son pas sur le sien. Elle savait depuis le début, mais il comprenait maintenant pourquoi elle ne lui avait rien dit.

Le lendemain matin, ils prirent leur petit déjeuner de bonne heure et Monk alla au coin de la rue acheter le journal. Il parcourut la première page, la deuxième, la troisième.

On ne parlait pas de l'arrestation de Kristian, on ne mentionnait même pas l'affaire. Monk rentra chez lui, partagé entre le soulagement et la crainte que l'inévitable ne se produise tôt ou tard. Ce silence leur accordait-il assez de temps pour réfuter les preuves avant que les journaux ne rendent impossible l'idée même d'innocence ou simplement de doute ?

Il tourna en rond, conscient du temps perdu, jusqu'au moment où on frappa à la porte. Il alla ouvrir ; c'était le cocher de Callandra lui annonçant qu'il était chargé de les conduire chez Fuller Pendreigh.

Le trajet prit quelque temps à cause de la circulation. Les rues détrempées luisaient sous un soleil capricieux qui perçait entre les nuages, et les caniveaux étaient inondés. L'air était plus doux mais humide, chargé des relents de fumée, de purin, de cuir et de l'odeur de chevaux mouillés. À moins que le vent ne se lève, il y aurait du brouillard avant la tombée de la nuit.

Ils étaient en avance de quelques minutes, mais Pendreigh les reçut aussitôt. Ayant pris connaissance du mot de Callandra, il s'était attendu à voir les deux femmes, mais c'est vers Monk qu'il dirigea son attention. Il ne semblait pas être au courant de l'arrestation de Kristian et fut visiblement secoué lorsqu'il l'apprit.

— Je suis navré, dit Monk, sincère. J'aurais aimé l'empêcher, mais il n'y a pas d'autres suspects crédibles.

— Il y en a forcément, déclara Pendreigh d'une voix calme, parfaitement maîtrisée. Nous ne les avons pas encore trouvés, c'est tout. Quelles que soient les provocations, ou le désespoir, je ne crois pas que Kristian aurait tué Elissa. Il l'adorait...

Il s'arrêta, sa voix chancela légèrement. Il se détourna à demi et se cacha le visage dans les mains.

— Si vous l'aviez connue, vous comprendriez.

— La peur nous pousse parfois à des pensées et à des actes inimaginables en temps normal, dit Monk d'une voix claire. Nous ne reconnaissons plus nos amis lorsque les limites sont franchies. Nous ne nous reconnaissons plus nous-mêmes. Je croyais autrefois que personne n'agirait contre son propre intérêt ou ne ferait quelque chose susceptible de produire un effet contraire à ses vœux les plus chers. Mais c'est faux. Nous réagissons parfois sur le moment, sans regarder plus loin. Nous explosons sous le coup de la peur ou de l'affront. Une injustice nous paraît si monstrueuse que nous cherchons réparation ou vengeance, sans penser aux conséquences, aussi bien pour nous que pour autrui.

— Oh, non!... protesta Callandra en tournant vers lui un visage livide. Certaines personnes, peut-être, mais...

— Une émotion violente peut troubler l'esprit des plus sensés d'entre nous, insista Monk. Il arrive qu'un homme raisonnable cède à la passion. Vous le savez aussi bien que moi. J'ai vu le plus doux et le plus intelligent des hommes se métamorphoser complètement lorsque, par exemple, sa femme avait été violée.

Il vit Hester grimacer, mais poursuivit :

— Que croyez-vous qu'il fait? Il reste chez lui pour la réconforter et l'assurer de son amour? Ou il court tuer l'homme qu'il tient pour responsable — abandonnant sa femme à la solitude, terrifiée et honteuse, alors même qu'elle a plus besoin de lui que jamais?

Pendreigh fixait Monk d'un air sidéré. Callandra essaya de l'interrompre, mais il la devança.

— Dans sa fureur, liée à son sentiment de culpabilité de ne pas avoir été là pour la protéger, il agressera le supposé violeur au risque de commettre une injustice, d'essuyer de terribles reproches, d'être emprisonné peut-être ou même pendu. Et tout cela ne fera qu'aggraver considérablement la situation de son épouse ! Pour quel profit ? Pour qui ? Les juges le savent, les jurés aussi. Ça ne sert à rien d'affirmer que c'est impossible, uniquement parce que nous croyons Kristian innocent.

— Personne n'a été violé ! se récria enfin Callandra. Et c'est Elissa qui est morte.

Elle parlait avec conviction, mais on voyait dans ses yeux qu'elle avait compris où Monk voulait en venir. La comparaison n'était pas injustifiée.

— Nous continuerons de chercher une réponse plus satisfaisante, acquiesça Monk en s'adressant exclusivement à Callandra. Mais nous devons admettre le fait que Kristian passe en jugement.

Callandra ferma les yeux. Le courage le disputait en elle à l'acceptation de la défaite. La lumière du pâle soleil d'automne qui inondait la pièce était cruelle, elle ne faisait rien pour dissimuler les méfaits de l'âge. Le chagrin et la tristesse embellissent rarement un visage.

— Je suis désolé, dit Monk avec douceur.

L'espace d'un instant, même le deuil de Pendreigh ne compta plus pour lui. Il connaissait Callandra depuis son accident, cela faisait donc six ans, seule partie de sa vie dont il avait des souvenirs. Elle s'était toujours montrée fidèle, courageuse, drôle et attentive. Il aurait tout fait pour l'épargner, mais la seule façon de lui prouver son amitié était de ne pas aggraver cette épreuve en la prolongeant par des mensonges.

— Nous devons trouver un avocat pour défendre Kristian quand l'affaire viendra à être jugée. Pour l'instant, c'est le plus urgent.

— Je m'en charge, déclara Pendreigh sans hésiter.

Il y avait manifestement réfléchi pendant la discussion.

— Je le défendrai moi-même. Je ne le crois pas coupable, et cela transparaîtra dans ma plaidoirie. En tant que père d'Elissa, je serai son meilleur témoin à décharge.

Callandra éprouva un vif soulagement et pour la première fois des larmes roulèrent sur ses joues. Elle se tourna vers Pendreigh, prête à parler, sans doute à le remercier, mais se rendit visiblement compte que le moment était mal choisi et y renonça.

Hester s'empressa de meubler le silence, dans l'intention peut-être de détourner l'attention de Pendreigh des pleurs de Callandra.

— Ce serait magnifique ! Nous ferons notre possible pour recueillir toutes les preuves nécessaires, interroger qui bon vous semblera, enquêter selon vos souhaits.

Pendreigh parut réfléchir. Maintenant qu'il avait pris sa décision, son comportement changeait. Une sorte de force intérieure semblait l'habiter.

— Merci, dit-il en les dévisageant tour à tour. Je ferai de mon mieux pour contester les preuves ainsi que les conclusions qu'on peut en tirer, mais cela ne suffira pas. Quelqu'un est responsable de la mort de ces deux femmes. Nous devons faire apparaître au moins une solution crédible aux yeux des jurés.

Il interrogea Monk du regard.

— Est-il vrai que des témoignages excluent la possibilité qu'Allardyce ait été présent au moment des faits ?

— Oui. Des témoins sont prêts à jurer qu'il était avec eux toute la soirée dans une taverne de l'autre côté de la Tamise.

— Et je présume que vous avez enquêté sur les tenanciers des maisons de jeux ?

Il avait prononcé cette phrase avec un dégoût évident, mais sans fléchir.

— Naturellement, reconnut Monk. Leur désir d'attirer le moins possible l'attention de la police et de ne pas effrayer leur clientèle est évident et, de plus, Mrs. Beck ne leur devait pas de sommes significatives. Tous m'ont assuré que ses dettes avaient été payées. Les joueuses comme elle sont leur principale source de profits. Ils n'auraient aucun intérêt à les supprimer.

Le visage de Pendreigh se ferma.

— Il faut donc chercher ailleurs. Nous ne parviendrons peut-être pas à prouver la culpabilité d'un tiers.

Il parlait d'une voix tendue mais continua à soutenir le regard de Monk.

— Nous devons suggérer toute hypothèse crédible et semer tellement de doutes qu'ils ne pourront condamner Kristian.

Monk se demanda s'il n'était pas poussé par le désir de protéger, non seulement Kristian, mais aussi la réputation d'Elissa, ce qui s'annonçait presque impossible. Mais Fuller Pendreigh ne s'était pas élevé à la position qu'il occupait sans posséder une volonté farouche et une remarquable maîtrise de soi. Sa présence au tribunal représenterait peut-être la meilleure chance de Kristian.

Ils discutèrent de détails et débattirent pendant une trentaine de minutes, puis laissèrent Pendreigh peaufiner les plans qu'il avait déjà élaborés — les gens à contacter, les témoins à convoquer, les pistes à suivre, les dilemmes à affronter.

Callandra partit de son côté tandis que Monk et Hester rentraient en fiacre.

— Qu'est-ce que tu en penses, William? demanda Hester lorsqu'ils furent seuls.

Il hésita. Devait-il essayer de la protéger? Était-ce cela qu'elle recherchait? Il savait qu'elle ressentait des choses qu'il ne comprendrait jamais parce qu'elles avaient un rapport avec sa fidélité à Charles, leurs souvenirs familiaux, leurs deuils communs, comme sa passion à défendre le faible. Il avait dans sa mémoire un gouffre béant où ces souvenirs auraient dû se trouver. Il ne gardait de son enfance que des moments fugitifs — surtout des impressions physiques, de la mer, par exemple, luisante et agitée, d'un bateau dans lequel il naviguait, de son désir d'être un des marins, d'égaler leur courage et leur capacité à agir en fonction des besoins, leur façon de faire des nœuds solides, de marcher en se balançant lorsque la mer était démontée, de son souhait de savoir comment ne pas vomir ou afficher sa peur. Il s'aperçut avec honte que tout cela était centré sur lui-même. Peurs et besoins ne concernaient que sa fierté, son désir d'être respecté, de réussir. Il était profondément soulagé qu'Hester ne puisse voir ces laideurs.

— William ?

— Je ne sais qu'en penser, finit-il par répondre. Je préférerais de loin que cela ait un rapport avec Max Niemann, mais rien n'indique que ce soit le cas. Il a dit à l'enterrement qu'il arrivait de Paris parce qu'il avait appris la mort d'Elissa dans un journal français. D'ailleurs, il est à Vienne, pour autant qu'on le sache.

— Je pourrais croire à la rigueur que Kristian ait été pris de panique et soit devenu fou de désespoir, dit Hester en regardant droit devant elle. Mais pas qu'il ait tué Sarah Mackeson. Non, ça, jamais !

C'étaient de belles paroles, prononcées avec des tremblements et des sanglots mal réprimés.

Monk n'argumenta pas. Il lui prit la main et la sentit se refermer sur la sienne ; elle était glacée dans la froideur du fiacre, elle exprimait l'abattement, mais elle s'agrippait à la sienne avec vigueur.

CHAPITRE IX

Callandra avait eu du mal à soutenir l'entretien avec Pendreigh parce qu'elle manquait de la maîtrise de soi nécessaire pour cacher la profondeur de ses sentiments. Elle n'était pour lui qu'une amie et collègue désireuse de se rendre utile et normalement peinée par cette triste affaire. Pour le bien de tous, il était important qu'il continuât de le penser, à l'exclusion de toute autre hypothèse.

Maintenant qu'elle sortait de chez lui, elle était étonnée de trembler de soulagement. Sa tête bourdonnait et ses mains étaient moites malgré le froid.

Elle n'avait pas revu Kristian depuis l'enterrement d'Elissa, sauf de fugitives rencontres à l'hôpital, dans le couloir où, intimidée et anxieuse à l'idée qu'on les surprenne ensemble, elle n'avait abordé que des futilités. Elle pensait souvent aux milliers de choses qu'elle brûlait de lui dire, et la frustration lui était presque intolérable. Sa douleur et son deuil l'affligeaient. Elle aurait voulu qu'il se défende avec davantage d'ardeur, au moins qu'il lui parle ouvertement, qu'il partage sa peine avec elle au lieu de se renfermer.

Mais elle gardait cela pour elle. Elle avait mis de côté sa propre amertume à se voir exclue, son incertitude quant à ses sentiments pour Elissa et les reproches qu'elle aurait voulu lui adresser pour ne pas lui avoir avoué la voie périlleuse qu'elle empruntait.

Ensuite, elle avait commencé à douter d'elle-même. S'était-elle bercée d'illusions en croyant que leur relation était intime alors qu'elle n'était que le fruit d'une compréhension commune de la souffrance ?

Il n'avait jamais trahi son mariage en parole. Était-ce une certaine vision de l'honneur qui l'avait empêché d'avouer sa flamme, vision pour laquelle elle l'admirait si profondément ? Ou n'y avait-il dans son silence rien qui la concernât ? Avait-il tu sa solitude ou était-ce une souffrance qu'il n'avait jamais connue ?

En se regardant dans la glace, elle se vit comme elle avait toujours été, un peu trop petite, certainement trop forte, un visage que ses amis auraient qualifié d'intelligent et plein de personnalité, quand les autres l'auraient décrit avec condescendance comme agréable mais quelconque. Elle avait une jolie peau, de bonnes dents encore maintenant, mais on ne pouvait pas dire qu'elle était belle et les flétrissures de l'âge étaient trop visibles. Comment avait-elle pu être aussi présomptueuse ou aussi sotte pour s'imaginer qu'un homme marié à une femme comme Elissa aurait ressenti pour elle un intérêt autre que professionnel, fondé sur leur désir de soulager l'humanité d'une infime partie de ses souffrances ?

Heureusement, elle n'avait jamais déclaré son amour... par décence plutôt que par tiédeur, il est vrai. Kristian ne le saurait jamais.

Aujourd'hui, sa fierté et ses sentiments devaient être mis de côté. Il fallait agir, affronter la vérité. Elle irait à la prison voir Kristian, l'informer de la proposition de Fuller Pendreigh, et de la volonté de Monk de continuer à chercher une autre hypothèse à suggérer au jury. Elle avait déjà un plan en tête, mais pour qu'il ait la moindre chance de succès, elle avait besoin de la coopération de Kristian. Elle était peut-être maladroite dans les choses de l'amour, mais c'était une organisatrice hors pair et elle n'avait jamais manqué de courage.

Le temps d'arriver au commissariat, elle avait décidé de parler d'abord à Runcorn, s'il était là et acceptait de la recevoir.

Elle n'eut pas besoin d'insister, on la conduisit avec une certaine déférence dans une pièce qu'on avait manifestement nettoyée pour elle. Des piles de papiers encombraient le coin d'une étagère, et des crayons et des porte-plumes avaient été rassemblés dans une tasse pour les empêcher de rouler. Un buvard neuf recouvrait en partie les éraflures et les empreintes sur le bureau. Les circonstances n'eussent été aussi graves, elle en aurait souri.

Runcorn en personne la reçut debout, presque au garde-à-vous.

— Bonjour, Lady Callandra, dit-il d'un air emprunté. Que puis-je faire pour vous? Mais je vous en prie... asseyez-vous.

Il indiqua un siège en piètre état en face du bureau, et attendit qu'elle se soit assise pour s'asseoir à son tour. Il avait l'air mal à l'aise, comme s'il avait envie de dire quelque chose mais ne savait pas par où commencer.

— Bonjour, Mr. Runcorn. Je vous sais gré de m'accorder un peu de votre temps. Comme vous devez être très occupé, j'irai droit au but. Mr. Monk m'a dit que vous enquêtiez sur les séjours de Mr. Max Niemann à Londres afin de savoir s'il était ici le jour de la mort de Mrs. Beck, et s'il était déjà venu auparavant. Est-ce exact?

— En effet, chère madame.

— Et était-il là?

Il n'y avait pas à tergiverser. Comme il tardait à répondre, Callandra sentit son cœur battre. Elle n'avait aucun droit de savoir. Plût à Dieu que Niemann ait été à Londres! Il devait y avoir un autre suspect, une autre réponse!

Elle eût été soulagée que la simple possibilité d'une autre hypothèse à laquelle se raccrocher fût envisageable.

— Chère madame, il est venu trois fois cette année, du moins à notre connaissance.

Runcorn parut profondément malheureux.

— Mais personne ne l'a vu se disputer avec Mrs. Beck. C'étaient de vieux amis de Vienne. Cela ne change rien à notre affaire. Nous aurions aimé pouvoir incriminer un étranger, mais rien ne nous permet de l'envisager.

Elle ne pouvait se résoudre à argumenter avec Runcorn. L'espoir était trop mince, et elle avait peur de perdre son sang-froid en cas d'échec.

— Je vous remercie de votre franchise, Mr. Runcorn, dit-elle, bien droite. Je vous en suis infiniment reconnaissante. J'imagine qu'il n'y a aucun inconvénient à ce que je voie le Dr. Beck, puisqu'il n'est qu'en détention préventive.

Ce n'était pas une question.

— Mais naturellement, chère madame. Dois-je... ?

— Non, merci. J'ai déjà trop abusé de votre temps. Je trouverai la sortie toute seule et je ne doute pas que votre planton saura me diriger vers les cellules. Je vous souhaite le bonjour, Mr. Runcorn.

Il se précipita pour lui ouvrir la porte, n'y arriva qu'une seconde avant elle.

— Bonne journée, chère madame, dit-il en ouvrant la porte si rapidement qu'il la cogna contre le cor de son petit orteil et hoqueta en silence de douleur.

Une fois en bas, Callandra demanda son chemin au planton et on la conduisit aux cellules. Elle avait récapitulé ce qu'elle avait à dire, mais rien n'aurait pu lui éviter l'émoi qu'elle éprouva. L'espace confiné, l'odeur d'acier et de poussière, l'étrange mélange de froid et de sueur humaine manquèrent de la faire suffoquer. L'heure était au courage. Ce n'était pas tant l'endroit qui l'effrayait que de devoir affronter le regard de Kristian et ce qu'elle allait lire dans ses yeux. Avait-elle peur d'être rejetée, victime de sa propre hardiesse, redoutait-elle la gêne qu'elle éprouverait à s'être laissée aller à dévoiler son cœur ? Ou des efforts qu'il lui faudrait faire pour minimiser les difficultés ?

Le constable sortit une énorme clé de son trousseau, ouvrit la porte et fit entrer Callandra dans la cellule où Kristian était enfermé. Il portait une chemise sans col et un pantalon uni. Il paraissait épuisé et une ombre grisâtre recouvrait ses joues bien qu'il semblât rasé de près.

Un éclair de surprise, de plaisir, puis de méfiance parcourut son visage. Il avait subi trop de chocs, il regardait tout désormais avec circonspection. Il esquissa un faible sourire.

Callandra s'aperçut avec un coup au cœur qu'il ne savait pas à quoi s'attendre de sa part. Elle en fut surprise, bien que cela fût tout à fait compréhensible. Après tout, elle-même n'était-elle pas dans l'incertitude ?

Le constable allait-il rester tout au long de leur entrevue ?

— Vous pouvez disposer, dit-elle sèchement. Enfermez-moi, si vous préférez ou si vos instructions l'exigent. Je serai en sécurité. Vous pouvez emporter mon réticule si vous craignez que je n'y aie caché une arme. Je serai prête à partir dans une heure.

— Désolé, miss, vous ne pouvez pas rester aussi longtemps. Une demi-heure.

— Je ne suis pas « miss », corrigea-t-elle avec fermeté, je suis Lady Callandra Daviot. Soyez assez bon de revenir dans une demi-heure — et pas dans vingt-cinq minutes. Et ne perdez pas le peu de temps qu'on m'accorde en restant planté là à écouter ce que nous avons à nous dire. Ce ne sont pas des secrets, mais une conversation privée qui ne vous regarde pas.

Bien que décontenancé, le constable préféra faire semblant de rien.

— Très bien, Milady.

Il referma la porte derrière lui.

Un sourire amusé effleura brièvement les lèvres de Kristian. Il s'efforça en vain de trouver quelque chose à dire qui ne soit pas absurde.

— Cessez donc ! dit vivement Callandra. Au diable les politesses ! Nous devons parler de choses sérieuses. Trente minutes y suffiront à peine.

Elle vit le soulagement dans ses yeux, puis la peur. Elle en fut toute chavirée. C'était pire que n'importe quelle douleur physique. Mais avant qu'elle puisse réagir, Kristian s'était ressaisi.

Il n'y avait pas de siège, seulement le bat-flanc et elle ne voulait pas s'asseoir à côté de lui. C'était trop bas et trop sale.

— Oliver Rathbone est en Italie, dit-elle de but en blanc, Pendreigh a donc proposé d'assurer votre défense.

Il sursauta, doutant d'avoir bien entendu... devait-il la croire ?

— Il est persuadé que vous n'êtes pas coupable, ajouta-t-elle.

Il se détourna pour cacher son amertume.

— Pas coupable ! fit-il à voix basse. Pas coupable de quoi ? Je ne lui ai pas brisé la nuque, certainement pas. J'étais avec une patiente. J'ai peut-être mal calculé l'heure, mais pas les faits.

Sa voix fléchit d'un ton encore.

— Mais ne suis-je pas coupable de l'avoir ignorée, de l'avoir laissée plonger dans le jeu, les dettes et la sorte d'ennui et de désespoir qui l'a conduite chez Allardyce, seule, où elle risquait de se faire tuer ?

Callandra aurait voulu le contredire. C'était ridicule, on n'est pas responsable de la faiblesse des autres, mais elle comprit au son de sa voix que sa culpabilité était bien plus réelle pour lui que la prison où les circonstances l'avaient conduit. Peut-être était-il plus facile d'affronter cette pseudo-culpabilité que l'avenir, et les accusations auxquelles il devrait répondre devant le tribunal.

C'est d'une voix tremblante qu'il reprit :

— À Vienne, elle était tellement vivante ! Elle repoussait les autres femmes dans l'ombre. Elle aurait voulu y rester, vous savez ? C'est moi qui en avais plus qu'assez, c'est moi qui ai voulu émigrer en Angleterre.

Callandra ne dit rien. Elle sentait qu'il avait besoin de s'épancher ; elle représentait le seul auditoire pour des choses qu'il formulait peut-être pour la première fois.

— Elle aurait aimé aller à Paris, à Milan, à Rome, n'importe où où le combat continuait. Mais je l'ai amenée ici et j'en ai fait une maîtresse de maison qui passait son temps à s'occuper des courses, à échanger des potins sur les banalités de petites vies quotidiennes parfaitement tranquilles et ordonnées... sans aucun idéal à défendre, sans luttes à mener !

— Balivernes ! explosa Callandra, furieuse. Il y a des tas de combats à mener, vous le savez très bien, même si elle l'ignorait ! Il faut se battre contre l'ignorance et la souffrance, les maladies, le crime, l'égoïsme, la violence, qu'elle se déroule au foyer ou dans la rue, les préjugés, la bigoterie et toutes les injustices. Et quand on les aura vaincus, il restera encore la pauvreté, la maladie mentale, et les petites saletés ordinaires ! Ou si cela semble trop vague ou trop vaste, que dire de la solitude, de la peur de la mort, des enfants affamés et abandonnés... et des vieillards que nous négligeons parce que nous n'avons plus le temps ni la patience de les écouter ? Si elle ne trouvait pas ces causes assez excitantes ou assez glorieuses, ce n'est pas votre faute !

Il se retourna lentement vers elle et dans son expression la surprise l'emportait sur tout le reste.

— Toujours aussi franche, dit-il. Ma parole, mais vous êtes réellement en colère ! En tout cas, merci de ne pas m'accabler de faux espoirs. Toutefois, je l'ai réellement ignorée. La connaissant, si j'avais pensé un peu plus à elle et moins à moi, je n'aurais pas essayé de la changer. Sa passion du jeu lui échappait et je n'ai rien fait. Oh, je l'ai sermonnée, menacée, j'ai tenté de la raisonner, je l'ai suppliée, mais je n'ai pas cherché la cause, parce que cela m'aurait obligé à changer moi aussi, or je n'y étais pas disposé.

— C'est trop tard, maintenant, Kristian, répliqua Callandra. Il ne nous reste que quinze minutes tout au plus avant que le constable ne revienne. Pendreigh vous défendra au tribunal. J'ignore s'il s'attend à être payé. Il le fait peut-être par conviction, ou simplement parce que cela serait plus convenable si on devait apprendre que sa fille a été tuée par un étranger à la famille. Cela ferait taire les spéculations regrettables. D'autre part, étant l'avocat de la défense, il pourra contenir dans certaines limites l'examen de la personnalité de sa fille par l'accusation. Au pis, il fera aussi bien que n'importe qui.

— Je ne peux lui régler ses honoraires, dit Kristian d'un air contrit. Il doit le savoir, non ?

— Oui, j'imagine. Mais si le problème se pose, je m'en chargerai...

Elle s'aperçut de son embarras, mais l'heure n'était pas aux sentiments.

— L'argent est sans doute la dernière chose qui l'intéresse pour le moment, dit-elle avec sincérité. C'est seulement un homme fier qui se donne tout entier pour sauver ce qu'il reste de sa famille... découvrir comment sa fille est morte, préserver les restes de sa réputation de femme courageuse, volontaire et pleine de vie, et obtenir l'assurance qu'un innocent n'est pas condamné injustement.

Kristian cilla soudain et ses beaux yeux s'emplirent de larmes. Il se détourna vivement.

— Elle était...

Il s'étrangla.

Callandra avait la gorge serrée, elle se sentait mal à

l'aise et amèrement seule. Mais elle ne pouvait se permettre de s'apitoyer sur son sort. Elle aurait tout le temps plus tard, peut-être des années.

— Kristian... quelqu'un l'a tuée ! La meilleure défense serait de découvrir qui c'est.

— Ne croyez-vous pas que si je le savais je vous l'aurais dit ? répondit-il, lui tournant toujours le dos. Je l'aurais dit à la police !

— Oui, si vous aviez conscience de le savoir. Oui, bien sûr. Mais ça n'avait rien à voir avec Sarah Mackeson, elle a juste eu le malheur de se trouver là, et ce n'est pas Argo Allardyce. Nous avons épuisé toutes les possibilités, y compris celle d'un créancier désireux de faire un exemple pour forcer les autres débiteurs à régler leurs dettes.

— Vraiment ?

— Bien sûr. William affirme que les tenanciers de maisons de jeux sont capables de corriger des perdants pour qu'ils paient leurs dettes, même d'assassiner ceux dont la mort sera connue d'autres joueurs, mais jamais ils ne provoqueraient une enquête policière aussi importante que celle-ci. Cela attirerait trop l'attention sur eux. Les tripots seraient fermés. Toutes les maisons de jeux qu'elle fréquentait connaîtraient de gros ennuis. Ce serait stupide de leur part. Ils ne se réjouissent pas de son assassinat. Ils ont perdu de l'argent à cause de ça et nul doute que Runcorn fermera ces établissements en temps voulu.

— Tant mieux !

— Oh, provisoirement, rectifia-t-elle.

— Provisoirement ? répéta-t-il en se retournant lentement vers elle.

— Oui. Ils rouvriront ailleurs, sous couvert d'une échoppe d'apothicaire, de chapelier ou de je ne sais quoi. Ça leur coûtera une mise de fonds, ils perdront quelques profits, mais c'est tout.

Il était trop las pour se mettre en colère.

— Naturellement. C'est une hydre.

— Il faut que ce soit quelqu'un d'autre, dit-elle. Quelqu'un qui l'a tuée pour des raisons personnelles.

Kristian ne répondit pas.

Un silence s'abattit dans la cellule, mais Callandra avait l'impression d'entendre les secondes s'égrener.

— Je vais demander à William d'aller à Vienne et de retrouver Max Niemann.

Il la regarda, dérouté.

— C'est absurde! Max ne lui aurait jamais fait le moindre mal! Si vous le connaissiez, vous n'y auriez jamais songé un instant!

— Alors, qui?

Elle soutint son regard. Elle fut peinée d'y lire de la peur, de l'hésitation, de la douleur.

— Pas Max, insista Kristian, mais il y avait de l'incertitude dans son regard et il savait qu'elle l'avait remarqué. Il l'adorait! Callandra...

Elle ne pouvait pas attendre. Le constable reviendrait d'une minute à l'autre.

— Alors, pourquoi le rencontrait-elle?

Kristian grimaça.

— Je l'ignore. Je ne savais pas avant l'enterrement qu'il était à Londres.

— Et j'imagine que vous n'étiez pas au courant pour les fois précédentes non plus?

Il faillit le nier, mais il se retint, comprenant qu'elle disait la vérité.

— Il est venu au moins deux fois avant les funérailles. Il a vu Elissa, mais pas vous. Vous ne trouvez pas que cela demande des explications?

Kristian blêmit.

— Si ce n'est pas Max Niemann, qui d'autre? demanda-t-elle d'un ton péremptoire, hostile même. Kristian! L'heure n'est plus aux secrets!

Il écarquilla les yeux.

— Je ne sais pas! Bon sang, Callandra, je n'en ai pas

la moindre idée ! Elle entrait et sortait, je la voyais à peine ! Nous combattions autrefois ensemble pour une noble cause, nous étions amis, nous étions amants. Les deux ou trois dernières années, nous n'étions plus que des étrangers vivant sous le même toit, n'échangeant que des mots creux. J'étais accaparé par mes propres combats, je savais qu'elle vivait un enfer qui nous conduisait tous deux à la ruine, mais j'ignorais quoi faire et je ne me suis pas assez libéré de mes obligations pour m'y atteler.

— Je demanderai à William d'aller à Vienne, répéta-t-elle.

Il allait répondre lorsqu'ils entendirent les pas du constable retentir dans le couloir. Il ne restait plus assez de temps, sinon pour de brefs adieux.

Une fois dehors, Callandra ordonna à son cocher de la conduire directement chez Monk.

Il était chez lui, comme elle s'y était attendue. L'après-midi venait juste de commencer, et ils n'avaient encore aucun plan à suivre, aucune idée à creuser.

Callandra se passa une fois de plus des politesses habituelles.

— Je ne vois rien d'autre à faire que de suivre la piste de Max Niemann, dit-elle à Monk et à Hester sitôt la porte refermée. Kristian refuse de croire à la culpabilité de Max, mais j'estime que c'est plus par fidélité que par réalisme.

Elle ignora le regard interrogateur que lui lança Monk.

— Il semble que Mrs. Beck s'ennuyait et qu'elle recherchait la sorte d'excitation qu'elle avait connue autrefois. Peut-être se souvenait-elle avec regret de ses jours à Vienne. Et Niemann arrive à Londres, toujours amoureux de l'image qu'il gardait d'elle.

Elle reprit son souffle, évitant le regard de Monk et d'Hester.

— Elle lui a peut-être fait accroire qu'elle partageait

ses sentiments, puis, s'apercevant de ce qu'elle faisait, a changé d'avis. Nous ne saurons probablement jamais ce qu'ils se sont dit, ni ce qui a poussé Niemann à agir. Quand on est amoureux, on fait parfois des choses dont on serait incapable en d'autres circonstances.

Quel euphémisme idiot ! Elle n'osait même pas envisager quelle folie elle aurait elle-même commise ! Des amis de toujours auraient cru qu'elle avait perdu la tête, et ils auraient probablement eu raison.

— Il doit être rentré à Vienne, observa Monk.

Callandra avait-elle décelé de la pitié dans sa voix ? Elle se sentait nue sous son regard si perspicace. Les propres faiblesses de Monk l'avaient rendu réceptif à celles des autres, même celles de ses amis.

— Naturellement ! dit-elle sèchement. Sinon, je ne saurais pas où le trouver. Par ailleurs, je ne connais personne à Londres, hormis Kristian qui ne dira jamais de mal de lui, pour nous dresser un tableau réaliste de Niemann.

— Vienne ? s'étonna Hester, en dévisageant tour à tour Monk et Callandra.

— Voyez-vous une meilleure solution ? demanda cette dernière.

Elle avait dit cela d'un ton de défi qui lui avait échappé, mais elle ne chercha pas à s'excuser.

— Je ne connais pas Vienne, répondit Monk, hésitant. Et je ne parle pas allemand. Je ne serais d'aucune utilité. Peut-être pouvons-nous trouver quelqu'un de plus compétent ?

— J'ai besoin d'un détective, pas d'un garçon de course ! répliqua Callandra à qui la peur faisait perdre son sang-froid. Si nous ne réussissons pas, Kristian risque la corde !

Elle avait enfin osé le dire. Seule la colère lui conférait encore un semblant de dignité.

— Je trouverai un interprète, assura Monk avec une soudaine bienveillance, et un guide pour me diriger dans la ville. Je demanderai l'aide de l'ambassade britannique. Je leur mentirai avec joie. Kristian n'est pas anglais, mais Elissa l'était et le nom de Pendreigh me servira certainement. À vous entendre, il a des amis haut placés.

Callandra, soulagée, reprit des couleurs.

— Oui... j'écrirai des lettres. Il doit y avoir quelqu'un susceptible de vous consacrer un peu de son temps. Il vous faudra être prudent étant donné qu'un sujet autrichien risque d'être compromis dans un meurtre.

Elle s'assombrit de nouveau.

— J'ignore comment vous pourrez le ramener à Londres. C'est peut-être sans importance du moment que vous établissez sa culpabilité... ou même l'éventualité de sa culpabilité.

Elle s'arrêta. Ils savaient tous qu'un acquittement pour manque de preuves ruinerait la carrière de Kristian. Il serait libre, certes, mais seulement physiquement. La suspicion le poursuivrait jusqu'à la fin de sa vie. Qu'ils pussent envisager un tel dénouement montrait à quel point ils étaient désespérés.

Hester coula un regard vers Callandra, puis détourna les yeux. Monk s'en aperçut et comprit aussitôt combien elle se sentait à la fois indiscrète et impuissante. Il s'était lui-même creusé la tête pour envisager une solution possible, même la plus ridicule, mais il n'avait rien trouvé de mieux.

— Je partirai dès que j'aurai parlé à Kristian et que vous m'aurez écrit des lettres d'introduction, promit-il.

— Renseignez-vous sur Niemann, sa personnalité, sa réputation, surtout en ce qui concerne les femmes, le pressa Callandra. S'il est d'un tempérament violent, ou s'il était amoureux fou d'Elissa, cela doit se savoir. Il circule peut-être des histoires sur leur passé.

Elle parlait de plus en plus vite, et un semblant de conviction éclairait son regard.

— S'il aimait réellement Elissa, comme le prétend

Pendreigh, ses meilleurs amis s'en seront rendu compte ! Naturellement, il vous faudra faire preuve de prudence. Ils refuseront de penser du mal de lui, et certainement de le croire...

— Callandra ! coupa Monk. Je sais ce que je dois faire et je le ferai. Je ramènerai même des gens pour témoigner devant la cour, si je trouve quelque chose d'intéressant, je vous le promets.

Callandra rosit, mais ne se vexa pas. Elle ne pensait qu'à une chose : prouver l'innocence de Kristian.

— Excusez-moi, dit-elle. J'aurais aimé venir avec vous, mais quelqu'un doit rester à Londres, à part Pendreigh, pour faire ce qui doit être fait.

Elle n'ajouta pas « et payer les frais », mais ils l'avaient compris.

— Heureusement ! dit sèchement Monk. Je ne veux pas avoir quelqu'un dans les pattes partout où je vais.

Callandra le regarda d'un œil à la fois vif et amusé. Il y avait un zeste d'humour dans la réplique de Monk, même s'il pensait ce qu'il avait dit.

Ils se séparèrent. Hester alla s'enquérir des horaires de train pour Vienne, et, avec l'argent de Callandra, réserver une place. Monk se rendit auprès de Kristian pour obtenir de lui toutes les informations utiles, et Callandra retourna chez Pendreigh afin de déterminer l'aide qu'il avait à offrir.

Elle fut reçue avec courtoisie par le valet de pied, qui lui expliqua avec une patience exagérée que Mr. Pendreigh n'était pas à même de la recevoir sans rendez-vous car il s'occupait d'une affaire de grande importance et ne pouvait être interrompu.

Callandra se força à rester polie ; elle plaqua sur son visage un sourire qui ressemblait beaucoup à un masque.

— Je comprends, assura-t-elle. Toutefois, si vous lui remettez un mot, que je vais écrire si vous avez l'amabilité de me fournir une plume et du papier, je suis sûre qu'il souhaitera me consacrer un peu de son temps.

— Madame...

— Avez-vous le pouvoir de prendre des décisions pour Mr. Pendreigh ? demanda-t-elle d'un ton glacial, toute politesse effacée

— Je, euh...

— C'est bien ce que je pensais. Soyez assez bon de me fournir ce que je vous ai demandé, j'écrirai un mot, et il décidera comme il l'entend !

Le valet de pied s'exécuta et elle rédigea un mot bref :

> Cher Mr. Pendreigh,
>
> Je m'apprête à envoyer William Monk à Vienne afin qu'il suive toutes les pistes possibles dans l'affaire qui nous occupe. Cela doit être fait dans les plus brefs délais, pour des raisons que vous connaissez aussi bien que moi.
>
> Je n'ai malheureusement pas de relations dans cette ville, et je ne peux donc demander qu'on l'assiste dans ses démarches. C'est pourquoi je vous serais infiniment reconnaissante si vous aviez quelques conseils à lui donner ou une aide à lui apporter. J'attends votre réponse dans votre salon, afin de la transmettre à Monk avant son départ, ce soir.
>
> Cordialement,
>
> Callandra Daviot.

La réponse fut immédiate. Un valet de pied confondu vint la conduire dans l'étude. Pendreigh avait manifestement délaissé une autre affaire pour la recevoir. Il y avait des papiers un peu partout sur son magnifique bureau en noyer. La pièce sentait le cigare, éveillant chez Callandra des souvenirs de son mari et de ses amis, et des longues soirées animées par des discussions sur la guerre, la médecine, et la folie des hommes politiques.

Mais le présent n'attendait pas, il repoussa le passé aux oubliettes.

— Ainsi, Monk a accepté de se rendre à Vienne ? dit Pendreigh avec empressement. C'est la meilleure nouvelle que j'entends depuis... des jours ! J'ai horreur de penser que Niemann soit compromis, mais quelle explication y a-t-il, sinon ? Runcorn affirme qu'il ne s'agit pas de dettes, et comme ça ne peut être Allardyce, je ne vois pas d'autre piste.

Il avait le visage crispé, les yeux brûlants, comme si l'émotion était trop forte pour qu'il pût la dissimuler ou la partager, et elle semblait le consumer de l'intérieur.

— Lady Callandra, reprit-il d'une voix qui tremblait légèrement, ma fille était une femme extraordinaire. Si Monk peut apprendre des détails de son séjour à Vienne, s'il interroge les gens qui l'aimaient, qui l'enviaient peut-être, il trouvera probablement la clé des événements d'Acton Street. C'était une femme dont le brio enflammait...

— Il va avoir besoin d'aide, le coupa Callandra. De quelqu'un qui connaisse la ville et parle l'allemand afin de lui permettre de contacter les gens qu'il désire interroger, et poser les questions avec suffisamment de précision et de subtilité pour obtenir les réponses adéquates.

— Oui, oui, bien sûr, acquiesça Pendreigh, conscient de s'être laissé aller. J'écrirai à l'ambassadeur britannique. C'est un ami — oh, pas très proche, mais nous nous sommes mutuellement rendu service dans le passé. Je suis persuadé qu'il connaît des gens qui étaient à Vienne il y a treize ans, et qui sont au fait des circonstances du soulèvement. Monk les interrogera sans difficulté. Tout le monde se souvient d'Elissa.

Ses yeux brillèrent et l'espace d'un instant il parut oublier les tristes événements des derniers jours.

— S'il pouvait rapporter des témoignages de ceux qui l'ont connue, de son courage, de son amour des gens, de la façon dont elle les a galvanisés afin qu'ils se battent jusqu'au sacrifice pour la liberté, cela expliquerait peut-être le comportement de Niemann.

Il parut réfléchir.

— Dites à Monk de trouver quelqu'un qui lui décrira

les barricades, la camaraderie face au danger, la façon dont les gens vivaient, leurs passions, leur dévouement. Que le tribunal sache comment elle était réellement. Ce sera la meilleure épitaphe. Elle le mérite.

Sa voix se brisa et il détourna les yeux.

— Mieux vaudrait cela que le portrait qu'on essaiera de dresser d'une femme qui devait de l'argent à de sordides tenanciers qui se moquaient de ce qu'elle avait fait et n'avaient jamais eu de noble cause à défendre, seulement leurs propres intérêts cupides.

Il leva les yeux vers Callandra et la dévisagea avec fièvre.

— Qu'il rapporte quelque chose qui leur fera comprendre qu'un homme peut perdre la tête à cause d'elle, ne jamais l'oublier, même treize ans après, alors qu'elle est mariée à son meilleur ami, et comment son amour pour elle est si puissant qu'il perd tout jugement, toute morale, et que, ne supportant pas d'être rejeté, il ait le sentiment que sa vie entière lui échappe. Elle était unique, irremplaçable.

Il s'interrompit brusquement, et revint dans le présent au prix d'un immense effort. Ses mains tremblaient. Il respira à fond et raffermit sa voix.

— J'aimerais y aller moi-même, voir la ville, parler aux gens, mais je dois rester à Londres préparer la défense. On m'a laissé entendre que le procès aurait lieu bientôt. La Couronne estime avoir réuni assez de preuves pour l'ouvrir. (Il haussa une épaule.) Je... je sais à peine par où commencer. Kristian est un homme honorable, mais il a des opinions très arrêtées. Il s'est fait beaucoup d'ennemis parmi les gens influents de l'hôpital, et peu d'amis. Il ne s'occupait que des pauvres et de malades dont beaucoup, j'en ai peur, sont morts depuis.

Il posa sur Callandra un regard inébranlable.

— Faites comprendre à Monk l'importance capitale de ses recherches. Et permettez-moi de participer aux frais de l'enquête.

Il retourna à son bureau, ouvrit un tiroir, en sortit plusieurs pièces d'or et un bon du Trésor.

— Je verserai sur votre compte bancaire une somme de cent livres, mais en attendant remettez-lui ceci pour ses besoins immédiats, avec ma profonde gratitude.

Elle n'avait rien demandé — sa fortune était suffisante et elle aurait donné tout ce qu'elle possédait pour défendre Kristian —, mais comprenant son désir de participer, elle accepta.

Il s'assit à son bureau, posa un papier et de quoi écrire devant lui et se mit à rédiger une lettre d'une écriture large et généreuse.

Callandra attendit avec le premier brin d'espoir depuis des jours. À Vienne, Monk découvrirait peut-être la vérité, il prouverait l'innocence de Kristian. Ensuite, quand ce dernier serait libre, et même si cela lui déplaisait, elle supporterait d'apprendre qu'Elissa Beck était belle, spirituelle, attentionnée, qu'elle avait fait preuve d'héroïsme, de courage.

— Merci, dit-elle en agitant la lettre quand il la lui remit. Merci infiniment.

Monk ne fut pas surpris de voir l'air hagard de Kristian. Celui-ci semblait presque ratatiné, comme vidé de ses forces.

— Je vais à Vienne, dit vivement Monk, sachant qu'ils ne disposaient que de quelques minutes. J'ai besoin que vous m'aidiez.

Kristian secoua tristement la tête.

— Max n'a pas pu tuer Elissa, dit-il, c'est impossible. Une dispute, peut-être, il s'est probablement mis en colère à cause de ce qu'elle faisait... parce qu'elle... gâchait sa vie.

La douleur perçait dans sa voix.

— À cause de ce qu'elle me coûtait, aussi. Mais il ne lui aurait jamais fait de mal !

Monk fut obligé de se montrer brutal, l'heure n'était plus aux politesses.

— Niemann est venu à Londres voir Elissa... pas vous. Et même plusieurs fois.

Il vit le doute assombrir Kristian.

— Il ne lui aurait jamais fait de mal, répéta-t-il d'une voix rauque.

— Sa nuque a été brisée net, lui rappela Monk. Ça s'est sans doute passé comme ça.

Il recourba le bras devant lui, comme pour bâillonner quelqu'un tout en lui comprimant la poitrine, puis effectua un vif geste de torsion.

— Comme s'ils s'étaient battus, qu'il se soit efforcé de la maîtriser, et, peut-être en lui marchant sur le pied, qu'il ait violemment tenté de la retourner vers lui.

Kristian frissonna et une drôle de grimace lui tordit la bouche.

— Il ne voulait probablement pas la tuer, reprit Monk. Peut-être seulement l'empêcher de crier.

Kristian ferma les yeux.

— Et Sarah Mackeson? demanda-t-il dans un souffle. Celui qui l'a tuée l'a fait en connaissance de cause!

Il frissonna de nouveau. Parce qu'il imaginait la scène ou à cause de souvenirs dont l'horreur lui était insupportable? Ou bien parce qu'il en était venu à se dire que Max Niemann était peut-être l'assassin, après tout?

— Parlez-moi de lui, demanda Monk d'une voix tendue. Kristian! Pour l'amour du ciel, aidez-moi! J'ai besoin de connaître la vérité! Si ce n'est pas Niemann, j'ai aussi besoin de le savoir. En tout cas, quelqu'un les a tuées... toutes les deux!

Kristian fit un effort pour recouvrer ses esprits et se concentrer, mais il ne dit rien, comme si le passé lui semblait plus réel que le présent.

— Quelqu'un sera pendu pour ces meurtres! dit Monk sans ménagement. Si vous ne les avez pas tuées, ne vous laissez pas accuser à la place d'un autre ! Vous protégez quelqu'un ?

Mais qui ? Pourquoi Kristian accepterait-il de mourir pour sauver Max Niemann ? Il ne pouvait pas imaginer que Callandra était compromise, tout de même ! Savait-il seulement qu'elle l'aimait ? Monk en doutait.

— Je ne défends personne ! s'écria Kristian avec une énergie inattendue, presque de la rage. Je ne sais tout simplement pas quoi vous répondre ! J'ignore qui les a tuées et pourquoi ! Croyez-vous que j'aie envie d'être pendu... ou que je ne me rende pas compte que c'est ce qui m'attend ?

Il avait parlé avec une maîtrise de soi parfaite, mais Monk vit de la peur dans ses yeux, un manque de confiance qui l'empêchait d'envisager l'avenir avec espoir... rien, sinon son courage. Et quand, au dernier moment, il se retrouverait seul, l'amour, l'amitié et la compassion envolés, il n'aurait rien à quoi se raccrocher.

— Dites-moi au moins où chercher ! Où habitiez-vous ? Qui étaient vos amis ? À qui dois-je m'adresser ?

Avec réticence, Kristian lui cita une demi-douzaine de noms et d'adresses.

Monk les nota, puis essaya de dire avant de partir quelque chose qui livrerait ce qu'il avait en tête. Impossible ! Il ne pouvait exprimer son envie de voir Kristian innocenté.

— Je ferai tout ce que je pourrai, finit-il par déclarer.

Kristian se contenta d'opiner de la tête.

CHAPITRE X

Monk quitta Londres par le dernier train pour Douvres afin de monter sur le premier bateau du matin en partance pour Calais, et rejoindre Vienne en passant par Paris. Le voyage lui prendrait trois jours et huit heures, à condition que tout aille bien, qu'il ne se perde pas en route, qu'il ne rencontre ni retard ni panne mécanique. Un ticket de seconde classe coûtait huit livres, cinq shillings et six pence.

En n'importe quelle autre occasion, le voyage l'aurait fasciné. Il aurait été absorbé par le paysage, les villes qu'il traversait, l'architecture, les vêtements et les manières des habitants. Ses compagnons de route l'auraient particulièrement intéressé, même s'il ne comprenait pas leur conversation et devait se contenter de se fier à ce que l'observation et la connaissance de la nature humaine lui apprenaient. Mais il était trop préoccupé par ce qu'il allait trouver à Vienne, et à chercher les questions qu'il poserait afin de tirer quelque vérité des portraits enjolivés qu'on ne manquerait pas de lui brosser.

Le voyage sembla interminable ; il perdit toute notion du temps et de l'espace. Il était enfermé avec des étrangers dans un compartiment capitonné qui tanguait et cahotait, cependant que la lumière du jour laissait place à l'obscurité dense d'un soir d'automne ou que la pluie crépitait aux carreaux, brouillant la vision des fermes, des villages et des forêts dénudées.

Il dormit par à-coups. C'était difficile puisqu'il n'avait pas la place pour s'allonger, et, après la première nuit, ses muscles protestèrent contre le manque d'activité. Il ne pouvait parler à personne : les autres passagers de son compartiment ne comprenaient que le français ou l'allemand. Il échangea des hochements de tête et des sourires polis, mais cela ne suffisait pas à briser la monotonie.

Qu'est-ce qui signerait le succès ? La preuve que Niemann était coupable ? La possibilité de ramener à Londres des informations qui soulèveraient un doute raisonnable ? Quoi, par exemple ? Personne n'avouerait, en tout cas pas sous une forme utilisable. Le témoignage sous serment d'une dispute, de dettes, d'une vengeance ? Qu'est-ce qui suffirait, outre la preuve que Niemann était allé à Londres ?

Par ailleurs, Monk prenait le risque d'accuser, et peut-être de calomnier, un innocent.

Il retourna tout cela dans sa tête pendant les longues journées et les nuits entrecoupées de sommeil cependant que le train traversait la France, l'Allemagne, l'Autriche, et finalement la banlieue de Vienne avant de s'arrêter au cœur de la ville.

Monk se leva, récupéra son bagage, le dos et les jambes douloureux, la bouche sèche et la tête bourdonnante de fatigue. Il mourait d'envie de respirer l'air pur et de marcher au-delà de quelques mètres sans être ballotté et sans être obligé de s'effacer toutes les trente secondes pour laisser passer d'autres voyageurs.

Il descendit au milieu des nuages de vapeur, des claquements de portes, des ordres tonitruants, des embrassades bruyantes, des appels aux porteurs, ou des demandes d'aide dont il ne comprenait pas un traître mot. Il empoigna son unique valise d'un air égaré et se mit à marcher sur le quai en vérifiant qu'il avait toujours dans ses poches l'argent et les lettres de Callandra et de Pendreigh. Il chercha la sortie, se bagarra pour trouver un fiacre dont le cocher le comprendrait suffisamment pour le conduire à l'ambassade britannique.

Ses habits étaient froissés et sales, chose qu'il avait en horreur, et il était si fatigué qu'il ne pensait plus clairement, quand enfin on le déposa au pied de l'ambassade de Sa Majesté britannique auprès de la cour de l'empereur François-Joseph Ier d'Autriche-Hongrie. Il régla la course en monnaie autrichienne, et, d'après le regard surpris du cocher, comprit qu'il l'avait grassement payé. Il gravit les marches, sa valise à la main, conscient de ressembler à un Anglais dans le besoin à la recherche d'une aide financière. Sa fierté en souffrait.

Il lui fallut encore une heure et demie avant que ses lettres lui obtiennent une audience auprès d'un haut fonctionnaire de l'ambassade, qui lui expliqua que Son Excellence serait encore absorbée par des affaires d'État pour les deux prochains jours, au moins. Toutefois, s'il ne désirait qu'un interprète et un guide, on pourrait certainement accéder à sa demande. Le haut fonctionnaire abaissa les yeux sur la lettre de Pendreigh ouverte sur son bureau, et Monk crut lire sur son visage davantage de respect que d'affection. Cela ne le surprit pas. Pendreigh était un personnage important, un ami pour certains peut-être, mais un ennemi redoutable pour d'autres. Mais on aurait pu dire la même chose de Monk lui-même. Il reconnaissait en Pendreigh l'impatience, l'ambition et la propension à juger.

— Je vous remercie, accepta Monk avec raideur.

— J'enverrai quelqu'un demain matin, répondit le fonctionnaire. Où êtes-vous descendu ?

Monk posa son regard sur sa valise puis sur l'homme et haussa légèrement les sourcils. La question avait été posée avec condescendance, et tous deux le savaient.

Le fonctionnaire rosit.

— L'hôtel *Bristol* est très bien. Il n'est pas très attirant de l'extérieur, mais l'intérieur est magnifique, surtout si vous aimez le marbre. La nourriture y est excellente. Le personnel parle un très bon anglais et il sera ravi de vous aider.

— Je vous remercie.

Grâce à l'argent de Callandra et de Pendreigh, les tarifs hôteliers lui importaient peu.

— Je vous serais reconnaissant de demander à la personne qui viendra me prêter son concours de se présenter à neuf heures au plus tard afin que j'entame cette affaire de la plus haute urgence aussitôt que possible. Vous êtes au courant, je n'en doute pas, de la mort tragique de la fille de Mr. Pendreigh, Elissa von Leibnitz, qui a été autrefois une sorte d'héroïne à Vienne.

Monk s'aperçut avec satisfaction, en voyant l'homme rougir, qu'il n'était pas au courant.

— Bien sûr, mentit le fonctionnaire. Veuillez, je vous prie, transmettre mes condoléances à la famille.

— Je n'y manquerai pas.

Monk prit sa valise et sortit dans la nuit froide, fouetté par le vent mordant.

Il s'était levé, avait déjeuné et attendait depuis quelque temps, de mauvaise humeur, lorsqu'un jeune homme blond, de quatorze ou quinze ans à peine, l'approcha dans le magnifique hall en marbre de l'hôtel. Il était svelte, ses joues semblaient avoir été fraîchement frottées, sans doute à cause du vent glacial. Il ressemblait davantage à un collégien qu'à un domestique.

— Mr. Monk ? demanda-t-il avec une certaine excitation qui confirma l'impression de Monk.

Il arrivait probablement de l'ambassade pour prévenir que son père, ou son frère, viendrait l'aider dans l'après-midi, ou, pis, le lendemain.

— Oui ? Tu as un message pour moi ? répondit Monk d'un ton sec.

— Pas exactement, monsieur.

Ses yeux bleus pétillaient.

— Je m'appelle Ferdinand Gerhardt, monsieur. Je suis le neveu de l'ambassadeur. On m'a dit que vous cherchiez un guide et un interprète pour vous aider dans vos démarches à Vienne. Je serais enchanté de vous offrir mes services.

Il se tenait au garde-à-vous, poli, empressé, curieux mélange de collégien anglais et de jeune aristocrate autrichien. Il ne claqua pas tout à fait les talons.

Monk était furieux. On lui avait envoyé un enfant, comme s'il souhaitait passer une semaine à visiter la ville. Il eût été inexcusable de se montrer grossier, mais il ne pouvait perdre son temps ni l'argent de Callandra à faire du tourisme.

— Je ne sais pas trop ce qu'on t'a dit, répondit-il le plus aimablement possible, mais je ne suis pas ici en vacances. Une femme a été assassinée à Londres, et je cherche des renseignements sur son passé à Vienne, et des amis à elle susceptibles de m'aider à découvrir la vérité. Si j'échoue, un innocent risque d'être pendu... très prochainement.

Les yeux du jeune homme s'écarquillèrent, mais il fit de son mieux pour garder un calme qu'il croyait plein de dignité.

— Je suis navré de l'apprendre, monsieur. Cela semble affreux. Par où voulez-vous commencer ?

— Quel âge as-tu ? demanda Monk en s'efforçant de dissimuler la colère qu'il sentait monter.

Deux très jolies femmes passèrent à côté d'eux en leur jetant un regard curieux.

— Quinze ans, monsieur, répondit Ferdinand, droit comme un I. Mais je parle couramment anglais. Je vous traduirai tout ce que vous voudrez. Et je connais parfaitement Vienne.

Du rose teintait cependant ses joues.

Monk ne se souvenait plus de ses quinze ans. Il était

embarrassé et en colère, et il ne savait par où commencer.

— Les faits sur lesquels j'enquête se sont déroulés quand tu avais à peu près deux ans ! dit-il entre ses dents. Ce qui va te limiter considérablement, quelle que soit ta maîtrise de la langue anglaise !

Ferdinand était tout aussi embarrassé, mais il ne renonçait pas facilement. On lui avait donné une mission d'adulte et il avait bien l'intention de la remplir avec honneur. Son regard ne flancha pas lorsque Monk l'examina, mais ses yeux reflétaient la tristesse et le défi.

— Quelle année, exactement, monsieur ?

— 1848. J'imagine que tu as appris ça à l'école.

Ce n'était pas une question, mais une observation plutôt acerbe.

— Pas vraiment, admit Ferdinand. Il n'y a pas deux récits qui se ressemblent. J'aimerais bigrement connaître la vérité ! Ou en tout cas, plus que ce que j'en sais.

Il promena son regard dans le hall où un petit groupe de gentlemen venait d'entrer et discutait dans un coin. Deux femmes assises dans des fauteuils rembourrés échangeaient des ragots distrayants, penchées l'une vers l'autre afin de réduire la distance imposée par le gonflement de leurs robes.

— Comptez-vous rester à Vienne quelque temps ? s'enquit Ferdinand. Dans ce cas, vous feriez mieux de chercher à vous loger dans la Josefstadt, ou quelque part par là. En outre, c'est moins cher. C'est là que se trouvent les cafés où les gens viennent pour discuter politique... et préparer la sédition. C'est du moins ce qu'on prétend, ajouta-t-il vivement.

Monk n'avait pas le choix, sauf à errer seul, désarmé, sans comprendre un traître mot ; ainsi, avec toute la gratitude dont il était capable, il accepta. Il régla la note, quitta l'hôtel, et, sa valise à la main, suivit Ferdinand dans les rues d'une ville inconnue, ne sachant comment s'atteler à une tâche qui s'avérait de plus en plus absurde.

— Vous pouvez m'appeler Ferdi, si vous voulez, monsieur, dit le garçon, qui surveillait Monk attentivement comme s'il n'était pas seulement un étranger, mais un individu dépourvu des capacités élémentaires de survie, telles que regarder avant de traverser une rue, ou prendre soin de ne pas être séparé de son guide afin d'éviter de se perdre.

Sans doute avait-il des jeunes frères ou sœurs dont on lui confiait parfois la garde. Au prix d'un immense effort de volonté, Monk s'efforça de s'en amuser plutôt que de s'en offusquer.

Ils passèrent le gros de la matinée à chercher un logement convenable et Monk finit par opter pour une petite pension de famille dans le quartier bon marché où vivaient les étudiants et les artistes.

— Des révolutionnaires, l'informa Ferdi avec discrétion afin de ne pas être entendu.

— Est-ce que tu as faim ? demanda Monk.

— Oui, monsieur ! répondit aussitôt Ferdi.

À peine eut-il accepté qu'il sembla gêné. Un gentleman ne se reconnaissait peut-être pas volontiers de tels besoins, mais il était trop tard pour se rattraper.

— Mais je peux attendre, naturellement, si vous préférez interroger les gens d'abord, ajouta-t-il.

— Non, allons déjeuner, dit Monk d'un air malheureux.

L'affaire prenait mauvaise tournure. Il avait fait croire à Callandra qu'il pourrait apprendre quelque chose d'utile alors qu'il était incapable de commander ne fût-ce qu'une tranche de pain, une tasse de thé ou — ce qui était sans doute plus facile à trouver — un café !

— Parfait, dit gaiement Ferdi.

Il commanda comme prévu un café, et, tout en mastiquant un excellent steak, demanda à Monk qui il recherchait précisément.

— Un certain Max Niemann. Mais j'ai d'abord besoin d'en savoir le plus possible sur lui avant de le rencontrer.

Il avait décidé de dire la vérité à Ferdi, du moins en partie. Il n'avait pas grand-chose à perdre.

— Il se peut que ce soit lui qui ait tué cette femme, à Londres.

Voyant le visage de Ferdi se décomposer, il réalisa qu'il n'avait pas le droit de le mettre si peu que ce soit en danger.

— Si tu veux m'aider, il faudra faire exactement ce que je te dis ! déclara-t-il d'un air sévère. Si jamais il t'arrive malheur, je suis sûr que la police me jettera en prison et je ne serai pas près de rentrer en Angleterre.

— Ce serait infiniment regrettable, acquiesça gravement Ferdi. Je suppose que ce que vous allez faire présente certains dangers.

C'était complètement ridicule ! Effondré, Monk s'efforçait néanmoins de ne pas sombrer dans le désespoir.

Ferdi semblait enthousiaste et attentif.

— Qu'est-ce que vous aimeriez que je demande, monsieur ? Qu'est-ce que vous avez vraiment besoin de savoir, outre l'identité de l'assassin de cette pauvre lady ?

— Dis que je suis un romancier anglais qui écrit un livre sur les événements de 1848, commença-t-il, échafaudant un plan crédible au fur et à mesure. Tâche de trouver le plus de témoignages que tu peux. Les personnes qui m'intéressent se nomment Max Niemann, Kristian Beck et Elissa von Leibnitz

— Formidable ! s'exclama Ferdi, les yeux brillants d'excitation.

Le reste de la journée fut largement consacré à interroger des gens au hasard et à essuyer des refus plus ou moins nets. Lorsqu'il regagna son nouveau logement,

Monk se sentait perdu et incompétent. Il resta allongé dans le noir, regrettant la présence d'Hester à ses côtés.

Maudits soient les Autrichiens ! Il fouillerait dans le passé ! Il trouverait la clé ! Au pis, Max Niemann lui dresserait un portrait du Kristian du soulèvement de 1848. Mais avant de le rencontrer, il écouterait les récits des autres témoins de l'époque afin de juger de la véracité du témoignage de Niemann.

Il finit par s'assoupir, un plan bien arrêté en tête, et, lorsqu'il se réveilla, affamé, il faisait grand jour.

Avec moult sourires et hochements de tête, la logeuse lui servit un excellent petit déjeuner, agrémenté de gâteaux un peu trop sucrés pour son goût, mais avec le meilleur café qu'il ait jamais bu. Répétant inlassablement des « *danke schön* », il lui rendit son sourire, puis se mit en route avec un Ferdi lavé de près, impatient, et qui avait passé la soirée et une bonne partie de la nuit à relire des comptes rendus de la révolution de 1848. Il avait la tête pleine de faits et de récits, embellis par la légende. Il les transmit à Monk avec un fol enthousiasme tout en se dirigeant vers le magnifique Parlement et ses jardins enchanteurs.

— Ça a plus ou moins commencé en plein mois de mars, expliqua Ferdi. Il y avait déjà eu un soulèvement en Hongrie et ça s'est propagé jusqu'ici. La Hongrie est grande, vous savez. Six ou sept fois plus que l'Autriche ! Les nobles et le haut clergé devaient se rencontrer au Landhaus. C'est sur la Herrengasse, précisa-t-il en pointant un doigt, là-bas. Je peux vous y emmener si vous le désirez. Bref, ils exigeaient toutes sortes de réformes, surtout la liberté de la presse et le limogeage du prince de Metternich. Des étudiants, des artisans et des ouvriers envahirent le bâtiment. Vers une heure, un bataillon de grenadiers italiens tira dans la foule et tua plus de trente personnes. Vous savez, ce n'étaient pas des criminels ni des pauvres ou des enragés comme pendant la révolution française de 1789.

Ils parvinrent à l'Auerstrasse et durent attendre plusieurs minutes pour traverser avant que la circulation le leur permette.

— Celle-là, c'était une vraie révolution, reprit Ferdi. La nôtre fut terminée en un an.

Il sourit d'un air d'excuse.

— Tout est plus ou moins redevenu comme avant. Naturellement, le prince de Metternich a été chassé, mais de toute façon il avait soixante-quatorze ans, et il était là depuis bien avant Waterloo ! s'exclama-t-il, incrédule, comme s'il n'imaginait pas qu'on pût vivre si longtemps.

Monk dissimula un sourire.

— Ils dressèrent des barricades dans toute la ville, poursuivit Ferdi en calquant son pas sur celui de Monk. Mais c'est surtout la trentaine de morts qui obligea le prince de Metternich à s'exiler.

Un éclair de pitié éclairait son visage juvénile.

— Ça doit être dur quand on est si vieux. Enfin, en mai les insurgés avaient chassé la Cour de Vienne — l'empereur Ferdinand et toute sa suite. Ils se réfugièrent à Innsbruck. En fait, il y eut des émeutes un peu partout cette année-là.

Il coula un regard vers Monk pour s'assurer qu'il écoutait.

— À Milan et à Venise, ce qui nous donna des problèmes. Ils sont aussi des nôtres, vous savez, même si ce sont des Italiens. Vous le saviez ?

— Oui, répondit Monk en se rappelant son propre voyage à Venise et les fiers Vénitiens qui fulminaient sous le joug autrichien. Oui, je le savais.

— Il y avait l'empire allemand au nord-ouest, l'empire russe au nord-est, et nous au milieu, reprit Ferdi en allongeant le pas pour rester à hauteur de Monk. Bon, en mai, ils formèrent un comité de salut public... comme les Français, sauf qu'on n'avait pas la guillotine et qu'on n'a pas tué grand monde.

Monk ne sut s'il en était fier ou déçu.

— Vous devez bien en avoir tué un peu ? intervint-il.

— Oh, je pense bien ! On ne s'en est pas privé en octobre. On a pendu le ministre de la Guerre, le comte Baillat de Latour... à un réverbère. Quand je dis on, la foule, bien sûr ! Ensuite ils ont chassé le gouvernement et le parlement à Olmütz... c'est en Moravie, au nord d'ici, en Bohême. (Il poussa un profond soupir.) Mais ça n'a rien donné. L'aristocratie et les classes moyennes — c'est-à-dire nous, j'imagine — soutinrent le maréchal Windischgrätz et l'insurrection fut écrasée. C'est certainement à ce moment-là que vos amis se sont montrés très courageux et ont fait toutes ces choses que vous cherchez à découvrir.

— En effet, acquiesça Monk.

Il promena son regard sur les rues animées avec leur magnifique architecture tout en essayant d'imaginer Kristian et Elissa à l'époque où ils se battaient pour réformer un pays appuyé sur des forces colossales. Il avait vu partout les superbes façades des bâtiments gouvernementaux. Quelle flamme avait brûlé en eux pour oser s'attaquer à un tel pouvoir ? Ils devaient aimer passionnément leur cause, y être dévoués corps et âme.

Il vit à la tête de Ferdi qu'il s'était posé la question, lui aussi.

— Il faut que je trouve les gens qui figurent sur ma liste, dit Monk à haute voix, ceux qui étaient là à l'époque et connaissaient mes amis.

— Allons-y ! fit Ferdi, rouge de plaisir.

Emporté par son enthousiasme, il accéléra si bien que ce fut au tour de Monk d'allonger le pas pour le suivre.

— Avez-vous de quoi payer un fiacre ?

L'après-midi, ils virent les rues où les barricades avaient été dressées, et même les trous dans les murs où les balles avaient ricoché. Ils dînèrent dans un des cafés où des jeunes gens s'étaient rassemblés autour d'une table éclairée par une bougie, préparant la révolution, un nouveau monde de liberté, ou pleurant la mort de leurs amis, peut-être dans un silence seulement rompu par le crépitement de la pluie sur les carreaux et des bruits de pas dans la rue.

Monk et Ferdi mangèrent leur soupe en silence, chacun perdu dans ses pensées, qui étaient sans doute étrangement similaires. Monk s'interrogeait sur le lien qui rattachait ceux qui partageaient l'espoir et le sacrifice de ces temps troublés. Qu'est-ce qui pouvait bien arriver ensuite dans une existence dépourvue d'intérêt pour briser un lien aussi fort ? Celui qui n'avait pas pris part au danger et à l'espoir pouvait-il entrer dans le cercle restreint des insurgés ou être autre chose qu'un spectateur ?

Dans la lueur des chandelles, avec le murmure des conversations aux tables voisines, Monk aurait pu se croire transporté treize ans en arrière. Ferdi, dont le visage juvénile était éclairé par la lumière dorée d'une bougie plantée dans une bouteille de vin, aurait pu être un des leurs. Sauf que les rêves s'étaient envolés, il ne flottait plus dans l'air ce parfum du danger, l'excitation s'était éteinte, l'heure n'était plus aux sacrifices, mais au confort, à la prospérité d'une minorité, et aux lois de l'ancien régime, accompagnées des règlements et des exclusions d'un autre âge. Le pouvoir était toujours aussi puissant, les pauvres n'avaient pas droit à la parole.

Malgré la défaite de la révolution, Monk enviait Kristian et Max. Il n'avait pas le souvenir d'avoir agi pour le bien de son peuple, de s'être battu pour une cause, d'avoir eu un idéal. Il ne savait même pas si des idées l'avaient suffisamment passionné pour qu'il se batte et meure pour elles, pour qu'il s'associe à d'autres et forme cette amitié profonde basée sur la confiance réciproque, et traverse la vie avec des liens plus forts que ceux du sang et de la naissance, de l'éducation et de l'ambition, faisant de lui une partie d'un tout qui survivrait à chacun de ses membres.

Il avait seulement approché cela en se battant pour la justice, avec Hester, puis avec Oliver Rathbone et Callandra. C'était la même impression, la même volonté de réussir parce que la cause était plus importante que la souffrance ou le prix à payer, la fatigue ou la fierté. C'était comme un amour qui les grandissait tous.

Comment se pouvait-il que Kristian, ou Max Niemann, ait assassiné Elissa, quand bien même elle aurait changé depuis ?

Il repoussa sa tasse de café et se leva.

— Demain, nous devrons trouver les gens qui ont combattu en mai et en octobre, annonça-t-il à Ferdi qui se leva à son tour. Ceux de ma liste. Je ne peux plus attendre. Commence à te renseigner. Trouve n'importe quel prétexte, mais trouves-en un.

La première conversation utile manqua de naturel parce qu'elle était traduite avec enthousiasme par Ferdi, et elle traîna davantage en longueur que si Monk avait parlé allemand.

— Quelle époque ! s'exclama le vieil homme en sirotant avec délice le vin que Monk avait commandé.

Il avait insisté pour que Ferdi boive de l'eau, au grand désespoir de ce dernier.

— Bien sûr que je m'en souviens. C'est pas si vieux, même si ça donne l'impression de remonter à des lustres. S'il n'y avait les morts, on croirait que ces temps n'ont jamais existé.

— Connaissiez-vous les participants ? demanda Ferdi avec fougue.

Il n'avait pas besoin de faire semblant. L'exaltation se lisait dans ses yeux brillants et dans le tremblement de sa voix.

— Bien sûr ! J'en connaissais des tas. Les meilleurs, ceux qui ont survécu et les autres.

Il débita une demi-douzaine de noms.

— Max Niemann, Kristian Beck, Hanna Jakob, Ernst

Stifter, Elissa von Leibnitz. Celle-là, je ne l'oublierai jamais. C'était la plus belle femme de Vienne. Un vrai rêve, une flamme dans les ténèbres de l'époque. Aussi courageuse qu'un homme... plus, même !

Ferdi s'illumina. Il se pencha en avant, lèvres entrouvertes.

Monk s'efforça d'avoir l'air sceptique, mais il avait vu le tableau d'Allardyce, et il savait ce que le vieil homme voulait dire. Ce n'était pas la perfection physique, ni même la délicatesse des traits, c'était la passion qui l'habitait, la force de sa vision qui la rendaient unique. Elle avait eu le pouvoir d'entraîner les autres dans ses rêves.

Le vieil homme regarda Monk d'un air de reproche. Il dit quelque chose à Ferdi qui le traduisit à Monk en souriant.

— Il me demande de vous dire que si vous ne le croyez pas, vous n'avez qu'à interroger les autres. Dois-je lui répondre que c'est bien votre intention ?

— Oui, acquiesça vivement Monk. Parle-lui de Niemann et de Beck, mais sans t'emballer.

Ferdi ignora le conseil avec une grande dignité. Il s'adressa au vieil homme et Monk fut obligé d'écouter pendant un quart d'heure une conversation animée, surtout un monologue du vieux témoin, entrecoupé des questions de plus en plus enflammées de Ferdi. Le jeune homme ne cessait de couler des regards vers Monk, lui enjoignant de ne pas les interrompre.

Dès qu'ils se retrouvèrent dehors, sous la pluie, fouettés par le vent glacial, Ferdi résuma avec excitation ce qu'il avait appris :

— Max Niemann était l'un des héros. Il s'est battu pour les réformes dès le début, pas comme certains qui ont attendu de voir la tournure des événements, ou se sont souciés de ce que leurs amis et leurs parents penseraient d'eux !

Ils étaient parvenus à un carrefour, lorsqu'un fiacre

qui passait en trombe les éclaboussa. Monk recula d'un bond, mais Ferdi, trop absorbé par son récit, fut trempé jusqu'aux genoux. Sans se formaliser ni même s'en rendre compte, il attendit que la voie soit libre pour traverser. Monk dut hâter le pas pour le rattraper.

— Et il était courageux, reprit Ferdi. Il était sur les barricades quand les combats ont commencé. Elissa von Leibnitz aussi. Il m'a raconté une anecdote ; en octobre, quand ça chauffait vraiment, après qu'ils eurent pendu le ministre à la lanterne, quand l'armée chargea, plusieurs jeunes gens tombèrent dans la rue. Frau von Leibnitz s'empara d'un revolver et s'avança en criant et en tirant sur les soldats. Elle savait se servir d'une arme, et elle n'avait pas peur. Elle les a repoussés seule, et les a contenus pendant que ses camarades emportaient les blessés à l'abri, derrière les barricades.

— Où était Kristian ? demanda Monk. Et Max ?

— Max était parmi les blessés, répondit Ferdi en s'assurant que Monk le suivait dans l'obscurité. Kristian essayait d'empêcher un blessé de perdre tout son sang. Il maintenait d'une main une compresse sur la blessure de l'homme, tout en gesticulant et en criant à Elissa d'arrêter, et aux autres d'aller l'aider.

— Mais Elissa n'était pas elle-même blessée ?

— Apparemment non. Une autre femme, une certaine Hanna, était avec eux. Elle faisait partie de ceux qui étaient allés secourir les blessés. Elle portait aussi des messages à leurs alliés au gouvernement.

— Pouvons-nous lui parler ? demanda Monk avec empressement.

— J'ai posé la question, expliqua Ferdi, soudain plus grave. Mais il croit qu'elle faisait partie des tués. Toutefois, il m'a indiqué approximativement où habitait toujours Max Niemann. C'est un citoyen très respectable à présent. Les autorités n'ont pas oublié de quel côté il avait combattu, mais elles ne peuvent se permettre de punir tous les révolutionnaires, sinon la situation deviendrait vite explosive. Herr Niemann est tenu en haute estime. Mais ce n'est pas tout ! Il semble que votre ami Herr Beck aussi ait été un grand héros. Non seulement il était courageux, mais c'était un chef écouté et respecté. Il avait l'audace d'affronter l'ennemi en face, savait jusqu'où aller et quand s'arrêter. Il était plus dur que Niemann et toujours prêt à prendre des risques.

— Tu es sûr ?

Cela ne ressemblait pas à l'homme que Monk connaissait. Ferdi avait sans doute confondu avec Niemann.

— Beck, c'est le médecin, dit-il.

— Bon, il a peut-être confondu, admit Ferdi, mais il avait l'air absolument certain !

Monk ne discuta pas. Il était épuisé, glacé jusqu'aux os, les pieds endoloris et ils étaicnt à près de deux kilomètres de la pension de famille.

— Nous recommencerons demain, dit-il. Nous parlerons à d'autres personnes de la liste.

— Entendu ! s'écria Ferdi. Nous n'avons pas encore trouvé quelque chose d'utile... n'est-ce pas ? demanda-t-il en jetant un regard anxieux à Monk.

Ce dernier avait son idée sur la question.

— Pas encore. Mais nous y arriverons, dit-il avec conviction. Peut-être demain, pourquoi pas ?

Le lendemain matin, Ferdi se présenta de bonne heure, et, tout ragaillardi, avait déjà établi un plan pour continuer leurs recherches. Cette fois, ils rencontrèrent une charmante femme, sans doute âgée d'une vingtaine d'années à l'époque des troubles, et qui était, treize ans plus tard, bien en chair et prospère.

— Bien sûr que je connaissais Kristian, dit-elle avec un sourire en les faisant entrer dans son salon où elle leur offrit du café et de délicieux gâteaux fondants, bien qu'il fût encore tôt. Et Max aussi. Quel homme adorable !

— Kristian ? interrogea vivement Monk, qui suivait, grâce à Ferdi, une partie de la conversation. Elle parle de Kristian ?

Mais apparemment, c'était Max qu'elle trouvait adorable.

— Pas Kristian ? insista Monk.

Peu à peu, Ferdi tira d'elle un portrait de Max doté d'un sens de l'humour empreint d'ironie et d'une loyauté sans faille. Oui, bien sûr, il était amoureux d'Elissa, tout le monde le voyait ! Mais elle aimait Kristian et ça avait mis un terme à l'affaire.

Y avait-il de la jalousie ? La femme haussa les épaules et regarda Monk en émettant un petit rire triste et contrit. Bien sûr qu'il y en avait, mais seuls les imbéciles luttent contre l'inévitable. Kristian était le chef, celui qui avait le courage de réaliser ses rêves, le cran de prendre les décisions et d'en payer le prix. Mais c'était il y avait bien longtemps. Elle s'était mariée depuis, et elle était mère de quatre enfants. Kristian et Elissa avaient émigré à Londres. Max vivait très bien, quelque part dans le quartier Neubau, pensait-elle. Monk restait-il longtemps à Vienne ? Savait-il que Herr Strauss le jeune avait été nommé chef d'orchestre de la garde nationale pendant le soulèvement[1] ? Non ? Eh bien, si. Mr. Monk ne pouvait pas visiter Vienne sans aller écouter Herr Strauss.

Monk promit qu'il irait, la remercia de son hospitalité et pressa Ferdi de prendre congé.

Ils virent deux autres personnes figurant sur la liste de Kristian qui confirmèrent ce que Monk et Ferdi avaient déjà appris. D'après ces deux Viennois, les révolutionnaires combattaient par petits groupes, et celui qui était dirigé par Kristian Beck comportait sept ou huit membres. Max Niemann, Elissa, et Hanna Jakob en

1. Il s'agit bien sûr de Johann Strauss fils (1825-1899), compositeur, entre autres, du *Beau Danube bleu. (N.d.T.)*

avaient fait partie dès le début. Une demi-douzaine d'insurgés s'étaient joints à eux. Quatre avaient été tués, deux sur les barricades, un en prison, et Hanna Jakob avait été torturée puis achevée d'une balle parce qu'elle avait refusé de trahir ses compagnons.

Écœuré, Monk fut forcé d'écouter un Ferdi choqué et blême lui relater ces horreurs dans le confort douillet de la pension de famille qu'ils avaient regagnée, les mains glacées par le vent mordant d'une journée ensoleillée où l'on sentait néanmoins l'approche de la neige.

Devant la cheminée, assis face à Ferdi à une table supportant un plateau avec du cake et de la bière, dans le jour déclinant, Monk essaya d'imaginer comment Kristian avait réagi en apprenant la mort d'Hanna. Elle avait fait partie des leurs. Sa vie était aussi précieuse que la leur. Était-il resté assis dans une pièce confortable — à la même époque de l'année, quand il faisait si froid dehors — en pensant à Hanna, tuée par leurs ennemis, qui s'était tue pour les sauver ? Quelle culpabilité avait-il ressentie simplement parce qu'il était en vie, lui ? Qu'avaient-ils fait pour la sauver ? Ou avaient-ils appris trop tard la nouvelle de sa capture ?

— On dirait que le Dr. Beck était un véritable agitateur, remarqua Ferdi. Ils le respectaient tous parce qu'il n'ordonnait jamais à personne de faire quelque chose qu'il n'aurait pas osé accomplir lui-même. Il avait une vision de l'avenir, il savait où menaient ses décisions, le prix qu'elles risquaient de coûter.

Ferdi baissa les yeux et poursuivit d'une voix plus basse :

— Il détestait vraiment le commandant d'une division de police, le comte von Waldmuller. Il y avait une sorte de... querelle entre eux, parce que le comte était un fervent admirateur de la discipline militaire, et croyait que certains étaient nés pour commander, d'autres pas. Il était très rigide. Lui et le Dr. Beck se détestaient, ça empirait de jour en jour.

— Que lui est-il arrivé ? questionna Monk.

— Il reçut une balle au cours d'un combat, en octobre, répondit Ferdi avec satisfaction. Pendant les combats de rue, il conduisait l'armée contre les barricades et le Dr. Beck dirigeait les révolutionnaires. Ceux-ci perdirent, bien sûr, précisa-t-il d'un air malheureux, mais ils eurent au moins le comte Waldmuller. Ah, j'aurais aimé être là pour voir ça ! Un des lieutenants du comte avait découvert où le groupe allait combattre, et il avait fait venir ses troupes par-derrière.

Ferdi frissonna et prit une autre part de cake.

— Mais elles arrivèrent trop tard. Elissa von Leibnitz avait réussi à faire parvenir un message à d'autres révolutionnaires qui accoururent en renfort. Le Dr. Beck les mena au combat. Ils luttèrent avec tant de bravoure, comme s'ils étaient sûrs de vaincre, que le comte von Waldmuller battit en retraite et reçut une balle au cours de sa fuite. Apparemment, il perdit sa jambe. (Ferdi s'éclaira soudain d'un sourire.) Il a une jambe en bois, maintenant. Tout le monde dit que c'est le Dr. Beck qui l'a touché ! Je sais où habite Max Niemann ! On y va demain ?

— Pas encore, répondit Monk, songeur.

Il se rendait compte de la déception de Ferdi, et il était également surpris que son père le laissât aussi longtemps avec quelqu'un dont il ne savait rien. Les lettres d'introduction de Pendreigh et Callandra avaient-elles un tel pouvoir qu'elles dissipaient toutes les inquiétudes ?

— Vous savez déjà tout sur lui ! insista Ferdi en se penchant vers Monk pour réclamer son attention. Que puis-je découvrir d'autre ? Le Dr. Beck vit désormais à Londres. Elissa von Leibnitz l'aimait et l'a épousé.

La tristesse se lisait sur son visage.

— Les autres sont morts. Qu'est-ce qui ne va pas, Mr. Monk ? Ce n'était pas ça que vous vouliez ?

— Je ne sais pas. Ce n'est certainement pas ce à quoi je m'attendais.

Rien n'indiquait que Max Niemann fût allé à Londres afin de ranimer une vieille histoire d'amour et que, rejeté, il eût perdu la tête et tué deux femmes. Tous les témoignages que Ferdi lui avait traduits mettaient l'accent sur les liens profonds entre les trois anciens révolutionnaires, et il semblait évident qu'Elissa avait préféré Kristian depuis le début ; d'ailleurs ils s'étaient mariés avant de quitter Vienne. Si Niemann était venu à Londres en s'imaginant qu'Elissa avait changé d'avis, Monk devait en apporter la preuve pour que Pendreigh puisse s'en servir lors du procès.

— Et les amis du Dr. Beck qui n'étaient pas des révolutionnaires ? demanda-t-il. Il a forcément connu d'autres gens. Sa famille, par exemple ?

— Je les trouverai ! promit Ferdi. Ça ne devrait pas être difficile. Je sais à qui m'adresser. Mon oncle maternel connaît tout le monde, et ceux qu'il ne connaît pas, il les trouvera quand même. Il est au gouvernement.

Monk grimaça, mais cela faisait déjà une semaine qu'il avait quitté Londres. Il ne pouvait se payer le luxe d'être trop prudent. Il accepta.

Il fallut deux journées épuisantes de son précieux temps pour arranger la rencontre, et comme ces personnes parlaient couramment anglais, Ferdi, à sa grande tristesse, ne fut pas invité. Monk lui promit de lui rapporter tout ce qui présenterait un intérêt, et il vit son visage s'éclairer de soulagement.

Le frère aîné de Kristian vivait avec son épouse dans Margareten, un quartier discret mais résidentiel au sud de la ville. Monk, qui avait grappillé quelques mots d'allemand grâce à ses recherches avec Ferdi, fut capable de héler un fiacre et d'arriver à l'heure prévue.

Un valet de pied lui ouvrit, avec la même affabilité

que l'eût fait un domestique à Londres, et le fit entrer dans un petit salon joliment décoré.

Il n'attendit pas longtemps. Josef et Magda Beck vinrent le rejoindre. Monk fut intrigué par la ressemblance des deux frères. Josef avait la même carrure, la même taille, le même corps mince mais musclé, les mêmes mains manucurées que Kristian. Il avait lui aussi des cheveux bruns, mais ses yeux n'avaient pas l'extraordinaire beauté lumineuse de ceux de son frère, ni ses traits la passion, sa bouche la sensualité.

Sa femme, Magda, était blonde avec un teint olivâtre et des yeux noisette. Elle était davantage agréable à voir que jolie.

— Comment allez-vous, Mr. Monk? demanda Josef avec raideur. J'ai cru comprendre d'après votre lettre que vous aviez de mauvaises nouvelles de mon frère.

Il n'avait pas l'air surpris ni inquiet, mais peut-être ne trahissait-il jamais ses sentiments devant un étranger. Si Magda ne partageait pas sa retenue, elle était trop dévouée pour ne pas suivre son exemple.

Monk avait déjà décidé que la franchise, jusqu'à un certain point, était sans doute la tactique la plus féconde.

— Je vous remercie, dit-il avec gravité. Je ne sais si vous avez appris que son épouse a été assassinée il y a trois semaines environ...

Il vit à leur visage horrifié qu'ils n'étaient pas au courant.

— Je suis navré d'avoir à vous apprendre de si tristes nouvelles.

Magda était sous le choc.

— C'est affreux! s'exclama-t-elle d'une voix chargée d'émotion. Comment va Kristian? Dire qu'il l'aimait tant!

Monk essaya de déchiffrer ce qu'elle ressentait. Avait-elle bien connu Elissa? Avait-elle de la peine pour Kristian ou pour sa belle-sœur? Il décida de ne pas dévoiler le reste de l'histoire avant de se faire d'eux une idée un peu plus précise.

— Il est catastrophé, bien sûr, répondit-il. C'était si soudain et si pénible.

— Je suis profondément touché, dit Josef d'un ton plutôt compassé. Il faut que je lui écrive. Nous vous remercions de nous avoir informés.

Il ne parut pas surpris que Kristian ne les ait pas prévenus lui-même. Cette omission mit Monk mal à l'aise. Il pensa au souci qu'Hester se faisait pour son frère Charles ; à sa propre sœur, Beth, à qui il écrivait rarement. C'est lui qui avait rompu leurs relations.

La conversation s'épuisait. Ils devaient croire qu'il était venu uniquement pour les informer de la mort d'Elissa. Ils allaient bientôt lui dire poliment au revoir. Il devait leur en apprendre davantage, pour les secouer, les forcer à réagir.

— Ce n'est pas aussi simple, dit-il plutôt abruptement. Mrs. Beck a été assassinée et la police a arrêté Kristian.

Il obtint les réactions attendues. Magda s'effondra sur le canapé, le souffle coupé. Josef devint blanc comme un linge et vacilla sur ses pieds, oubliant de voler au secours de sa femme.

— Dieu du ciel ! s'écria-t-il. C'est affreux !

— Pauvre Kristian, bredouilla Magda en se plaquant les mains sur la figure. Savez-vous comment c'est arrivé ?

— Non. Je crois que tout a commencé et s'est peut-être terminé ici, à Vienne.

Josef releva vivement la tête.

— Ici ? Mais Elissa était anglaise et ils vivent à Londres depuis 1849. Pourquoi ici ? Ça n'a aucun sens.

Magda dévisagea Monk.

— Ce n'est pas Kristian, n'est-ce pas !

C'était plus qu'une exclamation, un défi.

— C'est vrai, c'est un passionné, mais se battre sur

les barricades, tuer des gens, même des inconnus, pour une cause aussi noble que la liberté, ce n'est pas la même chose que d'assassiner un membre de sa propre famille. Je ne peux pas dire que nous ayons jamais compris Kristian. Il était...

Elle haussa les épaules, indécise.

— Je ne sais trop comment vous expliquer sans vous donner une fausse impression. Il prenait des décisions rapides, il se connaissait bien, il avait l'âme d'un chef et les gens se tournaient vers lui parce qu'il ne montrait jamais qu'il avait peur, jamais.

— Il était impétueux, dit Josef en regardant Monk. Il n'écoutait pas toujours la voix de la raison et il manquait de patience. Mais ce que ma femme essaye de vous dire, c'est que c'était un homme honorable. S'il a jamais été violent, c'était pour un idéal, en aucun cas par colère ou par égoïsme. S'il a tué Elissa, il doit y avoir des explications, des circonstances atténuantes. Je suppose que c'est cela que vous cherchez, même si je doute que vous les trouviez à Vienne. C'est si vieux. Ce qui s'est passé pendant la révolution est réglé depuis longtemps, ou oublié.

Comme il ne s'adressait qu'à Monk, il ne vit pas l'ombre passer sur le visage de Magda.

— Connaissez-vous Max Niemann ? demanda Monk.

— Oh, j'ai entendu parler de lui, bien sûr, répondit Josef. Il a été très actif lors du soulèvement, mais je crois qu'il a changé depuis. Il y a eu des représailles, naturellement, mais ça n'a pas duré. Niemann s'en est très bien sorti. Kristian a bien fait de quitter l'Autriche, et sa femme aussi. Elle était... (Il hésita.)... devenue très célèbre parmi un certain groupe. Tout de même, je n'arrive pas à imaginer que quelqu'un ait voulu se venger d'elle à cause de son rôle dans les événements et qu'il soit allé jusqu'à Londres pour la tuer. J'aurais aimé vous aider, ajouta-t-il d'un air préoccupé, mais j'ai bien peur que vous perdiez votre temps.

Il fit un geste de la main.

— Cependant, nous ferons tout ce que nous pourrons. Avez-vous des noms, des gens que vous souhaitez rencontrer ou sur qui vous renseigner ? Je connais du monde au gouvernement et dans la police. Ils vous aideront si je le leur demande. Il serait sans doute sage de ne pas préciser que Kristian lui-même est soupçonné.

— Cela m'intéresserait d'entendre d'autres versions du rôle de Neimann dans la révolution, dit Monk, s'efforçant de cacher sa déception. De même que d'autres opinions sur Kristian.

— Vous voulez des témoins de moralité ? demanda vivement Magda.

Elle jeta tour à tour un regard sur Josef puis sur Monk.

— Je suis sûre que le père Geissner sera d'accord, il sera même prêt à aller témoigner à Londres, si c'est utile.

— Le père Geissner ? s'étonna Monk, un peu perdu.

— Notre prêtre. Il est très apprécié, même s'il a soutenu les insurgés, et secouru les blessés pendant les combats de rue. Je ne vois que lui pour apporter son concours à Kristian, et...

— Tout à fait ! renchérit aussitôt Josef avec ferveur. Comment se fait-il que je n'aie pas pensé à lui ? Je vous le présenterai dès demain, si vous le désirez.

Monk le remercia, sautant sur la chance incertaine qui se présentait. Peut-être le prêtre lui dresserait-il un tableau plus clair de Niemann, plus subtil que les récits épiques hauts en couleur qui avaient eu le temps de s'enjoliver depuis treize ans, et qui masquaient jalousies ou affronts derrière les nécessités de la politique.

— De toute façon, nous devons le voir pour qu'il dise une messe à la mémoire d'Elissa, intervint Magda en faisant le signe de croix.

Josef l'imita aussitôt, et baissa un instant la tête.

Monk fut pris de court. Il n'avait pas imaginé que

Kristian fût catholique. C'était un aspect qu'il n'avait pas envisagé.

De retour à Londres, il devrait s'assurer qu'on autoriserait un curé à venir voir Kristian aussi souvent que ce dernier le souhaiterait.

— Merci infiniment, dit-il, rasséréné. Oui, j'aimerais beaucoup parler au père Geissner.

— Naturellement.

Josef semblait soulagé. Il avait enfin pu être utile. Monk allait demander quand et où aurait lieu la rencontre, puis prendre congé, lorsque le valet de pied annonça l'arrivée de Herr et Frau von Arpels. Josef lui ordonna de les faire entrer.

Von Arpels était un homme mince aux cheveux blonds clairsemés et au visage anguleux. Sa femme était quelconque, mais sa voix était étonnamment agréable, très grave et légèrement rauque.

Après les présentations, Josef leur annonça la mort d'Elissa, sans en préciser la cause. Les von Arpels exprimèrent leur affliction et offrirent de prier pour elle et d'assister à la messe pour le repos de son âme.

— Restez-vous longtemps à Vienne, Herr Monk? demanda von Arpels. Il y a de nombreuses choses à voir. Êtes-vous déjà allé à l'opéra? Au concert? Il y a un excellent programme de Beethoven et de Mozart. Une croisière sur le Danube, peut-être? Certes, c'est un peu tard, bien trop froid. Le vent vient de l'est, il est parfois plutôt mordant à cette époque de l'année.

Frau von Arpels sourit à Monk.

— Vous préférez peut-être quelque chose de plus léger? Les cafés? Nous pouvons vous indiquer les endroits en vogue... ou ceux qui le sont moins, mais plus divertissants. Est-ce que vous dansez, Herr Monk? demanda-t-elle avec de la ferveur dans la voix. Il faut danser la valse! On ne peut pas venir à Vienne sans aller valser! Herr Strauss a fait de notre ville la capitale mondiale de la valse! Tant que vous ne l'avez pas entendu diriger un orchestre... que vous n'avez pas valsé jusqu'à épuisement, vous n'avez pas vraiment vécu !

— Helga, je t'en prie ! l'arrêta vivement von Arpels. Herr Monk va te trouver frivole.

Au contraire, Monk était séduit. Il se rappela qu'à Venise, à son grand étonnement, il avait dansé... et même assez bien !

— J'adorerais ça, dit-il avec sincérité. Mais je ne connais personne, et, malheureusement, je dois rentrer à Londres dès que j'en aurai terminé ici.

— Oh, je peux vous présenter quelqu'un, proposa Helga von Arpels. Je suis même sûre de vous obtenir un rendez-vous avec Herr Strauss, si vous le désirez.

— Helga, pour l'amour du ciel ! gronda von Arpels d'un ton si vif qu'il en était presque grossier. Herr Monk n'a aucune envie de rencontrer Strauss. C'est un excellent musicien, mais il est juif ! Je t'ai déjà prévenue de ne pas te lier d'amitié avec n'importe qui. On doit certes rester poli, mais on doit aussi faire attention à ne pas se tromper de camp. Regarde ce qui est arrivé à la pauvre Irma Brandt ! Elle ne peut s'en prendre qu'à elle-même.

L'atmosphère parut soudain plus froide. Une dizaine de questions envahirent l'esprit de Monk, mais ce n'était pas aux von Arpels qu'il devait les poser. Helga eut l'air furieux. Son mari l'avait embarrassée devant ses amis et un étranger, mais elle ne pouvait répondre.

— Merci de votre générosité, Frau von Arpels, dit-il. Je m'efforcerai d'aller écouter Herr Strauss, même si j'y vais seul et que je ne puisse danser. Ce sera, j'en suis sûr, un souvenir inoubliable.

Elle esquissa un sourire, et un éclair de connivence illumina ses yeux.

Monk remercia de nouveau Josef et Magda, nota l'adresse du père Geissner, et Magda l'accompagna à la porte. Dans le hall, elle pria la femme de chambre de disposer et descendit quelques marches avec lui.

— Mr. Monk, y a-t-il quelque chose d'autre que nous puissions faire pour aider Kristian ?

Était-ce vraiment pour lui demander cela discrètement qu'elle l'avait suivi ? Josef ne tarderait pas à remarquer son absence.

— Oui, décida-t-il sans hésitation. Dites-moi ce que vous savez des sentiments entre Kristian, Elissa et Max Niemann. Il est venu trois fois à Londres l'année dernière, a vu Elissa secrètement, mais jamais Kristian.

Magda parut légèrement surprise.

— Il l'a toujours aimée. Mais pour autant que je sache, elle ne s'intéressait qu'à Kristian.

— Était-elle réellement amoureuse de lui ?

Monk voulait la vérité, même si cela devait compliquer la défense.

— Oh, oui, assura Magda avec véhémence.

Un petit sourire triste étira ses lèvres.

— Elle était jalouse de cette juive, Hanna Jakob, parce qu'elle était elle aussi très courageuse, et qu'elle avait beaucoup de personnalité. En outre, elle était amoureuse de Kristian. Je l'ai vu sur son visage... et compris à sa voix. Max était trop facile à conquérir pour Elissa. Elle n'avait aucun mal à se donner afin de gagner son cœur. (Elle poussa un petit soupir.) Bien souvent, nous ne voulons pas ce qui nous est donné sans effort. Si on ne paie pas d'une manière ou d'une autre, ça ne vaut pas la peine. C'est du moins ce que nous pensons.

Monk entendit le bruit de portes qui s'ouvrent et se ferment.

— Je vous remercie encore de vous être dérangé pour nous apprendre la triste nouvelle, Mr. Monk, dit vivement Magda. C'était très aimable à vous. Au revoir.

— Au revoir, Frau Beck, répondit Monk.

Et il s'éloigna, luttant contre le vent, la tête pleine de nouvelles idées.

Ferdi n'était pas la personne à qui Monk aurait dû

s'adresser pour obtenir des éclaircissements sur les odieux propos tenus chez les Beck. Cela n'avait d'ailleurs aucun rapport avec Kristian, Elissa ou Max Niemann. Toutefois, Ferdi brûlait de curiosité. Il posa question sur question à propos de Josef et de Magda cependant qu'ils dégustaient un chocolat chaud, que la nuit tombait, et que les cafés, qui se remplissaient peu à peu, bruissaient de conversations. Monk laissa échapper malgré lui le commentaire de von Arpels sur Strauss. Il ne vit aucune réaction de la part de Ferdi.

— Beaucoup de gens pensent la même chose des juifs ? demanda-t-il.

— Oui, naturellement. Pas en Angleterre ? s'étonna le jeune homme.

Monk fut obligé de réfléchir à la question. Il n'avait pas fréquenté de milieux où il aurait pu entendre ce genre de jugement.

— L'occasion ne s'est jamais présentée pour moi de le vérifier, dit-il, évasif.

Ferdi n'en revenait pas.

— Vous n'avez pas de juifs en Angleterre ?

— Bien sûr que si ! Un de nos hommes politiques les plus en vue — Benjamin Disraeli — est juif. Mais je ne suis pas sûr d'en connaître moi-même.

— Nous non plus. Mais j'en ai vu, bien sûr.

— Comment le sais-tu ?

— Quoi ?

— Comment sais-tu qu'ils sont juifs ?

Ferdi resta perplexe.

— Mais.. euh, on le sait, non ?

— Pas moi.

Ferdi rougit.

— Non ? Mes parents le savent toujours. Naturellement, il faut rester poli, mais il y a des choses qu'on ne fait pas.

— Par exemple ?

— Euh...

Ferdi baissa la tête d'un air malheureux.

— On fait des affaires avec eux, naturellement — beaucoup de banquiers sont juifs — mais on ne les invite pas chez soi, ni à son club ou des choses comme ça.

— Pourquoi pas ?

— Pourquoi pas ? Euh... nous sommes chrétiens ! Ils ne croient pas en Jésus-Christ. Ils l'ont crucifié.

— Il y a dix-huit cents ans, remarqua Monk. Ceux qui l'ont fait, juifs ou autres, ne sont plus en vie depuis longtemps.

» Vous êtes nombreux à penser la même chose ?

— Tous les gens que je connais, répondit Ferdi avec une grimace. En tout cas, c'est ce qu'ils disent. Ça revient au même... n'est-ce pas ?

Monk n'avait pas de réponse et, de toute façon, cela n'avait probablement rien à voir avec la mort d'Elissa Beck. Cet aspect de la société viennoise était juste un autre pan du passé de Kristian qu'il n'avait pas envisagé, et qui ne collait pas avec ce qu'il savait de l'homme, ou croyait savoir.

D'ailleurs, Kristian ne partageait peut-être pas le point de vue de Josef.

Monk commanda deux cafés, oubliant qu'ils venaient de boire du chocolat.

Ferdi sourit, mais ne dit rien.

CHAPITRE XI

Le procès de Kristian Beck intéressa modérément le public. Ce n'était pas exactement une *cause célèbre*[1]. Personne ne connaissait le médecin et il n'était pas le premier homme à être accusé d'avoir tué sa femme. C'était chose banale et d'aucuns ressentaient de la sympathie pour le mari. On réservait au moins son jugement jusqu'à ce que l'on sache ce que l'épouse avait fait pour provoquer un tel châtiment. Pour l'accusation du meurtre de Sarah Mackeson, il en alla différemment. Les opinions sur son style de vie, ses valeurs et sa moralité variaient. Certains considéraient qu'elle valait à peine mieux qu'une prostituée, cependant, sa mort brutale les emplissait de révulsion.

Le premier portrait d'Elissa à paraître dans la presse, provenant d'un des meilleurs croquis d'Allardyce, changea le point de vue de presque tout le monde, et la tolérance ou la compassion envers l'accusé s'évanouirent. La beauté de son visage, avec son air à la fois éthéré et tragique, émut les hommes comme les femmes. Celui qui avait tué un tel être était forcément un monstre.

Hester se trouvait avec Charles quand elle vit le journal. Bien que Monk lui eût déjà décrit Elissa, elle reçut un choc.

1. En français dans le texte.

Ils étaient dans le salon, dépouillé de son attrait parce que Monk était à Vienne, et qu'il ne rentrerait pas ce soir-là, ni le lendemain ; en fait, Hester ignorait jusqu'à la date de son retour. Elle s'aperçut, déconcertée, qu'il lui manquait affreusement. Les petites tâches quotidiennes lui semblaient sans objet, elle n'avait personne avec qui partager ses pensées, les bonnes comme les mauvaises.

Charles était venu parce qu'il se faisait toujours beaucoup de souci pour Imogen, mais il s'inquiétait également pour Kristian, de même que pour Hester.

— J'ai hésité à te l'apporter, dit-il en jetant un regard vers le journal déployé sur la table. Mais j'étais sûr que tu le verrais tôt ou tard... et j'ai pensé qu'il serait préférable que ce soit chez toi, ajouta-t-il d'un ton qui manquait singulièrement d'assurance, et que tu ne sois pas seule.

Hester le remercia avec sincérité, et fut soudain émue par sa prévenance. Il se donnait tellement de mal pour combler le gouffre qu'ils avaient laissé se creuser entre eux !

— C'est vrai, je suis contente que tu sois là.

Elle regarda de nouveau le portrait d'Elissa.

— William a essayé de me la décrire, mais je ne pensais pas qu'elle me toucherait à ce point ; parce que dans mon esprit, elle...

Elle s'arrêta. Elle ne voulait dévoiler la vulnérabilité de Callandra à quiconque, même à son frère.

— Mais en la voyant, reprit-elle en ignorant l'air dérouté de Charles, j'ai l'impression d'avoir perdu une amie.

Elle poursuivit comme si aucune explication n'était nécessaire.

— Je me demande si les gens ressentent la même chose. Ça n'est pas bon pour Kristian, n'est-ce pas ?

— Non, hélas, répondit Charles en grimaçant. Je suis navré. Je sais que tu admires beaucoup Beck, mais...

Il hésita, ne sachant comment dire ce qu'il pensait ni même s'il devait le dire. Il était pourtant convaincu de la pertinence de son hypothèse. Hester vint à son secours.

— Tu essaies de me dire qu'il est peut-être coupable et que je dois m'y préparer.

— Non, en réalité je pensais qu'on ne connaît jamais les gens aussi bien qu'on le croit. Peut-être ne se connaît-on pas soi-même.

— Tu cherches à me ménager ? Ou es-tu encore ambigu comme d'habitude ?

Charles parut interloqué.

— Je dis simplement ce que je pense. Tu me trouves ambigu ? demanda-t-il, manifestement froissé.

— Excuse-moi, dit-elle vivement, honteuse. Non, tu fais juste attention à ne pas exagérer les choses.

— Tu veux dire que je contiens trop mes émotions ?

Hester perçut le reproche d'Imogen dans sa question ; cela la mit étrangement en colère. Elle n'aurait pas aimé être mariée à un homme aussi peu capable d'afficher ses émotions, mais Charles était son frère et son réflexe naturel était de le défendre. S'il était menacé, elle volait à son secours ; si elle sentait en lui une faille, elle refusait de l'admettre, la niait bien au contraire, et s'efforçait de la dissimuler aux yeux des autres.

— Être maître de soi ne veut pas dire qu'on ne ressent rien ! déclara-t-elle d'un ton sans réplique, comme si elle répondait à Imogen.

— Non... non. Hester... ne...

— Quoi ?

— Je ne sais pas. J'aimerais me rendre utile, mais...

Elle lui sourit.

— Je sais. Ce n'est rien. Mais je te remercie d'être venu.

Il se pencha pour lui déposer un baiser sur la joue, puis il l'étreignit soudain longuement. Il se dégagea, toussa pour s'éclaircir la gorge et bredouilla un au revoir avant de tourner les talons et de quitter le salon.

Alors qu'elle prenait seule son petit déjeuner, Callandra elle aussi était très secouée par le portrait d'Elissa. Elle ne se préoccupa pas tout de suite de l'effet qu'il aurait sur les jurés, toute à son propre étonnement : Elissa paraissait si vulnérable ! Il lui avait déjà été suffisamment difficile d'entendre Hester lui raconter qu'Elissa était belle, puis qu'elle avait joué à Vienne un rôle plein de passion et de bravoure. Elle s'était imaginé une sorte de dureté, de beauté fragile, avec un côté éblouissant, mais davantage dû à la perfection des traits, à la délicatesse du teint, à des yeux magnifiques, peut-être. Elle n'était pas préparée à ce visage qu'elle voyait dans le journal et sur lequel transparaissaient les sentiments, les rêves étaient à nu et s'affichait la désillusion. Comment Kristian avait-il pu cesser de l'aimer ?

Pourquoi cessait-on d'aimer ? N'était-ce pas autre chose qu'une faiblesse du cœur, une incapacité à donner et à continuer de donner, un fond d'égoïsme ? Callandra chercha à se rappeler tout ce qu'elle pouvait de Kristian, de leurs rencontres à l'hôpital, et auparavant, des longues heures passées ensemble pendant l'épidémie de typhoïde à Limehouse. Chaque souvenir, chaque conversation lui paraissait témoigner d'une constante générosité. Elle revoyait, comme s'il était là, son visage, dans la lumière vacillante de la salle improvisée, fatigué, dévoré d'inquiétude, les yeux cernés, et cependant il n'avait jamais perdu son calme ni l'espoir. Il avait essayé de soulager la détresse des mourants, non seulement leurs douleurs, mais aussi leur peur et leur chagrin.

Mais n'embellissait-elle pas ses souvenirs ? C'était si facile. Elle s'estimait clairvoyante, réaliste, mais peut-être que tout le monde croyait l'être !

Et même si Kristian était tout ce qu'elle croyait dans son travail, cela ne signifiait pas qu'il était capable d'aimer comme tout un chacun. Il est parfois plus facile d'aimer une cause qu'une personne.

Les besoins d'une épouse n'ont rien à voir avec ceux

d'un malade. Un lien profond exige de la tolérance. Peut-être qu'après tout Kristian en était incapable, ou qu'il ne le voulait tout simplement pas. Callandra repensa au début de l'année, aux Américains venus acheter des armes pour la guerre de Sécession qui déchirait leur pays. C'étaient des idéalistes, et au moins l'un d'entre eux avait laissé sa passion pour le peuple exclure l'individu. Hester le lui avait fait remarquer au cours d'une de leurs longues heures de discussion. C'était un idéal dévorant, exclusif. Il ne venait pas de la justesse de la cause, mais de la nature de l'homme. Kristian était-il ainsi, capable d'aimer une idée, mais pas une femme ? C'était possible.

D'ailleurs, peut-être était-elle coupable d'être tombée amoureuse d'un idéal et non d'un homme, avec ses passions moins reluisantes, ses faiblesses.

Dans ce cas, peu importait qu'Elissa fût brave, belle ou généreuse, qu'elle fût charitable ou drôle. C'était peut-être elle qui avait été piégée dans le mariage et qui avait cherché une issue dans la folie du jeu.

Mais toutes les pensées qui lui traversaient l'esprit n'arrivaient pas à chasser l'image de l'autre victime, le modèle du peintre dont le seul tort avait été d'assister au meurtre d'Elissa. Rien ne pouvait excuser sa mort. L'idée que Kristian l'ait tuée était tellement intolérable qu'elle l'écarta avec violence.

Il y avait certaines choses à accomplir. Callandra replia le journal, mangea son dernier toast et ignora le thé qui avait refroidi dans sa tasse. Avant l'ouverture du procès, elle avait une visite à faire qui réclamait concentration et maîtrise de soi. Elle n'avait aucun statut dans l'affaire. Elle n'était ni le parent, ni l'employeur, ni le porte-parole de quiconque. Assister tous les jours au procès, sans devoir, sans autre raison que l'amitié, et être obligée de jouer le rôle d'une spectatrice impuissante serait insoutenable. Si elle représentait la direction de l'hôpital, qui très naturellement s'intéressait à Kristian, pour des raisons de réputation, sa présence s'expliquerait, même ses interventions, si interventions il y avait.

Pour cela, elle devait aller voir Fermin Thorpe afin de le persuader de la nécessité de la chose. C'était une entrevue qu'elle redoutait. Elle méprisait l'homme, mais elle n'avait plus l'armure que lui procurait son assurance habituelle.

Le trajet jusqu'à Hampstead lui prit plus d'une heure. La circulation était ralentie par les embouteillages et le brouillard, et elle eut bien trop de temps pour rejouer la scène dans sa tête une dizaine de fois, toutes aussi pénibles les unes que les autres.

Arrivée à l'hôpital, elle demanda à son cocher de l'attendre car elle n'avait pas l'intention de s'attarder, mais elle fut obligée de patienter près d'une heure pendant que Fermin Thorpe recevait un jeune médecin, apparemment en vue de l'engager. Elle ne garda son calme que par obligation. En toute autre occasion, étant elle-même administratrice, elle aurait interrompu l'entretien. Ce jour-là, elle ne pouvait risquer d'indisposer Thorpe.

Lorsqu'il raccompagna finalement le jeune médecin à la porte, souriant et plaisantant, il tourna vers Callandra un visage radieux. Il détestait Kristian, parce que ce dernier était meilleur clinicien que lui, et que tous deux le savaient ! Kristian ne s'inclinait pas devant lui. S'il avait des vues divergentes — ce qui lui arrivait souvent sur le plan de la morale et de la générosité — il ne se privait pas de les faire valoir, et Thorpe perdait la dispute, ce qui, dans son esprit étriqué et peureux, était impardonnable. Maintenant, il était sur le point de se débarrasser de Kristian pour toujours, et le parfum de la victoire lui chatouillait déjà agréablement les narines. On allait s'apercevoir qu'il avait toujours eu raison, que toutes les critiques qu'il avait émises à son encontre étaient justifiées.

— Bonjour, Lady Callandra, dit-il chaleureusement.

Il était presque amical ; il pouvait se le permettre.

— Un peu froid ce matin, n'est-ce pas ? J'espère toutefois que vous allez bien.

Elle devait jouer la comédie comme jamais.

— Très bien, je vous remercie, assura-t-elle en se forçant à sourire. Le froid ne me dérange pas. J'espère que vous allez bien, vous aussi, Mr. Thorpe, malgré les lourdes responsabilités qui pèsent sur vous.

— Oh, très bien, merci.

Il ouvrit la porte de son bureau et s'effaça pour la laisser entrer.

— Nous viendrons à bout, je n'en doute pas, de nos difficultés temporaires. Le jeune Dr. Larkmont me semble extrêmement prometteur. Il a une bonne expérience de la chirurgie, d'excellentes manières, de l'enthousiasme.

Il croisa le regard de Callandra sans broncher.

— Parfait, dit-elle. Je me fie à votre jugement. Vous n'avez jamais laissé de médecin incompétent exercer dans notre hôpital.

— Ah... euh...

Il hésitait à mentionner Kristian, à argumenter avec elle, et à acquiescer, donc à approuver Kristian, même implicitement.

— Oui, finit-il par dire, ma tâche... ma...

— Responsabilité, termina-t-elle à sa place. La réputation de l'hôpital de Hampstead repose largement sur l'excellence de nos chirurgiens.

— Bien sûr, approuva-t-il.

Il fit le tour de son bureau, attendit qu'elle se soit assise pour s'asseoir à son tour.

— Et, naturellement, de la discipline, de l'organisation et des critères moraux élevés.

Il appuya sur le mot « moraux » avec un léger sourire.

Callandra inclina la tête, trop furieuse pour contrôler sa voix. Elle respira à fond, se rappela que la vie de

Kristian dépendait peut-être de l'entrevue. Que valait sa propre fierté ? Rien ! Rien du tout.

— Oui, acquiesça-t-elle, c'est notre capital le plus cher. Nous devons tout faire pour le préserver. Qu'on le laisse entamer si peu que ce soit, les dégâts risqueraient d'être dévastateurs, et peut-être irrémédiables.

Voyant une ombre furtive passer dans les yeux de Thorpe, elle s'enhardit.

— C'est notre devoir... euh, je veux dire le vôtre. Je ne voudrais pas être présomptueuse, mais je suis prête à apporter toute mon aide.

Thorpe n'était pas sûr de comprendre où elle voulait en venir.

— Je vous remercie, mais je ne vois pas très bien ce que vous pourriez faire. Nous allons souffrir très sérieusement si jamais le Dr. Beck est condamné, et il semble que cela soit inévitable.

Toute trace de satisfaction disparut de son visage et il se composa un air empreint de la gravité qu'exigeaient les circonstances.

— Naturellement, souhaitons que ce ne soit pas le cas. Sinon, Lady Callandra, et pour le bien de l'hôpital, qui demeure notre priorité, quel que soit notre chagrin personnel, ou la loyauté que nous aimerions respecter, nous devons agir avec sagesse.

— C'est exactement ce que je voulais dire, Mr. Thorpe.

Les mots lui restaient dans la gorge, mais elle les prononça sans faiblir.

— Nous devons tout faire pour préserver la réputation de l'hôpital, qui est, comme vous venez de le dire, plus importante que nos sympathies ou nos attachements personnels.

Elle ne mentionna pas l'antipathie, encore moins la jalousie.

— Nous devons être au courant des débats heure par heure et faire notre possible pour répondre aux preuves ou aux accusations... c'est notre réputation qui est en jeu.

Il était manifeste qu'il ne comprenait pas un traître mot, et la crainte de faire une erreur de jugement le rendait mal l'aise.

— Oui... oui, bien sûr... tout à fait. Nous ne voudrions pas être mal compris.

Callandra lui sourit comme s'il faisait preuve d'une lucidité remarquable.

— Je sais que vous êtes très occupé, étant donné les circonstances malheureuses, avec toutes ces décisions à prendre, les postulants à recevoir. Voulez-vous que j'assiste au procès pour le compte du conseil d'administration de l'hôpital et que je vous tienne informé de son déroulement ?

Elle sentit son cœur battre à mesure que les secondes défilaient pendant qu'il soupesait les répercussions de sa réponse. Que voulait-elle ? Qu'était-il prudent de décider ? Pouvait-il lui faire confiance ? La réputation de l'hôpital était inextricablement liée à la sienne.

Callandra n'osa pas le presser.

— Eh bien...

Il soupira, la fixa d'un œil rond, essayant de deviner ce qu'elle avait derrière la tête.

— Je ne parlerai pas au nom de l'hôpital, bien sûr, dit-elle, espérant ne pas être trop servile.

Son humilité allait-elle lui paraître suspecte ?

— Sauf pour dire ce que vous me conseillerez. Je crois que nous devons observer pour le moment la discrétion la plus totale.

C'était une promesse qu'elle n'avait pas l'intention de tenir si la vie ou la liberté de Kristian étaient dans la balance.

— Oui... en effet, il serait bon que je sois tenu informé aussi pleinement que possible, acquiesça-t-il avec prudence. Si vous acceptez d'assister aux séances et de me faire votre rapport, ça me fera gagner un temps précieux. Un homme averti en vaut deux. Merci, Lady Callandra, vous avez vraiment le sens du devoir.

Il fit mine de se lever pour lui indiquer que l'entrevue était terminée.

Elle le prit de vitesse, pour ne pas avoir l'air d'être poussée dehors, et elle vit l'éclair de satisfaction sur son visage. Dans n'importe quelle autre circonstance, elle serait restée assise juste pour l'ennuyer. Maintenant, elle avait hâte de fuir avant qu'il ne revienne sur sa décision.

— Je n'abuserai pas de votre temps, Mr. Thorpe. Bon après-midi.

Elle sortit sans se retourner.

Callandra avait hésité entre se rendre seule au tribunal ou avec Hester, ne doutant pas que celle-ci remarquerait le tumulte intérieur qui l'habitait. Cependant, il eût été difficile de trouver une excuse pour ne pas y aller ensemble. Et, qu'elle le veuille ou non, elles risquaient d'avoir besoin l'une de l'autre avant que tout soit fini.

Callandra et Hester étaient donc assises côte à côte au tribunal lorsque le procès s'ouvrit. Pendreigh était imposant par sa seule présence. Sa haute taille et l'élégance de ses gestes captivaient les regards. Ses cheveux brillants étaient cachés sous sa perruque, mais la lumière accrochait encore quelques mèches dorées qui dépassaient. Pour ceux qui savaient qu'il était le père de la victime, donc le beau-père de l'accusé, sa présence évoquait l'atmosphère électrique d'avant l'orage.

Dans le box des accusés, légèrement surélevé et à l'écart de la cour, Kristian était pâle, les yeux cernés, le teint mat, le cheveu brun ; il n'avait rien d'un Anglais. Est-ce que cela jouerait contre lui ? Callandra observa de nouveau les jurés. Ils contemplaient comme un seul homme l'avocat de l'accusation, un petit homme au visage tout à fait quelconque mais qui respirait la sincérité. Lorsqu'il parlait, sa voix douce, bien modulée, paraissait aussitôt familière.

On lut l'acte d'accusation. Callandra avait déjà assisté à des procès, mais il y avait dans celui-ci une dimension presque physique. En entendant le mot « meurtre », non pas une mais deux fois, elle sentit la sueur l'inonder, et elle eut l'impression que la salle comble tournoyait, et qu'elle-même allait s'évanouir. La légère étreinte d'Hester sur son bras lui redonna la force qui lui manquait.

On appela les témoins un à un, en commençant par le constable qui était arrivé le premier sur les lieux du crime. Le récit empreint de tragédie et d'épouvante qu'il livra marqua le public.

Il n'y avait rien que Pendreigh ni personne aurait pu faire pour altérer les faits ou atténuer la compassion. Du moins eut-il la sagesse de ne pas essayer.

Le constable fut suivi par Runcorn, l'air malheureux mais sûr de lui, et au fait des convenances à respecter dans un procès criminel de cette sorte. Callandra fut surprise de percevoir sa colère pendant qu'il parlait de Sarah Mackeson, comme si, d'une certaine manière, il était furieux de ne pas se comprendre lui-même. Il y avait un monde entre elle et ce policier sans éducation, et certainement sans vernis, avec ses préjugés et ses ambitions. Depuis qu'elle le connaissait, c'était un ennemi juré de Monk, et elle le trouvait pompeux, égocentrique, et par ailleurs terriblement ennuyeux.

Et cependant, en l'observant, elle se rendit compte que sa colère était sincère et plus juste que tous les mots de la procédure qui se déroulait devant eux. Il aurait détesté qu'on s'en aperçoive, mais la mort de Sarah Mackeson l'avait profondément bouleversé.

Les jurés le remarquèrent et Callandra vit avec effroi qu'ils réagissaient avec la même colère rentrée. Parce que Sarah comptait pour Runcorn, elle se mit à compter pour eux et leur détermination à punir son assassin se renforça.

Callandra savait que cela allait continuer, jour après jour. Malgré son intelligence aiguë, son aisance d'orateur, et sa connaissance du droit, il n'y avait rien que Fuller Pendreigh pût faire contre les faits qui allaient être exposés les uns après les autres.

Où était Monk ? Qu'avait-il appris à Vienne ? Il devait y avoir une autre explication ; Dieu fasse qu'il la trouve, et vite !

Meurtrie et frissonnante, elle assista aux débats comme si le texte en était déjà écrit et qu'il fût impossible d'éviter la chute dramatique.

Monk rendit visite au père Geissner comme Magda Beck le lui avait suggéré, mais celui-ci n'était pas disponible avant le lendemain. Déprimé par le temps perdu, Monk erra dans la ville jusqu'au soir, passant dans les quartiers où s'étaient déroulés les combats les plus violents pendant le soulèvement, essayant d'imaginer les événements tels qu'on les lui avait racontés.

Rien dans les rues calmes et prospères ne lui rappelait que les cafés, les magasins, les maisons confortables avaient connu le désespoir et la violence, et cela ne se reflétait pas non plus sur les visages des passants qui vaquaient à leurs occupations, achetaient, vendaient, discutaient, s'interpellaient dans la froidure du jour.

Le soir, Monk fit ce que tout le monde lui avait suggéré avec force : il alla écouter le jeune Johann Strauss. La musique gaie et lyrique avait déferlé sur l'Europe, déridant même l'austère reine Victoria, pourtant très collet monté. Tout Londres dansait la valse.

Ici, dans sa ville natale, sa musique avait une magie, une gaieté, un rythme qui faisaient oublier la politique, le vent froid qui soufflait des plaines de Hongrie, les deuils et les erreurs du passé. Trois heures durant, Monk vit le cœur de Vienne, et le passé ni l'avenir n'avaient plus d'importance, noyés dans le charme du moment. Il n'entendrait plus jamais ces mesures à trois temps sans un pincement au cœur et une douce nostalgie.

Il regagna sa pension de famille bien après minuit et,

à dix heures le lendemain matin, après un excellent café, il fila à son rendez-vous avec le père Geissner.

Cette fois, la gouvernante le fit entrer et se retira.

Le père Geissner était un homme d'un certain âge au visage d'ascète qu'une sorte de paix intérieure rendait presque beau.

— Que puis-je pour vous, Herr Monk? demanda-t-il dans un anglais parfait en l'invitant à s'asseoir.

Monk avait déjà envisagé les avantages qu'il y aurait à aborder le sujet de façon oblique, mais y avait renoncé de crainte de perdre la confiance du prêtre si son manège était éventé. Le ministre avait passé sa vie à écouter les secrets des autres. Comme Monk, il avait sans doute appris à distinguer la vérité du mensonge et à comprendre les raisons qui poussaient les gens à dissimuler leurs actes et souvent leurs mobiles.

— Frau Madga Beck m'a conseillé de vous voir, répondit Monk sans un regard pour l'étude garnie de livres où on l'avait reçu. Elle m'a dit que vous aviez connu son beau-frère, Kristian Beck, lorsqu'il vivait à Vienne, notamment durant le soulèvement de 1848.

— En effet, acquiesça Geissner.

Il restait cependant sur ses gardes, bien qu'il regardât Monk droit dans les yeux d'un air cordial.

— En quoi cela vous intéresse-t-il?

— Elissa Beck a été assassinée à Londres, où le couple vivait, et Kristian est accusé du crime.

La surprise s'afficha sur le visage de Geissner.

— Le Dr. Beck est un ami de mon épouse, qui est infirmière. Elle a travaillé en Crimée avec Miss Nightingale, ajouta-t-il vivement au cas où l'opinion du prêtre sur les infirmières eût été fondée sur l'impression généralement partagée qu'il s'agissait de servantes dont la moralité douteuse les empêchait de trouver une place de domestique. Et aussi de Lady Callandra Daviot, que je connais depuis de nombreuses années. Nous pensons tous qu'il y a une autre explication, et je suis venu à Vienne pour voir si elle ne résiderait pas dans le passé.

Une brève grimace de compassion assombrit le visage de Geissner, mais il était impossible de savoir si c'était à cause de la mort d'Elissa, de la situation inconfortable de Kristian, ou même du combat perdu d'avance dans lequel Monk s'était engagé.

— J'ai travaillé dans la police, expliqua celui-ci.

Il s'aperçut aussitôt que c'était peut-être un métier peu recommandable.

— Désormais, je mène des enquêtes pour le compte de clients dont les problèmes n'intéressent pas la police, ou qu'elle a renoncé à élucider.

Geissner haussa les sourcils.

— Ou pour lesquels la police a trouvé une réponse qu'ils jugent inacceptable ?

— Ils seront peut-être obligés de l'accepter, dit Monk, prudent, en guettant la réaction de Geissner, qui ne vint pas. Mais pas facilement, pas tant qu'il existe encore un espoir d'en trouver une différente. Ceux qui connaissent le Dr. Beck ne peuvent croire qu'il ait commis un tel acte. C'est un homme doté d'une maîtrise de soi et d'un dévouement remarquables, et dont la compassion est sans limite.

— Oui, cela ressemble à l'homme que j'ai connu, approuva Geissner avec l'ombre d'un sourire triste.

Monk s'efforça en vain de déchiffrer cet homme, qui ne dévoilait rien au-delà du simple énoncé des faits.

— Connaissiez-vous aussi Max Niemann ? demanda Monk.

— Naturellement.

— Et Elissa von Leibnitz ?

— Bien sûr.

Le prêtre avait-il laissé percer quelque chose dans sa voix ? Il était trop habitué à cacher ses sentiments, à masquer ses réactions face aux passions humaines ou à leurs échecs.

— Et Hanna Jakob ?

Enfin un changement dans le regard de Geissner, sur ses lèvres. C'était une légère mais indubitable tristesse, du regret, de la culpabilité même. Était-ce parce qu'elle était morte, ou y avait-il autre chose ?

— Comment est-elle morte ? demanda Monk.

Il s'attendait que Geissner dénie tout lien entre cette mort et le meurtre d'Elissa. Mais le prêtre parut hésiter, les muscles de son cou se crispèrent imperceptiblement.

— C'était pendant le soulèvement, répondit-il. Mais vous devez déjà le savoir. Hanna et Elissa étaient toutes deux extrêmement courageuses. C'était plus visible chez Elissa, elle risquait sans cesse sa vie, d'abord en exhortant les gens à se battre pour leurs convictions, ensuite en allant voir les autorités, en plaidant pour les réformes, ou pour un allégement des restrictions. Finalement, quand les combats eurent lieu, elle se rendit sur les barricades comme tout le monde. Mieux, elle était souvent en première ligne, comme si la peur n'avait aucune prise sur elle. Elle était loin d'être stupide, elle devait avoir conscience du danger comme les autres.

Il esquissa un sourire d'une profonde tristesse et reprit d'une voix tendue comme si le souvenir était encore douloureux :

— Je me rappelle qu'un jour un jeune homme tomba sous les balles, loin des chariots, des chaises et des caisses qu'on avait entassés en travers de la rue. Elissa demanda aux autres de la couvrir ; elle courut jusqu'au blessé et le traîna à l'abri pour qu'on puisse le soigner. Les soldats avançaient, une vingtaine de hussards armés de fusils et prêts à tirer, même s'ils étaient réticents à massacrer des Autrichiens.

Monk se demanda un instant combien de fois Geissner avait entendu la confession de soldats qui essayaient peut-être de se justifier à leurs propres yeux d'avoir tué des civils désarmés, qui s'efforçaient de vivre avec leurs cauchemars, de distinguer entre le devoir et la culpabilité. Mais il n'avait pas de temps à perdre à de telles considérations. Il avait besoin de comprendre Kristian et de savoir s'il avait pu tuer Elissa... ou si Max Niemann l'avait pu.

— Oui ? fit-il sèchement.

Geissner sourit.

— Kristian monta sur la barricade et tira sur les soldats, répondit-il.

Monk fut surpris et peut-être attristé.

— Il n'essaya pas de retenir Elissa ?

— Vous ne comprenez pas, Mr. Monk, dit Geissner qui l'observait soigneusement. C'était une grande cause. L'Autriche peinait sous un régime résolument répressif. Depuis treize ans, nous étions gouvernés par le vieux prince de Metternich. C'était un conservateur, un réactionnaire qui utilisait la vaste administration pour étouffer toute réforme. La vie intellectuelle était étranglée par la police secrète et ses informateurs. La censure asphyxiait les arts et les idées. Il y avait beaucoup de choses pour lesquelles combattre.

Il soupira.

— Mais, comme vous le savez, la révolte a été écrasée et les choses sont redevenues comme avant. Cependant, nous avions de l'espoir. Kristian était le chef de son groupe. Il n'y avait pas de place pour les sentiments. Que deviendrait la discipline d'une armée si chaque homme faisait des exceptions pour un ami ou une amante ? C'est non seulement déshonorant mais surtout inefficace. Comment vous ferait-on confiance ou croirait-on que vous mettez, vous aussi, la cause au-dessus de votre propre vie ? Kristian fit ce qu'il devait. À ma connaissance, il n'a jamais failli, ni pendant, ni après.

Sa voix se brisa presque et son regard s'assombrit.

— Après ? s'étonna Monk, à l'affût d'un complément d'information.

Geissner respira à fond et laissa échapper un soupir.

— Après la mort d'Hanna, précisa-t-il.

— Pourquoi dites-vous ça ? Quelque chose changea ?

— Oui, dit Geissner sans le regarder. Quelque chose changea, d'une manière ou d'une autre, mais... mais je ne peux pas vous en dire plus. Tous se confessèrent, c'étaient de bons catholiques ; certains firent part de leur trouble, mais la réalité leur échappait... ils ne pouvaient comprendre. Ces choses sont parfois longues à mûrir, si tant est qu'elles mûrissent un jour.

Monk se força au calme, de peur de briser le fil des souvenirs du prêtre.

— Quelles choses ? demanda-t-il d'une voix égale.

— Le regret de ce qui n'a pas été fait, répondit Geissner, une compréhension tardive. Avoir vu de la laideur chez l'autre et s'être rendu compte qu'elle était peut-être en soi-même.

Monk ressentit des picotements sur la peau. Il lui fallait parler avec prudence, de manière indirecte. Le prêtre détenait des secrets plus chers que la vie. Lui demander d'en dévoiler ne fût-ce qu'un seul eût été insultant.

— Comment est-elle morte ? demanda à nouveau Monk.

Geissner leva les yeux sur lui.

— En plus de se battre sur les barricades, elle transmettait des messages aux groupes des autres quartiers de la ville. C'étaient des missions périlleuses, et qui le devinrent de plus en plus. Je ne sais pas si elle avait peur. Naturellement, je ne la connaissais pas aussi bien que les autres. Elle était juive.

— Y a-t-il beaucoup de juifs à Vienne ?

— Oh, oui. Ils sont installés depuis près de mille ans, mais nous ne les avons tolérés que lorsque cela nous servait. Nous les avons chassés deux fois et avons confisqué leurs biens et leurs maisons, bien sûr, et brûlé au bûcher ceux qui restaient. Remarquez, cela remonte à plusieurs siècles. Nous les avons laissés revenir quand nous avons eu besoin de leur don pour la finance. Nombre d'entre eux ont changé leur nom pour se donner une apparence plus chrétienne, et dissimulé leur foi.

Certains sont même devenus catholiques, pour se protéger.

Monk fouilla le visage de Geissner mais ne vit rien qui trahît ses sentiments, que ce fût pour celui qui renonçait à sa foi et se convertissait à celle de ses persécuteurs, abandonnant ses racines et son héritage, ou pour une société qui le forçait à le faire afin de survivre. En éprouvait-il de la culpabilité ? Ou sa propre foi justifiait-elle tous les moyens pour amener les gens à la vérité telle qu'il la concevait ? Monk eût trouvé cela abject.

— Comment Hanna Jakob est-elle morte ? répéta-t-il.

Si Geissner avait perçu sa colère ou son impatience, rien dans son expression ne le montra.

— Elle devait transmettre un message d'avertissement. L'armée la captura et la tortura pour qu'elle dise où se trouvait le groupe de Kristian et quels étaient ses plans. Comme elle refusa, ils la tuèrent.

— Avait-elle été trahie ? s'enquit Monk d'une voix dure.

Il voulait la réponse tout en la redoutant. Si elle avait été trahie, cela aurait pu expliquer le meurtre d'Elissa, mais c'eût été si ignoble, un péché si hideux dans son esprit qu'il avait du mal à le concevoir. Non, Elissa, si brave, aux idéaux si nobles, n'avait pas pu s'abaisser à commettre un acte de jalousie à ce point impardonnable !

— Vous savez bien que je ne peux vous dire ce que j'ai appris au confessionnal, Herr Monk. Tout ce que faisait Hanna était risqué. Elle le savait, mais elle est allée porter le message.

— On l'a envoyée ! corrigea Monk d'une voix éraillée.

Il s'était attendu que Geissner nie la possibilité d'une trahison, avec fermeté, avec colère, pourtant il s'en était bien gardé. C'était presque une confirmation en soi. Soudain, Monk frissonna, écœuré.

— Oui, poursuivit Geissner, les yeux baissés, fuyant le regard de Monk. C'était important, et elle savait mieux que personne se diriger dans les ruelles du vieux quartier juif. Eût-elle été capable de le transmettre, elle les aurait sauvés, du moins le croyait-elle...

— Elle le croyait ?

Monk saisit la balle au bond.

— Ce n'était donc pas vrai ?

— Quelqu'un d'autre les avait déjà prévenus.

La réponse était presque inaudible.

— Sa mort était inutile ! s'étrangla Monk.

Geissner leva les yeux vers Monk, l'implorant en silence pour qu'il ne lui pose pas la question, et qu'il le comprenne cependant afin de partager avec lui la terrible vérité sans qu'il ait besoin de la révéler à haute voix.

— Elle était amoureuse de Kristian ? demanda Monk en butant sur les mots tant son dégoût était profond.

Il répéta ce que Magda Beck lui avait dit.

— Oui, acquiesça simplement Geissner.

— Et il éprouvait pour elle bien plus que de l'amitié ?

— Il ne m'en a rien dit, répondit Geissner en soutenant le regard de Monk.

Était-ce une omission délibérée, sous-entendant que c'était en effet le cas ? Monk laissa le silence les envelopper, et Geissner ne fit rien pour le rompre. La certitude s'ancrait en Monk, pesante.

— Est-ce qu'Elissa croyait qu'il l'aimait ? finit par demander Monk.

— Herr Monk, vous posez des questions auxquelles je ne peux répondre.

Pourquoi ? Parce qu'il ne connaissait pas la réponse, ou à cause du secret de la confession ? Il avait soigneusement évité de dire qu'il l'ignorait. Ou était-ce à cause de l'anglais ? Après tout, l'allemand était sa langue maternelle. Monk étudia son visage ; il y vit de la souffrance, de la pitié. Quelle question lui poser à laquelle il pût répondre ?

— Vous étiez là vous-même? Vous étiez avec eux sur les barricades, et même avant... et aussi après ?

Les lèvres de Geissner s'étirèrent en un faible sourire.

— Oui, Herr Monk. La fonction de prêtre ne m'empêche pas de croire à la liberté pour mon peuple. Je n'étais pas armé, mais je transmettais des messages, je m'efforçais de discuter, de persuader, je soulageais les âmes troublées, soignais les blessés et écoutais les confessions de ceux qui avaient fait du mal à leur prochain en combattant pour la cause à laquelle ils croyaient.

— Et celles parmi ceux qui avaient, à cause de leur propre passion, fait certaines choses, ou en avaient omis, causant par là de graves dommages à d'autres ? s'enquit Monk en regardant cette fois le prêtre dans les yeux.

— Je comprends ce que vous me demandez, Herr Monk, déclara Geissner avec calme. Et vous n'ignorez pas que mes vœux de prêtre m'empêchent de vous répondre. Je donnerais cher pour vous aider à apprendre la vérité sur la mort d'Elissa von Leibnitz. J'ai beaucoup de peine pour elle, pour la flamme éblouissante qui vient de s'éteindre. J'ai encore plus de peine pour Kristian. C'était un homme d'un courage remarquable, il avait l'honnêteté de regarder en lui, de mesurer ses faiblesses, de les comparer à ses rêves. Il ne fuyait jamais la vérité, même si elle le blessait profondément.

— Vous faites référence à la mort d'Hanna? interrogea vivement Monk.

Geissner cilla et reprit lentement son souffle.

— Comprenez-moi bien, je parle du regret qu'il a ressenti après, le doute qui l'a assailli parce qu'ils avaient choisi Hanna pour transmettre le message. Il en était venu à croire qu'ils l'avaient choisie plus ou moins consciemment parce qu'elle était juive et, donc, pas tout à fait comme eux. J'ignore si cela est vrai, mais c'était ce qu'il redoutait, et il était horrifié d'avoir joué un rôle dans l'affaire.

— Et les autres ? Elissa, Max ?

Geissner secoua la tête.

— Non. Ce fut le début d'une divergence subtile entre eux, mais qui ne transparut pas sur le plan extérieur. Kristian épousa Elissa. Max Niemann resta son ami. Je crois que Kristian n'en a jamais parlé qu'à moi. Je vous le dis parce que ça reflète le genre d'homme qu'il était, et qu'il sera toujours, je crois. Il avait en lui une force qu'Elissa avait perçue et c'est pour ça qu'elle l'aimait.

— Et Hanna ? demanda Monk.

Il ne savait pas jusqu'où il pouvait pousser Geissner, mais il n'était pas satisfait, pas encore.

— Était-ce aussi cela qu'elle aimait en lui ? Pour cela qu'elle lui faisait confiance ?

Quelque chose sembla se briser chez Geissner.

— Elle n'était pas ma paroissienne, Herr Monk. Elle ne me confiait pas ces choses.

Monk choisit ses mots avec le plus grand soin.

— Mon père, si quelqu'un avait dénoncé Hanna Jakob aux autorités, se serait-il attendu à ce qu'elle soit torturée et qu'elle garde le silence ? Cela semble effroyable. N'y avait-il pas une autre possibilité, les gens dont elle a tu les déplacements devaient-ils se faire tuer ?

Geissner garda le silence si longtemps que Monk crut qu'il ne lui répondrait pas.

— Il se peut que cette personne se soit assurée qu'on préviendrait les gens concernés, dit-il enfin, et qu'ils prendraient les précautions nécessaires, de sorte que si Hanna craquait, pour faire cesser ses souffrances, elle n'aurait trahi personne, sauf dans son esprit.

Il se mordit la lèvre comme s'il comprenait vraiment la cruauté de la chose en en parlant à haute voix.

— C'était une époque de grandes passions, Herr

Monk. Nous ne devons pas, à la lumière froide de notre époque plus calme, tranquillement installés dans notre petit confort, juger les gens pour des actes commis dans des circonstances particulières, et dont nous ne connaissons qu'une partie.

— Et vous ne pouvez même pas me dire si cela est bien arrivé. Quelqu'un d'autre en a-t-il eu connaissance ? Max Niemann, par exemple ? Ou Kristian lui-même ?

— Non. Il n'y a personne à qui vous pouvez demander, et je ne peux vous en dire plus. Je le regrette, croyez-moi, assura-t-il en relevant légèrement le menton. Mais si vous croyez que cela a un rapport avec la mort d'Elissa, je pense que vous vous trompez. Je suis le seul à savoir, et je n'en ai parlé à personne.

Un léger sourire effleura ses lèvres.

— Et personne n'est venu me trouver avec des questions ou des devinettes, comme vous le faites.

Monk attendait.

Geissner se pencha en avant.

— Kristian a gardé sa culpabilité pour lui. Il ne tenait personne d'autre pour responsable. Il comprenait non seulement ce qu'il avait fait en envoyant Hanna dans les griffes du loup, mais aussi pourquoi. Les autres n'en eurent jamais conscience. La différence réside dans l'introspection, et il ne s'attendait pas à cela de la part d'Elissa ou de Max.

Geissner posa son regard sur Monk et le fixa avec intensité.

— On n'a pas besoin de s'imaginer que les gens sont parfaits pour les aimer, Herr Monk. L'amour admet les défauts, les faiblesses, même le besoin de temps à autre d'oublier lorsque le repentir fait défaut et que manque la conscience d'avoir commis une faute. Elissa avait de nombreux points forts, de nombreuses vertus, et elle était d'une bravoure à toute épreuve. C'est, je crois, la femme la plus courageuse que j'aie rencontrée. Je suis très attristé par sa mort, mais je ne peux croire que Kristian l'ait tuée, sauf s'il a changé au-delà de toute vraisemblance.

— Je crois qu'il a changé, dit lentement Monk. Mais en quelqu'un d'encore moins susceptible de tuer qui que ce soit... même un soldat des Habsbourg.

— Ça ne me surprend pas.

— Et Max Niemann ?

— Max ? Il était amoureux d'Elissa. Ce n'était un secret pour personne. Il ne s'est jamais marié. À mon avis, il s'imagine que personne n'aurait pu la remplacer. Aucune femme ne pouvait être aussi courageuse, aussi belle, aussi idéaliste. Elle était si pleine de vie que n'importe quelle autre aurait paru terne à côté d'elle.

— Hanna Jakob avait-elle de la famille ?

Geissner parut surpris.

— Vous pensez qu'un de ses parents aurait fait le voyage à Londres après toutes ces années afin de se venger ?

— Je suis ouvert à toutes les hypothèses, admit Monk.

— Je crois que ses parents vivent encore ici, dans Leopoldstadt, le vieux quartier juif. Il vous sera facile de vérifier.

— Merci, dit Monk en se levant. Je vous sais gré de votre franchise, père Geissner.

Le prêtre se leva à son tour.

— Si je peux faire quelque chose pour Kristian, dites-le-moi. Je prierai pour lui, et je dirai une messe pour l'âme d'Elissa afin qu'elle repose enfin en paix. Nombreux sont ceux qui voudront vénérer sa mémoire et souhaiteront y assister. Bonne chance et bon voyage, Herr Monk.

Monk prit congé, l'esprit en ébullition, des pensées douloureuses plein la tête.

À Londres, le procès se poursuivait et chaque jour

était pire et plus inquiétant que le précédent. Mills, pour l'accusation, passait de moins en moins de temps avec ses témoins, car il avait senti que Pendreigh cherchait désespérément à faire traîner les choses en longueur.

Dans la partie de la salle réservée au public, n'osant pas regarder Callandra de peur de lire un découragement grandissant sur son visage, Hester essayait de se dire que tout cela était ridicule. Mills ne pouvait pas savoir que Monk était à Vienne. Il avait assez d'expérience et de lucidité pour avoir compris que la défense n'avait aucune arme, pas même un sérieux doute à soulever qu'un jury eût été obligé de prendre en compte. Une simple observation de Pendreigh suffisait : sa concentration, ses gestes un peu trop amples cependant qu'il s'efforçait de retenir l'attention des jurés, le tranchant grandissant de sa voix tandis que son contre-interrogatoire s'éternisait et devenait plus abstrus.

Mills avait déjà appelé les policiers et le médecin légiste, et Pendreigh avait discuté de chaque détail, même les moins contestables. L'avocat de l'accusation avait appelé des témoins assurant que Kristian avait prétendu s'être trouvé avec des patients au moment des faits, et d'autres dont la déposition prouvait qu'il avait menti.

Pendreigh avait essayé de démontrer qu'il s'agissait d'une simple erreur, compréhensible chez un homme qui courait d'un malade à l'autre, préoccupé par la souffrance et le besoin de la soulager.

Hester avait étudié la réaction des jurés. L'espace d'un instant, elle se convainquit d'avoir discerné un doute authentique. Elle porta son regard vers Kristian. Il était si pâle qu'on aurait dit un fantôme. Même ses joues pleines, ses lèvres sensuelles n'arrivaient pas à donner de la vie à son visage. Il savait peut-être que ce que disait Pendreigh était vrai, mais on lisait dans ses yeux qu'il n'espérait pas que le jury le croirait.

Hester ne pouvait se résoudre à regarder Callandra.

Quel que fût le courage de celle-ci, elle ne pouvait nier la possibilité — la probabilité — que Kristian soit jugé coupable, à moins que Monk ne fasse un miracle. Est-ce que Callandra commençait à se demander s'il l'était vraiment ? Dans un profond désespoir, sachant ce que faisait Elissa, ayant peut-être appris l'existence d'une nouvelle dette encore plus embarrassante, sur le point de tout perdre, même sa maison, peut-être Kristian avait-il fini par s'effondrer, et son passé de révolutionnaire, son ancienne agressivité, sa violence étaient remontés à la surface. Une prise rapide, une torsion du bras et il lui avait brisé la nuque.

Même chose pour Sarah ?

Non ! C'était injustifiable ! Hester frissonna. Non, Kristian n'avait pu commettre une telle vilenie !

La voix de Pendreigh la tira de ses pensées ; il appelait un autre témoin de moralité alors que les jurés se lassaient déjà. Ils savaient que Kristian était un bon médecin. Ils avaient entendu une douzaine de témoins l'affirmer, ils les avaient crus. La question n'était pas là. La défense cafouillait, ils s'en rendaient compte.

Jour après jour, Hester assistait aux débats, priant pour le retour de Monk, se demandant ce qu'il faisait, si même il allait bien. Elle essayait d'imaginer où il était, quel logement il avait trouvé, si on s'occupait bien de lui, s'il avait froid, s'il était mal nourri, si Callandra lui avait remis assez d'argent. C'était le seul moyen d'éviter de penser au vrai problème : qu'apprenait-il sur Kristian ? Même son absence, dont elle souffrait presque physiquement, valait mieux que la crainte d'une amère désillusion, de l'impossibilité d'offrir une aide quelconque.

Elle essayait de ne pas porter son regard vers le box des accusés de peur de gêner Kristian. Que verrait-il sur son visage ? Le doute, la peur pour lui et pour Callandra. La douleur que ressentirait Callandra s'il était jugé coupable la terrifiait. Continuerait-elle à croire à son innocence, quoi qu'il arrive ? Ou finirait-elle par accepter sa culpabilité, avec le terrible cataclysme, la perte de toute foi, que cela apporterait ?

Serait-elle encore la même ? Ou quelque chose en elle se briserait-il, un espoir, une capacité à faire confiance, non seulement aux autres, mais à la vie elle-même ?

Assise sur le banc en bois, pressée de chaque côté par les curieux et les critiques, percevant leur souffle, leurs moindres mouvements, le craquement des corsets et le léger bruissement des étoffes, l'odeur de laine mouillée et de sueur, Hester se morfondait.

Elle coula un œil vers Callandra, vit la fatigue sur son visage. Sa peau était parcheminée, grisâtre, presque comme si elle était sale. Les rides autour de sa bouche se creusaient. Comme presque toujours, sa coiffure s'était défaite. Pour une fois, on lui donnait son âge.

Pendreigh continuait d'appeler des témoins de moralité, mais il en était maintenant réduit à Fermin Thorpe. Ils avaient longuement débattu : fallait-il le citer à la barre ? Il détestait Kristian, mais il ferait gagner du temps, ce qui était désormais leur seul espoir. Il adorait parler, il se délectait du son de sa propre voix. C'était un conservateur, il avait peur du changement, peur de perdre son pouvoir et sa situation. Kristian était un innovateur qui le défiait, posait des questions, sapait son autorité. Il y avait eu des conflits, trop récents pour être oubliés, que Thorpe avait perdus. Leur souvenir et le ressentiment qui l'accompagnait se lisaient sur son visage quand il vint à la barre. Pendreigh le savait ; Hester et Callandra s'étaient assurées qu'il tienne compte de l'hostilité de Thorpe, allant jusqu'à raconter des anecdotes par le menu. Mais la seule autre possibilité était de mettre un terme aux auditions de témoins ; or, comme Monk n'était toujours pas rentré, ils ne pouvaient s'y résoudre.

Fermin Thorpe vint donc à la barre, grimaçant un petit sourire pincé, et dévisagea Pendreigh, debout au-dessous de lui ; le juge et les jurés attendaient impatiemment. C'était une perte de temps.

Pendreigh esquissa un sourire. Il comprenait l'inanité de l'interrogatoire et il connaissait son propre pouvoir.

— Mr. Thorpe, commença-t-il avec circonspection, afin que la cour comprenne la valeur de votre témoignage, vos années d'expérience sur lesquelles se fonde le jugement que vous portez sur la discipline médicale, soyez assez bon de nous rappeler les détails de votre carrière.

Le juge poussa un soupir d'impatience et Mills se leva à demi, mais il eût été inutile d'objecter, il le savait. Pendreigh avait parfaitement le droit de faire valoir son témoin, de donner à sa déposition tout le poids qu'il escomptait.

Thorpe apprécia l'entrée en matière. Cela se vit à son aisance, à la façon dont il se décrispa et commença à parler, en long et en large, de ses accomplissements.

Pendreigh acquiesçait ; pas une fois il ne l'interrompit ni ne le pressa. Finalement, lorsqu'on en vint au moment où il dut donner son opinion sur la personnalité de Kristian, Hester avait les muscles noués. Ils n'avaient pu éviter de le citer à la barre, mais elle était quand même malade de peur. Thorpe avait l'occasion de savourer sa revanche. Pendreigh avait-il le talent nécessaire pour le contrôler ? Hester n'osa pas regarder Callandra.

— Bien, dit Pendreigh. Vous avez donc travaillé avec de nombreux médecins et chirurgiens ; vous étiez responsable de leur bon comportement, de leurs aptitudes et c'est même à vous que revenait la charge de les engager.

— Oui, oui, en effet, acquiesça Thorpe avec satisfaction. On peut dire que tout cela était de ma responsabilité.

— Un fardeau extraordinaire pour un seul homme, reconnut Pendreigh avec respect. Cependant vous ne vous êtes jamais dérobé.

Mills se leva.

— Votre Honneur, nous admettons tous que Mr. Thorpe avait de lourdes responsabilités, et qu'il les a exercées avec adresse et droiture. J'ai l'impression que nous faisons perdre son temps à la cour en réexaminant ce qui a déjà été établi.

— Je suis obligé d'approuver, Mr. Pendreigh, dit le juge assez sèchement. Posez, je vous prie, vos questions concernant l'opinion de Mr. Thorpe sur la personnalité du Dr. Beck, non sur ses talents de praticien. Nous ne doutons pas de ses capacités. Vous nous les avez abondamment rappelées ces derniers jours.

Son impatience et son manque de sympathie n'étaient que trop apparents.

— Oui, Votre Honneur, bien sûr, concéda Pendreigh. Vous avez sélectionné votre personnel avec le plus grand soin, dit-il à l'adresse de Thorpe, non seulement pour ses connaissances médicales, mais aussi pour sa moralité, ainsi que votre charge l'exige. La cour doit-elle en déduire qu'en gardant le Dr. Beck vous n'avez pas terni ces critères élevés ni fait une exception ?

Thorpe était coincé. Il avait eu l'intention de critiquer Kristian, de se venger publiquement pour ses défaites passées, mais il ne pouvait plus le faire sans se blâmer lui-même. La colère, le moment d'indécision à l'heure même où il sentait sa victoire lui échapper se voyaient si bien sur son visage qu'Hester aurait pu dire tout haut ce qu'il pensait tout bas.

— Mr. Thorpe ? s'impatienta Pendreigh. Assurément, ce n'est pas là une question difficile. Avez-vous maintenu ces critères exigeants en gardant le Dr. Beck dans votre service et en lui permettant de soigner les malades vulnérables qui venaient chercher de l'aide dans votre hôpital ? Ou avez-vous, pour des raisons personnelles, autorisé un homme à qui vous ne faisiez pas confiance à conserver sa position ?

— Non ! Bien sûr que non ! aboya Thorpe.

S'apercevant aussitôt qu'il avait été forcé de se compromettre, il devint rouge comme une pivoine.

— Je vous remercie, dit Pendreigh.

Il regagna sa place et indiqua à Mills que le témoin était à lui.

Mills se leva, fringant et sûr de lui. Il ouvrit la bouche pour s'adresser à Thorpe.

Hester se figea. Thorpe bouillait de défaire ce qu'il venait de faire, ses yeux imploraient Mills de lui en donner l'occasion.

La salle entière était silencieuse. Comme si cela comptait ! Quoi que Thorpe dise, cela ne ferait aucune différence. C'était une question de sentiments ; les faits n'étaient pas en cause.

— Mr. Thorpe, commença Mills.

— Oui ?

Thorpe se pencha légèrement au-dessus de la barre, les yeux rivés sur Mills en contrebas.

— Merci de nous avoir accordé un peu de votre temps, dit platement l'avocat de l'accusation. Je ne vois rien à ajouter à ce que vous avez dit. Votre loyauté vous honore.

C'était sarcastique. C'était aussi une erreur tactique.

— Ce n'est pas de la loyauté ! tonna Thorpe, furieux. Je détestais l'homme ! Mais je refusais de laisser mes sentiments personnels altérer mon jugement : le Dr. Beck est un chirurgien excellent et dévoué, un homme d'une haute moralité ! Sinon, je ne l'aurais pas gardé à l'hôpital.

Il n'eut pas besoin d'ajouter que s'il avait trouvé un prétexte pour le renvoyer, il l'aurait saisi sur-le-champ, son regard incendiaire et son rictus le disaient assez.

— Merci, souffla Pendreigh en se levant à demi. Plus de questions, Votre Honneur.

CHAPITRE XII

— Qu'avez-vous appris du prêtre ? demanda Ferdi avec impatience le lendemain matin.

Ils étaient attablés devant une tasse de café dans un des nombreux établissements viennois. On y servait des moutures de café dont Monk ignorait jusqu'à l'existence, avec ou sans chocolat, avec ou sans crème, parfois même avec de la chantilly, ou avec du lait, ou arrosé de rhum. Ce matin-là le vent qui soufflait en rafales des plaines de Hongrie lui avait lacéré le visage avec la brutalité d'un couteau, et un froid intérieur lui arrachait des frissons. Il avait commandé du café avec du chocolat et de la crème pour deux.

Ferdi attendait une réponse. Monk s'était creusé la tête jusque tard dans la nuit ; il n'était pas sûr d'avoir bien compris le père Geissner, n'avait aucune preuve à apporter et aucun témoin pour corroborer ses hypothèses. En tout cas, était-il seulement certain que cela n'avait aucun rapport avec la mort d'Elissa, comme le prétendait le prêtre ?

— Herr Monk ? insista Ferdi.

Il posa sa tasse et le dévisagea. Monk avait besoin de son aide.

— Il ne m'a rien dit précisément, répondit-il. Il sait

plein de choses sur l'époque, sur les gens, mais il s'agit de confessions recueillies sous le sceau du secret.

— Vous n'avez donc rien appris ?

La déception se lisait sur le visage juvénile de Ferdi.

— Je... j'étais sûr que vous aviez découvert quelque atrocité. Vous... n'êtes plus le même, comme si toutes sortes de choses avaient changé... des sentiments...

Il s'arrêta, confus et légèrement embarrassé, craignant de s'être aventuré sans réfléchir sur un terrain délicat et résolument privé.

Monk esquissa l'ombre d'un sourire et contempla la crème qui fondait lentement dans le café.

— Peux-tu lire beaucoup de choses d'après mon expression et mes manières ?

Ferdi hésita.

— Euh... en tout cas, c'est ce que j'ai cru.

— Tu ne t'es pas trompé, admit Monk. Et si je ne le niais pas, et que tu me poses des questions, devinerais-tu ce que je sais à mon attitude et dirais-tu ensuite que je t'ai confié quelque chose ?

Il leva les yeux vers Ferdi et croisa son regard.

— Ah ! s'exclama le jeune homme dont le visage s'illumina. Vous voulez dire que le prêtre ne pouvait rien vous dire, mais que vous avez déduit de son comportement, de son émotion, que vous aviez raison !

Son regard se voila.

— Qu'était-ce donc ? C'était pénible, n'est-ce pas ? Quelque chose d'affreux à propos de votre ami le Dr. Beck ?

— Non, seulement mesquin ; il était au courant, et il en avait honte. Ce qui était dramatique et destructeur...

Monk ne trouva pas de mot assez fort pour la noirceur qu'il entrevoyait.

— ... concernait Elissa von Leibnitz. Nous n'avons pas connu cette époque, nous n'étions pas à sa place, nous ne pouvons donc la juger facilement, et Dieu sait que j'ai fait des choses dont j'ai honte...

— Quoi ? interrogea Ferdi d'une voix presque effrayée. Qu'a-t-elle fait ?

— Elle était amoureuse du Dr. Beck et elle savait que la jeune juive l'était aussi. Hanna Jakob était aussi courageuse et généreuse qu'elle... peut-être même était-elle spirituelle ou gentille... je n'en sais rien. Elissa l'a dénoncée aux autorités, qui l'ont torturée à mort.

Il vit le sang refluer du visage de Ferdi.

— Comme elle croyait qu'Hanna parlerait, qu'elle dirait où étaient les autres, elle s'arrangea pour qu'ils s'échappent avant d'être arrêtés. Elle pensait qu'on torturerait Hanna, qu'elle craquerait, mais qu'elle aurait la vie sauve. Je ne crois pas qu'elle souhaitait sa mort... elle voulait juste qu'elle soit brisée... et honteuse.

Ferdi le dévisagea, des larmes dans les yeux. Il voulut parler, mais ne trouva pas ses mots.

— Nous commettons tous des actes laids, dit Monk en se passant une main dans les cheveux. Elle s'était peut-être repentie ou s'était trouvée dans l'impossibilité de vivre avec ce poids sur la conscience.

— Qu'allez-vous faire ? demanda Ferdi dans un murmure.

— Finir mon café. Ensuite, j'essaierai de retrouver les parents d'Hanna Jakob. Le père Geissner m'a dit qu'ils vivaient quelque part dans le vieux quartier juif, sur la Heinestrasse, croit-il.

Ferdi se redressa.

— Ça ne devrait pas poser de problèmes. Nous savons au moins où chercher.

Monk avait envisagé, une fois l'adresse trouvée, d'envoyer une lettre pour se présenter, mais il était déjà à Vienne depuis dix jours et il ignorait totalement ce qui se passait à Londres. Il ne pouvait se permettre le moindre retard. En outre, une lettre donnerait la possibilité à Herr Jakob de refuser de le recevoir, et il ne pouvait se permettre cela non plus. Il termina son café et se leva. Ferdi renonça au sien et l'imita.

Retrouver les Jakob leur prit un temps étonnamment long. Ils avaient déménagé, et l'après-midi était déjà bien entamé — les réverbères étaient allumés, les lumières oscillaient comme un ruban de bijoux dans la nuit tombante — lorsqu'ils finirent par trouver la bonne adresse.

La maison elle-même passait inaperçue dans une rue où toutes se ressemblaient. Une bonne en uniforme leur ouvrit la porte et Monk lui servit le laïus qu'il avait préparé. Par l'intermédiaire de Ferdi, il lui expliqua qu'il était un ami de quelqu'un qui avait combattu aux côtés de Hanna Jakob pendant la révolution de 1848, et dont l'admiration qu'il lui portait avait changé la vie. Étant de passage à Vienne, il souhaitait présenter ses hommages et si possible pouvoir rapporter des nouvelles des Jakob à Londres. Ne parlant pas allemand, il s'était fait accompagner par un jeune ami chargé d'interpréter ses propos.

Il espéra ne pas donner l'impression de raideur qu'il ressentait. La bonne parut légèrement surprise, comme s'il était venu à une heure indue, mais elle ne repoussa pas sa demande. C'était l'heure à laquelle les femmes recevaient et il s'était dit que la mère d'Hanna ferait une meilleure observatrice que son mari, qu'elle aurait plus de choses à dire sur Kristian et sur ses amis. Elle les inviterait peut-être même à attendre le retour de Herr Jakob.

Monk parcourut du regard la pièce où on leur avait demandé d'attendre. Elle était confortable, décorée avec beaucoup de goût, un peu désuète, mais les meubles étaient de qualité et son œil averti de limier estima que les miniatures au mur étaient d'une valeur plus élevée que celles qu'on trouvait dans la plupart des foyers, même chez les gens aisés. Les tableaux accrochés au-dessus de la cheminée étaient certes agréables à regarder, mais d'une valeur artistique moindre.

La bonne reparut ; Herr et Frau Jakob allaient les recevoir, s'ils voulaient bien se donner la peine de la suivre.

En entrant dans le salon, Monk eut la soudaine impression de se retrouver dans une culture différente. Ce n'était pas l'Autriche telle qu'il l'avait vue — il y avait quelque chose de très intime et de bien plus ancien. Jetant un coup d'œil vers Ferdi, il surprit le même étonnement sur son visage, et un léger malaise. C'était une pièce intemporelle réservée à la famille, pas aux étrangers. Deux superbes hautes chandelles étaient allumées. Herr Jakob était un homme mince aux yeux sombres luisants, à la tête recouverte d'une calotte noire.

Avec embarras, Monk retrouva des lambeaux de souvenirs et comprit pourquoi sa visite avait surpris la bonne. C'était un vendredi soir, le soleil se couchait, le sabbat débutait. Il aurait difficilement pu choisir pire moment pour interrompre le repas familial et la célébration religieuse. C'était un signe de grande courtoisie qu'on les ait reçus.

— Je suis infiniment désolé... dit-il, mal à l'aise. Je suis en voyage et j'avais oublié quel jour nous étions. Je vous prie de m'excuser, Frau Jakob. Je vous dérange. Je peux revenir demain... ou... ou serait-ce encore pire ?

Comment leur expliquer l'urgence de sa démarche ?

Herr Jakob le regarda dans les yeux sans broncher, mais avec une émotion impossible à dissimuler.

— Vous avez dit que vous étiez venu de la part d'un ami de ma fille adorée, Hanna. Si cela est vrai, Herr Monk, vous êtes le bienvenu à toute heure, même le jour du sabbat.

Il avait répondu en anglais, avec un fort accent mais parfaitement compréhensible. Monk n'aurait pas eu besoin d'amener Ferdi.

Il formula sa réponse avec soin.

— C'est exact, monsieur. Je suis un ami de Kristian Beck, qui connaît en ce moment de graves ennuis, et je suis à Vienne pour essayer de l'aider. C'est une affaire urgente, sinon je repousserais volontiers notre entretien.

— Je suis navré d'apprendre qu'il a des ennuis, répondit Herr Jakob. C'était un homme courageux prêt à risquer sa vie pour ses idées, ce qui n'est pas donné à tout le monde.

— Ses idées étaient peut-être différentes des vôtres ? fit vivement Monk, en se demandant aussitôt pourquoi il avait dit cela.

— Non, répondit Herr Jakob avec un sourire. Politiquement, en tout cas, c'étaient les mêmes.

Monk n'eut pas besoin de lui faire préciser l'autre aspect des valeurs éthiques. Il avait rencontré Magda et Josef Beck, et vu la profondeur et la ferveur de leur catholicisme. Il avait également vu qu'ils admettaient chez eux, quelles qu'en fussent les raisons, des amis ouvertement antisémites.

Dehors, le jour déclinait rapidement et, dans la pièce éclairée par des chandelles, le couple attendait qu'il dise quelque chose qui donne un sens à sa visite, à l'accueil courtois qu'ils avaient reçu, surtout ce jour d'entre tous les jours. Seule la vérité était bonne à dire, aussi bien pour eux, pour Monk et Ferdi, mais peut-être également pour Kristian et Hanna.

— Connaissiez-vous Elissa von Leibnitz ? demanda Monk.

— Oui, répondit Herr Jakob.

Son expression et le timbre de sa voix trahissaient une profonde émotion, mais Monk fut incapable de la déchiffrer. L'avaient-ils détestée, sachant qu'on avait confié une mission fatale à leur fille de préférence à Elissa, parce que la vie d'Elissa, la catholique aryenne, avait plus de valeur que celle d'Hanna la juive ? Ou pis, savaient-ils ou avaient-ils deviné qu'Hanna avait été trahie, ce qui avait conduit à sa mort ? Monk n'avait aucun moyen de faire machine arrière.

— Saviez-vous qu'elle avait épousé Kristian ?

— Oui, je le savais.

Monk sentit sa figure le brûler. Il avait honte pour des gens qu'il n'avait même pas connus, avec qui il avait encore moins partagé dangers, idéaux, jugements, et à qui il s'identifiait cependant. Un coup d'œil vers Ferdi lui apprit que ce dernier ressentait peut-être la même gêne.

— Voulez-vous dîner avec nous ? demanda Frau Jakob d'une voix douce, en anglais. Le repas est presque prêt.

Monk fut touché et, bizarrement, un peu effrayé. Il sentait un esprit de tradition, d'appartenance dans cette pièce, qui l'attirait plus qu'il ne l'aurait voulu. Il aurait aimé refuser, trouver une excuse pour revenir une autre fois, mais il n'y aurait pas d'autre fois. Le procès de Kristian s'ouvrirait d'un jour à l'autre, peut-être d'ailleurs avait-il déjà commencé, et il n'était pas plus avancé dans la recherche de l'assassin d'Elissa que dans celle de son mobile. En tout cas, il n'avait rien à rapporter à Callandra.

Il porta son regard vers Ferdi, puis vers Frau Jakob.

— Je vous remercie, c'est trop aimable.

Elle accueillit son acceptation avec un sourire et s'excusa pour aller s'occuper des derniers préparatifs dans la cuisine.

On apporta le repas, un ragoût dans une casserole en terre cuite, et on récita des prières et des bénédictions, avec la participation des domestiques. C'était, semblait-il, la coutume. Ensuite seulement, les conversations reprirent. La paix s'était installée dans la pièce, avec un sentiment d'éternité, et la continuité de croyances qui avaient traversé les millénaires. Certains de ces mêmes mots avaient dû être prononcés en rompant le pain des siècles avant la naissance du Christ, avec la même vénération pour la création de la terre, la libération d'une nation de l'esclavage, et, par-dessus tout, avec la même certitude que Dieu présidait à toutes choses. Ces gens savaient qui ils étaient, ils comprenaient leur identité. Monk les envia pour cela, et cela l'effraya. Il remarqua que Ferdi était également ému et troublé, parce que cela touchait en lui quelque chose de plus ancien que la conscience ou l'éducation.

— Que pouvons-nous faire pour Kristian ou Elissa? demanda Herr Jakob.

Monk lui dit la vérité sans détour :

— Elissa a été tuée... assassinée...

Il ne tint pas compte du choc qu'ils ressentirent.

— Kristian a été arrêté parce qu'il semble avoir eu un mobile et qu'il n'a pas d'alibi. Je ne peux croire qu'il soit coupable, malgré ce mobile, mais je n'ai aucune preuve à apporter pour sa défense.

Jakob haussa les sourcils.

— Vous avez parlé de mobile, Herr Monk. À quoi faites-vous allusion?

— Elissa jouait, il n'arrivait plus à rembourser ses dettes.

Herr Jakob ne sembla pas étonné.

— C'est triste, en effet, et risqué, mais on peut le comprendre de la part d'une femme qui avait connu la passion et le danger de la révolution, et qui avait échangé son passé de combattante pour la tranquillité de la vie familiale.

— La vie familiale devrait suffire, intervint Frau Jakob. Le don de soi suffit au bonheur le plus profond. Il y a toujours des miséreux. Il y a la communauté... et, naturellement, quel que soit leur âge, vos enfants ont encore besoin de vous, même s'ils prétendent le contraire.

Un voile de tristesse assombrit un moment son visage, le souvenir de sa fille qui n'aurait plus jamais besoin de son aide.

— Elissa n'avait pas d'enfants, expliqua Monk.

— Et elle n'était pas des nôtres, ajouta gentiment Herr Jakob. Peut-être qu'en Angleterre il n'y a pas de communauté comme la nôtre. Mais je suis d'accord avec vous, dit-il à l'adresse de Monk, je ne vois pas Kristian lui faire du mal.

Monk repensa soudain aux circonstances du drame. La mort d'Elissa, au moins, avait pu être accidentelle, conséquence d'une querelle au cours de laquelle l'homme avait sous-estimé sa propre force, mais Sarah Mackeson avait été tuée en connaissance de cause. Il expliqua succinctement les faits aux Jakob, vit leur répulsion et leur chagrin. Il entendit Ferdi hoqueter, mais évita de le regarder.

Frau Jakob jeta un coup d'œil à son mari qui secoua la tête.

— Même comme ça, je n'y crois pas, dit-il avec tristesse. Pas l'autre femme.

— Quoi ? demanda Monk, sentant la peur le tenailler. De quoi s'agit-il ?

Les Jakob échangèrent un regard.

— Pour l'amour de Dieu ! s'exclama Monk. Sa vie peut en dépendre !

La panique le gagnait, il se rendait compte qu'il était en train d'échouer et voyait sa dernière chance lui glisser entre les mains.

— Que savez-vous ?

S'agissait-il de la trahison ? N'était-ce pas, après tout, ce qu'avait cru le discret père Geissner ?

— Je ne vois pas en quoi ça peut aider, ça risque même d'être le contraire, dit enfin Herr Jakob, une profonde tristesse dans les yeux, que même le meurtre d'une femme qu'il avait peut-être admirée et la culpabilité d'un homme qu'il estimait certainement beaucoup ne suffisaient pas à expliquer.

— J'ai besoin de savoir, dit Monk dans le lourd silence qui s'ensuivit. Je vous en prie, dites-moi à quoi vous pensez.

À côté de lui, Ferdi faillit s'étrangler.

Herr Jakob soupira.

— L'histoire de notre peuple est pleine d'expulsions et de retours au pays, commença-t-il sans regarder Monk, les yeux fixés sur la nappe blanche où se reflétait, semblait-il, la terre entière. Nous nous retrouvons sans cesse dans un pays qui a peur de nous et finit par nous haïr. Nous sommes des exilés perpétuels. En Égypte, à Babylone, partout.

Monk cachait son impatience avec difficulté. Seule la passion qui se dégageait des propos, plutôt que les mots eux-mêmes, l'empêcha d'interrompre Herr Jakob.

— Nous avons été des étrangers en Europe durant plus de mille ans, poursuivit Jakob, et nous le sommes encore aujourd'hui. Nombreux sont ceux qui nous détestent derrière leurs sourires et leur politesse. Nous avons perdu beaucoup des nôtres à cause de la peur, de l'exclusion, de la haine rentrée.

Frau Jakob fit un geste vers lui comme pour l'interrompre.

— Je sais, dit-il en la regardant d'un air entendu. Herr Monk ne veut pas d'un cours sur notre histoire, mais c'est nécessaire pour comprendre. Voyez-vous, reprit-il en se tournant vers Monk, de nombreuses familles ont changé de nom, de mode de vie, certaines ont même abandonné le savoir de nos ancêtres et embrassé la foi catholique, parfois simplement pour survivre, parfois pour être acceptées et donner un avenir meilleur à leurs enfants.

Malgré lui, Monk comprenait, même s'il n'y trouvait pas motif à admiration.

Jakob le devina et opina d'un signe de tête.

— Ce fut le cas des Baruch, dit-il.

— Les Baruch ? répéta Monk sans comprendre.

— Cela remonte à près de trois générations.

Monk eut soudain la terrible prémonition de ce qui allait suivre.

Jakob le vit dans ses yeux.

— Oui, acquiesça-t-il. Ils ont changé leur nom en Beck et se sont convertis au catholicisme.

Monk était terrassé. C'était presque impossible à croire, et cependant il ne douta pas une seconde que ce fût vrai. C'était monstrueux, grotesque, et cela expliquait beaucoup de choses. C'était un déni d'identité, de la foi qui s'était transmise pendant des milliers d'années, abandonnée, non par conviction, mais pour survivre, pour satisfaire les persécuteurs et devenir l'un des leurs.

Néanmoins, dans les mêmes circonstances, avec une femme et des enfants à protéger, en toute honnêteté il ne pouvait jurer qu'il aurait agi autrement. Non pour lui-même... peut-être, mais pour ses parents, devenus vieux et peureux, vulnérables, pour ses enfants.

Une question le taraudait plus que les autres.

— Kristian était-il au courant ?

— Non, assura Jakob avec un sourire contrit. Elissa le savait. C'est Hanna qui le lui avait dit. Elle avait une amie dont le grand-père était rabbin et qui s'intéressait aux archives. Je crois qu'elle voulait qu'Elissa sache que c'était elle qui était différente, qui était l'étrangère. Mais personne n'en a parlé à Kristian. Elissa l'a protégé plus d'une fois. C'était une femme remarquable. Je suis réellement très triste d'apprendre qu'elle est morte... surtout de cette manière. Mais je ne crois toujours pas que Kristian ait fait une chose pareille.

Monk respira à fond. Les parents d'Hanna n'étaient pas au courant de la trahison.

— Et si elle le lui avait dit maintenant, sans prévenir, peut-être pour renforcer ses obligations à son égard ?

Le visage de Jakob s'assombrit.

— Je ne sais pas. Je ne crois pas. Mais les gens agissent de façon bizarre quand ils sont profondément bouleversés, ils sont parfois méconnaissables, même à leurs propres yeux. J'espère que non, en tout cas.

Monk s'attarda encore un peu, ravi du confort et de l'étrange authenticité de la pièce avec ses rites ancestraux, ses souvenirs, son histoire qu'il ne connaissait que vaguement des récits bibliques. Il envia Herr Jakob et sa foi, pourtant chèrement payée.

Puis, vers neuf heures, il remercia ses hôtes, et prit congé avec Ferdi. Le lendemain, il devait rencontrer Max Niemann.

Dehors, la nuit était glaciale. Les pavés luisaient, la lumière des réverbères se reflétait sur la pellicule de glace qui recouvrait les flaques d'eau. Monk coula un regard vers Ferdi dont l'expression témoignait de la vive émotion. En quelques heures, il avait été projeté dans un torrent de passions et de deuils auquel rien ne l'avait préparé, et il y avait vu un peuple qu'on lui avait appris à mépriser. On avait instillé dans sa tête qu'il était différent, et incomparablement inférieur. Or il avait été ému par la dignité et la souffrance des Jakob bien plus profondément qu'il ne l'aurait pensé. Même s'il n'aurait pu le formuler de manière aussi simple, il avait conscience que leur culture était la source de la sienne. Cela soulevait en lui des questions trop fondamentales pour être ignorées.

Monk aurait voulu le rassurer. Mais il voulait surtout que Ferdi se souvienne de ce qu'il ressentait, maintenant, tandis qu'ils marchaient côte à côte, tête basse, le visage fouetté par le vent givrant. Il voulait qu'il ne renie jamais cela, ni qu'il le déforme pour plaire aux autres. Ce serait encore une trahison. Il n'avait pas l'excuse de l'ignorance, désormais.

Mais il resta silencieux parce qu'il ne savait pas quoi dire.

Lorsque Monk se retrouva enfin face à Max Niemann, il avait déjà en tête ce qu'il allait lui demander. Il en savait beaucoup sur lui, son héroïsme pendant le soulèvement, son amour pour Elissa, sa réaction généreuse quand elle avait préféré épouser Kristian plutôt que lui. De son comportement, il était facile de déduire qu'il s'était en grande partie remis de sa passion pour elle et qu'il en avait conçu une authentique amitié tant avec Elissa qu'avec Kristian. Il ne s'était jamais marié, mais il pouvait y avoir à cela des tas de raisons. Cela ne faisait pas si longtemps, Monk lui-même était encore persuadé qu'il ne se marierait jamais, ou que, s'il le faisait, ce serait avec une femme toute différente d'Hester.

Il suivit Max Niemann depuis la sortie de son travail jusqu'à la Karlsplatz. Ce n'était pas l'endroit idéal pour la conversation qu'il désirait avoir, mais il ne pouvait plus attendre. À Londres, le procès avait peut-être déjà commencé. Ce fut l'urgence qui le poussa à aborder Max Niemann dans le café où il était entré.

Il était discourtois, pour le moins, de s'asseoir en face d'un homme qui avait manifestement envie d'être seul, mais Monk n'avait pas le choix.

— Excusez-moi, dit-il en anglais. Je sais que vous êtes Max Niemann et j'ai besoin de vous parler d'une affaire qui ne souffre pas d'attendre.

Niemann ne parut que momentanément surpris ; la contrariété se lut sur son visage.

Sans lui laisser le temps de protester, Monk poursuivit :

— Je m'appelle William Monk. Je vous ai vu à Londres à l'enterrement d'Elissa Beck, mais vous ne vous souvenez probablement pas de moi. Je suis un ami de Kristian et c'est pour défendre ses intérêts que je suis à Vienne.

Niemann se détendit quelque peu.

— Saviez-vous que Kristian était accusé de meurtre et qu'il devait passer en jugement...

Il s'interrompit, voyant bien à l'expression atterrée de Niemann qu'il n'était pas au courant et que la nouvelle le consternait.

— Je suis désolé d'être aussi abrupt, s'excusa Monk.

Il lui raconta l'affaire en détail.

— Je le crois innocent, mais je n'ai aucune preuve à apporter et j'espérais trouver ici une explication. Un ennemi de l'époque du soulèvement, peut-être ?

Un mélange d'ironie et de tristesse traversa le visage de Niemann.

— Qui aurait attendu treize ans ? fit-il, incrédule. Pourquoi ?

Un garçon parut et, après avoir demandé la permission à Niemann, Monk commanda un café avec de la crème et du chocolat. Pour sa part, Niemann commanda un autre café avec du lait chaud.

— Bien sûr, il y avait des disputes, de l'amour et de la haine, comme dans tous les groupes, mais c'était vite oublié. Il y avait des questions bien plus importantes à régler.

Il avait les yeux brillants, les sourcils légèrement froncés. Le bruit des couverts et des voix semblait lointain.

— C'étaient des questions de vie ou de mort, mais il s'agissait de politique. Nous luttions pour la liberté, contre la tyrannie des Habsbourg, contre des lois qui opprimaient le peuple et l'empêchaient de décider de son propre destin. Le reste n'était que peccadille. Et nous n'attendions pas treize ans pour aller à Londres assassiner nos ennemis, nous les tuions ouvertement sur place.

Un sourire effleura ses lèvres.

— S'il y avait quelque chose qu'Elissa détestait, c'était l'hypocrisie — c'étaient les hommes ou les femmes qui prétendaient être ce qu'ils n'étaient pas. C'est la comédie qui régnait à la Cour, le deux poids deux mesures, qui l'avait poussée à se révolter au début.

— Croyez-vous que Kristian ait pu tuer Elissa, même involontairement, au cours d'une dispute qui se serait envenimée ? demanda Monk sans ménagement.

Niemann parut réfléchir.

— Non, finit-il par dire. Si vous m'aviez demandé

s'il l'aurait fait pendant le soulèvement, parce qu'elle nous aurait trahis, j'aurais pu répondre oui, mais il n'aurait pas menti, et il n'aurait pas tué une innocente, le modèle du peintre.

Il regarda Monk dans les yeux sans fléchir. Il ne paraissait pas sur ses gardes, ni avoir de terribles secrets à cacher. Il avait parlé de trahison avec spontanéité parce que, pour autant qu'il le sût, cela n'avait aucun rapport avec Elissa.

— Vous le connaissez bien, remarqua Monk.

C'était autant une question qu'une constatation.

— Oui, nous avions combattu côte à côte. Mais vous le savez déjà.

— Les gens changent avec les années, ou tout d'un coup, à la suite d'un événement, la mort d'un proche, par exemple.

L'Autrichien joua avec sa tasse, la tourna et la retourna entre ses doigts.

— Kristian a changé après la mort de Hanna, dit-il enfin. Je ne sais pas pourquoi. Il n'en a jamais parlé. Mais il était plus calme, plus... solitaire, comme s'il avait besoin de méditer, de soupeser davantage les choses. Ses capacités de chef s'en ressentirent. Ses décisions devinrent plus difficiles à prendre. Nos pertes le touchaient plus profondément. Je ne crois pas que par la suite il aurait pu tuer quelqu'un, même si cela avait été nécessaire pour la cause. Il aurait hésité, cherché un autre moyen... aurait peut-être laissé passer l'occasion.

— Et vous ne saviez pas pourquoi? insista Monk, cherchant à découvrir si Niemann avait eu vent de la trahison, ou s'il avait perçu la culpabilité chez Kristian, la prise de conscience de son propre fanatisme qui n'aurait cessé par la suite de l'affliger.

— Non, répondit Niemann. Il ne pouvait pas en parler. Je ne sais toujours pas ce que c'était.

— Croyez-vous qu'Elissa le savait?

La question était doublement ironique.

Niemann ne répondit pas tout de suite.

— Non, dit-il avec de la tristesse dans la voix. Je pense qu'elle aurait voulu mais qu'elle avait peur de savoir. Je ne crois pas qu'elle lui ait jamais demandé.

Monk se pencha au-dessus de la table.

— Vous êtes allé trois fois à Londres l'année dernière. À chaque fois, vous avez rencontré Elissa, mais jamais Kristian. Vous lui avez même caché que vous étiez venu. Qu'est-il arrivé à votre amitié ?

Niemann le regarda, puis détourna les yeux.

— Comment le savez-vous ?

— Vous voulez dire que c'est faux ?

— Non, fit Niemann avec lassitude. Non, je n'ai rien dit à Kristian parce que je ne voulais pas qu'il l'apprenne. Elissa m'avait écrit. Elle était très endettée et elle savait que Kristian n'avait plus assez d'argent. Elle avait besoin d'aide. Je suis allé à Londres et j'ai fait ce que j'ai pu, j'ai réglé ses dettes. D'ailleurs, elles n'étaient pas si lourdes que ça, et je pouvais le faire.

Un faible sourire étira ses lèvres.

— Je n'ai rien dit à Kristian. Il arrive que le meilleur moyen d'aider un ami est de ne pas lui laisser voir que vous aviez compris qu'il en avait besoin.

Il leva les yeux de sa tasse.

— Mais c'est forcément le peintre qui l'a tuée. Comment s'appelle-t-il... Allardyce ? Il était fou d'elle, vous savez. Sarah Mackeson avait dû s'en apercevoir et elle avait assez d'imagination pour craindre qu'Elissa la supplante non seulement dans le cœur d'Allardyce, mais aussi sur ses toiles ; ce qui signifie qu'elle aurait été privée de ses moyens de subsistance. Elle devait être à la fois paniquée et jalouse. Et si c'était elle qui avait tué Elissa ? Elle était plus forte, plus athlétique. Quand Allardyce est rentré et qu'il a trouvé le cadavre d'Elissa, comprenant ce qui s'était passé, il a tué Sarah dans un accès de rage et de chagrin.

— Possible, admit Monk. Mais il n'était pas chez lui

ce soir-là. Il était à Southwark, dont il n'est pas rentré avant le lendemain matin.

Niemann dévisagea Monk d'un air incrédule.

— Si, il y était ! Je l'ai vu ! Il sortait d'une maison de jeux avec du papier et des crayons et un carton à dessin sous le bras. Il avait croqué les joueurs... il le faisait souvent. Il y avait plusieurs personnes dans la rue, des hommes, des femmes, mais avec son large front et ses cheveux noirs qui retombent sur son visage, il est facile à reconnaître. D'ailleurs, je le connaissais. Je lui avais déjà parlé.

L'espoir qui s'empara de Monk lui fit presque tourner la tête.

— Allardyce était là ? Vous êtes sûr que c'était le même soir ?

— Oui. Il était dans Swinton Street. J'ignore s'il rentrait chez lui, mais il n'a certainement pas passé toute la soirée à Southwark. S'il a dit ça, c'est qu'il a menti.

Il guetta la réaction de Monk.

— Seriez-vous prêt à aller à Londres et à le jurer devant la cour ?

— Bien sûr ! Et vous trouverez d'autres témoins qui l'ont vu ; mais ils ont peut-être leurs raisons pour refuser de l'admettre.

— Merci. Il faut faire vite. Pouvez-vous partir dès demain ? C'est un peu précipité, je le reconnais, mais...

— Bien sûr que je peux !

Niemann termina son café et se leva.

— C'est un procès en assises. Une fois le verdict prononcé, rien de ce que je dirai ne servira, à moins que je sache qui a tué la pauvre Elissa et que je puisse le prouver. Hélas, ce n'est pas le cas, et je ne peux pas non plus jurer que Kristian n'était pas là. Le plus rapide, c'est par Cologne. Le train part à huit heures et demie. Je vous retrouverai à la gare, devant le guichet, à huit heures. Maintenant, vous m'excuserez, j'ai des arrangements à prendre et ma valise à faire.

Hester était dans le salon confortable de Callandra. Elle était rentrée du procès avec son hôtesse depuis près d'une heure. La soirée n'était pas particulièrement froide, le feu ronronnait dans l'âtre, et cependant les deux femmes frissonnaient. Elles avaient discuté de l'audience du jour, mais ni l'une ni l'autre n'avait osé dire ce à quoi elles pensaient toutes deux. Kristian avait paru hagard et sans espoir cependant que les témoins défilaient à la barre, brossant peu à peu un portrait d'Elissa, de son vice, de son désespoir, de sa totale incapacité à s'affranchir de l'emprise du jeu. Il avait fallu toute l'habileté de Pendreigh pour faire traîner les débats jusqu'à ce jour. C'était peut-être le témoignage le plus favorablc à Kristian que le père de la victime soit convaincu de son innocence.

— Ça se passe mal, n'est-ce pas ? déclara finalement Callandra. Je le vois sur le visage des jurés. Ils commencent à comprendre que toutes les manœuvres de Pendreigh se résument à une seule : gagner du temps.

Elle ne demanda pas quand Monk rentrerait, mais la question planait dans l'air. S'il avait facilement trouvé quelque chose, il serait déjà de retour, ou aurait au moins envoyé un mot. Hester avait reçu quelques brèves missives, mais c'étaient des lettres personnelles — manifestant surtout un désir de lui parler, aisément assouvi par la plume —, destinées à la rassurer, lui dire que tout allait bien et que ses recherches continuaient. Il lui avait demandé d'en faire part à Callandra.

Le feu ronflait dans la cheminée, les boulets de charbon s'effondrèrent dans un tourbillon d'étincelles. Cela semblait la seule source de lumière de la pièce.

— C'est vrai, dit tout haut Hester.

Il était inutile de mentir et elle ne trouvait rien à dire pour réconforter son amie.

— L'ennui, c'est que nous n'avons aucune hypothèse crédible.

Un jour plus tôt, elle aurait encore ajouté qu'il devait

pourtant y en avoir une; aujourd'hui, cela aurait sonné creux. Elle releva soudain la tête.

— Mais je pense savoir où chercher, dit-elle, déchirée par la pitié.

C'était sans doute seulement repousser l'inévitable, mais elle ne voyait pas plus loin, ce soir-là. Quoi qu'il arrivât le lendemain, elle y ferait face.

— Vraiment? fit Callandra, cherchant à s'agripper à la moindre brindille d'espoir.

Son regard implorait Hester de ne rien lui dire, afin qu'elle y croie, ne fût-ce qu'une seconde.

Hester se leva. Elle était surprise d'être aussi fatiguée alors qu'elle était restée assise toute la journée au tribunal. Son corps tout entier était crispé, ses muscles noués, dans la tension douloureuse de l'espoir mêlé de peur.

— Je commencerai à chercher demain, je ne serai donc pas au tribunal. Ça ira quand même?

— Bien sûr!

Callandra se leva à son tour, légèrement ragaillardie, comme si une solution de rechange était désormais envisageable. Si Hester avait une intention, c'était forcément qu'elle avait flairé quelque chose.

— Voulez-vous ma voiture? proposa-t-elle prestement. Ça sera plus facile pour vous déplacer.

Elle n'ajouta pas que ça lui coûterait moins cher, mais c'était aussi à prendre en considération. Elle n'avait pas d'argent liquide à donner à Hester pour qu'elle paie ses déplacements, et remettre au lendemain était un luxe qu'elle ne pouvait s'offrir.

— Merci, accepta Hester. Excellente idée.

Elle serra vivement Callandra dans ses bras avant de prendre congé, la tête bouillonnante d'idées.

Il n'était plus temps de penser tactique : avait-elle offert de faux espoirs ou fait preuve de perspicacité? Toutes les autres voies conduisaient à l'échec.

Elle dormit d'un sommeil agité, se réveillant toutes les heures, l'esprit en ébullition, cherchant les erreurs à éviter, les moyens de percer à jour les mensonges que peut-être on lui dirait. Avec toujours à l'esprit, aussi menaçante qu'un orage à l'horizon, l'obligation d'avouer un échec à Callandra.

Monk lui manquait. Elle arrivait parfois à l'oublier, mais tout en elle le lui rappelait. Il aurait su comment agir correctement. Le succès ne l'aurait pas fui s'il avait eu une chance de gagner, si minime fût-elle.

Elle se leva de bonne heure et avala deux toasts. Elle savait depuis longtemps que, peu importaient les préoccupations, l'estomac noué, avant d'agir il fallait se restaurer.

Elle prit ensuite la voiture de Callandra, dont le cocher avait dormi dans une pension de famille proche afin de l'attendre devant sa porte à sept heures et demie. Elle lui ordonna de la conduire directement au commissariat où elle se présenta à l'accueil et demanda à parler au commissaire Runcorn, précisant qu'il s'agissait d'une affaire urgente. L'heure matinale et son nom suffirent à impressionner le sergent de garde qui alla aussitôt porter le message. Il revint rapidement, lui proposa de patienter dix minutes, Mr. Runcorn allait la recevoir, et voulait-elle une tasse de thé ? Elle déclina poliment l'offre, et attendit sagement Runcorn.

Dix minutes plus tard, on la conduisit dans le bureau de Runcorn où elle trouva un homme fraîchement rasé derrière un bureau bien rangé. Le rasage n'était pas en son honneur, le rangement si.

— Bonjour, Mr. Runcorn, commença-t-elle, tâchant de maîtriser sa nervosité. Merci de me recevoir aussi rapidement. Comme vous le savez, le procès du Dr. Beck se déroule mal pour lui. Je travaille à ses côtés depuis plusieurs années et je suis persuadée qu'il doit y avoir des choses que nous ignorons encore, dont certaines concernent Allardyce. William est à Vienne afin d'en apprendre davantage sur Max Niemann. J'aimerais pour ma part suivre la piste du peintre.

Elle avait parlé trop vite pour qu'il l'interrompe, mais elle s'était rendu compte qu'il n'avait pas essayé, et cela la surprit. Il avait l'air malheureux, comme si la façon dont l'enquête avait abouti le peinait autant qu'elle.

— Allardyce était à Southwark toute la soirée, Mrs. Monk, dit-il. À mon grand regret, je vous l'assure, j'ai un dessin qui le prouve.

Hester devait faire très attention à ce qu'elle allait dire. Un mois plus tôt, elle l'aurait dupé avec plaisir par tous les moyens. Aujourd'hui, elle détestait d'avoir à le faire.

— Vraiment ? fit-elle, perplexe.

— Oh, c'est bien lui, assura Runcorn. Et ça a été fait au *Taureau et la Demi-Lune*, ça ne fait aucun doute. Le propriétaire, qui le connaît bien, se rappelle l'avoir vu.

Hester ne parut pas convaincue.

— Je continue à croire qu'il est impliqué dans les meurtres d'une manière ou d'une autre, insista-t-elle. Si le Dr. Beck avait voulu tuer Elissa, il ne l'aurait jamais fait chez quelqu'un d'autre !

— Les meurtres sont rarement logiques, répliqua Runcorn avec tristesse.

— Votre sergent a été assez bon pour m'offrir du thé, mais j'avais tellement hâte de vous voir que j'ai refusé. Je me demande si...

Il fut ravi d'avoir l'occasion de faire quelque chose pour elle.

— Mais, bien sûr, dit-il en se levant prestement. Attendez une seconde, je vais demander qu'on vous en apporte.

— Merci, accepta Hester, souriante.

Il sortit. Elle se rua sur son bureau et ouvrit le tiroir du haut. Il n'y avait que des crayons et des feuilles de papier vierges. Le second contenait des rapports. Ses mains tremblaient d'impatience. Où avait-il porté les yeux lorsqu'il avait parlé d'un dessin ? Il ne lui restait plus beaucoup de temps avant qu'il revienne.

Rien non plus dans le troisième tiroir. Elle se tourna vers l'étagère, déplaça deux livres posés à plat. Le voilà ! Une esquisse d'un groupe d'hommes assis autour d'une table. Elle s'en empara et le glissait déjà sous sa veste lorsqu'elle entendit la porte grincer. Elle n'avait pas le temps de retourner s'asseoir. Elle alla donc à la rencontre de Runcorn comme si elle venait de se lever pour prendre la tasse qu'il lui apportait.

— Merci ! dit-elle avec gratitude, plus parce qu'elle l'avait échappé belle que pour le thé. Je ne m'étais pas rendu compte qu'il faisait si froid... et que j'avais soif. C'est fort aimable à vous.

Il rougit légèrement.

— Je suis navré que les choses se déroulent mal pour le Dr. Beck. J'aimerais qu'il y ait...

— Naturellement, coupa-t-elle en se rasseyant. Mais on ne peut pas changer les faits. J'espérais juste que... c'était stupide de ma part.

Ayant réclamé du thé, elle fut obligée de rester le temps de le boire. Elle était terrifiée à l'idée qu'il décide de lui montrer le dessin pour lui prouver qu'Allardyce figurait bien dessus.

— Je ne voudrais pas abuser de votre temps, dit-elle après avoir vidé sa tasse. Vous avez été très patient. Il n'y a aucune chance que les meurtres aient un rapport avec le jeu, j'imagine ?

— Non, ça n'aurait pas de sens, Mrs. Monk. Il n'y a rien que j'aimerais autant que d'épingler des tenanciers de tripot, mais je n'ai aucun motif pour ça. Ces gens-là tuent lentement, jamais en brisant des nuques.

Hester reposa sa tasse.

— Je suis désolé, s'excusa-t-il en rougissant.

— Je vous en prie, dit-elle vivement. Les faits sont les faits, vous n'y pouvez rien.

Elle se leva.

— J'apprécie votre franchise, Mr. Runcorn. Nous

tolérons trop de détestables activités en leur donnant des noms inoffensifs. Merci de votre courtoisie.

Elle ne lui tendit pas la main de peur que le dessin ne craque sous sa veste.

— Je trouverai mon chemin toute seule. Au revoir, Mr. Runcorn.

— Au revoir, Mrs. Monk.

Il se leva et fit le tour de son bureau pour aller lui ouvrir la porte.

Elle sortit, le cœur battant et l'esprit coupable, mais elle avait le dessin.

Après avoir passé la matinée et le début de l'après-midi à rôder sans succès près de l'atelier d'Allardyce, Hester en vint à la conclusion qu'elle manquait de pratique pour les filatures. Vers le milieu de la journée, elle décida de suivre les amis d'Allardyce et se dit qu'en se rendant à Southwark, elle trouverait certains d'entre eux au *Taureau et la Demi-Lune*. Comme la lumière déclinait, personne ne pouvait peindre après quatre heures.

Il faisait presque nuit, les réverbères étaient déjà allumés, lorsqu'elle arriva à la taverne. Dans la salle enfumée, parfumée de relents de bière, les conversations allaient bon train. La lumière jaunâtre d'une douzaine de lampes éclairait toutes sortes de visages, essentiellement masculins. Il était trop tôt pour que les filles des rues viennent y chercher leur clientèle, et les femmes plus respectables étaient absorbées par leur travail : le dîner à préparer, le linge à repasser, les enfants à surveiller. Hester respira un bon coup et entra.

Elle essuya une ou deux paillardises, qu'elle ignora, trop attentive à trouver un ami ou un collègue d'Allardyce pour se permettre le luxe d'être offusquée. Elle remarqua alors un homme dont le bras était amputé à hauteur du coude et le visage émacié barré d'une balafre. Son cœur fit un bond en croyant reconnaître un soldat. Si c'en était un, elle avait trouvé au moins une personne à qui parler, peut-être même un allié.

N'ayant pas de temps à perdre en délicatesses, elle lui adressa un sourire froid, impossible à prendre pour une invitation.

— Où avez-vous servi ? demanda-t-elle, espérant ne pas s'être trompée.

Quelque chose dans le ton de sa voix, comme une offre d'amitié fraternelle, empêcha toute méprise sur ses intentions. Il abaissa les yeux sur sa manche vide, puis les leva vers elle.

— Alma, répondit-il d'un air interrogateur, attendant de voir si le nom de cette bataille sanglante évoquait quelque chose pour elle.

— Vous avez eu de la chance, rétorqua-t-elle avec calme. J'en connais qui ont connu pire.

L'œil du manchot s'alluma.

— Comment le savez-vous, mam'zelle ? Vous avez perdu quelqu'un ?

— Des tas d'amis. J'étais à Sébastopol et à Scutari.

— Vous êtes veuve, peut-être ? s'enquit-il, de la pitié dans la voix.

— Non, sourit Hester, infirmière.

— Laissez-moi vous offrir un verre, proposa-t-il aussitôt. Tout ce que vous voulez. Du champagne, si j'en avais les moyens.

— Du cidre, ça ira, accepta-t-elle en s'asseyant en face de lui.

Elle eut la sagesse de ne pas proposer d'aller se servir elle-même et de le priver ainsi de sa générosité, ou du sentiment qu'il maîtrisait la situation et n'avait pas besoin d'aide pour porter un verre.

— Qu'est-ce qui vous amène ici ? demanda-t-il en revenant avec le cidre. Je ne vous ai jamais vue.

Hester avait déjà décidé que seule la franchise paierait. Elle lui expliqua donc qu'elle cherchait des renseignements pour aider un ami accusé d'un crime dont elle le croyait innocent — ou pour lequel il pourrait bénéficier de circonstances atténuantes. Elle avait besoin d'informations sur un homme qui était dans ce pub le soir du meurtre, et elle lui montra le dessin qu'elle avait subtilisé dans le bureau de Runcorn.

Le soldat l'examina en plissant les yeux, s'attardant sur les visages les uns après les autres.

— C'était quel soir ? demanda-t-il enfin.

Elle lui dit la date.

— Oh, ça remonte à loin ! fit-il avec une moue.

— Je sais, admit Hester, j'aurais dû venir plus tôt. Mais nous cherchions dans une autre direction. Pensez-vous que quelqu'un se rappellera ? C'était le soir où un haquet avait renversé son chargement de mélasse dans Drury Lane, si ça peut vous rafraîchir la mémoire.

— Comment savoir ? Je ne vais jamais par là-bas.

Il examina de nouveau le dessin.

— Je connais ce peintre, dit-il en désignant l'un des personnages. Celui-là aussi, ajouta-t-il en montrant Allardyce du doigt. Il habite plus loin, mais il vient de temps en temps ici.

Il étudia de nouveau le dessin des hommes autour d'une table, une chope d'ale à la main, la taverne grossièrement esquissée, le mur sur lequel était épinglée l'affiche d'un music-hall voisin représentant un jongleur.

Hester attendit avec le sentiment angoissant d'une déception croissante.

— Y a quelque chose qui ne va pas, dit le soldat en secouant la tête. J'sais pas ce que c'est mais c'est pas normal.

Hester parcourut la salle des yeux, cherchant l'endroit où les hommes du dessin s'étaient assis. Peut-être était-ce dans une autre taverne ? L'espoir était bien mince. Elle allait se décourager lorsqu'elle reconnut la table et les chaises, et les boiseries en arrière-plan.

Un détail la frappa. L'affiche était différente. Celle-ci

figurait un chanteur vêtu d'une chemise rouge. Son cœur se mit à battre plus fort.

— Quand a-t-on changé cette affiche ? demanda-t-elle.

Le soldat écarquilla les yeux.

— C'est ça ! s'exclama-t-il. Vous avez trouvé ! Celle-là était placardée le soir dont vous parlez — le jongleur n'était pas là. Vous pouvez demander au music-hall, à n'importe qui, on vous le confirmera ! Le dessin n'a pas été fait ce soir-là !

Il tapota l'esquisse du doigt.

— Il était là, c'est vrai, mais pas ce soir-là ! Ça vous aide ? s'enquit-il avec un sourire triomphant.

— Oui ! acquiesça Hester avec un sourire tout aussi rayonnant. Oui, beaucoup ! Je vous remercie. Maintenant, laissez-moi vous offrir un cidre, et peut-être quelque chose à manger. Je grignoterais bien quelque chose moi-même. Ensuite, j'irai demander aux gens du music-hall de me le confirmer, sous serment, si c'est nécessaire.

— Je prendrai une tourte au mouton, si ça vous dérange pas. Je vous la conseille, elle est excellente. Ça vous cale bien.

En quittant *Le Taureau et la Demi-Lune*, Hester fut surprise de voir à quel point le brouillard s'était épaissi ; le linceul gris qui s'était abattu ne permettait pas de voir au-delà de cinq mètres. Elle avait eu l'intention d'aller au music-hall vérifier si les dates des spectacles du jongleur et du chanteur coïncidaient, si l'affiche avait bien été changée, mais avec la purée de pois qui montait du fleuve, c'était une mission impossible. Elle ne voyait même pas de l'autre côté de la rue. Où était la voiture ? Elle n'était pas à l'endroit où elle l'avait laissée, mais le cocher n'aurait pas pu l'y attendre. Elle se trouvait sans doute dans une rue adjacente.

Elle se mit à marcher, consciente des bruits de pas derrière elle... mais n'était-ce pas l'écho de ses propres pas ? Le brouillard déforme les bruits, mais il les étouffe plus qu'il ne les amplifie !

Elle se retourna d'un coup et aperçut une ombre dans la vapeur blanche qui l'enveloppait. Elle recula... l'ombre avança. Elle alla sous un réverbère dont la lumière avait du mal à percer la purée de pois et distingua le visage blême d'Allardyce et ses cheveux bruns. Elle faillit s'étouffer de terreur. Inutile de nier les raisons de sa présence, il devait l'avoir suivie depuis *Le Taureau et la Demi-Lune*. Elle avait encore le dessin. Où était la voiture ? Loin ? Pouvait-elle s'enfuir ? Était-elle seulement dans la bonne direction ?

Elle recula encore d'un pas, puis d'un autre. Le brouillard s'épaissit, puis un courant d'air froid le dispersa et elle vit Allardyce à quelques mètres à peine. Il devait lire sur son visage qu'elle savait qu'il avait menti.

— Qui êtes-vous ? lança-t-il d'une voix dure.

Il avait l'air furieux ; à moins que ce ne fût de la panique, parce que lui aussi se sentait piégé ?

— Pourquoi interrogez-vous les gens sur moi ? Je n'ai pas tué Elissa, ni Sarah !

— Vous avez menti ! l'accusa-t-elle. Vous avez dit que vous étiez ici, mais c'est faux. Si vous ne les avez pas tuées, pourquoi ne pas avoir dit la vérité ?

Elle continuait de s'éloigner de lui et il la suivait.

— Parce que j'avais peur qu'on m'accuse de toute façon ! rétorqua-t-il d'une voix crispée. J'étais dans la maison de jeux d'Acton Street ; une des femmes que je dessinais s'est mise en colère. Son mari a fait une scène effroyable et on l'a assommé. Sa femme m'a suivi pour déchirer les portraits que j'avais faits d'elle.

Avec un mélange de tristesse et d'exultation, Hester s'aperçut qu'il parlait de Charles et d'Imogen. Cela ne prouvait pas son innocence, mais au moins il ne mentait pas.

— Pouvez-vous me décrire la femme ?

— Quoi ? fit-il, incrédule.

— À quoi ressemblait-elle ? cria-t-elle presque.

Des volutes de brouillard les entouraient et la plainte d'une corne de brume leur parvint du fleuve, aussitôt suivie d'une autre.

— Brune, dit-il. Mignonne, les traits réguliers.

C'était bien Imogen.

— Où êtes-vous allé ensuite ? demanda-t-elle en faisant un nouveau pas en arrière.

Maintenant, elle était dans l'obscurité, lui sous la lumière. Elle voyait les gouttelettes d'humidité s'accrocher à ses cheveux et à sa peau.

— Pas à Acton Street ! aboya-t-il. J'ai pris un fiacre pour aller à Canning Town. Je ne suis pas rentré avant le lendemain matin.

— Si vous pouvez le prouver, pourquoi avoir menti ?

Il marchait toujours vers elle. Acceptait-il juste de répondre pour l'endormir, et, lorsqu'il serait assez près et qu'elle ne se méfierait plus, lui sauter dessus et lui briser la nuque d'un coup sec à elle aussi ? Elle pivota sur les talons, empoigna ses jupes et courut aussi vite qu'elle le put dans le brouillard aveuglant, le cœur tambourinant si fort qu'il faillit lui couper le souffle, le bruit de ses pas étouffé. Elle n'avait aucune idée de la direction qu'elle prenait. Elle trébucha sur la bordure du trottoir d'une rue perpendiculaire, faillit perdre l'équilibre.

Elle entendit un reniflement suivi d'un soufflement ; elle réprima un cri, fonça droit devant elle et se heurta violemment au flanc d'un cheval. L'animal se cabra et recula, et une voix d'homme poussa un juron.

— Albert ! cria-t-elle à pleins poumons.

— C'est moi, miss ! Où êtes-vous ?

— Ici ! Je suis ici ! hoqueta-t-elle.

Elle contourna le cheval, sentit la masse rassurante de la voiture et ouvrit la portière à tâtons.

— À la maison ! Si vous voyez assez clair, ramenez-moi à Grafton Street, mais vite ! Allez, foncez !

— Oui, miss, vous inquiétez pas, répondit calmement

le cocher. On verra mieux quand on se sera éloignés du fleuve.

Elle s'affala sur la banquette et claqua la portière.

Ils avaient franchi le pont et le brouillard se faisait moins épais avant qu'elle pense à dire au cocher de passer devant le commissariat où elle voulait laisser un message à Runcorn, et lui rendre le dessin avec des excuses.

À Vienne, Monk fit ses adieux à Ferdi au cours d'un petit déjeuner très matinal ; il le remercia pour l'aide inestimable qu'il lui avait apportée ainsi que pour l'amitié qu'il lui avait témoignée.

— Oh, ce n'était rien, dit Ferdi avec désinvolture, mais sans quitter Monk des yeux et rougissant légèrement. C'était plutôt important, n'est-ce pas ?

— Oui, acquiesça Monk, très important.

— Est-ce que... euh, vous m'écrirez pour me dire ce qui est arrivé au Dr. Beck ? Je... j'aimerais savoir.

— Bien sûr, promit Monk, redoutant déjà d'avoir à lui apprendre de mauvaises nouvelles.

— Merci. Je n'ai pas de carte, mais j'en ai emprunté une à mon père. Vous pourrez me contacter à cette adresse. Si vous revenez à Vienne...

Il laissa la phrase en suspens, comprenant soudain qu'il était allé trop loin.

— Je vous préviendrai, termina Monk à sa place. Et vous pouvez être sûr que je passerai vous voir.

— Ah... très bien.

Un sourire éclaira le visage de Ferdi ; il empoigna la main de Monk et l'étreignit avant de la lâcher soudain pour s'incliner très solennellement et claquer les talons.

— *Auf wiedersehen*, dit-il en regardant Monk à travers ses paupières mi-closes.

— *Auf wiedersehen, Herr Gerhardt*, répondit Monk. Bon, je dois me dépêcher si je ne veux pas rater le train !

Il retrouva Max Niemann à la gare comme prévu ; une

demi-heure plus tard, le train partait. Monk était impatient de rentrer raconter à Hester ce qu'il avait découvert. Ce n'était pas la solution convaincante qu'il avait espérée, mais il n'avait pas trouvé mieux et il ne savait plus où chercher.

Soudain le fardeau lui parut insupportable. Elissa avait dénoncé une femme qui avait trouvé la mort par sa faute. Max Niemann l'ignorait, de même que Kristian. Assurément, Fuller Pendreigh l'ignorait aussi. La nouvelle allait durement les secouer.

Monk dévisagea Niemann assis en face de lui dans le compartiment qui tanguait avec un bruit de ferraille cependant que le train prenait de la vitesse en entrant dans la campagne. S'il l'avait su, serait-il seulement venu à Londres ? Qu'aurait-il donné pour que cela ne soit pas vrai ? Cela briserait l'image idéale à laquelle il croyait depuis des années et qu'il vénérait.

Qu'est-ce que Kristian penserait ? Avait-il deviné une partie du drame — l'amour d'Hanna, le fait qu'elle connût ses origines juives, même s'il les ignorait lui-même ; la jalousie d'Elissa et l'odieuse trahison ?...

Ou le savait-il ? C'était plus obscur que la nuit qu'il voyait derrière la vitre du compartiment, glaciale, agitée par le vent du nord qui soufflait des plaines proches de la frontière russe. S'était-il passé quelque chose qui lui avait appris l'infâme trahison et avait-il voulu se venger ?

Rien n'aiderait Kristian, sinon peut-être le témoignage de Max Niemann à propos de la présence d'Allardyce près du lieu du crime, et non de l'autre côté de la Tamise comme il l'avait juré. Mais les jurés le croiraient-ils ? C'était un étranger et un ami de longue date de l'accusé. Son témoignage n'était-il pas dicté par la loyauté ?

Naturellement, Monk ne dirait pas à Pendreigh ni à Callandra ce qui était arrivé à Hanna voilà des années.

Il valait mieux pour tout le monde que les tragédies et la culpabilité soient enterrées.

À moins que Kristian ne sache déjà? Dans ce cas, il semblait prêt à emporter le secret d'Elissa — et le sien — dans la tombe.

Il y avait trop de décisions à prendre... et sans l'aide d'Hester.

Il s'enfonça davantage dans le siège et se prépara à dormir. Le voyage serait long, le sommeil difficile.

Sans l'avoir voulu, le lendemain matin il se retrouva en train de partager les épreuves, les amusements et les tribulations du voyage avec Max Niemann. C'était un homme intelligent, dont le caractère excentrique était à la fois agréable et singulier. La conversation avec lui faisait passer le temps plus vite, et, tant qu'ils ne parlaient ni de Kristian, ni d'Elissa, ni du soulèvement, il était facile d'éviter les pièges affectifs d'un secret qu'il ne pouvait partager.

Ils traversèrent Cologne et se dirigèrent vers Calais. Le temps s'étirait interminablement, mais kilomètre après kilomètre ils approchaient de l'Angleterre.

La traversée de la Manche fut agitée et froide, et l'amarrage sembla s'éterniser. Le train de Londres fut retardé, et ils durent parcourir les wagons sur toute la longueur du train avant de trouver des places assises. Mais, finalement, le soir du quatrième jour, ils arrivèrent à Londres, les portières s'ouvrirent à la volée, les cris retentirent, les bagages furent sortis des filets, et commença la ruée pour trouver un fiacre.

Monk était fatigué au-delà de toute description. Il marchait comme dans un rêve. Tout son corps était douloureux et il avait l'impression que ses muscles ne fonctionneraient plus jamais comme avant. Il avait tellement hâte de revoir Hester qu'il croyait la reconnaître dans toutes les femmes minces qu'il apercevait de dos. Il finit par se demander s'il était vraiment réveillé.

Max Niemann lui dit qu'il descendrait à son hôtel

habituel où on lui trouvait toujours une chambre, même s'il arrivait à l'improviste, et il lui promit de passer à Grafton Street le lendemain matin.

Monk lui souhaita une bonne nuit et commença enfin à se détendre cependant que son fiacre se dirigeait vers Tottenham Court Road, et vers Grafton Street. Il s'était assoupi quand le véhicule s'arrêta en cahotant et que le cocher l'informa qu'il était arrivé. Dérouté, Monk faillit tomber en descendant, régla la course et sortit sa clé afin de surprendre Hester et voir la joie illuminer son visage ; il avait hâte de retrouver le confort de son foyer, sentir l'odeur familière de la cire, du feu dans la cheminée, des fleurs dans le vase et, surtout, de tenir Hester dans ses bras.

Mais il faisait sombre et il n'y avait personne. Il lâcha ses bagages, chercha les robinets à gaz à tâtons. Le feu était éteint, il n'avait pas été allumé de la journée. La déception l'anéantit, comme si on l'avait frappé, lui coupant le souffle. La fatigue s'abattit sur lui et il se mit à frissonner de façon incontrôlable.

Il entra dans la cuisine, remplit la bouilloire. Il lui fallut une demi-heure pour allumer le fourneau et attendre que l'eau bouille. Il se disposait à préparer le thé lorsqu'il entendit la porte d'entrée s'ouvrir. La boîte à thé à la main, il alla dans la pièce du devant.

Hester était dans le vestibule, toujours en manteau. Elle avait le visage livide, un bleu sur la joue, les cheveux défaits et les vêtements en désordre.

— Où diable es-tu allée ? lui cria-t-il. Tu sais l'heure qu'il est ?

Elle le regarda avec étonnement, puis avec indignation.

— Non ! rétorqua-t-elle. Et je m'en fiche !

— Où étais-tu ? insista-t-il, la voix tremblante d'émotion.

Il ne pouvait quitter son visage des yeux, explorait chaque détail, furieux de s'être laissé emporter et de ne pouvoir cacher son inquiétude. Il aurait voulu la prendre dans ses bras et ne plus la lâcher, ni ce soir-là, ni jamais. L'intensité de son désir l'effraya.

— Ne reste pas plantée là ! Où étais-tu ?

— Ne me dis pas que tu peux aller à l'autre bout de l'Europe et que je n'ai même pas le droit d'aller au commissariat du coin ! s'exclama-t-elle.

Elle le dévisagea d'un œil brillant.

— Le commissariat ? Pourquoi ? Que s'est-il passé ?

— J'ai découvert qu'Argo Allardyce n'était pas à Southwark le soir où Elissa a été tuée. Il était encore à Swinton Street.

— Oui, Max Niemann l'a vu. Comment le sais-tu ?

— Je l'ai senti, répondit-elle d'une voix glaciale. Le croquis qu'il a donné à Runcorn n'a pas été dessiné ce soir-là, l'affiche du music-hall était plus ancienne. Il a admis avoir été dans la maison de jeux.

— Runcorn te l'a dit ?

— Non, c'est moi qui le lui ai dit.

— Et comment diable l'as-tu su ? Où es-tu allée ?

Il s'était mis à hurler malgré lui, poussé par la peur... la peur qu'elle ait été en danger et qu'il n'ait pas été là pour la protéger, ou l'empêcher de prendre de tels risques.

— Bon sang, Hester !

Il balança la boîte de thé d'un geste rageur et regarda les feuilles se répandre par terre.

Hester se mit à rire. Elle défit les rubans de son chapeau, le lança au hasard et se jeta dans les bras de Monk. Le rire se changea en pleurs et elle s'accrocha à lui de toutes ses forces. Il l'étreignit, perdant toute notion du temps, mais continua de la serrer contre lui car plus rien n'avait d'importance.

CHAPITRE XIII

Monk aurait pu tenir Hester dans ses bras toute la nuit, mais le procès reprenait le lendemain et ils ne pouvaient se permettre d'attendre le matin pour voir Imogen et Pendreigh. Il serait peut-être trop tard.

Hester s'écarta et le dévisagea.

— La patience du juge est à bout. Nous devons préparer la défense dès ce soir.

Voyant la fatigue dans ses yeux, elle ajouta :

— Je suis désolée, William, mais il le faut.

— Avons-nous assez pour semer le doute ? Allardyce était sur place, mais que se passera-t-il si quelqu'un témoigne qu'il avait quitté les lieux avant les meurtres ?

Il repassa dans sa tête tout ce qu'il avait appris à Vienne sur Max Niemann, qu'il ne croyait pas capable d'avoir assassiné Elissa. Mais le pire de tout était la dénonciation de Hanna Jakob. Il ne voulait pas en parler à Hester, il préférait la refouler jusqu'à ce que les détails deviennent flous, que les mois passent, et qu'il l'oublie. Peut-être suffirait-il d'impliquer Allardyce comme suspect, sans avoir besoin de raconter le reste ?

— Je l'ai dit à Runcorn, déclara Hester. Il va forcément rechercher le cocher du fiacre qu'Allardyce prétend avoir pris. Naturellement, il risque de ne pas le trouver avant la fin du procès. Et Allardyce a peut-être menti une nouvelle fois.

Monk lui expliqua la théorie de Max Niemann selon laquelle Sarah aurait tué Elissa, avant qu'Allardyce la tue à son tour de rage. Hester parut sceptique.

— Je n'y crois pas, mais je ne vois pas pourquoi ça serait impossible. Nous devons persuader Imogen de témoigner. Ça corroborera la déposition de Niemann. Si elle refuse, on pourra peut-être l'obliger ?

— Oui, mais ça serait... déplaisant.

— Je sais, dit Hester en redressant les épaules. Allons-y dès ce soir.

Sur ce, elle prit son manteau.

Ils durent marcher dans un léger crachin jusqu'à Tottenham Court Road avant de trouver un fiacre qui les emmena chez Charles et Imogen. Le trajet se déroula en silence. Il était inutile de préparer des arguments : ils comptaient dire la vérité, et ils n'avaient ni le temps ni l'envie de l'habiller de fioritures.

Le majordome leur ouvrit, surpris et fort contrarié. Il était sur le point de leur répondre sèchement lorsqu'il reconnut Hester et prit un air alarmé.

— Tout va bien, Mrs. Monk ? demanda-t-il nerveusement.

— Oui, il n'y a pas eu d'accident, merci. Mais il s'agit d'une affaire qui ne souffre pas d'attendre. Soyez assez bon de prévenir Mr. Latterly que nous aimerions le voir, Mrs. Latterly aussi. C'est urgent.

— Bien sûr, madame.

Il remarqua Monk.

— Monsieur, si vous voulez bien me suivre, je vais attiser le feu dans le salon...

— Je m'en charge, coupa Monk. Merci. Ayez l'amabilité d'aller chercher Mrs. Latterly...

Bien que dérouté, le majordome s'abstint de discuter.

Dans le salon, Monk alluma les lampes à gaz et les régla pour avoir le maximum de lumière, puis il alla attiser le feu pour le ranimer. Il avait terminé avant que la porte ne s'ouvre, laissant entrer Charles.

— Que se passe-t-il ? demanda-t-il en regardant tour à tour Hester et Monk.

Il semblait extrêmement fatigué, mais ils ne l'avaient pas tiré du lit. Son accueil fut des plus sommaires.

— Qu'est-il arrivé ?

Il était superflu de parler du procès en détail. Le temps manquait. Hester aurait préféré ne pas déranger Charles, elle redoutait de voir sa peur et sa gêne, mais il était impossible de fuir la réalité.

— Max Niemann a vu Imogen sortir de la maison de jeux le soir où Elissa a été tuée.

Elle fut surprise de parler d'elle comme si elle l'avait connue.

— Niemann a aussi vu Allardyce, ce qui signifie qu'il n'était pas à des kilomètres comme il l'a juré. Si Imogen l'a vu, ça nous aidera à semer le doute et à faire acquitter Kristian.

Dans la lueur des lampes à gaz, Charles était très pâle, on eût dit qu'il était malade.

— Je vois, dit-il lentement. Et vous voulez qu'elle témoigne.

— Oui !

Dieu merci, il avait compris.

— Je crains que cela soit nécessaire.

Le silence était si pesant que l'air en était presque irrespirable. Il n'y avait pas un bruit, sinon le léger crépitement des flammes lorsqu'elles léchaient les boulets de charbon que Monk venait de rajouter.

— Je suis navrée, assura Hester avec douceur.

L'ombre d'un sourire effleura les lèvres de Charles.

La porte s'ouvrit et Imogen parut sur le seuil. Elle s'était habillée, mais n'avait pas pris la peine de refaire sa coiffure. Ses cheveux tombaient en cascade sur ses épaules. L'espace d'un instant, en passant sous une lampe, elle représenta la version en chair et en os des portraits d'Elissa peints par Allardyce.

— Qu'y a-t-il ? demanda-t-elle en regardant Hester droit dans les yeux. Que s'est-il passé ?

Ce fut Charles qui répondit. Il était manifestement déchiré entre le désir de simple franchise et l'envie d'atténuer le choc et d'épargner son épouse. Il aurait dû savoir que c'était impossible. Peut-être d'ailleurs le savait-il, mais il ne pouvait briser les habitudes de toute une vie.

— Allardyce a été vu près de son atelier le soir où Mrs. Beck a été assassinée, commença-t-il. Ça signifie qu'il est peut-être coupable, après tout. La personne qui l'a vu t'a vue aussi...

Il rougit tandis qu'Imogen se raidissait.

— Et si tu l'as vu, ça prouverait avec plus de poids qu'il était bien là.

— Pourquoi les juges en douteraient-ils ? demanda-t-elle vivement. Si cette personne affirme qu'elle l'a vu, n'est-ce pas suffisant ?

Charles interrogea Monk du regard.

— C'est un ami de Christian Beck, expliqua ce dernier. On croira peut-être qu'il cherche à le défendre. Son témoignage doit être corroboré.

Imogen regarda Charles avec de grands yeux. Hester essaya de déchiffrer son expression. Il n'y avait pas seulement de la peur. Était-ce de la honte, ou même une sorte d'excuse d'avoir à admettre publiquement où elle était, et qu'elle y était allée sans lui ? Il serait humilié devant tout le monde. Avait-elle une idée de ce qui lui était arrivé au club ce fameux soir ?

Il s'était rapproché d'elle, comme pour la protéger de son corps. Elle le dévisagea, mais l'angle de ses épaules maintenait une distance entre eux, une séparation.

— C'est la seule chose honorable à faire, dit Charles avec calme.

Il jeta un regard vers Monk.

— Décrivez cet homme, dites exactement où il était et quand. Peut-être qu'Imogen devrait le voir en personne ?

— Non. Il vaut mieux qu'ils ne se rencontrent pas. L'accusation aura tôt fait de faire remarquer que nous sommes aussi des amis de Kristian et que nous avons arrangé le témoignage. Il est préférable qu'elle ne le voie qu'au tribunal. Pendreigh le fera venir à la barre, et il appellera Imogen pour témoigner.

Imogen se tourna vers lui, frissonnante, l'œil brûlant de fièvre.

— Je ne peux pas ! Je ne sais absolument pas qui était dans la rue ce soir-là. Je ne pourrai pas désigner la bonne personne. Je risque de tout gâcher... Je suis... navrée.

Charles la dévisagea avec étonnement.

— Tu es sûre ? Réfléchis bien. Essaie de t'imaginer sur les lieux. Pense au moment où tu es sortie de... l'établissement...

— Je ne me souviens pas ! le coupa-t-elle. Je suis désolée. Je regardais droit devant moi. J'aurais pu croiser n'importe qui, je n'aurais pas remarqué !

Elle se détourna, gratifia Monk d'un sourire d'excuse, puis Hester, mais on voyait bien à sa tête que son refus était définitif.

Monk mit Hester dans un fiacre et donna au cocher l'adresse de Grafton Street, puis il en prit un autre pour Lamb's Conduit Street où habitait Runcorn. Il était minuit passé lorsqu'il réveilla le policier en tambourinant à sa porte. Comme il s'y était attendu, il fallut plusieurs minutes avant que Runcorn ne paraisse, à demi endormi et la mine fripée, mais dès qu'il reconnut Monk, les cheveux plaqués sur la figure par la pluie, il ouvrit la porte en grand et l'invita à entrer.

— Alors ? questionna-t-il quand ils étaient encore dans le petit vestibule. Qu'avez-vous découvert à Vienne ? Des choses intéressantes ?

— Oui.

D'une certaine manière, se retrouver avec Runcorn dans ce vestibule ordinaire et exigu ramena Monk aux facettes de la procédure judiciaire, à la réalité, dépouillée des sentiments et des désirs. Il suivit Runcorn dans la cuisine, tira une chaise à lui et s'assit.

Runcorn alluma la lampe à gaz et alla attiser les cendres du poêle pour le faire repartir.

— Alors ? fit-il, tournant le dos à Monk.

— J'ai ramené Niemann. Il est plus que désireux de témoigner, à la fois pour la personnalité de Kristian...

Runcorn se retourna d'un coup et fusilla Monk du regard.

Ce dernier se frotta les yeux et respira à fond. Malgré toutes leurs années de rivalité et d'antipathie, les querelles mesquines, ils partageaient davantage de valeurs qu'il ne l'avait cru un mois plus tôt, et ils se connaissaient trop bien pour se satisfaire de demi-vérités. Il leva les yeux vers Runcorn. Le poêle commençait à tirer, les boulets de charbon rougeoyaient.

— Niemann affirme qu'il était dans Swinton Street, près de la maison de jeux, juste avant les meurtres, et qu'il a vu Allardyce en sortir.

Naturellement, Runcorn savait déjà par Hester qu'Allardyce était sur place. Il devait aussi savoir qu'elle lui avait dérobé le dessin, même si elle le lui avait rendu.

Runcorn le fixa sans ciller.

— Allez-y, incita-t-il Monk.

Il posa machinalement la bouilloire sur le poêle.

— Ce n'est pas tout, sinon vous ne seriez pas là comme un week-end pluvieux à Margate[1]. Allardyce

1. Margate, dans le Kent, fut la première station balnéaire britannique. Au XIXe siècle, son accès facile depuis Londres en avait fait le séjour privilégié de la grande bourgeoisie et de la noblesse. *(N.d.T.)*

ment peut-être, comment savoir ? Niemann est-il l'ami du Dr. Beck ou son ennemi ? C'était l'amant d'Elissa ?

— Son ami. Non, il n'était pas l'amant d'Elissa, je ne crois pas.

Runcorn se pencha au-dessus de la table.

— Mais vous n'en savez rien ! Ma parole, on dirait que vous avez tout votre temps ! Attendez-vous que je vous tire les vers du nez ?

Monk le regarda, surpris par la familiarité de son visage, ses moindres rides, le ton de sa voix. Il savait qu'ils se connaissaient depuis plus de vingt ans. Et cependant, il y avait des zones d'ombre, des émotions, des croyances, des réalités profondes que Monk découvrait seulement. Peut-être ne s'y était-il pas intéressé plus tôt ?

— Il existe à Vienne, comme dans toute l'Autriche, un profond ressentiment à l'égard des juifs, dit-il lentement. Ils sont persécutés depuis des générations. Je devrais dire des siècles.

Runcorn attendait patiemment sans quitter Monk des yeux.

— Afin de survivre, d'échapper à la discrimination, sinon à la persécution, certains juifs renièrent leur origine et leur foi, germanisèrent leur nom et se convertirent à la religion catholique.

— Vous avez une idée derrière la tête, sinon vous ne me parleriez pas de tout ça, observa Runcorn.

— Naturellement. L'eau bout.

— Le thé attendra. Bon, ces gens qui ont changé de nom, quel rapport avec le meurtre d'Elissa ?

— Je l'ignore. Mais la famille de Kristian Beck était l'une de celles-là. Elissa le savait, mais elle ne l'a jamais dit à Kristian qui, lui, l'ignorait. Du moins, pas à l'époque du soulèvement. Elle s'est donné beaucoup de mal pour le protéger, sachant que, s'il était pris, et qu'on découvrait qu'il était juif, c'était sa mort assurée.

Pourquoi continuait-il de s'en tenir aux demi-vérités ? Pour protéger Kristian ? Ou Pendreigh ?

Le visage de Runcorn se ferma. Un éclair de pitié passa dans ses yeux, peut-être même de compréhension. Il se détourna pour que Monk ne s'en aperçoive pas et se mit à préparer du thé, cognant la théière, renversant des feuilles. Un lourd silence s'abattit dans la cuisine pendant que Runcorn laissait le thé infuser. Finalement, il remplit deux tasses, ajouta du lait et en poussa une vers Monk. Il n'avait pas besoin de lui demander comment il le préférait.

— Et si elle le lui a dit récemment, peut-être au cours d'une dispute à propos de l'argent et de ses dettes de jeu, dit Runcorn en ajoutant du sucre en poudre et en remuant bruyamment le liquide brûlant avec une cuillère, ça lui donne encore plus de raisons de la tuer.

— L'accusation ne le sait pas ! remarqua sèchement Monk.

Runcorn haussa un sourcil.

— Allez-vous témoigner ?

— Oui, mais je ne dirai pas ça. Ça n'a peut-être aucun rapport et ça risque de se retourner contre Kristian.

Runcorn souleva sa tasse, estima que le thé était encore trop chaud, et la reposa.

— Parce qu'il est juif ?

— Non ! Bon Dieu ! Parce que sa famille a nié qu'elle l'était afin de se rendre la vie plus facile. Il n'y a aucun mal à être juif — on ne dirait pas la même chose d'un hypocrite ! Aucun chrétien, aucun juif ne lui pardonnerait ça.

— Vous êtes sûr qu'il l'ignorait ?

Monk ne connaissait pas la réponse ; il fixa sa tasse, les planches récurées de la table de la cuisine. On ne pouvait nier qu'Elissa avait peut-être tout dit à Kristian, que cela avait été la goutte d'eau qui avait déclenché sa colère. Les jurés le verraient bien plus nettement que lui.

Ils n'hésiteraient pas comme lui, réticent à accepter cette idée, la refoulant au contraire de toutes ses forces, pour la voir revenir, plus forte, plus insistante à chaque fois. Il y avait aussi cette autre possibilité, infiniment plus négative : Kristian avait découvert qu'Elissa avait trahi Hanna Jakob ! Personne n'aurait du mal à croire qu'il l'avait tuée par vengeance. Qui n'aurait agi ainsi ? Mais, comme toujours, l'ombre de Sarah Mackeson coupait court à toute compassion, et il devenait impensable de lui accorder des circonstances atténuantes.

Runcorn dégustait son thé. Monk ignorait le sien, dont la fumée odorante lui chatouillait pourtant les narines.

— Si vous aviez été à sa place, dit Runcorn d'un air triste, à court d'argent pour payer vos dettes, désespéré, craignant les sanctions des tenanciers de la maison de jeux, et que vous lui ayez sauvé la mise à Vienne, sachant d'où venait sa famille, n'auriez-vous pas été tenté de le lui dire ? Surtout s'il était furieux après vous, condescendant, et qu'il vous tançait pour votre vice.

— Je ne sais pas... tergiversa Monk.

Il but une gorgée de thé, conscient du regard de Runcorn, imaginant son incrédulité, le mépris dans ses yeux gris-vert.

Le silence devint plus pesant. Monk rechignait à se laisser manipuler par Runcorn. Runcorn qui avait passé des années à le haïr, à essayer de le faire trébucher, à profiter de lui, qui se méprenait toujours et ne voyait que le pire.

Runcorn avait été autrefois son ami, avant que l'ambition et l'envie ne fassent leur œuvre. Cela avait été une découverte pénible, mais c'était une réalité indéniable. Peut-être était-il le plus à blâmer des deux. Il était plus fort. Runcorn était plein de préjugés, prêt à faire n'importe quoi pour plaire aux puissants, et cependant il avait ressenti de la compassion pour Sarah Mackeson ; cela le gênait et le rendait méfiant. Il détestait Monk, tout en désirant son approbation... et attendait de lui qu'il s'attache avant tout à la vérité, quel qu'en soit le prix.

— S'ils innocentent Beck, dit Runcorn, brisant le silence, on devra repartir de zéro. Quelqu'un a tué les deux femmes, la seconde volontairement, sinon les deux.

Monk sentit dans sa voix l'émotion qu'il cherchait à dissimuler.

— Je sais, acquiesça-t-il. Niemann témoignera de toute façon, même si ça dessert Kristian. Il peut au moins expliquer quel héros il a été pendant le soulèvement.

— Et Elissa une héroïne, ajouta Runcorn. Peut-être que Niemann et elle étaient amoureux. Ça aiderait. Et peut-être aussi qu'elle était complètement insouciante.

— Pourquoi le danger l'attirait-il tant? demanda Monk.

Il ne regardait pas Runcorn, mais le poêle noir et le tisonnier planté tout droit dans le seau à charbon.

— Croyait-elle vraiment qu'elle gagnerait?

— Il y a des gens comme ça, répondit Runcorn d'un air troublé.

Il n'espérait même pas être compris.

— Même s'ils veulent à tout prix être... je ne sais pas... submergés par une force plus grande qu'eux. Les enfants, par exemple; combien j'en ai vu provoquer leurs parents jusqu'à ce qu'ils reçoivent une bonne correction, parfois jusqu'à être couverts de bleus. Ils recherchent l'attention. Quant aux adultes, je ne sais pas.

Il rajouta du sucre dans son thé et le remua.

— Il y a des gens qui feraient n'importe quoi pour survivre. D'autres donnent l'impression de vouloir se détruire. Tirez-les du pétrin, ils y retournent tête baissée, comme s'ils avaient besoin d'avoir peur pour se sentir en vie. Il faut toujours qu'ils cherchent à prouver quelque chose.

Monk prit sa tasse. Le thé avait refroidi, mais il n'avait pas le courage de se lever pour ajouter de l'eau chaude.

— Il est un peu tard, dit-il. Je passerai voir Pendreigh demain matin.

Runcorn acquiesça.

Ni l'un ni l'autre ne dit mot de Callandra, ou d'Hester. Quels seraient leurs sentiments sur la fidélité, la douleur, le compromis ? Ces questions déchiraient Monk tandis qu'il se dirigeait vers la porte, sans même imaginer que le pire était à venir.

Ils se dévisagèrent brièvement, puis Monk sortit sous la pluie.

Le juge accorda un léger délai à Pendreigh afin qu'il s'entretienne seul avec Max Niemann. Il lui avait déjà notifié qu'il le citerait comme témoin, dans l'espoir que Monk le ramènerait de Vienne. Toutefois, il avait besoin de se faire une idée claire de ce qu'il pouvait apporter à la défense.

Il était près de dix heures et demie lorsque, dans une salle comble et silencieuse, Max Niemann gravit les marches abruptes qui menaient à la barre et déclina son identité.

Pendreigh était mis en valeur par les rayons du soleil qui pénétraient par les hautes fenêtres au-dessus des jurés. Tous les yeux étaient rivés sur l'un ou l'autre des deux hommes.

— Mr. Niemann, commença Pendreigh, laissez-moi d'abord vous remercier d'avoir fait tout ce chemin pour témoigner dans ce procès. C'est très obligeant de votre part.

Niemann protesta qu'il ne faisait que son devoir.

— Depuis combien de temps connaissez-vous l'accusé, le Dr. Beck ? reprit Pendreigh.

— Une vingtaine d'années. Nous nous sommes connus à l'université.

— Et vous étiez amis ?

— Oui. Et alliés pendant le soulèvement de 1848.

— Vous parlez des révolutions qui ont secoué l'Europe cette année-là ?

— Oui, maître.

Une étrange expression parcourut son visage, comme si la mention de la date ravivait toutes sortes de souvenirs, doux et amers. Hester se demanda si les jurés l'avaient remarqué aussi clairement qu'elle. Monk n'avait pas été admis dans la salle car Pendreigh s'était réservé le droit de le citer comme témoin.

— Vous avez combattu côte à côte ?

— Oui, au sens figuré, pas toujours au sens propre.

— La plupart d'entre nous dans cette salle, dit Pendreigh en désignant le public d'un geste large, mais principalement les jurés, n'ont pas l'expérience de ce genre de choses. Nous n'avons jamais trouvé notre gouvernement suffisamment oppressif pour nous soulever contre lui. Nous n'avons pas connu les barricades dans les rues, ni n'avons vu nos propres armées se retourner contre nous.

Sa voix était d'un calme apparent, mais animée d'une passion contenue.

— Pouvez-vous nous en dresser un rapide tableau ?

Mills bondit de son siège, le front plissé de contrariété.

— Votre Honneur, bien que nous éprouvions de la sympathie pour l'aspiration du peuple autrichien à une plus grande liberté, et que nous regrettions qu'il n'ait pas réussi dans son entreprise, je ne vois pas le rapport avec le meurtre de Mrs. Beck à Londres. Nous reconnaissons que l'accusé était impliqué dans ce combat, et qu'il l'a mené avec courage. Nous ne doutons pas non plus que Mr. Niemann fût son ami, ni qu'il le soit resté, ni qu'il soit prêt à se démener corps et âme pour tirer l'accusé d'une situation fâcheuse. La fidélité a la vie dure, ce qui est à tous égards admirable.

Le juge interrogea Pendreigh du regard.

— Mr. Niemann est un ami de longue date de l'accusé et de la défunte, Votre Honneur, expliqua Pendreigh. Il peut nous renseigner sur leurs sentiments réciproques. Mais il était aussi à Londres au moment des faits, notamment à Swinton Street juste avant les meurtres...

Il fut interrompu par un bourdonnement d'étonnement dans la salle, le craquement des bancs, le froissement des étoffes, lorsque deux cents personnes s'agitèrent, certaines pour dresser le cou, d'autres pour regarder pardessus les têtes.

— Vraiment ? fit le juge, quelque peu surpris. Eh bien, poursuivez. Mais ne faites pas perdre de temps à la cour avec des questions sans rapport avec l'affaire qui nous occupe. Je ne vous ai déjà laissé que trop de latitude en ce sens.

— Merci, Votre Honneur, dit Pendreigh en s'inclinant légèrement avant de se tourner de nouveau vers Niemann. Pouvez-vous nous dire, aussi brièvement que possible, le rôle que chacun d'eux a joué pendant le soulèvement, et la relation qui les liait l'un à l'autre ?

— Je vais m'y efforcer, promit Niemann, songeur. Ils n'étaient pas mariés à l'époque, bien sûr. Elissa était veuve. Elle était anglaise, mais elle se battit pour la cause autrichienne avec une passion plus grande que celle de beaucoup d'entre nous.

Il parlait d'une voix douce, avec une tendresse et une admiration évidentes.

— Elle était infatigable, encourageait sans cesse les autres, cherchait toujours de nouveaux moyens de protestation, de s'attirer la sympathie de la population pour lui faire comprendre la justesse de notre cause et lui donner confiance en la victoire. On aurait dit qu'une flamme brûlait en elle, capable de galvaniser les foules et d'allumer un brasier chez les plus tièdes.

Il s'arrêta, garda le silence un moment, comme s'il avait besoin de se ressaisir afin de continuer à montrer à ces Anglais si flegmatiques dans leurs beaux habits ce que la passion et le courage avaient produit dans les rues de Vienne, face à un ennemi dix fois plus puissant.

Tout le monde l'observait. Hester s'agita sur son siège. Elle se demanda à quoi pensait Callandra, si le témoignage de l'héroïsme d'Elissa l'affligeait ; peut-être ne s'intéressait-elle qu'à la manière de prouver l'innocence de Kristian, ou même simplement de lui sauver la vie. Elle coula un regard vers elle et le regretta aussitôt. C'était aussi indiscret que de surprendre une nudité qui devait rester cachée.

Alors, à sa grande surprise, elle aperçut Charles de l'autre côté de la travée, et Imogen, assise à côté de lui. Comme elle avait refusé de témoigner, prétendant ne pas avoir vu Niemann, que faisaient-ils là ? Était-ce seulement parce qu'ils désiraient voir la vérité éclater, ou par fidélité à Hester, même s'ils ne lui avaient pas adressé la parole ni l'un ni l'autre ? Ou était-ce pour une raison plus profonde, quelque intérêt personnel ?

Imogen paraissait hagarde, les yeux écarquillés. Savait-elle quelque chose, après tout, et si un désastre arrivait, accepterait-elle enfin de parler ?

— C'était la personne la plus courageuse que j'aie connue.

La voix de Niemann retentit de nouveau dans la salle. Il parlait d'une voix douce, comme pour lui-même, et cependant, dans le silence total, elle était audible par toutes les oreilles.

Hester se pencha en avant pour mieux entendre.

— Elle n'était pas insouciante, et, Dieu m'en est témoin, nous avons perdu assez des nôtres pour qu'elle sache que la mort était présente.

Niemann grimaça, comme frappé d'une douleur subite. Sa voix baissa d'un ton. La salle retint son souffle.

— Elle connaissait les risques, mais elle surmontait si admirablement sa peur que je ne l'ai jamais vue une seule fois la montrer. C'était réellement une femme remarquable.

— Et Kristian Beck ? interrogea Pendreigh.

Niemann releva la tête.

— Il était remarquable, lui aussi, mais d'une manière différente.

Sa voix reprit de la vigueur. Il parlait désormais d'un homme qui était son ami, qui était toujours en vie, non d'une femme qu'il avait manifestement aimée.

— C'était le chef de notre groupe...

Pendreigh l'arrêta d'un geste.

— Pourquoi était-il votre chef, Mr. Niemann ? Pourquoi lui et non, par exemple, vous ?

Niemann parut légèrement surpris.

— Était-ce par élection, à cause de son savoir supérieur, ou peut-être était-il le plus âgé d'entre vous ?

Niemann cilla.

— Par consentement tacite, je crois. Il savait prendre des décisions, il avait le courage, l'art de se faire respecter et obéir. Nous lui étions fidèles. Je ne me souviens pas que nous ayons voté. C'est arrivé plus ou moins naturellement.

— Cependant, c'était un médecin, pas un soldat, remarqua Pendreigh. N'eût-il pas été plus naturel de lui confier une sorte de responsabilité médicale, plutôt que le soin de commander une unité de combat ?

— Non, répliqua Niemann. Kristian était le meilleur.

— De quelle manière ? Était-il passionnément dévoué à la cause ?

— Oui !

— Mais les médecins sauvent des vies, persista Pendreigh. Leur rôle est essentiellement pacifique. Nous avons entendu de nombreux témoignages sur son dévouement infatigable pour les blessés et les souffrants, son altruisme, son indifférence à l'argent et aux honneurs ; jamais sur ses qualités d'homme d'action ni de chef militaire.

Mills s'agita sur son siège.

— Pour vous croire, Mr. Niemann, reprit Pendreigh avec davantage d'insistance, nous devons comprendre. Veuillez nous décrire Kristian Beck, tel qu'il était à l'époque.

Niemann respira à fond. Hester vit ses épaules se redresser.

— Il était brave, déterminé, il ne faisait pas de sentiment. Il avait une vision incroyablement claire de ce qui était essentiel, et l'intelligence et la volonté, le courage tant moral que physique de mettre ses projets à exécution. Il n'avait aucune vanité personnelle.

— Vous en parlez comme quelqu'un de très juste, observa Pendreigh.

Hester trouva le portrait froid, même si ce n'était pas voulu de la part de Niemann. À moins que... ? S'il voulait se venger de Kristian parce qu'il avait gagné le cœur d'Elissa, c'était une occasion inespérée. Monk l'avait-il ramené pour ça, scellant involontairement le sort de Kristian ?

Ou était-il possible que Niemann estimât Kristian coupable ?

— Oui, il était juste, acquiesça Niemann.

Il hésita comme pour ajouter quelque chose, mais se ravisa.

— Était-il amoureux d'Elissa von Leibnitz ? demanda Pendreigh d'une voix où perçait une profonde émotion.

— Oui, maître. Très.

— Et elle de lui ?

— Oui.

Cette fois, Niemann se contenta de la réponse la plus brève.

— Et ils se sont mariés ?

— Après le soulèvement, oui.

— Avez-vous jamais douté de son amour pour elle ?

— Non, jamais.

— Et vous êtes tous trois restés amis ?

L'hésitation de Niemann était palpable.

— Vous n'êtes pas restés amis ?

— Nous avons perdu contact pendant quelque temps, répondit Niemann. Une des nôtres était morte, de manière affreuse. Nous étions tous très touchés, mais c'est Kristian qui paraissait le plus atteint.

— Était-ce sa faute ?

— Non. C'étaient juste les aléas de la guerre.

— Je vois. Cependant, c'était le chef. Se reprochait-il de ne pas avoir empêché ce déplorable malheur ?

Mills se leva, puis changea d'avis. Niemann brossait un tableau plus sombre de Kristian que celui du médecin dévoué qu'on avait présenté auparavant. Il n'était pas de son intérêt de l'interrompre ni de mettre en doute sa sincérité.

— Je ne sais pas, admit Niemann.

C'était peut-être vrai, mais il avait paru évasif.

— Je vous remercie, dit Pendreigh. Venons-en maintenant au présent et à votre récente visite à Londres. Avez-vous rencontré Mrs. Beck ?

— Oui.

— Plusieurs fois ?

— Oui.

— Chez elle ou ailleurs ?

— Dans l'atelier d'Argo Allardyce, où elle se faisait faire son portrait.

Niemann paraissait mal à l'aise.

— Je vois. Et vous étiez dans le quartier le soir de sa mort ?

— En effet, j'y étais.

— Où, précisément ?

— Je marchais dans Swinton Street.

— À quelle heure ?

— Peu après neuf heures.

— Avez-vous vu quelqu'un que vous connaissiez ?

— Oui. J'ai vu le peintre Argo Allardyce.

Niemann respira une grande bouffée d'air.

— J'ai aussi vu une femme qui a depuis admis avoir été là, mais qui, hélas, ne se souvient pas de m'avoir vu.

— Je vous remercie. Votre témoin, maître Mills.

Mills inclina la tête, puis se leva. Il ne fit pas de contre-interrogatoire mais, par quelques questions habiles, tira de Niemann un tableau de Kristian durant le soulèvement, où il paraissait encore plus froid et calculateur qu'avant, ne perdant jamais de vue son objectif, prêt à faire toutes sortes de sacrifices, y compris celui de ses propres camarades, dans l'intérêt d'une cause qui les dépassait tous.

Hester l'écouta en grinçant des dents et sentit à côté d'elle Callandra se raidir.

— Donc, vous êtes venu à Londres et vous avez rencontré plusieurs fois Elissa Beck ; est-ce exact ?

— Oui, admit Niemann d'un air méfiant et embarrassé.

Mills se permit un sourire.

— Tiens, tiens ! Et toujours ailleurs que chez elle ? Le Dr. Beck était-il présent, Mr. Niemann ?

Le sous-entendu était grossier. Niemann rougit.

— Je suis venu à Londres parce que Elissa avait des ennuis d'argent, répondit-il d'une voix émue. J'avais la possibilité de l'aider. Pas Kristian. Par respect pour son amour-propre, je ne souhaitais pas qu'il sache ce que j'avais fait.

— Je vois, dit Mills.

Il semblait s'amuser, ce qui ne l'empêcha pas de faire entendre un soupir d'incrédulité.

— Je vous remercie, Mr. Niemann. Je n'ai plus de questions à vous poser. Je loue votre fidélité à un vieil allié, et à une femme dont vous avez été amoureux. Je crains cependant que vous ne puissiez faire grand-chose pour aider l'un ou l'autre.

Il retourna s'asseoir. Il avait causé les dégâts espérés, il n'avait pas besoin d'en rajouter.

L'ajournement fut bref. Hester vit Charles et Imogen disparaître par une porte, à l'autre bout du hall. Elle déjeuna avec Monk et Callandra dans un pub où ils prirent prétexte du brouhaha des conversations pour éviter de parler du procès.

C'est à leur retour, sur les marches qui menaient au palais de justice, que Runcorn les rattrapa, le manteau grand ouvert, les cheveux trempés.

— Qu'est-ce qu'il y a ? s'inquiéta Monk.

Runcorn posa son regard sur lui, puis sur Hester. Callandra était partie devant et se trouvait trop loin pour qu'il la reconnaisse.

— Je suis navré, dit-il. Nous avons retrouvé le cocher à qui Allardyce s'est adressé pour quitter la maison de jeux. Il se souvient très bien de lui. Il prétend qu'une femme s'est battue pour lui arracher quelques dessins qu'elle a déchirés sur place. Il dit qu'Allardyce n'était pas fâché d'être débarrassé d'elle avant qu'elle fasse un esclandre parce qu'il dessinait des gens sans leur accord. Il s'est précipité dans le fiacre comme un fugitif, paraît-il, et il est allé à Canning Town.

Il reprit son souffle et laissa échapper un soupir.

— Il est impossible qu'il soit retourné à son atelier pour tuer les deux femmes. Je suis désolé.

Il semblait s'excuser de n'avoir pu leur donner la réponse qu'ils attendaient. Monk lui posa une main sur l'épaule.

— Merci, dit-il d'une voix pesante. Mieux vaut l'apprendre maintenant que plus tard.

Trop accablé pour trouver d'autres mots, il prit le bras d'Hester et gravit l'escalier.

Pendreigh n'appela pas Monk à la barre. Il avait compris qu'il ne tirerait rien de lui pour la défense, mais Mills le cita, au grand étonnement du détective, afin de confirmer ou de rejeter le témoignage de Niemann. Cela semblait raisonnable, peut-être même dans l'intérêt de la défense. Pendreigh n'avait ni argument pour refuser ni le droit de le faire. S'il avait essayé d'empêcher la déposition de Monk, cela aurait pu se retourner contre lui. Pourquoi d'ailleurs l'aurait-il fait ? Monk était son auxiliaire ! Il n'eut d'autre choix que de se soumettre. Il le fit avec grâce et assurance. Après tout, Monk ne ferait que confirmer ce que Niemann avait dit.

Monk gravit l'escalier exigu en colimaçon qui menait à la barre et se tint face à Mills. L'avocat de l'accusation était un petit homme propret qui n'avait rien de menaçant. Monk déclina son état civil, et expliqua qu'il s'était rendu à Vienne à la demande de Pendreigh. Il ne précisa pas que c'était surtout à celle de Callandra et que Pendreigh s'était borné à apporter son concours.

— J'imagine que vous avez enquêté de manière exhaustive sur le séjour de Mr. et de Mrs. Beck à Vienne ? commença Mills d'un ton poli. Je dis cela parce que vous avez la réputation de rechercher non seulement les faits qui servent vos intérêts, mais la vérité quelle qu'elle soit.

C'était un compliment et aussi un rappel de tout ce qu'avait dit Runcorn ; il retournait le couteau dans la plaie.

— Le temps m'a manqué, mais j'ai appris tout ce qui m'a été possible, acquiesça Monk.

— Le temps vous a manqué ? D'après mes calculs, vous êtes parti dix-sept jours. Est-ce que je me trompe ?

Monk fut surpris de cette précision.

— Non, c'est exact.

— Ce que vous avez appris, j'imagine, est en gros la même chose que ce que Mr. Niemann nous a dit. Néanmoins, vous nous obligeriez en nous le résumant avec vos propres mots, et en citant vos sources. De quelle façon avez-vous commencé, Mr. Monk ?

— En écoutant le récit des événements par ceux qui en avaient été les acteurs, répondit Monk. D'ailleurs, vous avez raison, ils confirment ce que Mr. Niemann vous a dit. Kristian Beck s'est battu avec courage et discernement, il était tout entier dévoué à la libération de son peuple.

Monk choisit ses mots avec soin.

— Il était plein d'attention pour ceux qui combattaient sous ses ordres, mais il ne cédait jamais à la sensiblerie et ne favorisait pas ses amis au détriment des autres.

— Il était impartial ?

Monk ne se laissa pas manœuvrer.

— Ce que j'ai dit est clair : il ne favorisait pas ses amis au détriment des autres.

— Bien sûr, sourit Mills. Excusez-moi. Nul doute que vous n'ayez entendu de nombreux récits sur le courage, le sacrifice, l'héroïsme et la tragédie ?

— En effet.

Pourquoi avait-il demandé cela ? Qu'avait-il appris ou suspecté ?

— Et vous les avez vérifiés afin d'être certain du degré de vérité qu'ils contenaient ? Nous savons tous que les conflits dramatiques où on déplore de nombreuses pertes donnent lieu à des légendes... des embellissements... par la suite.

— Bien sûr que je les ai vérifiés ! rétorqua sèchement Monk. Les témoignages ne servent que s'ils sont impartiaux.

— Naturellement, convint Mills. Je n'en attendais pas moins de vous. Auprès de qui avez-vous recueilli ces témoignages ?

La question était posée d'une voix aimable, presque désinvolte, cependant le silence dans la salle lui conféra une importance particulière.

— Des parents du Dr. Beck qui résident toujours à Vienne, et d'un prêtre qui avait officié parmi les insurgés.

— Officié ? Peut-être pouvez-vous expliquer ?

— L'administration des sacrements, la confession, l'absolution.

— Un prêtre catholique, donc ?

— Oui.

— Certains révolutionnaires étaient catholiques ?

— Oui.

— Tous ?

Monk fut soudain sur ses gardes.

— Non.

— Les autres étaient protestants ?

— Je n'ai pas demandé.

Monk cherchait à se dérober. Mills s'en apercevrait-il ?

— Mais vous saviez qu'ils n'étaient pas tous catholiques ? persista Mills.

Pendreigh se leva, soucieux.

— Votre Honneur, est-ce vraiment pertinent ? Mon distingué confrère me donne l'impression de partir à la chasse sans savoir ce qu'il espère attraper !

Il joua des manches.

— Quel rapport la religion des révolutionnaires a-t-elle avec ce qui nous occupe ? Ils combattaient côte à côte, avec loyauté, unis par une cause commune. Nous avons déjà appris que Kristian Beck ne faisait pas de favoritisme.

Le juge dévisagea Mills.

— Comme vous ne connaissiez apparemment pas l'existence de ce prêtre avant que Mr. Monk n'en parle, Mr. Mills, que cherchez-vous à démontrer ?

— Une simple confirmation, Votre Honneur.

Mills s'inclina et reporta son attention sur Monk.

— Est-ce aussi ce que vous avez appris, Mr. Monk ? Tout le monde était traité de la même manière, catholiques, protestants, athées, ou juifs ? Kristian Beck les traitait-il tous identiquement ?

Se pouvait-il qu'il connût l'infortune de Hanna Jakob ? Ou était-il si sensible aux nuances, si perspicace, qu'il avait senti quelque chose, même s'il ne savait pas ce que c'était? Runcorn ne cessait de regarder Monk comme pour lui enjoindre de ne dire que la vérité.

Oserait-il mentir? Le voulait-il? S'il posait son regard sur Hester, ou sur Callandra, Mills le remarquerait. Le jury aussi.

— Vous hésitez, Mr. Monk, observa Mills. Êtes-vous incertain?

— Bien sûr que je suis incertain, cingla Monk. Je n'étais pas là! Je ne sais que ce qu'on m'a rapporté.

— Exactement. Et que vous a rapporté ce prêtre? A-t-il d'ailleurs un nom?

— Le père Geissner.

— Et que vous a dit le père Geissner, Mr. Monk? Il ne peut s'agir d'un secret de confessionnal, sinon il ne l'aurait pas dévoilé. Je suppose que vous lui avez dit qui vous étiez et pourquoi vous enquêtiez?

— Bien sûr!

— Alors, répétez à la cour ce qu'il vous a dit, je vous prie.

Pendreigh se leva pour protester, mais se rassit aussitôt. Il était mécontent, mais comme il n'avait pas de raison légale à invoquer, sa réaction lui fit plus de tort que de bien. Monk le vit à la tête des jurés.

— Mr. Monk, vous devez répondre à la question, ordonna le juge, bien qu'il y eût de la courtoisie dans sa voix, et même de la sympathie.

Monk était le dernier témoin. Pendreigh n'avait plus personne à citer pour la défense, aucun suspect à suggérer. Il semblait abattu. Toutefois, il ne pouvait apparemment se résoudre à croire que Kristian avait tué Sarah Mackeson, même pour sauver sa peau. C'était l'acte d'un lâche, d'un égoïste inné, or tous les témoignages, d'où qu'ils fussent venus, montraient que Kristian n'était pas ce genre d'homme.

— Mr. Monk! s'impatienta le juge. Je ne souhaite pas vous poursuivre pour outrage à la cour, ni donner au jury l'impression que ce que vous avez appris à Vienne jette le discrédit sur l'accusé, au point que vous, son ami et l'assistant de son défenseur, préfériez subir une telle accusation plutôt que de nous en informer.

Monk prit sa décision avec le même sentiment de désespoir qu'il aurait ressenti en basculant dans un précipice, le même vertige, la même certitude du désastre. Et cependant, Kristian, Callandra, Pendreigh et Hester n'avaient plus rien à perdre, sinon leurs rêves et leurs illusions.

Le juge s'apprêtait à intervenir de nouveau.

Monk n'osa pas regarder vers Kristian ni vers Pendreigh. Quant à Hester, ce serait pour plus tard.

La salle s'était figée, on respirait à peine, tous les visages étaient tournés vers lui.

— Il m'a parlé d'Hanna Jakob, qui faisait partie du groupe du Dr. Beck pendant le soulèvement.

La voix de Monk tomba dans la salle attentive comme une pierre dans une eau immobile. C'était comme si personne ne comprenait le sens de ses paroles. Même Pendreigh semblait déconcerté.

Mills fit une grimace, incrédule.

— Que devons-nous en conclure, Mr. Monk ? Qu'est-ce qui vous a fait hésiter si longtemps avant de répondre ?

— C'est un drame que j'aurais préféré ne pas dévoiler, répondit Monk en regardant droit devant lui.

L'attente était électrique, chacun sentait des picotements dans tout son corps.

Il était trop tard pour reculer. Peut-être cela sèmerait-il un semblant de doute dans l'esprit des jurés. C'était sa dernière carte, peu importait combien de rêves elle briserait.

— Elle était amoureuse de Kristian Beck, reprit-il d'une voix basse. De même qu'Elissa von Leibnitz. Elles étaient toutes les deux courageuses, jeunes et généreuses. Elissa était anglaise, sans doute la plus belle de toutes. Hanna était autrichienne... et juive.

Il n'y eut pas un bruit, personne ne bougea, et cependant l'émotion était telle que la salle était prête à exploser.

— Elles combattaient toutes deux pour la révolution, poursuivit Monk. À cause de son histoire, Hanna savait que de nombreuses familles — avant l'émancipation des juifs, lorsqu'on leur interdisait encore certains métiers, qu'ils étaient exclus de la société et vivaient en permanence dans la peur — avaient germanisé leur nom. Certaines avaient embrassé la foi catholique, non par conviction mais afin de donner une vie meilleure à leurs enfants. Les Baruch étaient de celles-là.

Il reprit son souffle.

— Ils changèrent leur nom en Beck. Trois générations plus tard, leurs petits-enfants croyaient réellement être de bons catholiques autrichiens.

Monk osa enfin porter son regard vers Kristian ; il le vit se dresser sur son siège, l'incrédulité la plus totale sur le visage, les yeux écarquillés, atterré, comme si le monde se décomposait sous ses pieds.

— Personne ne sait ce que les deux femmes se dirent, reprit Monk, mais Elissa apprit néanmoins que l'homme qu'elle aimait était de la même origine que sa rivale, bien qu'il l'ignorât lui-même.

En contrebas, Monk vit les têtes se dresser, les cous s'étirer et les visages se renverser en arrière pour le regarder.

— On devait pendant les combats de rue porter des messages aux autres groupes aux quatre coins de la ville pour les prévenir d'une attaque ou coordonner la défense. On choisit Hanna, pour sa connaissance des ruelles du quartier juif, pour son courage, et peut-être aussi parce qu'elle était moins proche du groupe à cause de son appartenance à une race différente. Le père Geissner m'a confié que le Dr. Beck se l'était reproché par la suite ; la facilité avec laquelle on avait choisi Hanna le troublait tout particulièrement. Apparemment, il en a parlé au prêtre aussi bien pendant la confession qu'en dehors.

Mills gardait les yeux rivés sur lui. Pas une fois il ne les porta vers Pendreigh ni vers le juge.

— Eh bien ? fit-il. Continuez, qu'est-il arrivé à Hanna Jakob ?

— Le groupe qu'elle devait tenir informé avait été prévenu par quelqu'un d'autre, dit Monk avec calme, conscient d'une certaine tension dans sa voix. Et Hanna fut dénoncée aux autorités. Elle fut capturée et torturée à mort. Elle mourut seule dans une ruelle, sans avoir donné ses camarades...

La salle hoqueta d'effroi. Une femme fondit en larmes. Quelqu'un pria tout bas.

— Par qui ? demanda Mills d'une voix rauque.

— Elissa von Leibnitz, répondit Monk.

Kristian vivait un véritable cauchemar. Il ne savait pas ! Il suffisait de le regarder pour comprendre qu'il ne savait pas.

— Non ! s'écria Max Niemann en bondissant. Non Pas Elissa ! C'est impossible !

Deux huissiers convergèrent vers lui, mais il se rassit lourdement avant qu'ils n'arrivent à sa hauteur. Lui aussi ressemblait à quelqu'un qui avait vu un abîme s'ouvrir sous ses pieds.

Pendreigh tenait à peine debout ; seule la table devant lui l'empêchait de tomber en avant. On aurait dit une tache de lumière pâle avec son visage blême, sa perruque blanche et ses cheveux dorés qui dépassaient.

— Vous mentez, monsieur, siffla-t-il entre ses dents. Moi aussi, je voudrais voir le Dr. Beck innocenté. Mais je ne vous laisserai pas insulter la mémoire de ma fille pour le sauver ! Ce que vous suggérez est monstrueux, invraisemblable.

— C'est la vérité, maintint Monk sans colère aucune.

Il comprenait la rage, le déni, l'incroyable douleur, trop aiguë pour être maîtrisée.

— Personne n'a pensé qu'elle voulait la mort d'Hanna, dit-il avec bienveillance. Elissa était certaine qu'elle dénoncerait ses camarades bien plus tôt, qu'on la relâcherait, et qu'elle serait humiliée, honteuse, mais saine et sauve.

Monk avait du mal à respirer et même à maîtriser son émotion.

— C'était peut-être la pire des blessures, reprit-il d'une voix rauque de douleur. L'insulte ! On l'avait dénoncée, et cependant elle est morte sans donner aucun nom à ses tortionnaires.

Un silence de plomb s'abattit sur la salle, chacun, homme ou femme, ressentait l'horreur de la fin tragique d'Hanna. Même Mills n'osa bouger ni parler.

Finalement, le juge se pencha vers Monk.

— Êtes-vous en train de suggérer, Mr. Monk, que ceci a un rapport avec la mort de Mrs. Beck ?

— Oui, Votre Honneur. Il est évident pour nous tous dans cette salle que le Dr. Beck est tout aussi anéanti par ce drame que Herr Niemann, ou Mr. Pendreigh, mais certains à Vienne l'ont su, ils ont reconstitué le puzzle, comme je l'ai reconstitué moi-même. Le fait qu'ils existent soulève un doute plus que raisonnable : comment ne pas penser qu'une de ces personnes, plutôt que le Dr. Beck, ait désiré se venger ?

Il s'agrippait à la barre, les mains tremblantes, les paumes moites.

— Si vous condamnez le Dr. Beck, vous ne dormirez plus jamais tranquilles, car vous aurez envoyé à la potence un homme innocent du meurtre de sa femme et de Sarah Mackeson.

— Mr. Monk, dit le juge avec fermeté, vous êtes ici pour témoigner de ce que vous avez vu et entendu, pas pour plaider à la place de la défense, quel que soit votre talent.

Il se tourna vers l'accusation.

— Mr. Mills, si vous n'avez pas d'autres questions à poser à votre témoin, je vous propose de le laisser à Mr. Pendreigh...

Il jeta un coup d'œil vers ce dernier.

— Êtes-vous assez bien pour continuer ? Étant donné l'extraordinaire nature du témoignage de Mr. Monk, et la façon dont il peut vous affecter personnellement, la cour sera heureuse de vous accorder jusqu'à demain afin de vous reprendre, si vous le désirez.

Pendreigh était comme assommé, il semblait ne pas savoir où il était.

— Je... j'interrogerai Mr. Monk, dit-il soudain.

Il se retourna d'un coup vers le box des témoins. Son visage était livide, ses yeux injectés de sang.

— Ce que vous avez dit de ma fille est un mensonge épouvantable, mais je veux bien croire qu'on vous a conduit à le penser. Par conséquent, ceux qui vous l'ont dit s'imaginent probablement que c'est vrai. Ainsi, dans son délire, quelqu'un s'est peut-être cru autorisé à se venger et à exercer cette parodie de justice. Si tel est le cas, la cour, comme vous l'avez dit, ne peut condamner le Dr. Beck. La défense a parlé, Votre Honneur.

Il retourna s'asseoir comme un aveugle, presque à tâtons. Son assistant se précipita dans l'intention de l'aider, mais n'alla pas jusqu'à se permettre la familiarité de lui tendre la main.

Mills n'avait pas grand-chose à ajouter. Il souligna le fait qu'une telle personne désireuse de venger Hanna Jakob était parfaitement imaginaire. Personne ne connaissait son nom et aucune preuve ne venait étayer son existence. Le Dr. Beck, d'un autre côté, était tout sauf imaginaire. Il résuma les preuves, mais sans s'appesantir, sachant que dans une salle aussi profondément émue, il risquait de perdre la sympathie des jurés s'il faisait étalage d'arguments trop froidement raisonnables.

Le juge informa les jurés de leurs droits et de leurs devoirs et ils se retirèrent.

On emmena Kristian dans sa cellule au sous-sol, et le reste de la salle fut laissé dans un suspense atroce. On ne savait pas si le verdict prendrait des heures, voire des jours.

CHAPITRE XIV

Callandra quitta le tribunal sans trop savoir où aller ; elle avait envie d'être seule sans avoir à se soucier des convenances ni à faire semblant d'aller bien. Elle avait été tout aussi ébranlée par le témoignage de Monk que le reste de la salle. Elle avait vu Pendreigh vaciller, comme sous le coup d'une douleur physique, mais c'était vers Kristian qu'elle s'était tournée. Elle aurait préféré qu'Elissa soit plus humaine plutôt que l'héroïne dont elle n'égalerait jamais le courage, mais elle n'aurait jamais souhaité entendre cette affreuse tragédie qui laissait un regret amer pour ce qui avait autrefois été auréolé d'une gloire si prestigieuse.

Elle comprenait que l'amour fou puisse déstabiliser, brouiller les critères du bien et du mal, mais estimait que la passion ne justifiait pas l'odieuse forfaiture dont Elissa s'était rendue coupable. On ne gagnait rien au prix de son propre honneur, de son intégrité, on perdait tout en vendant son âme. Un tel acte annihilait les avantages qu'on obtenait, même si on croyait les obtenir sur le moment.

Elle se ménagea un chemin parmi la foule, l'esprit ailleurs, pressée de fuir.

Elissa avait-elle succombé à un moment de folie parce qu'elle était épuisée, effrayée, broyée par le danger et les menaces, et avait-elle ensuite passé toute sa vie à regretter son acte, incapable de se racheter parce qu'elle avait gardé le prix de sa trahison ?

Callandra s'était attendue à ressentir de la haine, du mépris, et cependant, en descendant les marches du palais de justice, elle fut surprise d'éprouver de la pitié pour Elissa, pour le gâchis qu'elle avait fait de sa vie.

Elle resta un instant sur le trottoir, tandis que la foule s'écoulait. Quand le jury reviendrait-il avec le verdict ? Monk avait pris un risque inouï. Il avait été brillant, certes, et elle savait pourquoi il avait agi ainsi. Cela lui ressemblait, un geste désespéré quand tout semblait perdu. Il avait dû savoir que son témoignage entaillerait les cœurs et laisserait des cicatrices indélébiles.

Callandra ne savait pas si on la laisserait voir Kristian. Le verdict n'étant pas encore rendu, il continuait à être présumé innocent. Elle ne pouvait prétendre être de la famille, mais elle représentait néanmoins l'hôpital — Thorpe ne lui avait pas ôté cela. Assurément, si on permettait à Kristian de voir quelqu'un d'autre que son avocat, ce ne pouvait qu'être un collègue de travail.

Il fallait faire vite. Les jurés reviendraient d'un moment à l'autre, il serait alors trop tard. Elle fit demi-tour et remonta l'escalier.

Elle ne savait même pas s'il souhaitait la voir, mais elle se devait d'essayer.

Quoi qu'il se soit passé, et elle refusait d'en envisager toutes les conséquences, il fallait qu'il sache, avant le verdict, qu'elle croyait à son innocence.

Elle avait eu peur qu'il ait tué Elissa. Son épouse l'avait provoqué à ce point que l'on comprenait aisément que la peur ait tout submergé, la moralité, la retenue.

Mais elle n'arrivait pas à croire qu'il ait tué délibérément Sarah Mackeson. Aucune peur, si effroyable fût-elle, n'aurait poussé l'homme qu'elle connaissait à une telle ignominie. Elle devrait le regarder droit dans les yeux, et il devrait le voir dans les siens.

— J'peux pas vous accorder bien longtemps, m'dame, dit avec réticence le gardien d'une voix tendue.

Il jetait des coups d'œil inquiets à droite et à gauche pour être sûr qu'un supérieur ne l'observait pas.

— Merci, dit Callandra, sincère.

— J'vous donne dix minutes, pas plus, l'avertit-il.

— Je vous remercie, répéta-t-elle.

Ces dix minutes lui paraissaient désespérément courtes, mais dix heures l'eussent été tout autant. Quel que fût le temps accordé, il y avait une fin, des adieux qui seraient peut-être les derniers.

Le gardien ouvrit la porte dans un grincement d'acier sur la pierre.

— De la visite! lança-t-il avant de s'effacer pour laisser Callandra entrer.

Kristian était debout face à la haute fenêtre où un carré de jour grisâtre était visible. Il se retourna, surpris, mais en voyant Callandra son visage se ferma, indéchiffrable. Il ne savait pas quoi attendre d'elle, et il était accablé, l'esprit las. Il n'avait plus la force d'affronter les désirs ou les doutes de Callandra. Toutes ses certitudes lui avaient été arrachées, même sa propre identité n'était pas celle à laquelle il avait cru. Sa race et son héritage n'étaient qu'illusion, la réalité étrangère, pire qu'étrangère car elle était connue et inconsciemment tenue pour inférieure. Il n'était plus l'un des « nôtres »; sans avoir changé ni fait quoi que ce fût, il était inexplicablement devenu l'un « d'eux ».

L'épouse qu'il avait admirée pour son courage, son honneur, avait conçu une effroyable trahison, l'avait cachée à tous, en continuant à le voir lui, tous les jours, sans jamais rien lui en dire.

Callandra savait qu'il n'était pas pour l'instant capable d'en parler. Comme il en est d'un malade gravement atteint, le monde entier avait changé et il n'était plus ni assez souple ni assez fort pour l'accepter.

Elle se força à lui sourire pleinement, sans réserve, et sentit les larmes lui monter aux yeux.

— Je ne peux imaginer la souffrance que vous devez endurer.

Elle avait l'impression qu'une autre parlait par sa bouche.

— Ni comment vous pouvez supporter ce que vous avez entendu. Mais votre famille n'est pas vous. Vous n'êtes pas responsable des actes de vos parents, qu'ils soient fondés ou non. Vous ne pouvez juger les raisons qui les ont poussés à agir comme ils l'ont fait. Ce à quoi vous croyez, votre comportement vis-à-vis des autres, et par rapport à vos propres valeurs, c'est cela que vous êtes. Or personne ne peut le changer, sauf vous. Et vous ne devriez pas essayer, parce que ce que vous êtes est bien.

Il baissa la tête pour dissimuler son émotion.

— Vous croyez ? demanda-t-il d'une voix étouffée.

— Oui ! Certes, vous n'avez peut-être pas toujours été avisé avec Elissa, ni même attentif à son ennui ou à son manque d'intérêt. Mais vous ne pouviez savoir quelle culpabilité la rongeait, parce qu'elle découlait d'une trahison proprement inimaginable.

Il leva soudain la tête.

— Je ne l'ai pas tuée !

— Je sais, répondit-elle.

Et il lut sur son visage qu'elle était sincère.

— Je n'ai jamais pensé que vous ayez tué le modèle du peintre, quelle qu'eût été votre envie de vous venger d'Elissa, ou pour l'empêcher de vous détruire tous les deux.

— Merci, dit-il dans un souffle.

Elle se pencha pour déposer un baiser sur sa joue. Il avait la peau à peine tiède. Elle mourait d'envie de faire quelque chose pour lui, de le réconforter, de le soulager de sa douleur et de sa lassitude, de se les approprier, mais elle entendait déjà les pas du gardien dans le couloir. C'était l'heure.

Elle se recula afin que leur intimité ne soit pas surprise. Elle ne dirait pas adieu, elle ne prononcerait pas le mot. Elle se contenta de regarder Kristian, puis, lorsque la porte s'ouvrit, elle se tourna vers le gardien et le remercia pour son obligeance. Elle sortit de la cellule sans se retourner, sans un mot. De toute façon, sa gorge était trop serrée et les larmes l'aveuglaient.

Hester et Monk quittèrent eux aussi le tribunal et sortirent dans le hall.

— Où est Callandra? demanda Monk en regardant autour de lui.

Il fit un pas en avant comme pour la chercher, mais Hester l'arrêta d'une main.

— Non, dit-elle d'un ton calme. Elle nous trouvera si elle a besoin de nous. Elle préfère peut-être rester seule.

Il s'arrêta, tourna son regard vers elle, une question sur les lèvres mais, en voyant son air assuré, il changea d'avis.

Les gens grouillaient autour d'eux, indécis, hésitant à partir dîner ou même à rentrer chez eux. Le jury reviendrait-il ce soir-là? Sûrement pas! Il était trop tard, déjà six heures passées.

Hester se dirigeait vers un endroit moins encombré, près de la porte, quand Charles vint au-devant d'elle. Ses cheveux retombaient sur son front et ses joues étaient rouges.

— As-tu vu Imogen? demanda-t-il, la voix rauque d'inquiétude. Elle n'est pas avec vous?

— Non, répondit Hester, s'efforçant d'ignorer la peur qu'elle devinait en lui. Elle t'a dit qu'elle me cherchait?

— Non... je croyais...

Il balaya le hall du regard à la recherche de son épouse.

— Elle est peut-être aux toilettes, suggéra Hester. Elle va bien ? S'est-elle sentie mal ? Ou était-elle seulement bouleversée ? Il faisait chaud dans la salle. Tu veux que j'aille voir ?

— S'il te plaît, accepta aussitôt Charles. Elle était...

Il jura dans sa barbe, les mâchoires serrées.

— Quoi ? fit Monk. Qu'est-ce qu'il y a, Charles ?

Hester revit le visage d'Imogen, blême, les yeux exorbités.

— Pourquoi êtes-vous venus ? demanda-t-elle en attrapant Charles par la manche. Pas pour moi, tout de même !

— Non. J'ai pensé que si elle entendait ce qui est arrivé à Elissa Beck, le drame, le gâchis, sa mort atroce, elle serait assez ébranlée pour ne plus jamais jouer. Je pensais qu'en l'amenant à la fin du procès, les plaidoiries...

— C'était une bonne idée, assura Monk.

— Vous croyez ?

Charles était en quête de réconfort.

— J'ai peur de l'avoir trop effrayée. Elle s'est excusée quand le juge a ajourné le procès, et je croyais qu'elle était... mais ça fait déjà un quart d'heure, et je ne l'ai pas revue depuis.

De nouveau, comme s'il ne pouvait s'en empêcher, il se dévissa le cou pour fouiller la salle des yeux.

— Je vais voir, dit vivement Hester. Restez ici.

Sans plus attendre, elle se dirigea vers les vestiaires et les toilettes.

Imogen avait peut-être juste eu besoin de rester seule un moment et de se remettre après les horreurs qu'elle avait entendues. À sa place, Hester aurait réagi comme elle. Si cela avait sur elle l'effet que Charles espérait, il y aurait inévitablement un changement difficile à supporter sur le moment.

Elle se fraya un chemin parmi la foule qui s'écoulait lentement vers la sortie et se retrouva dans les toilettes.

Mais Imogen n'y était pas. Avisant la femme qui s'occupait des toilettes, Hester décrivit de son mieux sa belle-sœur, ses vêtements, particulièrement son chapeau, et lui demanda si elle l'avait vue.

— Navrée, ma petite dame, répondit la préposée en secouant la tête. Tout ce que je peux vous dire, c'est qu'y a personne maintenant, sauf nous deux. Mais personne n'est venu qu'était pas bien ni même souffrant.

Hester la remercia, lui donna un demi-penny et repartit aussitôt. Où diable était passée Imogen? Pourquoi être partie seule, surtout ce jour-là? La colère s'empara soudain d'Hester; quel manque d'égards pour les autres! Pourquoi les inquiéter davantage un jour où ils avaient déjà assez de soucis?

Elle se dirigea vers un huissier qui montait la garde en haut de l'escalier le plus proche de la sortie.

— Excusez-moi, dit-elle d'un ton péremptoire. Ma belle-sœur est partie chercher sa voiture sans nous.

C'était le premier mensonge qui lui était venu à l'esprit.

— Elle a environ cinq centimètres de moins que moi, des cheveux et des yeux foncés, elle porte un manteau vert et un chapeau avec des plumes noires. Est-ce que vous l'avez vue?

— Oui, madame, répondit aussitôt l'huissier. Elle avait un parapluie vert. En tout cas, elle ressemble à la dame que vous décrivez. Elle est sortie il y a quelques minutes avec Mr. Pendreigh.

— Comment? s'étonna Hester, abasourdie. Non, c'est impossible, elle...

— Elle ressemblait pourtant à la jeune dame que vous décrivez. Désolé si je me suis trompé.

Il inclina la tête vers les portes ouvertes.

— Ils sont partis par là. Il y a presque dix minutes, et ils semblaient pressés. Je crois qu'il la soutenait. Elle m'a paru bouleversée. M'est avis qu'un des procès concernait quelqu'un qu'elle connaissait. Peut-être que

Mr. Pendreigh s'est contenté de l'accompagner à sa voiture, juste pour s'assurer qu'elle allait bien.

— Merci, coupa Hester.

Elle pivota brusquement sur les talons et courut retrouver Monk et Charles. Lorsqu'ils l'aperçurent, ils se précipitèrent à sa rencontre.

— Alors ? questionna Monk, haletant. Où est-elle ?

Hester interrogea Charles du regard.

— Avait-elle un parapluie vert ?

Charles blêmit.

— Oui ! Pourquoi ? Qu'est-il arrivé ?

— Je crois qu'elle est partie avec Pendreigh, expliqua Hester. Un huissier, là-bas, m'a dit qu'une femme répondant à sa description était sortie avec lui il y a dix minutes.

Charles se rua dans le hall maintenant à moitié désert et dévala l'escalier ; Monk et Hester lui emboîtèrent le pas, s'agrippant à la rampe pour ne pas tomber. Dehors, régnait cette pénombre hivernale à laquelle le brouillard donnait une épaisseur propre à Londres. On avait l'impression de s'enfoncer dans des couches de vêtements qui vous glaçaient les os, s'écartaient sur votre passage et se refermaient derrière vous, supprimant tout sens de l'orientation. Même les bruits semblaient engloutis dans une mer de buée.

— Pourquoi irait-elle avec Pendreigh ? gémit Charles dont la voix perçait les ténèbres. Que pouvait-il pour elle ? Comment l'aurait-il aidée ? Avec ce qu'il venait d'apprendre sur sa fille, comment pouvait-il penser aux problèmes d'autrui ?

Il fit volte-face, se heurtant presque à Monk dans la purée de pois.

— Vous croyez qu'il essaie de l'aider parce qu'il a perdu Elissa ? demanda-t-il, abattu, avec une note d'espoir illusoire.

— Je ne sais pas, avoua Monk.

Il jura en trébuchant sur le bord du trottoir.

— Mais pourquoi avoir quitté le tribunal, nom d'un chien ? Elle aurait dû savoir que vous seriez fou d'inquiétude.

— Elle m'en veut peut-être de l'avoir amenée ici pour lui montrer à quel point le jeu risque de détruire tout ce qu'on aime, dit Charles en s'efforçant vainement de refouler sa peur et de garder un semblant de sang-froid.

Hester commença à frissonner, autant de froid que d'inquiétude. Elle avait du mal à comprendre. Imogen ne connaissait pas Fuller Pendreigh. Pourquoi diable partirait-elle seule dans le brouillard avec lui ? Même si elle était bouleversée à cause d'Elissa, du jeu, ou d'autre chose, même si elle avait de la peine pour Pendreigh parce qu'ils avaient tous deux connu Elissa à différents stades de sa vie, elle n'aurait jamais abandonné Charles pour s'aventurer dans le brouillard !

Une pensée monstrueuse la saisit. Pendreigh pouvait-il, dans un moment de folie, accuser Imogen d'avoir initié Elissa au jeu, comme elle avait elle-même cru que Charles blâmait Elissa d'avoir entraîné Imogen ? Elle fit demi-tour et agrippa Monk par le bras avec tant de force qu'il grimaça.

— Et s'il s'imagine que c'est la faute d'Imogen si Elissa s'était mise à jouer ? demanda-t-elle d'un ton pressant. Et s'il avait l'intention de se venger ?

Monk commença à démontrer l'absurdité d'une telle idée, mais Charles s'élança vers Ludgate Hill, les bras tendus pour trouver son chemin à tâtons dans les volutes de brouillard qui s'éclaircissaient et s'épaississaient tour à tour.

Avec une atroce certitude, Hester sut où il allait... Blackfriars' Bridge[1], la Tamise.

1. Blackfriars' Bridge (Le pont des moines noirs), construit en 1760, fut remplacé en 1869 par un pont en fer forgé, construit par une compagnie américaine. C'est de l'ancien pont que parle évidemment l'auteur. *(N.d.T.)*

Monk avait dû le deviner aussi. Il l'attrapa par la main et l'entraîna, la forçant à courir à l'aveuglette dans la marée blanche qui les enveloppait ; ils longèrent Bridge Street, tournèrent à gauche, poursuivis par les bruits étouffés de sabots de cheval, vers la Tamise d'où parvenaient les plaintes lugubres d'une corne de brume. Le brouillard avait un goût salé et se déplaçait par nappes, chassées du fleuve par le vent.

Il s'éclaircit un instant, et ils aperçurent Charles qui essayait toujours de courir, zigzaguant à droite et à gauche comme s'il cherchait désespérément quelqu'un pour le renseigner. Les réverbères étaient à peine visibles ; ils ne distinguaient que le suivant et celui qu'ils venaient de dépasser, illusion d'un chemin à suivre.

Un attelage les doubla, qui filait presque sans bruit, hormis le léger grincement du cuir et du bois, et le sifflement des roues sur les pavés mouillés. Ils ne le virent qu'au dernier moment, masse sombre se découpant dans une nappe blanchâtre.

— Imogen ! hurla Charles.

La nuit absorba sa voix comme un drap trempé.

— Imogen ! insista-t-il, plus fort.

Il semblait désespéré.

Il y eut un murmure étouffé devant eux, un bruit d'eau, puis soudain le vacarme d'une corne de brume éclata juste au-dessus d'eux. Le pont !

C'était ridicule, dérisoire, mais Hester se mit à appeler à son tour.

Une rafale de vent éclaircit le brouillard sur quelques mètres. Une demi-douzaine de réverbères émergèrent des nappes blanchâtres. Ils étaient sur le pont ; au-dessous, l'eau était noire, luisante, d'un aspect aussi solide que le verre, mais elle disparut de nouveau dans la vapeur étouffante.

Un autre attelage les dépassa, roulant avec plus de conviction. Peu après, ils entendirent le cocher crier à l'aide.

Monk se précipita.

Hester empoigna ses robes et courut derrière lui. Charles la rattrapa et la dépassa. Hester aperçut une masse sombre sur le trottoir entre deux réverbères, mais, freinée par les épaisseurs de jupons, elle ne réussit pas à l'atteindre en même temps que Monk et Charles.

Monk s'agenouilla près du corps. Dans la lumière qui perçait le brouillard par intermittence, il ne vit pas grand-chose, sinon la pâleur livide du visage.

— Imogen ! s'écria Charles.

Il tomba à genoux et voulut l'étreindre.

— Oh, mon Dieu !

Il retira vivement sa main, couverte d'un liquide poisseux et sombre. Il essaya de parler, mais il pouvait à peine respirer.

Hester sentit son cœur tambouriner dans sa poitrine. Elle chercha de l'aide, mais il faisait trop sombre. Elle retourna sur ses pas et appela d'une voix aiguë :

— Cocher ! Apportez votre lampe, vite !

Elle crut attendre une éternité avant de voir la lampe s'approcher en vacillant, mais il ne s'était pas passé plus de quelques secondes. Le cocher arriva en courant, brandissant la lampe bien haut. Il en éclaira la forme allongée par terre.

Charles hoqueta d'effroi. Même Monk laissa échapper un cri plaintif. Imogen gisait, le visage grisâtre, le haut du corps baignant dans une mare de sang écarlate.

Le cocher laissa échapper un soupir et dans ses mains la lampe oscilla.

Hester se força à palper Imogen, cherchant une blessure au cou. Elle ne sentit aucune pulsation, aucun mouvement.

Aveuglée par les larmes, elle lui arracha son col, toucha la peau tiède et pressa la carotide. Le pouls battait !

— Elle est vivante ! s'exclama-t-elle. Elle est vivante !

Aussitôt, elle s'aperçut de sa sottise. Il y avait du sang

partout, signe d'une artère tailladée. Le devant de la veste d'Imogen en était trempé. Mais où était la plaie ? À quoi cela servait-il de la chercher alors qu'une telle quantité de sang avait été perdue ?

Les doigts tremblants, dans la lueur vacillante de la lampe du cocher, elle tira, déchira à moitié la veste, bientôt aidée de Monk. Dessous, le chemisier blanc d'Imogen était presque intact, seule une légère tache rouge le maculait.

Hester entendit Charles sangloter.

Il y avait moins de sang ! Ce n'était donc pas celui d'Imogen ! Pour se rassurer, Hester sortit le chemisier de la jupe et passa une main dessous. La peau était lisse, il n'y avait pas une goutte de sang, aucune plaie.

Pourquoi donc Imogen était-elle inconsciente ? Hester la rhabilla hâtivement.

— Des manteaux ! ordonna-t-elle. Donnez-moi vos manteaux que je la recouvre.

Aussitôt Monk et Charles ôtèrent le leur et le tendirent à Hester, puis le cocher fit de même tout en essayant de l'éclairer de sa lampe.

Hester passa doucement une main sous la nuque d'Imogen, terrifiée à l'idée de trouver une fracture, du sang, mais il n'y avait qu'une légère bosse. Le cœur battant, la bouche sèche, elle palpa le reste de la tête. Toujours rien.

— Elle s'est cogné la tête, annonça-t-elle d'une voix rauque. Mais le crâne n'a pas souffert. Voulez-vous la reconduire chez elle ? demanda-t-elle au cocher. Tout de suite.

— Ouais ! Ouais, bien sûr ! Mais tout ce sang, miss ? Si elle n'a pas été poignardée... alors qui ?

Charles laissa entendre un long soupir.

Monk prit la lampe des mains du cocher et la brandit bien haut. Ce fut Hester qui remarqua le parapluie vert sur le pavé, à côté du parapet. Il était toujours fermé et la longue pointe effilée était tachée de sang.

— Seigneur ! s'exclama Charles, horrifié.
— Pendreigh... hoqueta Monk. Pourquoi ?
— Il doit être salement touché.
Hester essaya de rassembler ses esprits. Quoi qu'il se soit passé, quelqu'un était gravement blessé.
— Je ne peux rien faire de plus pour Imogen, dit-elle en se redressant. Ramène-la chez elle, Charles. Mets-la au lit bien au chaud et quand elle reviendra à elle fais-lui boire un peu de bouillon de viande. Appelle le médecin, bien sûr. Ne la mets pas dans les draps, mais directement sous les couvertures, et reste auprès d'elle.
Elle le dévisagea pour s'assurer qu'il avait bien compris, puis tourna les yeux vers Monk.
— Il faut trouver Pendreigh, s'il n'est pas trop tard. Je pourrai peut-être le sauver.
— Nous ne savons pas où il est ! protesta Monk.
— Commençons par chez lui. C'est là où on va se réfugier quand on est gravement blessé.
Et elle se dirigea vers la sortie du pont.
— Non ! l'arrêta instinctivement Monk.
Elle l'ignora.
— Et il nous faut amener un constable avec nous ! Tu n'as aucun pouvoir de police. Et...
Elle aspira une grande bouffée d'air glacé qui lui brûla les poumons.
— ... nous devons découvrir ce qui est arrivé, ne serait-ce que pour Imogen. Il faut la protéger !
C'était affreux, totalement inexplicable. Pourquoi avait-elle agressé Pendreigh ? Il y avait forcément une raison, une justification qui la mettrait à l'abri... des poursuites judiciaires !
— Je passe chercher Runcorn, déclara Monk. Mais pas toi... tu rentres à la maison !
— Certainement pas ! Il est de mon devoir d'aider les blessés, tout comme le tien est de faire respecter la loi. Il nous faut un fiacre, et il nous faut Runcorn !
Charles s'était déjà accroupi pour prendre délicate-

ment Imogen dans ses bras. Il se redressa et la porta jusqu'à la voiture d'un pas hésitant. Soudain galvanisé, le cocher courut l'aider, agitant sa lampe, et laissant Hester et Monk dans le noir.

— Ne discute pas, William ! siffla-t-elle.

Monk s'apprêta à pester, mais il ravala son juron et se mit à courir vers le début du pont où il vit un fiacre filer sur Bridge Street. Il appela le cocher, vit l'homme se retourner, surpris et mécontent, ombre grisâtre revêtue d'un manteau à col montant et coiffée d'un tuyau de poêle.

— C'est urgent ! annonça Monk, à bout de souffle.

Il hissa à moitié Hester dans le véhicule et grimpa derrière elle.

— Chez le commissaire Runcorn, dans Lamb's Conduit Street, et faites vite !

Après une brève indécision, le cocher obéit, et Monk s'assit à côté d'Hester tremblante de froid, priant pour que Runcorn soit chez lui. Sinon, il ne restait plus que le commissariat, mais c'était autant de temps perdu. Pendreigh devait être gravement blessé, peut-être même mortellement, vu la quantité de sang qui recouvrait la veste d'Imogen.

— Que fichaient-ils sur le pont ? s'exclama Monk tandis que le fiacre fonçait en cahotant. Pourquoi est-elle allée avec lui ?

Hester ne se fatigua pas à répondre. Tout cela n'avait aucun sens. Une seule chose était sûre : ils s'étaient battus, désespérément, sauvagement, jusqu'à ce qu'Imogen tombe, se cogne la tête, et que Pendreigh l'abandonne, évanouie, en saignant si fort qu'il n'avait pu aller bien loin.

Le brouillard s'éclaircissait à mesure qu'ils s'éloignaient de la Tamise et que le fiacre gagnait de la vitesse.

— Il a dû l'attaquer, dit Monk.

Cependant que le fiacre filait d'un réverbère à l'autre, la lumière dans le véhicule était intermittente.

— Mais pourquoi ? J'imagine mal Imogen le menaçant. Et ne viens pas me dire que c'était parce qu'il lui reprochait la conduite d'Elissa. Il n'est pas sot à ce point-là. Elissa jouait de son propre chef. Ça n'avait rien à voir avec personne !

— Imogen était à Swinton Street le soir des meurtres, répliqua Hester. Nous savons qu'elle y avait vu Allardyce...

— Pendreigh ? interrogea Monk, étonné. Pourquoi ?

— Je l'ignore...

Le fiacre s'arrêta soudain et, après avoir demandé à Hester de l'attendre, Monk sauta sur le trottoir, courut jusqu'à la porte, et grimpa les marches quatre à quatre. Il tambourina à la porte de l'habitation de Runcorn si fort qu'elle branla sur ses gonds.

— Runcorn ! appela-t-il. Runcorn !

La porte s'ouvrit et Runcorn le dévisagea bouche bée.

— Qu'est-ce qui se passe ? demanda-t-il d'une voix presque calme.

— Pendreigh est sorti du tribunal avec Imogen Latterly et l'a emmenée à Blackfriars' Bridge. Ils se sont disputés.

Il poussa presque Runcorn à l'intérieur, attrapa son manteau et le lui tendit.

— On l'a retrouvée inconsciente et couverte de sang, mais saine et sauve. Elle s'est servie de son parapluie comme d'une épée, et Pendreigh a disparu. Il faut le trouver. Venez !

Runcorn ouvrit un placard, en sortit son chapeau, enfila son manteau et suivit Monk qui dévalait déjà l'escalier, fonçait jusqu'au fiacre, donnait au cocher l'adresse de Pendreigh. Runcorn s'étonna de trouver Hester, mais il était trop tard pour discuter de sa présence.

Le cocher fouetta ses chevaux et le fiacre fila, le sifflement des roues assourdi par le brouillard.

Il se passa plusieurs minutes avant que Runcorn ne se décide à parler, mais lorsqu'il le fit, ce fut avec une vive émotion.

— Qu'est-ce que vous me racontez, Monk ? Pourquoi était-elle au tribunal ? Que sait-elle de Fuller Pendreigh et de sa fille que nous ignorons ? Ou que j'ignore, moi, en tout cas.

— J'essaie de comprendre ! rétorqua sèchement Monk.

Comme le fiacre passait devant un réverbère, il coula un œil vers Runcorn. Il ne vit aucune hostilité sur son visage, juste de l'étonnement.

— C'était elle, la femme qui se trouvait dans la maison de jeux de Swinton Street ce soir-là.

Il entendit Runcorn hoqueter.

— Elle a dû voir Pendreigh dans la rue. Sinon, je ne saisis pas pourquoi il l'aurait entraînée vers la Tamise où, supposons-nous, il l'a attaquée. Elle devait s'y attendre un peu et elle a riposté avec son parapluie dont la pointe est aussi aiguisée qu'une épée. Elle a dû lui porter un coup terrible, à voir le sang dont elle était couverte. Je ne sais pas comment elle a fait son compte.

Monk crut entendre Runcorn pousser un juron dans sa barbe. Mais peut-être priait-il simplement.

Le fiacre, qui filait à travers les nappes de brouillard, se retrouva soudain sous la lumière des réverbères. Le vent se levait.

— Comment va-t-elle ? demanda enfin Runcorn.

— Nous n'en savons rien, admit Monk.

Runcorn faillit ajouter quelque chose, mais ne sut quoi dire.

Monk sentait la chaleur de son corps à côté de lui. Dans la lumière intermittente, il devinait son indécision, son envie de manifester une sorte de compassion, refoulée par les souvenirs de jalousie et de méfiance, la malveillance mesquine du passé.

Le fiacre s'arrêta à Ebury Street où les deux hommes sautèrent sur le trottoir. Monk aida Hester à descendre tandis que Runcorn réglait la course. Le commissaire alla ensuite sonner à la porte. Ils attendirent impatiemment, une éternité leur sembla-t-il, avant que le majordome ne vienne ouvrir.

— Oui, messieurs, madame? s'enquit-il avec une pointe de reproche pour l'heure tardive.

— Commissaire Runcorn, et voici Mr. William Monk et Mrs. Monk.

— Je crains que Mr. Pendreigh ne puisse vous recevoir à cette heure, monsieur. Si vous venez pour...

— C'est un ordre! aboya Runcorn. Soyez bon de nous laisser entrer, ne m'obligez pas à vous arrêter pour entrave au cours de la justice. Je me fais bien comprendre?

Le majordome vacilla.

— Oui, monsieur, si...

Il n'eut pas le temps de terminer, Runcorn l'écarta du coude et entra, Monk sur ses talons.

— Où est Mr. Pendreigh? demanda Runcorn. En haut?

— Mr. Pendreigh n'est pas bien, monsieur. Il a été agressé dans la rue par des voleurs. Si vous...

— Oui ou non? aboya Runcorn.

— Oui, monsieur, mais... Mr. Pendreigh est souffrant. Je vous supplie de...

— Suivez-moi! ordonna Runcorn, ignorant le majordome et faisant signe à Monk.

Il gravit les marches quatre à quatre. Sur le palier, ils croisèrent une femme de chambre affolée qui portait une pile de serviettes.

— La chambre de Mr. Pendreigh? demanda Runcorn. Est-il là? Répondez, ma fille, ou je vous arrête.

La femme de chambre poussa un cri et lâcha les serviettes.

— Oui... monsieur...

— Eh bien, montrez-moi où !

— Là, monsieur, la deuxième porte... monsieur !

Elle se couvrit le visage à deux mains comme pour s'empêcher de hurler.

Runcorn fonça à la porte indiquée et, après avoir frappé, l'ouvrit en grand. Monk était juste derrière lui.

La chambre avait un air très masculin, avec ses couleurs profondes et ses lambris en bois, mais elle était extraordinairement élégante. Ils n'eurent cependant pas le temps de l'admirer. Fuller Pendreigh gisait sur le lit, le visage grisâtre, les yeux enfoncés dans leurs orbites. Il pressait une serviette contre son cou, mais le sang, qui l'avait déjà imbibée, se répandait.

Hester s'approcha du lit, puis s'arrêta. Elle avait suffisamment côtoyé la mort pour comprendre. Il lui avait fallu une énergie exceptionnelle pour arriver jusqu'à chez lui. Elle ne pouvait plus rien.

— Elle vous a vu dans Swinton Street le soir où Elissa est morte, n'est-ce pas ? demanda doucement Monk. Elle ne savait pas qui vous étiez à l'époque, mais elle vous a reconnu au tribunal, et quand vous l'avez vue vous dévisager, vous avez compris ! Vous l'avez lu sur son visage, et vous avez su qu'elle parlerait. Qu'est-ce que vous espériez ? Faire croire à un suicide ? Une joueuse qui met fin à ses jours pour échapper à la ruine ? Elle n'est pas morte, Pendreigh. Nous sommes arrivés à temps.

— Pourquoi avoir tué Elissa, monsieur ? demanda Runcorn dans le silence qui suivit. Votre propre fille !

Lentement, très lentement, comme s'il n'avait plus la force de la tenir, Pendreigh lâcha la serviette et se passa une main sur le visage comme pour se réveiller d'un cauchemar.

— Pour l'amour du ciel, je ne voulais pas la tuer ! dit-il dans un murmure. Elle m'a sauté dessus, m'a martelé de coups de poing tout en hurlant. Je voulais juste l'en empêcher, mais elle continuait.

Il chercha son souffle.

— Je ne voulais pas la frapper. Je l'ai prise par les épaules et je l'ai repoussée, mais elle s'entêtait. Elle ne voulait rien entendre.

Il s'arrêta, une expression d'horreur sur le visage, comme s'il revivait la scène, avec toujours la même fin inéluctable... pis, même, parce qu'il la connaissait.

— Je me suis dégagé, j'ai reculé, elle a foncé sur moi, mais a glissé. J'ai essayé de la rattraper avant qu'elle ne tombe, elle s'est retournée et j'ai pris son visage à deux mains. Je ne pouvais pas la maintenir. J'ai essayé de la soulever... je... elle s'est brisé la nuque en tombant sur le côté...

Hester trempa un coin de serviette dans le broc d'eau sur la table de chevet et en humecta les lèvres de Pendreigh.

— Pourquoi vous a-t-elle sauté dessus? demanda Monk.

— Quoi?

Pendreigh le dévisagea d'un air hagard.

— Pourquoi vous a-t-elle attaqué? Que faisiez-vous là, d'ailleurs?

Runcorn posa sur Hester un regard interrogateur.

— J'avais rendez-vous avec Allardyce, dit Pendreigh d'une voix rauque. Je devais lui remettre un versement pour le tableau. Il avait besoin d'argent. Mais j'avais été retardé.

Il sembla s'étouffer et garda un instant le silence.

Hester se pencha sur lui, puis regarda Monk en secouant la tête.

Les secondes défilèrent. Pendreigh rouvrit les yeux.

— Il s'était lassé de m'attendre et était sorti, furieux. Mais je ne voulais pas le payer sans avoir vu le tableau.

Sa voix mourut. Sur la serviette, la tache écarlate s'étalait de plus en plus.

— Il était superbe !

Runcorn fronça les sourcils.

— Vous ne nous avez pas dit pourquoi Mrs. Beck vous avait attaqué.

— À l'atelier, c'est le modèle qui m'a ouvert. Elle était seule, et elle titubait un verre à la main. Elle est tombée et sa robe s'est fendue, la laissant à moitié nue. J'ai voulu l'aider... je... j'avais de la peine pour elle.

Il marqua une pause pendant qu'Hester lui humectait de nouveau les lèvres.

— Elle était lourde, elle tombait à chaque fois que je la relevais, reprit-il, bien décidé à parler. Elle était dans mes bras quand Elissa est entrée. Elle s'est méprise, elle a cru avoir interrompu un rendez-vous licencieux. Elle m'admirait... autant que je l'admirais. Elle n'a pas supporté...

Monk voyait la scène. Elissa, honteuse de son vice qu'elle ne contrôlait plus, trouvant son père adoré, qu'elle croyait parfaitement vertueux et maître de lui, dans les bras d'une femme ivre et à moitié nue.

— Elle vous a sauté dessus de rage, pour avoir brisé l'image idéale qu'elle se faisait de vous, pour avoir trahi ses rêves. L'idole était en argile des pieds à la taille !

— Oui, murmura Pendreigh dans un souffle à peine audible.

— Et vous l'avez tuée accidentellement ?

— Oui !

— Mais vous avez sciemment tué Sarah Mackeson ! explosa Runcorn, le visage ravagé par la colère et une souffrance qu'il ne savait comment exprimer. Vous l'avez tuée uniquement parce qu'elle vous avait vu ! Vous lui avez brisé la nuque !

Pendreigh le regarda avec des yeux ronds.

— J'étais bien obligé ! Elle l'aurait dit à Allardyce, c'était ma ruine assurée ! Elle m'aurait empêché de faire tout le bien que je projetais.

— Non, fit Runcorn. Vos vrais amis seraient restés à vos côtés.

Pendreigh rassembla ses dernières forces.

— Les amis ! Imbécile ! Je n'aurais pas été élu au Parlement ! Je n'aurais pu changer la loi. Savez-vous à quel point il est facile pour un homme cupide de dépouiller son épouse de ses biens et de l'abandonner sans ressources ? Vous y avez pensé ?

Runcorn le dévisagea en cillant.

— Ça n'a rien à voir !

— Au contraire !

Pendreigh soupira et sa respiration se fit plus pénible, un râle s'échappa de sa poitrine. L'ombre de la mort rôdait autour de lui.

— Une femme sacrifiée... j'aurais préféré l'éviter, mais c'était nécessaire... afin d'obtenir la justice pour des millions d'autres.

— Et Kristian ? interrogea Monk. Fallait-il qu'il soit pendu pour des meurtres qu'il n'avait pas commis ? Et avez-vous pensé à tous les malades qu'il aurait pu sauver ? Les découvertes qui auraient permis de soigner des millions d'autres ? Et son innocence ? Et la vérité ?

— J'aurais pu... commença Pendreigh.

Il ne termina pas. Un long soupir s'échappa de ses lèvres et son regard se voila.

Un silence total s'abattit dans la pièce, et Hester passa une main sur le visage de Pendreigh pour lui fermer les paupières.

— Dieu nous aide, souffla Runcorn.

Il déglutit difficilement, puis se tourna vers Monk.

— Je... vais prévenir le personnel... et... aller chercher un constable.

Monk le remercia. Il posa sa main sur le bras d'Hester. Il ressentait le soulagement que la résolution d'une affaire lui apportait toujours, mais pas encore le sentiment de la victoire. Kristian serait libéré, bien sûr, mais encore fallait-il qu'il accepte certaines vérités déchirantes. Il n'était pas ce qu'il avait cru être. Il faisait dorénavant partie d'un peuple qu'il avait appris à considérer comme inférieur, qui avait cependant apporté à l'Occident l'essentiel de son âme, de sa culture. C'était une notion presque trop vaste pour être appréhendée, mais il allait devoir s'y appliquer.

En y réfléchissant, Monk prit conscience d'un désir intense de connaître ses propres racines, le sens de son identité dont seuls quelques lambeaux épars lui étaient accessibles. Qui était son peuple ? Quelle était la place de ses ancêtres dans l'histoire de ce pays ? Quelles avaient été leurs croyances sur lesquelles ils avaient fondé leur existence et pour lesquelles ils étaient prêts à mourir ? Qu'avaient-ils apporté aux autres ?

Il ne suffisait pas de poser les questions, il devait commencer à chercher les réponses. Son métier consistait à découvrir la vérité sur autrui. Mais la sienne ? Qui étaient ceux avec qui il aurait dû ressentir le genre de lien qui rattachait Hester à Charles ? D'où venait le sang qui coulait dans ses veines ?

Runcorn revint en fermant la porte derrière lui. Il posa son regard tour à tour sur Hester et sur Monk.

— Ça va ? demanda-t-il.

— Oui, bien sûr, répondit Monk, serrant le bras d'Hester.

— Parfait ! J'ai ramené un constable, et un autre est en route.

Il jeta un coup d'œil à l'homme qui gisait sur le lit.

— Quel affreux gâchis ! dit-il en hochant la tête. Il aurait pu faire tant ! La cuisinière s'est levée et prépare du thé, ajouta-t-il à l'adresse de Monk. J'ai l'impression que ça ne nous ferait pas de mal.

Monk vit de la bonté dans ses yeux, même un éclair de leur ancienne amitié.

— Merci, dit-il en souriant malgré lui. Excellente idée.

Et, guidant Hester, il sortit de la pièce et traversa le couloir, Runcorn à ses côtés.

Vous lisez nos collections...
Nous aimerions mieux vous connaître !

Si vous êtes parmi les 100 premiers à nous retourner ce questionnaire complété nous serons ravis de vous faire parvenir un titre de notre catalogue.
Avec tous nos remerciements,
Les Editeurs

A retourner à : Univers Poche
Service Marketing éditorial et Développement
12, avenue d'Italie - 75013 Paris

Nom : .... **Prénom :** ....
Adresse : ....
Code postal : .... **Ville :** ....
Type d'agglomération : ☐ commune rurale ☐ 2 000 à 20 000 hbts
☐ 20 000 à 100 000 hbts ☐ + de 100 000 hbts ☐ Paris / RP

Sexe : ☐ M ☐ F
Age : ☐ 15/19 ans ☐ 20/25 ans ☐ 26/35 ans
☐ 36/50 ans ☐ plus de 50 ans

CSP : ☐ étudiant ☐ agriculteur ☐ cadre, profession libérale
☐ artisan, commerçant, chef d'entreprise ☐ profession intermédiaire
☐ enseignant ☐ employé ☐ ouvrier
☐ retraité ☐ inactif

Titre du livre dans lequel ce questionnaire est inséré :
....

Que lisez-vous ?
☐ Romans français ☐ Romans étrangers ☐ Essais/Documents
☐ Classiques ☐ Terroir/Litt. régionale ☐ Spiritualité/Religion
☐ Policier/Thriller ☐ Terreur/Fantastique ☐ Litt. sentimentale
☐ Pratique ☐ Science-fiction/Fantasy
☐ Sc. humaines
☐ Méthodes de langues

Combien de livres lisez-vous par an ?
☐ – de 5 livres ☐ 6 à 10 livres ☐ 11 à 15 livres ☐ + de 15 livres

Lisez-vous les collections de romans policiers suivantes ?
☐ Pocket Policier/Thriller ☐ Livre de Poche Policier/Thriller
☐ Points Policier ☐ Folio Policier ☐ J'ai lu Policier/Thriller
☐ Série noire ☐ Le Masque ☐ Rivages Noir/Mystère
☐ Labyrinthes

Quels sont vos 3 auteurs de romans policiers préférés ?
1. ....
2. ....
3. ....

Combien de livres de la collection Grands détectives lisez-vous par an?

☐ 1 ou 2 livres ☐ 3 à 5 livres ☐ 6 à 10 livres ☐ + de 10 livres

Combien de séries de la collection Grands détectives avez-vous déjà lues?

☐ 1 ou 2 séries ☐ 2 ou 3 séries ☐ 4 ou 5 séries ☐ + de 5 séries

Quelles sont vos 3 séries préférées dans la collection Grands détectives?

1. ....
2. ....
3. ....

Lisez-vous les auteurs de romans policiers suivants?

☐ R. Ampuero ☐ L. Block ☐ S. Brussolo ☐ A. Christie
☐ M. Connelly ☐ P. Cornwell ☐ M. Crichton ☐ D. Daeninckx
☐ D. Easterman ☐ J. Ellroy ☐ E. George ☐ M. Grimes
☐ J. Grisham ☐ M. Higgins Clark ☐ P. Highsmith ☐ T. Hillerman
☐ C. Izner ☐ T. Joncquet ☐ D. Lehane ☐ D. Leon
☐ H. Mankell ☐ A. McCall Smith ☐ V. McDermid ☐ A. Perry
☐ E. Peters ☐ J.-B. Pouy ☐ R. Rendell ☐ A. Upfield
☐ F. Vargas ☐ M. Walters ☐ P. Wentworth

Lisez-vous la collection Domaine étranger de 10/18?

☐ oui ☐ non

Si oui, quels sont vos 3 auteurs préférés dans cette collection?

1. ....
2. ....
3. ....

Si oui, lisez-vous les auteurs de la collection Domaine étranger suivants?

☐ J. Austen ☐ L. Etxebarria ☐ J. Fante ☐ J. Harrison
☐ N. Hornby ☐ P. Levi ☐ C. McCann ☐ S. McCauley
☐ A. Maupin ☐ H. Murakami ☐ J. Riel ☐ A. Tabucchi
☐ E. Wharton ☐ P.G. Wodehouse

Lisez-vous d'autres collections de 10/18?

☐ Musiques et Cie
☐ Fait et Cause (nouvelle collection de sciences humaines)

Consultez-vous le site Internet 10/18? ☐ oui ☐ non
Etes-vous abonné au magazine 10/18? ☐ oui ☐ non

Etes-vous d'accord pour que nous reprenions éventuellement contact avec vous dans le cadre d'autres enquêtes concernant nos collections?
Si oui, merci de nous indiquer votre e-mail : ....
ou votre numéro de téléphone : ....

Cet ouvrage a été imprimé par

FIRMIN DIDOT

GROUPE CPI

Mesnil-sur-l'Estrée

pour le compte des Éditions 10/18
en mars 2004

Imprimé en France

Dépôt légal : avril 2004
N° d'édition : 3538 – N° d'impression : 67686